呂正惠
蔡英俊主編

中國文學批評

第一集

臺灣學生書局印行

發刊詞

呂正惠

七十年代以前，台灣的中國古典文學研究基本上是在中文系的學術圈內，循著傳統的模式，「自給自足」地運行着，很少人去反省方法論上的問題。七十年代以後，外文系突然盛行「比較文學」研究，許多學者紛紛引用一些西方理論（主要是英美的新批評）來分析中國古典文學作品。這就對中文系學者造成衝擊，引發一些人去探索研究方法的根本問題。

外文系的「比較文學」研究，在經過十年的盛行之後，又漸漸歸於沈寂。對中文系學者來講，外在壓力解除，也許意謂着自身存在的危機感消失。但是，老實講，外文系的十年「試驗」，並沒有為中文系學者提供多少可參考的解決之道；而這十年間，中文系本身的反省與回應，事實上也止於初步的「驚醒」而已，很少有什麼具體成果。外文系的「放棄陣地」，以及中文系因此而得到的「安全感」，並不等於問題的解決，「問題」根本就還存在那邊，只是大家不再像以前那麼注意罷了。

近幾年來，台灣中國古典文學研究的方法問題，又面臨了另外一個新的因素。由於兩岸文化交流的恢復及日漸加強，台灣學者已經可以相當輕易的取得了大陸的譯、著。這包括：為數不少的西方美學及文藝理論的翻譯，大陸學者所寫的宏觀式的文學、美學研究，以及最近正在努力嘗試的「比較文學」研究。大陸學者的研究成果，也許見仁見智，各有不同評價。但大陸所出版的各種理論翻譯，可以提供不擅外文的台灣中文系學者許多方便，則是不容否認的。

在這種情況下，我們幾個朋友經過幾次交換意見，產生了創辦《中國文學批評年刊》這樣的構想。我們希望透過這個刊物，集合一些「同志」，共同來探索中國古典文學研究的「方法」問題，並把自己的「嘗試」發表出來，讓彼此能夠相互切磋；並希望長期下來，可以提供一些或許失敗、或許成功的「示例」，來讓大家討論。

我們希望本刊發表的論文偏重在下列兩方面：一、以具有理論自覺的方式來重新討論中國文學批評史上的各種重要問題；二、以比較新的角度或方法來分析中國古典文學作品，並藉此以探索「實際批評」的各種可能性。當然，這只是一種「指標」，理想的成果應該是在長期不懈的共同努力之後才能得到的。我們非常希望研究中國古典文學的「有心之士」來共同參與這些工作。

最後，對本刊的形成過程及第一期的出版稍作說明，並對相關的人表示感謝。本刊的編輯成員是在清華大學中語系長期舉辦的「中國文學批評研討會」中凝聚起來的。清華大學中語系一直為這個研討會提供經費與場地，我們應該對清大中語系表示謝意，並且也會記得爭取到這筆經費的前清大中語系主任陳萬益先生的貢獻。其次，本刊得以出版，必須感謝龔鵬程先生的奔走，以及學生書局的熱心支持。最後，蔡英俊先生將第一期稿子通讀一遍，作了最後的校訂，花了許多時間與心血，是第一期終於能夠面世的最大功臣。

編選說明

龔鵬程

莊嚴偉大的事業，亦常經歷滑稽迂拙的過程。本刊之編輯，歷時三年，其事未必偉大莊重，然其迂拙，實不可諱。主編者辦事不力，難辭其咎，對本刊之作者，尤感抱歉。因為三年前甚具創見之文稿，擱延至今，總不免減弱了它們的光芒。幸好整個文學研究界並無進步，故這些稿子雖然面世稍晚，對學界來說，仍然提供了新的聲音。

新的聲音。是的，本刊旨在探討中國文學批評之方法、重勘中國文學。故所輯錄之文，皆可視為對現今學風與觀點之批判，亦為開啟新軫的嘗試。要於盤根錯節處妙施斧斤，或於昔人未曾設想處橫生知見，不妨自以為是，但求自圓其說。當然，如果這些論說也能博得學界的賞識，漸啟宗風，那就太好了。

本集所收諸文，係以清華大學中語系主辦之第一屆中國文學批評研討會論文為基礎，輔以後來該系所辦的每月文學批評討論會論文。這些論文，都曾在討論會中提出，切磋礱治之後，才選入本集。另有些文章，則為邀撰，包括書評及翻譯。

黃景進〈詩之妙可解？不可解？〉一文，考察明清人論詩之妙可解與不可解之文獻，說明其理論發展狀況，認為講詩之妙不可解者，是為了維護詩的純粹性，而講詩之妙能解者，是為了說明詩人的表達方式。

龔鵬程〈論作者〉，認為中國原有一種神聖性作者觀，後來逐漸發展出所有權式的作者觀，創作成為作者言個人之志抒個人之情，讀者也只想透過作品去了解作者，期為作者之知音。這兩種作者觀之間的關係，應是處理中國文學批評史時所必須注意的。

廖棟樑〈滋味：以味論詩說初探〉、蔡英俊〈「知音」探源〉，都是針對中國文學批評之基本理念而發的論文，追溯其源、籀釋其理。其中蔡氏一文，又引出顏崑陽《文心雕龍》知音觀念析論〉。顏氏認為劉勰在運用「知音」一辭時，有不同於蔡氏所描述之起源意涵者，轉化了「默會感知」之詮釋方式，進行對作品語言結構的分析。

鄭毓瑜〈先秦禮文之觀念與文學典雅風格的關係〉，也是中國文學審美論探源之作。該文不僅從文的字源意義上論中國人的文學審美意識，更從禮樂文教、含攝美善之層面來討論中國人追求典雅風格的原因。

陳炳良〈舞雩歸咏春風香—『論語•侍坐』章的結構分析〉乃是以形式主義理論分析《論語•先進篇》一段記載。王金凌〈皎然詩論研究〉則試圖勾勒皎然詩論之系統。游喚〈中國文學批評中意義詮釋的途徑〉，以《文選》的評點為例，結合多義說與詮釋學，強調主體性詮釋，呼籲學界多做點集評式的詮釋行為。

書評三篇，分別討論陳國球的《胡應麟詩論研究》、蔡英俊的《比興物色與情景交融》、龔鵬程《文學批評的視野》。一篇翻譯，則是呂正惠譯的〈俄國形式主義〉。書評旨在建立批評的規範，面對當代的文學研究。翻譯是為了與西方文學批評相對觀。凡此，皆甚易考見編輯者之用心，不煩縷述矣。

中國文學批評 第一集

目次

【書評】

【西洋理論】

詩之妙可解？不可解？

——明清文學批評問題之一

黃景進

明清人論詩常有「妙在可解不可解之間」、「有意無意之間」這類話頭，金聖歎曾大表不滿，在〈與任昇之〉書中，他批評種觀念說：

> 弟自幼最苦冬烘先生輩輩相傳「詩妙處正在可解不可解之間」之一語。弟親見世間之英絕奇偉大人先生，皆未嘗肯作此語。而彼第二第三隨世碌碌無所短長之人，即又口中不免往往道之，無他，彼固有所甚便於此一語。規其所操者至約，而其規避於他人者乃至無窮也。❶

這是認為「詩妙處正在可解不可解之間」是一句搪塞規避的話；二三流的人沒有深入分析的能力，碰到分解不出來時，只好拿這句話作擋箭牌，以迴避問題。在〈《西廂記》讀法〉中，金聖歎又指斥「鴛鴦繡出從君看，不把金針度與君」這種話頭❷，認為有些人原無能力解詩，於是故弄玄虛，說什麼金針不能度人的鬼話。金聖歎一生致力於詩文小說戲曲等的評點，就是要證明詩文等的妙處是可解的，問題是在有沒有碰到解人而已。

詩之妙是否可解，這牽涉到詩的本質和文學批評是否可能的問題，是值得研究的。當然，注意到這問題的不始於明人❸，不過，為免篇幅過份膨脹，同時也因明清人比較重視這個問題，故本文將集中探討明清人的看法。

一、妙處不可解說

㈠「不可解」說之來源：《滄浪詩話》

金聖歎既云「詩妙處正在可解不可解之間」為冬烘先生之語，可見這是當時相當普遍的觀念。青木正兒以為此說實為明代格調派之流行語，而格調派則受嚴羽《滄浪詩話》之影響❹。青木之觀察甚為正確，但所引資料尚不夠全面，說明亦嫌簡單，茲略為補充如下。

首先應指出的是，「可解不可解之間」，有時也說成「有意無意之間」，如王世貞《藝苑卮言》卷四云：

> 李于鱗言唐人詩句當以「秦時明月漢時關壓卷」，余始不信，以少伯中有極工妙者。既而思之，落意解，當別有所取，若以有意無意，可解不可解之間求之，不免此詩第一耳❺。

「有意無意」與「可解不可解」並列，可見是一意。謝榛《四溟詩話》卷三亦云：「凡作古體近體，其法各有異同，或出於有意無意之間，妙之所由來，不可必也。」❻青木認為由此可見此似為彼輩之流行語，並且指出「有意無意之間」實出《世說·文學篇》，乃晉庾敳之語❼。案《世說·文學篇》云：

> 庾子嵩（敳）作意賦成，從子文康見，問曰：「若有意邪？非賦之所盡；若無意邪？復何所賦？」答曰：「正在有意無意之間。」

可證青木之語的確不錯。不過《藝苑卮言》卷三已指明是出於《世說》：

> 王武子讀孫子荊詩，而云未知文生於情，情生於文，此語極有致，……又庾子嵩作意賦成，為文康所難，而云正在有意無意之間，此是遯辭，料子嵩文必不能佳，然有意無意之間，卻是文章妙用。

可見「妙在可解不可解之間」、原是仿自《世說》「有意無意之間」之語。

不過，明代格調派受嚴羽《滄浪詩話》之影響，其「不可解」之觀念實來自《滄浪詩話》。《滄浪詩話·詩辨》云：

詩有別趣，非關理也。……所謂不涉理路，不落言筌者，上也。詩者，吟詠情性也。盛唐諸人，惟在興趣；羚羊挂角，無迹可求。故其妙處，透徹玲瓏，不可湊泊。如空中之音，相中之色，水中之月，鏡中之象，言有盡而意無窮。

此段說明詩有一種興趣，非依賴理性邏輯思維而此種妙趣乃超乎語言文字，如空中之音、相中之色等一般難以捉摸。由此段強調詩有一種「非理」的，「不涉理路」的妙趣，可證即為明人「妙處正在可解不可解之間」的觀念來源；所謂「可解不可解之間」正是「不涉理路」「鏡花水月」的註解。

(二) 明人的說法

明代什麼時候出現這種觀念？嘉靖年間之《逸老堂詩話》下卷云：

蔣少傅冕云：近代評詩者謂：詩至於不可解，然後為妙。夫詩美教化，敦風俗，示勸戒，然後足以為詩，詩而至於不可解，是何說耶！且三百篇何嘗有不可解者哉！⑧

青木根據這段話說：「蔣冕為成化年間進士，李夢陽何景明則稍後為弘治年間進士，其年代近，故蔣冕之語，似亦屬李、何一派，而為謝榛所繼承也。（筆者案：謝榛有「可解不可解」之語，詳下）」[9]青木的話有幾個問題：一、「詩至於不可解然後為妙」原是蔣冕「引近代評詩者」的話，並非蔣冕之語，故難據此論蔣與李何之關係。二、既然蔣冕時代在李何之前，即使他講過這樣的話，也很難說是李何一派。三、就青木的解釋看來，他是認為蔣冕亦主張「不可解」的，若然則蔣冕的話應只到「然後為妙」而止（因為下面的話是反對「不可解」的），順著這樣點讀，則反對「不可解」的應是《逸老堂詩話》的作者。但這種讀法恐有待商榷。因為引蔣冕的話如果只到「然後為妙」，頗令人有戛然而止，不完整之感。鄙意以為此條原是引蔣冕評「近代評詩者」的話。近代評詩者以為「詩至於不可解然後為妙」，蔣冕對此頗不以為然，他認為詩一定要有美教化敦風俗的作用，因此好詩就不可能是「不可解」，這是站在傳統儒家論詩的立場說的。故蔣冕不是主張「不可解」，而是反對「不可解」。

無論如此，在蔣冕之時已有「詩至於不可解然後為妙」的說法，是個事實，而其時代大概與李何等相近。李夢陽也說過詩之妙不能解的話，其〈論學下〉云：

> 古詩妙在形容之耳，所謂水月鏡花，所謂人外之人，言外之言，宋以後則直陳之矣！於是求工於字句，所謂心勞日拙者也。形容之妙，心了了而口不能解，卓如躍如，有而無，無而有。[10]

青木正兒已經指出這段話中所謂「水月鏡花」是受到《滄浪詩話》的影響⓫。這段話批評宋人「直陳」之非，而認為詩之妙正在其「形容」，此種「形容之妙」使得詩產生更豐富的意味（「言外之言」），但這種「形容之妙」卻是「心了了而口不能解」，若有若無的。所謂「形容之妙」指何而言？李夢陽在〈缶音序〉云：

> 詩至唐，古調亡矣，然自有唐調可歌詠，高者猶足被管弦。宋人重理不重調，於是唐調亦亡。……夫詩比興錯雜，假物以神變者也。難言不測之妙，感觸突發，流動情思，故其氣柔厚，其聲悠揚，其言切而不迫，故歌之心暢而聞之者動也。宋人主理作理語，於是薄風雲月露，一切剷去不為。又作詩話教人，人不復知詩矣。詩何嘗無理？若專作理語，何不作文而詩為邪？⓬

這段話一方面批評宋人「主理作理語」，使人不復知詩；一方面說明詩之特點在於「比興錯雜，假物以神變」。所謂「比興錯雜，假物以神變」，就是指出，詩的表達並非全是「直陳」，而是有比興的交錯運用，利用風雲月露等外物來形容。而比興的產生並不是邏輯性思考的結果，而是「感觸突發，流動情思」所造成的；換言之，不是我們日常習慣的邏輯性思考所能控制的。因此，比興的運用是屬於「難言不測之妙」，也就是〈論學下〉所謂的「心了了而口不能解」。李夢陽這段話極為重要，後人喜歡強調詩情的產生是來自不可預測的「興會」，已經包含在此段話中。這段話已經指出詩的表現有時候是非理的，而詩可以容許此種非理的存在，正是詩的特徵；詩的擅長不在議論說理；如欲議論說理，大可去作文不必寫詩。

雖然李夢陽已有詩之妙不能解的話，但最先提出詩之妙在「有意無意之間」的，似為徐禎卿。徐禎卿之《談藝錄》頗享盛名，而其中屢言詩之妙（或秘），如云：「詩理宏淵，談何容易，究其妙用，可略而言。」「則知詩者，乃精神之浮英，造化之秘思也。」「大抵詩之妙軌，情若重淵，奧不可測。」此皆認為詩道非常奧妙。而後來更云：

> 絕句之源，出于樂府，貴有風人之致。其聲可歌，其趣在有意無意之間，使人莫可捉著。
>
> 作詩道一淺字不得，改道一深字又不得，其妙正在不深不淺，有意無意之間。⑬

雖然不用「可解不可解」之字眼，而用「其趣（妙）在有意無意之間」，但意思是一樣的。他認為詩之妙趣是難以完全用思考去把捉的。

徐禎卿之後，正式提出詩妙在可解不可解之間的，似為謝榛與王世貞。謝榛《四溟詩話》卷一云：

> 詩有可解，不可解，不必解，若水月鏡花，勿泥其迹可也。⑭

由「若水月鏡花，勿泥其迹可也」，可見此種思想的確來自嚴羽之《滄浪詩話》。《四溟詩話》卷三又謂：「或出於有意無意之間，妙之所由來也。」（已見前引）可見謝榛確曾提出詩妙在可解不可解之間這種說法。《詩話》卷一又云：「詩有辭前意，辭後章。唐人兼之，婉而有味，渾而無迹。宋人必先命意，涉於理路，殊無思致。及讀世說，文生於情，情生於文，王武子先得之矣。」此段話也是認為，詩中太涉理路是不好的，反而缺少「思致」，無耐人尋味的餘地。另外，《詩話》卷三又提到詩中四聲之抑揚，能不先疾徐之節，惟歌詩者能之，而未知所以妙也。凡此皆可看出，他是認為詩之妙處有時是不可能的。

王世貞有「有意無意，可解不可解之間」的說法，已見前引。《卮言》卷四〈論李義山〈錦瑟〉詩〉云：

> 李義山〈錦瑟〉中二聯是麗語，作適怨清和解，甚通，然不解則涉無謂，既解則意味都盡，以此知詩之難也。

這也是「可解不可解」之意，值得注意的是「既解則意味都盡」這一句，顯然是指如果用一般的邏輯分析解詩的話，會失去詩的審美價值。其〈與劉子成書〉亦云：

> 近竊窺公之用兵而稍有悟於文。夫文出於法而入於意，其精微之極，不法而法，有意無意，乃為妙耳。⑮

這段話甚有意義，詩到「不法而法，有意無意」才是精微之極，可見詩的妙處是不能從詩「法」上面去解釋的。《藝苑巵言》卷一亦云：「篇法之妙，有不見句法者，句法之妙有不見字法者，此是法極無迹，人能之至，境與天會，未易求也。有俱屬象而妙者，有俱屬意而妙者，有俱作高調而妙者。有直下不對偶而妙者，皆興與境詣，神合氣完使之。」創作的最高境界並不需要依賴法，而是在興與境詣，神合氣完的情況下產生。換言之，是人的內在情感與外在境況剛好得到融合一致產生的；這種詩之妙，既看不到法的痕迹，要解釋也無從解釋起，因為這完全是無意識的作用。

值得注意的是，以上提到的皆為格調派大家，格調派詩論在明代影響很大，而如徐禎卿《談藝錄》，謝榛《四溟詩話》，尤其是王世貞《藝苑巵言》，皆是明人所熟讀的，故這種「不可解」的觀念很可能如青木正兒所說，乃格調派之流行語，然後影響及他人。明人如趙南星〈孔諫甫詩序〉云：

> 今夫三百篇固不可解也，而儒者以選舉升第之故，不得已而解之，其所謂道學家又多迂濶強解之，夫惟以不能解之者，則可與言詩矣。⑯

王思任〈方澹齋詩序〉亦云

> 五經皆言性情，而詩獨以趣勝，其所言在水月鏡花之間，常使人可思而不可解。⑰

趙南星指出詩不能用道學家那一套解之，蓋道學家喜歡用道德教訓解詩，而詩卻不是直接說理的。王思任甚至說：「五經皆言性情，而詩獨以趣勝。」這又進一步以為詩不僅是性情而已，更重要是有「趣」，而趣是「可思而不可解」的。趙、王已經指出，詩的妙處既不在道德教訓（善），也不在性情的表達（真），而是具有美感性質的「趣」（美）。道德教訓與性情是可解的，而美感性質之「趣」只是可思但不能解，如果勉強去解之，說不定反而破壞其妙趣，故不如以不能解之。

㈢ 清人的說法

「詩妙處正在可解不可解之間」的說法，到了清初王夫之與葉燮手上，有更進一步的發展；由於他們的闡釋，使我們對問題有較清楚的了解。

王夫之在《詩繹》卷一云：

> 謝靈運一意回旋往復，以盡思理，吟之使人卞躁之意消。〈小宛〉抑不僅此，情相若，理尤居勝也。王敬美謂「詩有妙悟，非關理也」，非理抑將何悟？⑱

這似乎主張詩有理，不贊成嚴羽「非理」之說。但是在《古詩評選》卷四〈司馬彪雜詩評語〉又云：

> 王敬美謂：「詩有妙悟，非關理也。」非謂無理有詩，在不得以名言之理相求耳。⑲

這裏說得很清楚，他認為嚴羽所謂「非理」，是指非「名言之理」，並非沒有詩理。葉朗《中國美學史大綱》釋此云：

> 詩歌審美意象是要顯示「理」的，但不是邏輯思維的理，而是在直接審美感興中所把握的「理」。⑳

這解釋相當正確，不過他認為船山此說在美學史上是「一個飛躍」，則恐怕有點誇張，大概是他沒有注意到明人早有這種說法。事實上，明人所謂「可解不可解之間」、「可思而不可解」、「有意無意之間」，也是指詩雖具有某種「思致」，但非一般議論名言之理，與船山意思並無不同。明人所謂「可解不可解之」，當然不能解釋為詩是一團混沌，毫無條理，故不可解。前引李夢陽〈缶音序〉云「詩何嘗無理？若專作理語，何不作文而詩為邪？」船山也有同樣說法，其《古詩評選》卷五云：

> 詩固不以奇理為高。唐宋人于理求奇，有議論而無歌咏，則胡不廢詩而著論辨也。㉑

船山詩論由情出發，故反對在詩中直發議論，或太刻意費心安排㉒。其《夕堂永日緒論內編》曾用禪家所謂「現量」比喻詩的創作，據《相宗絡索》之解釋，現量有「現成一觸即覺，不假思量計較，顯現真實」之性質㉓，故船山引此蓋比喻詩是由瞬間直覺所獲得的美感觀照，不需要比較、推理等抽象思維活動的參與㉔。此種觀念雖然比較精細，其實亦未脫離李夢陽〈缶音序〉所謂「感觸突發，流動情思」，以及明清人所謂的「興會」的範圍。《詩繹》卷一云：「興在有意無意之間」㉕，《古詩評選》卷三云：「興比正在有意無意之間」㉖，另外，船山也讚揚某些詩「不作意」、「寬於用意」、「寄意在有無之間」㉗，這些例子讓我們覺得船山也是承認詩之妙在可解不可解之間，只是他還同時強調，詩不是真正無理，而是無「名言」（邏輯分析）之理，算是對於「可解與不可解」作了補充說明。詩有一種審美感興之理，所以是可解的，但這種並非「名言之理」，如果用「名言之理」去分析推敲，詩中的理會變成不合理，故又是不可解的。例如司馬彪〈雜詩〉云：

> 百草應節生，含氣有深淺。秋蓬獨何辜，飄飄隨風轉。長飆一飛薄，吹我之四遠。搔首望故株，邈然無由返。

此詩有詠物詩的味道，寫秋蓬被者吹起，到處飄轉，離根株愈來愈遠，詩人用「搔首望故株」來寫出飛蓬眷戀故株，依依不捨之情。船山在《古詩評選》卷四指出「搔首」的問題：

> 且如飛蓬何首可搔，而不妨云「搔首」，以理求之，詎不蹭蹬？

飛蓬那有「首」可搔？但是我們不能因此說詩人這樣寫法不對，在審美感興中，詩人可以覺得飛蓬是依依不捨，像人在「搔首」的樣子。所以船山說：

> 王敬美謂：「詩有妙悟，非關理也」，非謂無理有詩，正不得以名言之理相求耳。

以「名言之理」相求，「搔首」這一句是解不出的，但從審美感興的角度來看，「搔首」這一句是合理的。詩的妙趣往往從此而生，故明人說「詩妙處正在可解不可解之間」，或說詩是「可思而不可解」。

船山另有反對「詩史」之說㉘，結合上述反對詩中議論，反對以「經生之理」、「名言之理」解詩，足見其對詩的「純粹性」的重視。在船山稍後之葉燮，對此有進一步申論。

葉燮分析天地萬物，以為皆由理、事、情三者構成，缺一不可，文章亦然，他說：

> 曰理、曰事、曰情三語，大而乾坤以之定位，日月以之運行，以至一草一木一飛一走，三者缺一，則不成物。文章者，所以表天地萬物之情狀也；然具是三者，又有總而持之、條而貫之者，曰氣。事、理、情之所為用，氣之為用也。㉙《原詩．內篇上》

> 曰理、曰事、曰情，此三言者足窮萬有之變態。凡形形色色，音聲狀貌，舉不能越乎此，此舉在物者而為言，而無物之或能去此者也。《原詩．內篇下》

自嚴羽以來，論詩者每言「詩有別趣，非關理也」，又云「詩妙處正在可解不可解之間」，而葉燮則謂文章不出理事情，難免啟人疑竇，故葉燮自設問云：

> 或曰：先生發揮理、事、情三言，可謂詳且至矣。然此三言，固文家之切要關鍵；而語於詩，則情之一言，義固不易，而理與事，似於詩之義未為切要也。先儒曰：「天下之

物，莫不有理」。若夫詩似未可以物物也。詩之至處，妙在含蓄無垠，思致微渺，其寄托在可言不可言之間，其指歸在可解不可解之會；言在此而意在彼，泯端倪而離形象，絕議論而窮思維，引人於冥漠恍惚之境，所以為至也。若一切以理概之，理者，一定之衡，則能實不能虛，為執而不為化，非板則腐，如學究之說書，問師之讀律；又如禪家之參死句，不參活句，竊恐有乖於風人之旨。（《原詩·內篇下》）

此「問」甚值得注意，一則可見「可解不可解之間」的說法，在當時非常普遍，故葉燮必須設問以提出解釋；再則可見，所謂「不可解」確實指詩之不涉理路而言。而葉燮自答云：

> 子之言誠是也。子所以稱詩者，深有得乎詩之旨者也。然子但知可言、可執之理為理，而抑知名言所絕之理之為理乎？子但知有是事之為事，而抑知無是事之為凡事之所出乎？可言之理，人人能言之，又安在詩人之言之？可徵之事，人人能述之，又安在詩人之述之？必有不可言之理，不可述之事，遇之於默會意象之表，而理於事無不燦然於前者也。（《原詩·內篇下》）

顯然葉燮並不是真正反對「詩非理」之說，他所反對的只是，一般人沒有認識到，除了「名言之理」「可徵之事」外，還有別的「理」「事」在，那是「不可言之理」、「不可述之事」，而此種理事正是詩人才可以談的。事實上，詩也不可能沒有理事，只有情，沒有理事，怎麼能夠成詩？問題在於，詩中的理事，與常人所謂理事，性質確有不同，但不是無理。一般人不能認識此種區別，凡論詩一言及理輒反對，乃是不明白詩之本質，事實上，正因為詩能表達此種「名言」外之至理，才成其所為詩，才是詩與文之大不同處。為了證明詩有「名言所絕之理」，葉燮舉出杜甫詩句：「碧瓦初寒外」（〈玄元帝皇廟〉）、「月傍九霄多」（〈宿左省〉）、「晨鐘雲外濕」（〈夔州雨濕不得上岸〉）、「高城秋自落」（〈摩訶池泛舟〉）。葉燮有詳細的分析，頗能證明此四語非「名言之理」所能解釋，故他說：

> 以上偶舉杜集四語，若以俗儒之眼觀之，以言乎理，理於何通？此言乎事，事於何有？所謂言語道斷，思維路絕。然其中之理，至虛而實，至渺而近，灼然心目之間，殆如鳶飛魚躍之昭著也。（《原詩．內篇下》）

惟俗儒光看來，這些詩句，於理於事言之都是不通，而實際上，在「言語道斷，思維路絕」中，又彷彿其中之理「至虛而實，至渺而近，灼然心目之間。」故他的結論是：

> 要之：作詩者，寫實理、事、情，可以言，言可以解，解即為俗儒之作。惟不可名言之理，不可施見之事，不可徑達之情，則幽渺以為理，想象以為事，惝恍以為情，方為理

至、事至、情至之語。」（《原詩・內篇下》）

詩如果寫實理實事，那是可以用名言解之，但詩常不寫實理實事，那是幽渺之理，想象之事，難以名言解之。這種詩句不能以一般思維的方式去了解，而必須設身處當時之境會，才能領悟。他說：

> 然設身而處當時之境會，覺此五字（「碧瓦初寒外」）之情景，恍如天造地設，呈於象，感於目，會於心。意中之言，而口不能言；口能言之，而意又不可解。（《原詩・內篇下》）

故葉燮並不反對不可解之說，相反的，他處處強調詩是不容易用言語解釋清楚的。事實上他是進一步說明了詩何以是不可解的；正因為詩不是寫實理實事，故非名言所能解。葉燮同時要強調的是，詩還是有理有事，只是詩表現的是「幽渺之理」、「想象之事」，那是要設處當時之境會，從直接的美感經驗中去領悟其中的理[30]。

經過王夫之與葉燮的說明，「詩妙處正在可解不可解之間」，這句話的意思已經相當清楚。這句話源於嚴羽的「詩有別趣，非關理也」，目的在說明詩有其特有的性質，與帶有議論性、敘事性之文不同。詩的特性在於它是依據審美感興而創作，故詩中的意象不能用平常論事說理的方式去判斷，那樣會窒礙不通，甚至破壞詩中的審美情趣。詩中的意象是依審美感興而形成一種自然的條理，這種條理不完全合乎邏輯（即具有嚴謹的因果關係），亦不完全合乎外在現實世界，故詩即處於「可解與不可解」之間。

王、葉的美學觀點被葉朗推崇為「一個飛躍」，但是詩中之理、事不必切合外在世界之理事，明、胡應麟的《詩藪》已經討論很多，如云：

韋蘇州：春潮帶雨晚來急，野渡無人舟自橫。宋人謂滁州兩澗，春潮絕不能至。不知詩人遇興遣詞，大則須彌，小則芥子，寧此拘拘？癡人前政自難說夢也。（《詩藪》外篇卷四）

又張繼「夜半鐘聲到客船」，談者紛紛，皆為昔人愚弄。詩流借景立言，惟在聲律之調，興象之合；區區事實，彼豈暇計？無論夜半是非，即鐘聲聞否，未可知也。（《詩藪》外篇卷四）

關於胡應麟論詩的虛構性及詩的興象不應實求，陳國球先生已有詳細說明，茲不贅言㉛。陳國球先生稱胡應麟為「集復古主義大成的詩論家」㉜，故《詩藪》可以看成是明「復古派」（即格調派）詩論的總結，其中的觀點甚值得注意。

清初神韻派大師王士禛（漁洋），亦反對詩中說理，如《居易錄》云：

予曰：詩三百主言情，與易太極說理判然各別。若說理，何不竟作語錄而必強之為五言七言，且牽綴之以聲韻，非蛇足乎？」[33]

《師友詩傳續錄》亦云：

昔人論詩曰：不涉理路，不落言詮。宋人惟程、邵、朱諸子為詩好說理，在詩家謂之旁門。朱較勝。[34]

這顯然是李夢陽〈缶音序〉的翻版。漁洋又云：

世謂王右丞畫雪中芭蕉，其詩亦然，如九江楓樹幾回青，一片揚州五湖白，下連用蘭陵鎮富春郭石頭城諸地名，皆寥遠不相屬，大抵古人讀書只取興會神到，若刻舟緣木求之，失其指矣。[35]

詩家只取興會神到，不能用章句訓詁的方式解之，其實是承襲胡應麟的說法。（漁洋此類話頗多，茲不贅引）

清人言「詩在可解不可解之間」者不少，然皆未能超越王、葉二人，姑舉較有參考價值者數例如下。

朱鶴齡〈輯注杜工部集序〉云：

且子亦知詩有可解有不可解乎？指事陳情，意含風喻，此可解者也；託物假象，興會適然，此不可解者也。不可解而強解之，日星動成比擬，草木亦涉瑕疵，譬之圖罔象而刻空虛也。㊱

詩中若指事陳情，意含風喻，那是可解的，因為有一定的對象或內容，但有的詩「託物假象，興會適然」，則不可解。這也說明，詩中的意象，有的本出於感興，並不是根據實事，或是有什麼風喻，這種意象是讓人去作審美觀照，不必找它的現實用意。

吳雷發《話詩菅蒯》云：

有強解詩中字句者，或述前人可解不可解不必解之說曉之，終未之信。余曰：古來名句如「楓落吳江冷」，就子言之，必曰楓自然落，吳江自然冷，楓落則隨處皆冷，何必獨曰吳江？況吳江冷亦是常事，有何喫緊處？即「室梁落燕泥」，必曰梁必有燕，燕泥落下，亦何足取？不幾使千秋佳句，興趣索然哉？且唐人詩中，鐘聲曰「濕」，柳花曰「香」，必來君輩指摘。不知此等皆宜細參，不得強解。甚矣！可為知者道也！㊲

這也是說詩中意象純是出於審美感興，不能用邏輯分析的態度去判斷，因為必講不通。此處所舉例子正同毛奇齡評東坡「春江水暖鴨先知」之句，謂何不云「鵝先知」，此種態度完全違背詩理㊳。

《說詩菅蒯》又謂：

> 詩亦有淺深次第，然須在有意無意之間。問見註唐詩者，每首從始至末，必欲強為連絡，遂至妄生枝節，而詩之主腦反無由見，詩之生氣亦索然矣。㊴

此謂註解的太詳細，強要找出詩的理路，反而破壞詩的生氣。這也說明詩的優點正在為讀者保留了想像空間，才有「言有盡而意無窮」之味，若理路太清，介畫太明，不能予讀者有想像餘地，反而不耐咀嚼。

朱庭珍《筱園詩話》卷一云：

> 詩以超妙為貴，最忌拘滯獃板。故東坡云：「賦詩必此詩，定非知詩人。」謂詩之妙諦，在不即不離，若遠若近，似乎可解不可解之間。即嚴滄浪所謂「鏡中之花，水中之月，但可神會，難以迹求」，司空長聖所謂「超以象外，得其環中」是也。蓋與象玲瓏，意趣

> 活潑，寄託深遠，風韻泠然，故能高踞題巔，不落蹊徑，超超玄著，耿耿元精，獨探真際於箇中，遙流清意於弦外，空諸所有，妙含天籟。放翁云：「是文章本天成，妙手偶得之。」亦即此種境詣。[40]

詩不完全是寫實的，而不寫實處，有時候反而巧妙。這段話似乎注意到想像性的真實的問題。所謂「不可解」，本來的特意要指出詩的性質有別於文：文適合論事說理，而詩則不適合，詩比較講究審美興趣。但後來古文家居然也採用這種觀念，如桐城三祖之一，劉大櫆之〈論文偶記〉云：

> 凡行文字句短長，抑揚高下，無一定之律，而有一定之妙；可以意會，而不可以言傳。學者求神氣而得之音節，求音節而得之字句，思過半矣。其要只在讀古人文字時，設以此身代古人說話，……。
>
> 文貴奇，所謂珍愛者，必非常物，然有奇在文字句者，有奇在意思者，有奇在筆者，有奇在邱壑者，有奇在氣者，有奇在神者，安句之奇，不足為奇，氣奇則真奇矣！讀古人文，於起滅轉接之間，覺有不可測識處，便是奇氣。[41]

所謂「有一定之妙，可以意會，不可言傳」，所謂「覺有不可測識處，便是奇氣」，與前面所討論的「妙在可解不可解之間」，意思實在一樣。這顯然是從詩論，尤其是從格調派的詩論借來，故強調「神氣」「音節」的重要性，而非強調其中的理致㊷。

㈣「不可解」說的意義與背景

歸納明清人對於「不可解」的看法，有三層意思：一是詩在形式上受到很大限制，不宜於議論說理；詩的表達往往是運用間接的比興和各種暗示，再加上音律的感染力，這些因素的組合並沒有形成直線式的邏輯結構與敘事論說之文不同。敘事論說之文有明顯的邏輯結構，其理路是可分解的，而詩的理路，則是在可解不可解之間。這是反對詩將古文家之敘事議論方式引入詩中。一是就詩的內容言，基本上詩是抒情的，並非為了發表道德教訓，若於詩中追求道德教訓，會覺得在可解不可解之間。這是為了反對理學家在詩中追求道德教訓。一是詩非外在世界的完全反映，詩中的理、事情，不能與外在世界混為一談；詩中的世界是建立在詩人審美感興之上，與現實世界不完全相符。因此若執現實世界的理、事、情來衡量詩歌，亦會覺得在可解不可解之討。這是為了反對經學家以訓詁方式解詩。

總之，「不可解」說的基本出發點，實在維護詩的純粹性，以便將詩從其他經史子以及其他的集部中區別出來。

追求詩的純粹性，雖然在嚴羽《滄浪詩話》中已經表現出來，但嚴羽只提出一個大概的觀念，對於詩的妙趣如何非關理也，尚未有清楚的說明。是到了明人，這觀念才顯得清楚、具體，甚至形成一個層次分明的理論架構。前面已經說明了「不可解」原是明、格調派的流行說法，後來雖有王夫之、葉燮等不屬於格調派的人，但他們對於「不可解」的觀念，並未超出格調派的說法，甚且可以看出是受到格調派的影響。

故「不可解」的說法實可視為格調派詩論的一部分，格調派基於「詩有別趣，非關理也」的基本觀念，於是專在「體格聲調」上用功，希望由「體格聲調」中去表現「興象風神」（即審美的意象）[43]，如胡應麟《詩藪》卷五云：

> 作詩大要不過二端，體格聲調，興象風神而已。體格聲調有則可循，興象風神無方可執。故作者但求體正格高，聲雄調鬯，積習之久，矜持盡化，形迹俱融，興象風神，自爾超邁。譬則鏡花水月，體格聲調，水與鏡也。興象風神，月與花也。必水澄鏡朗，然後花月宛然，詎容昏鑑濁流，求覩二者。故法所當先，而悟不容強也。[44]

嚴羽雖有「水月鏡象」之喻，亦有「詩之法有五：曰體製，曰格力，曰氣象，曰興趣，曰音節」（《滄浪詩話》〈詩辨〉）之語，但並未構成一個清楚的、層次井然的系統，而胡應麟則將「體格聲調」比成「水、鏡」，將「興象風神」比成「花、月」，認為必須「體格聲調」好，才能表現出「興象風神」，猶如「水澄鏡朗，然後花月宛然」，由此說明「法」應在「悟」之先。比較嚴羽的《滄浪詩話》與胡應麟《詩藪》，確可看出，明人在理論系統的建立，以及概念之清楚上，確有很大的進步。

明人重視格調甚於意義，正是基於「非理」之說而來；為了避免說理，故專在格調之上用功[45]。

清初王漁洋提倡「神韻」，追求純粹的審美經驗，更加激賞司空圖所謂「不著一字，盡得風流」，及嚴羽「羚羊掛角，無迹可求」，「水月鏡象」等說法，而達到「詩禪一致」的結論[46]，這正是「詩有別趣，非關理也」這種觀念發展到登峯造極時的必然結果。（眾所皆知禪宗反對理性思維，而主張頓悟）

二、妙處可解說（金聖歎的觀點）

(一) 詩的妙處

金聖歎雖然反對「詩妙處正在可解不可解之間」的說法，可是他也沒有提出任何理論解釋為何妙處可解，因此要了解「妙處可解」的說法非常困難。不過金聖歎曾留下大量的評點，在評點中他動輒指出這裏妙，那裏妙；在關鍵處，他對於如何妙法也提出詳細的分析，因此他反對詩妙處在可解不可解之間，並非毫無根據的空話，而是值得我們去研究的。

那麼，金聖歎所謂「妙處」是指何而言？在金批《水滸傳》楔子前總評云：

古人著書，每每若干年布想，若干年儲想，又復若干年經營點竄，而後得脫於稿，裒然成為一書也。今人不會看書，往往將書容易混帳過去。於是古人書中所有得意處，不得意處，轉筆處，難轉筆處，趁水生波處，翻空出奇處，不得不補處，不得不省處，順添在後處，倒插在前處，無數方法，無數筋節，悉付之茫然不知，而僅粗記前後事跡，是否成敗，以助其酒前茶後，雄譚快笑之旗鼓。㊼

金批《水滸傳》讀法亦云：

吾最恨人家子弟，凡遇讀書，都不理會文字，只記得若干事迹，便算讀過一部書了。㊽

可見他認為文章之可貴，即在其中有許多「文法」，而一般人往往忽略，是非常可惜，甚至是令人痛恨的。他所以詳細指出《西廂》、《水滸》的許多讀法，並在評點中仔細的分析，正表明他「金針渡人」的決心。由此看來，他所謂妙處，是與文法有密切關係的。

當然，金聖歎並非認為文法就是文章的全部，基本上，他認為詩是出於詩人內心某種難以抑制的情感，其〈與家伯長文昌〉書云：

詩非異物，只是人人心頭舌尖所萬不獲已必欲說出之一句說話耳。儒者則又特以生平爛讀之萬卷，因而與之裁之成章，潤之成文者也。夫詩之有章有文也，此固儒者之所矜為獨能也，若其原本，不過只是人人心頭舌尖萬不獲已，而必欲說出之一句說話，則固非儒者之所得矜為獨能也。[49]

〈與許青嶼之漸〉亦云：

詩如何可限字句？詩者，人之心頭忽然之聲音。不問婦人孺子，晨朝夜半，莫不有之。今有新生之孩，其目未之能詢也，其拳未之能舒也，而手支足屈，口中啞然。弟熟視之，此固詩也。天下未有不動於心，而其口有聲者也。天下者有已動於心，而其口無聲者也。動於心聲於口謂之詩，故子夏曰：「在心為志，發言為詩。」[50]

雖然情感是最基本的，但若無適當的文法表達出來，亦不能成為妙文，故其評《西廂》驚艷一折云：「可見臨文無法，便成狗嗥。」[51]根據金聖歎的看法，寫作不是可以隨便的，其中有相當嚴謹的規律，他曾將寫詩與說話相比，〈答韓貫華嗣昌〉云：

弟因尋常見世間會說話人，先必有話頭，既必有話尾。話頭者，謂適開口，渠則必然如此說起，蓋如此說起，便是說話，不如此說此，便都不是說話是也。……今弟所分唐律詩之前後二解，正即今話說人之話頭話尾也。[52]

會說話的人，如此起頭，如此結尾，是有一定道理的，正如開弓放箭，有一定的規律，不可亂來[53]。詩的作法相同，如何起承轉合，也是有其規律，聖歎〈與季日接普〉書云：

初欲作詩，且先只作前解，且先只學唐人一二起法，三四承法。唐人一二起如鬱勃，則三四承之必然條暢，條暢所以宣洩其鬱勃也。唐人一二起如閑遠，則三四承之必然緊峭，緊峭所以逼取其閑遠也。起如敘意，則承之必急寫景，寫景以證我意也。起如寫景，則承之必急敘意，敘意以銷我景也。小處說起，則承之必說到大處；大處說起，則承之必以順。空起，則承之必以實；實起，則承之必以空。直起者，必曲承之；逼起者，必寬承之。高提筆者，必根切承之；低屈筆起者，必浩衍承之。精赤骨律起者，必姿媚承之；堆金砌碧者，必雪淡承之。此是唐人前解四句一定方法。[54]

詩不能不有起承轉合，當詩的起句決定時，則其餘的寫法如何承、如何轉、如何合，都要隨之變化，故聖歎〈答許升年定升〉云：「一二定而全詩皆定。」[55]因為行文有其規律，故聖歎甚至說：「人本無心作詩，詩來通人耳。」[56]依照金聖歎的看法，詩人在表達感情時，必須抓住其適當的規律(如何起承轉合)，如此才能將感情表達得恰到好處，以達到感人的目的。當作品的文法與作者情感配合得非常理想時，這種作品就具有「神理」，因為作品中的文法規律能將作者情感表現得非常充分，非常貼切，達到「傳神」的效果。而會看詩的人，就是要看詩人的情感是否已經被充分或貼切地表達出來，故聖歎說：「看詩全要在筆尖頭上追出當時神理來。」57

在分析王昌齡〈閨怨詩〉(悔教夫婿覓封侯)時，金聖歎云：

> 其妙則在第一句「不知」字，第三句「忽見」字，非妙於第四落句也。蓋其通首所有「閨中」「中」字，「少婦」「少」字，「凝妝」「凝」字，全副皆是寫「不知」神理；而又別用「春日」、「上樓」、「柳色」等字，全副又寫「忽見」神理，此分明欲於一頃刻中寫得此婦實是幽閑貞靜，忽地觸緒動情，所謂「國風好色不淫」，其體有如此也。今遭此人獨用其落句，遂令妙詩一敗塗地至於此極，真使我恨恨無已也。58

一般人看此詩只注重「悔教夫婿覓封侯」一句，其實此詩是寫閨中少婦由「不知」而至「忽見」所產生的心理變化，而整首詩的文字都有其作用：如「閨中」之「中」字，「少婦」之「少」字，「凝妝」之「凝」字，皆是寫「不知」的神理；而「春日」、「上樓」、「柳色」等，則是寫「忽見」的神理；如此寫法才能將少婦的「幽閑貞靜」及其「忽地觸緒動情」，表達得十分傳神。

因此，看詩一定要能看出作者感情與其表達文法的有機關係，如金聖歎在〈杜詩解〉中評〈游龍門奉先寺〉云：

> 題是〈游龍門奉先寺〉，及讀其詩起二句，卻云「已從招提游，東宿招提境」。「已」字「更」字，是結過上文再起下文之法。今用筆如此，豈此詩乃是補寫游以後事耶？然則當時此題，豈本有二詩，而忘其第一首耶？我反覆思之，不得其故。一日無事閒坐，而忽然知之。蓋此篇乃先生教人作詩不得輕易下筆也。即如是日於正游時，若欲信手便作，豈便無詩一首，然而「陰壑」「月林」之境必不及矣。夫此境若不及，便是沒交涉；夫作詩沒交涉，便如不曾作。先生是以徘徊不去，務盡其理。題中目標「游」字，詩必成於宿後。如是，便將淺人游山一切皮語、熟語、村語，掀剝略盡，然後另出手眼，成此新裁。杜詩為千古絕唱，洵不誣也。豈惟游山，即定交亦然。陶詩云：「聞多素心人，樂與數晨夕。」必與之數晨數夕，而後斯人之神理始出。今日草草一揖，便欲斷其生平。此胡可得？哀哉！今之詩人若天幸得此一首詩，豈有不改題為〈宿龍門奉先寺〉者耶！[59]

他認為如果不考慮作者的寫作動機，就無法了解此詩的頭二句：「已從招提游，更宿招提境」。而作者動機與其寫法的關係，並非能一眼看出，是要經反覆熟讀深思，「而後斯人之神理始出」。由此看來，詩的奧妙就在文法與作者情感形成良好的有機關係，而要解出詩的奧妙，自然是要分解出作品的文法結構，及此結構與作者情感的關係。對金聖歎而言，這種工作確實相當困難，但並非不可能，聖歎〈與沈方思永啟書〉云：

且先生亦試思文人除不動筆即已耳，文人纔動筆，便自眼底胸前平添無數高深曲折，此殆非數十百行之得以速了者也，而如之何乃以八句相限。今限之以八句，而彼仍得盡其眼底胸前之無數高深曲折者，祇賴分前分後，則雖一寸之闊之紙，而實得以恣展其破空之行故也。如日不分，則是令之眼底胸前所有高深曲折，悉不得以少伸也。不則是其眼底胸前，乃當無有高深曲折也。[60]

又〈與戴雲葉書〉云：

蓋天分高，則能眼看八句五十六字中間虛空之處；心地厚，則能推原八句五十六字都無一字之前，是從何處生來，以後說到何際即住。[61]

詩人創作時，纔動筆，其眼底胸前便有無數「高深曲折」，這些「高深曲折」正是詩之所以妙處。然這些「高深曲折」不可能完全表現在作品中，尤其是在短小的八句律詩中，然則讀者如何「披文以入情」便不是簡單的事，他認為只有「天分高」「心地厚」的人才可能看出八句五十六字中間有許多虛空，並看出虛空中隱藏的無數高深曲折的神理。

〈唱經堂古詩解〉第一首，金批云：「讀古人書者，於斷處知其續，於續處知其斷，則金針度人矣。」62看過金批的人大概都會承認，金聖歎很注意文字背後的斷續處，而且作了頗仔細的分析。〈古詩解〉第二十首，金批又云：

> 泛觀全文，幾如滿屋散錢，無可收拾，不但作者手忙，且令讀者目眩。然孔子曰：「辭達而已矣。」此句為作詩文總訣。夫「達」者，非明白曉暢之謂如衢之諸路悉通者曰達，水道之彼此引注者亦曰達。故古人用筆，一筆必作數十筆用。如一篇之勢，前引後牽，一句之力，下推上挽，後首之發龍處，即是前首之結穴處，上文之納流處，即是下文之興波處！東穿西透，左顧右盼，究竟支分派別，而不離乎宗。非但逐首分折不開，亦且逐語移置不得，惟達故極神變，亦惟達故極嚴整也。63

從表面看來，詩的組織似很鬆散——「如滿屋散錢，無可收拾」，而其實，內部有複雜的關係網路連貫其間——所謂「前引後牽」、「下推上挽」、「東穿西透」、「左顧右盼」等，所以詩是一個有機的整體。從「金批」中可以看出，這些隱藏在文字背後的關係網路——即「文法」，確實是金聖歎注意的焦點，他常在這方面作仔細的剖析。

(二) 妙處可解說的背景

金聖歎並沒有提出一套理論說明「妙處可解」的道理，但是在他大量的評點中，他處處指出妙處何在，並作了仔細分析，也等於是透過實際的評點證明了妙處可解，因此金聖歎的評點，應是了解他「妙處可解」觀念的關鍵。

已經有許多學者指出，喜歡用八股文分析法，為金聖歎評點的特色，同時，學者們也時常指出，這種方法容易造成「穿鑿附會」、「支離破碎」的毛病。不過不能否認的是，這套方法用在作品分析、確實可以達到更為細密深入的程度。陳萬益先生曾仔細分析金聖歎所受「八股文的啟示」，並指出，八股文最明顯的特質就是具有一個相當嚴密的結構，而金聖歎受八股文啟示的地方，可以約為最重要的兩點：對題目的重視和起承轉合的要求。[64] 因此金批的特色，就在於他能對作品本身的文法結構作非常細密的分析，而且他在分析文法結構時，基本上是以題目為出發點，亦即是將文法結構與作者的寫作動機聯繫起來。

前面提出過，金聖歎認為寫作不可隨便，而有一定規律，這種規律的觀念，應是來自八股文法。八股文的寫作，任何一字、一句、一章都不是隨便的，全都要扣緊題目，因此好的八股文絕無不可解之處，而是經得起分析的。金聖歎可能是受到八股文的影響，也認為詩的文法結構是有規律，而且是有目的性的；好的詩，其文法結構必然是為了達到充分或適當表現作者情感的目的，故是經得起分析的，問題只在讀者是否具備分解的能力而已。

金聖歎之思想深受明代性靈派（李贄、三袁等）的影響，是學者們所公認的，如他說：「詩非異物，只是人人心頭舌尖所萬不獲已必欲說出之一句說話耳。」（〈與家伯長文昌〉），「詩非異物，只是一句真話」（〈與顧掌丸〉），顯然是性靈派的口氣[65]。但是他又講究「文法」，初看起來，似乎與性靈派的思想格格不入[66]。不過，若進一步探討，仍可找到一些關係，例如金聖歎之前的張鼐，在〈祝篁溪先生集序〉與〈李于鱗先生詩集敘〉中極力批評李何等復古派模擬古人之非，在〈文準序〉又謂：「世人之言規矩，死法也」，而在〈十八房約序〉云：「夫人自有世界，自有性靈」，可見他是同情三袁等公安派的，但他其實並不廢法，其〈十八房約序〉即云：

> 余之衡文先書意，次法，次機，而歸之於雅。……法者，如人面目步位，口不可以高於眼，耳不可前於鼻，本自天成，豈容錯亂。……集分為二：其上者為論法，次亦備採。雖然，紙上鴛鴦耳，靈巧在人心，金針在人手，吾願文章家向聖賢口頭索書意，就程墨本子看機法，無令百味雜進，甘受嬰兒之嗤也。[67]

這段話值得注意者，一方面他還是重視法，另一方面他勸人就「程墨本子看機法」，很明顯的，是要人從八股時文中去體會文法，去尋找金針。他在〈論文三則〉中又強調八股文法有助於提高欣賞及寫作能力，文曰：

> 文章家宗趣，論機論法，總是繡出鴛鴦，未許金針暗度。耳根圓通說，最初方便，大抵皆從悟入，余向來指示多矣。若金針一著，竊愧未能，意亦有不能言者，雖然，言其無言可也，為述三則。

> 一認題，（中略）
> 一看勢，（中略）
> 一取程。先輩文惟制科中程者，字無虛設，如高曾規矩，的確不移，其詳略偏正，開闔呼應，有上句自然有下句，有前股自應有後股，非特法度固然，即作者亦不知其然，所謂靈心化工也。文章家每於神清氣定時，將先輩程墨細批細玩，何處是起，何處是伏，何處是實，何處是虛，何處是轉摺，何處是關鎖，何處是提挈，何處是詠歎，看其一篇是何成局，伏習衆神，後來自然脈脈相接也。[68]

可見張鼐是以先輩程墨（即時文）批點作為入門途徑，而且他已提出要將「金針」示人，只是「竊愧未能」而已。「竊愧未能」也可能是一句傳統性的謙虛話，其真正意思是他有金針示人，而此金針可能還是八股文法。

在張鼐的身上我們似乎可以找到後來金聖歎的影子，金聖歎所強調的「文法」，可能是從評點及八股文得來。講「文法」其實是「評點」家的主要特色，如最早的古文評點：南宋呂祖謙《古文關鍵》，一開始即是〈總論看古文要法〉，〈看韓文法〉、〈看柳文法〉、〈看歐文法〉、〈看蘇文法〉、〈看諸家文法〉、〈論作文法〉，另外，《關鍵》評文時也常用起、承、轉、接、應、結、開合等概念，可見金聖歎之各種讀法原有所承。又南宋末謝枋得之《文章軌範》也是頗為流行的古文評點之一，而其中除常常指出「章法」、「句法」、「字法」之外，更時常提到「文法」之妙，甚至已經注意到某字的使用次數，如卷一評韓愈〈後二十九日復上宰相書〉云：「此一段連下九個皆已字，變化七樣句法」，「連下三個豈復字，變化三樣句法」，「本是九個豈盡字，與前段相對說，今添兩個豈盡字，亦巧」；卷七評〈送孟東野序〉亦云：「此篇凡六百二十餘字，鳴字三十九，讀者不覺其繁，何也？」與金聖歎評法亦類似[69]。

故我們不能因為金聖歎重視「文法」，即懷疑他與李贄三袁等之關係。李贄及三袁等肯定八股時文之價值，是眾所皆知的[70]，而且袁中郎還說「夫詩與舉子業，異調同機者也」，且認為八股文之「變態」，「常百倍於詩」[71]。金聖歎之重視八股文並用八股文文法來分析各種才子書，正是受李贄等影響的明證。李贄喜歡評點各類文章，而金聖歎也以評點為終身職志[72]，正反映出性靈派與評點之學的密切關係。陳萬益先生已經指出，金聖歎之成為偉大的批評家，是因為他綜合了前人批書的方法，並自八股文得到相當的啟示[73]。因此筆者認為，金聖歎「妙處可解」的觀念，背後實有一個評點的傳統。由於八股文分析法與傳統評點的結合，使他具有細密分析的能力，除了能分析作品本身的文法結構外，更能進一步分析出此文法結構與作者情感的內在關係。由金聖歎的觀點看來，這就已經將詩的妙處分解出來了。而「妙處可解」的提出，更是為了肯定「評點」的價值。

三、結論

「詩妙處在可解不可解之間」，是明格調派受嚴羽「興趣說」的影響，所發展出來的看法。這種看法認為詩有其特殊的性質和價值，與其他的語言不同。其他的語言，通常是可以用理性加以分析，可以用別的語言加以說明，使其內容的邏輯更為清楚、更易了解。但詩所表達的內容，往往不能用理性去分析，也不能用別的語言去加以說明；如果用理性去分析，用別的語言去說明，不僅不能使我們的了解更為清楚，反而會破壞我們原有的詩的感覺。在欣賞詩的時候，通常我們會獲得一種很好的經驗，但是卻不能充分去說明它，這正是詩的奧妙所在，所以說「詩妙處在可解不可解之間」。

這種看法的深刻處，在於它確實抓到詩的特殊性質：一、比起其他的語言，詩確實擁有一種特權，就是可以說一些似可解似不可解的話。當古人要表達某種感情而又不願意說出其用意時，往往利用詩來表達，以致造成若可解若不可解的效果[74]，正是基於詩的這種特權。在所有的語言中，詩最多這種「可解不可解之間」的話。二、詩所要傳達的，往往是某種美感經驗，而美感經驗基本上是直覺的產物，並非理性思考的結果，故若用理性邏輯分析的方式去說明，反而會使詩的真正素質走漏掉。

持「可解說」者，主要著眼於表達方式上。他們認為詩人用何種方式表達必有其道理——也就是為了充分表達其感情或思想。這種觀念有其可取之處；如果表達方式不佳，確實會影響詩人所要傳達的內容。在金聖歎的評點中，對於文法結構和作者心理的分析，都達到很深入的層次，因此金聖歎認為妙處可解，從某個層次來看，是可以承認的。問題在於，詩所要傳達的經驗與其表達方式，都很特別，與「文」確有不同[75]，而金聖歎則用同「一副手眼」來分析[76]，往往會走失了詩的特殊價值。如評李商隱〈重過聖女祠〉三四句：「一春夢雨常飄瓦，盡日靈風不滿旗」，聖歎云：

> 「雨常飄瓦」者，歸朝之望，一念奮飛，恨不拔宅冲舉；「風不滿樓」者，寡黨之士，無有扶掖，終然顛墜而止也。[77]

顯然，這只是在探索作者的用意，對詩中意象的美感價值，完全沒有觸及。又如評杜甫〈春宿左省〉：「星臨萬戶動，月傍九霄多」，聖歎云：

> 「星臨萬戶動」者，於左省而念及其民也。「月傍九霄多」者，於左省而念及其君也。[78]

評杜甫〈秋興〉第七首：「織女機絲虛夜月，石鯨鱗甲動秋風」，聖歎云：

「織女機絲」，喻言防微杜漸之思不可不密。「石鯨鱗甲」，喻言強梁好逞之徒蠢蠢欲動。

凡此皆在作者用意上打轉，而未顧及詩的美感價值，不能使人從評點中體會到詩語言的特色。同時八股文的寫作是非常理性，非常嚴格，幾近於機械式，與詩的性質時有違背，故八股分析法表面能分析得更為細密，實則對於詩的真正性質，有時並無幫助[80]。

事實上，金聖歎的評點偶然也用上「有意無意」的話頭[81]，而在金聖歎之後，仍有許多人持「不可解」之說[82]，可見金聖歎並沒有打破這種觀念。

附註：

❶見聖歎子金雍所撰《魚庭聞貫》（俗作《聖歎尺牘》），此條見《金聖歎全集》（下簡稱《全集》）四，第四一頁。

❷《全集》三，第一四頁；《西廂記》讀法第二三則。

❸如《文心雕龍．知音篇》談到鑑賞的可能性的問題；顯然〈詩式上〉謂詩之妙「可以意冥，難以言狀」；姜夔〈白石道人詩說〉云：「詩有四種高妙，……非奇非怪，剝落文采，知其妙而不知其所以妙，曰自然高妙。」此皆有「妙在可解與不可解之間」之意。

❹青木正兒《中國文學思想史》（鄭樑生、張仁青合譯）（開明書店，民六六年一〇月出版），頁一一五。

❺王世貞《藝苑卮言》，引自藝文印書館《續歷代詩話》（丁仲祜編訂），下同。

❻謝榛《四溟詩話》，用藝文印書館《續歷代詩話本》，下同。

❼見註❹引書，頁一一五。

❽《逸老堂詩話》前有序云：「嘉靖丁未，五月望日，老人自敘」，故知為嘉靖年間人。近人始考知其作者為俞弁（字子客，崑山人）。（見木鐸出版社《歷代詩話續編》目錄之介紹）

❾見註❹引書，頁一一四。

❿李夢陽《空同集》卷六六，外篇。台灣商務印書館《景印文淵閣四庫全書》第一二六二冊，第六〇五頁。

⓫註❹引書，頁一一四。

12. 見商務印書館景印文淵閣四庫全書，第一二六二冊《空同集》，卷五二（頁四七七）。
13. 徐複卿《談藝錄》，本文採藝文印書館《續歷代詩話》本。
14. 謝榛《四溟詩話》，本文亦採藝文印書館《續歷代詩話》本，下同。
15. 王世貞《弇州山人四部稿》第十二冊，總頁數第五八四〇頁。（偉文圖書出版社出版《明代論著叢刊》）
16. 趙南星《趙忠毅公文集》卷二（收入清、潘錫恩《乾坤正氣集》卷二百六十五，頁七，第十八冊總頁第九二三九，台北，環球書局，民五五）。
17. 王思任《王季重先生文集》卷二（同前注引書《乾坤正氣集》卷五百四，即第三十四冊總頁一九三四一）。
18. 見戴鴻森《薑齋詩話箋注》（木鐸出版社），頁三〇——三一。
19. 同前註引書，頁三一。案「非理」之說原出嚴羽《滄浪詩話》，王世貞《藝苑卮言》卷一曾引錄其語，船山誤記為其弟王世懋（敬美）之語。
20. 見葉朗《中國美學史大綱》（滄浪出版社）下冊，頁四六九。
21. 見註⓲引書，頁一四三。
22. 參見楊松年《王夫之詩論研究》（文史哲出版社），頁七二及一一九。
23. 見註⓲引書，頁五三。
24. 見註⓴引書，頁四六〇。
25. 見註⓲引書，頁三三。
26. 《古詩評選》卷二，陸雲〈谷風贈鄭曼季〉評語。力行書局《船山全集》第十五冊，頁一一七七二。
27. 見註⓴引書，頁四七四。
28. 船山反對「詩史」之說，如《詩譯》卷一云：「夫詩之不可以史為，若口與目之不相為代也，久矣。」（見戴鴻森《薑齋詩話箋注》頁二四）又《古詩評選》卷四〈上山採蘼蕪〉評云：「詩有敘事、敘語者，較史尤不易。史才固以檃括生色，而從實著筆自易。詩則即事生情，即語繪狀，一用史法，則相感不在永言和聲之中，詩道廢矣。」（同上引書，頁二七）

㉙ 葉燮《原詩》，採丁福保編郭紹虞點校《清詩話》（明倫書局）。下同。

㉚ 參見註⑳引書，頁五〇二。

㉛ 參見陳國球先生〈胡應麟詩論研究〉（香港華風書局出版）第五章第五節「興象風神」。

㉜ 見前註引書〈自序〉。

㉝ 王漁洋《居易錄》卷十，清刻本《王漁洋遺書》（台大文聯圖書館藏）。

㉞ 《師友詩傳續錄》第二〇則，收入郭紹虞點校《清詩話》，頁一五二。

㉟ 王漁洋《池北偶談》（臺灣商務印書館）卷十八〈王右丞詩〉條。（下冊頁七）

㊱ 朱鶴齡《愚菴小集》卷七《景印文淵閣四庫全書》（商務印書館）第一三一七冊之七十三頁。

㊲ 見丁福保編，郭紹虞點校《清詩話》（明倫出版社），頁九〇〇。

㊳ 見王士禎《漁洋詩話》第七〇則，丁福保編，郭紹虞點校《清詩話》（明倫出版社），頁二一六。

㊴ 見註㊲引書，頁九〇三。

㊵ 見郭紹虞編選《清詩話續編》（木鐸出版社），頁二三四二。

㊶ 引自吳宏一、葉慶炳編輯《清代文學批評資料彙編》，下集，頁四三二。

㊷ 劉大櫆論神氣與音節之關係，受到明前後七子格調說的影響，參見復旦大學中文系主編《中國文學批評史》下冊，第六編第二章，清代前中期文論，頁八〇。

㊸ 「興象風神」即審美意象，參見註㉛之資料。

㊹ 胡應麟《詩藪》（正生書局），頁九七。

㊺ 參見青木正兒《中國文學思想史》（中譯本）頁一一五。

㊻《帶經堂詩話》卷三〈微喻〉引《蠶盡續文》云：「捨筏登案，禪家以為悟境，詩家以為化境，詩禪一致，等無差別，大復與空同書，引此正自言其所得耳。顧東橋以為英雄欺人，誤矣！豈東橋未能到此境地，故疑之耶！」（頁十一）案據此可見漁洋之說正自明格調派而來。

㊼《全集》一，頁二八。

㊽《全集》一，頁二二。

㊾《全集》四，頁三九；〈魚庭聞貫〉。

㊿仝右。

(51)《全集》三，頁四六。

(52)《全集》四，頁四〇，〈魚庭聞貫〉。

(53)《全集》四，頁三六-七；魚庭聞貫、唱經堂東杜上〉。

(54)《全集》四，頁四八；〈魚庭聞貫〉。

(55)《全集》四，頁四四；〈魚庭聞貫〉。

(56)《全集》四，頁四四；〈魚庭聞貫、貫華堂東杜〉。

(57)《全集》四，頁五三二，《唱經堂杜詩解》評〈與李十二白同尋范十隱居〉。

(58)見《全集》，頁二二一，《續西廂》第一折〈泥金報捷〉評語。

(59)《全集》四，頁五二六。

(60)〈魚庭聞貫〉，見《全集》四，頁四二。

(61)〈魚庭聞貫〉，見《全集》四，頁四四。

(62)《全集》四，頁七三七。

(63)《全集》四，頁七五二。

64 陳萬益《金聖歎的文學批評考述》，頁四六—七。

65 李贄《雜說》與《童心說》即有類似的話。

66 陳萬益先生曾注意到這個問題，見註64引書，頁一六，及頁二三。

67 以上引張鼐之文，皆自《明文文學批評資料彙編》上冊。

68 同前註引書，頁二七七。

69 如聖歎評《水滸》第二十二回景陽岡一虎一段，指出「哨棒」共出現十八次。第二十三回，金評亦指出潘金蓮色誘武松，共叫了三十九次「叔叔」，而寫潘金蓮的紫石街一段文字，共有十四次「簾子」在擺蕩者，另外又用了三十八次的「笑」等等，（參見註15引書頁八二——八三），此種寫法與《文章軌範》之指出幾字句，似有異曲同工之妙。

70 李贄《童心說》謂：「詩何必古選，文何必先秦。降而為六朝，變而為近體，又變為傳奇，變而為院本，為雜劇，為西廂曲，為水滸傳，為今之舉子業，皆古今至文。」這是以「今之舉子業（即時文八股）」為其時也。獨謂不然。夫以後視今，今猶古也。以文取士，文猶詩也。後千百年，安知不瞿唐而盧駱之？顧奚必古文詞而後不朽哉？」這是認為時文八股亦當不朽，可見性靈派是肯定文八股之價值的。

71 袁宏道〈郝公琰詩敘〉，見《袁中郎全集、袁中郎文鈔》，世界書局本，頁一一——二。

72 《金聖歎全集》四，〈魚庭聞貫〉有聖歎〈答王道樹學伊〉書云：「誠得天假第二十年無病無惱開眉喫飯，再將胸前十王殘書一一批注明白，即是無量幸甚。」（頁三五）足見聖歎確以評點為其終身職志。

73 見陳萬益先生《金聖歎的文學批評考述》，頁四四。

74 例如阮籍之〈詠懷詩〉，號稱晦澀難解，即是最佳例子。

75 葉燮《原詩》卷三，外篇上云：「詩家之體格，聲調、蒼老、波瀾、為規則、為能事，固然矣。然必其人具有詩之性情，詩之才調，詩之胸懷，詩之見解，以為其質，如賦形之有骨焉，而以諸法傳而出之，猶素之受繪，有所受之地，而後可一一增加焉。」這段話說明了詩除了具有特殊的形式外，亦有其特殊的經驗內容。

76 〈魚庭聞貫、示顧祖頌、孫聞、韓寶昶、魏雲〉云：「詩與文雖是兩樣體，卻是一樣法。一樣法者，起承轉合也。除起承轉合，更無文法。除起承轉合，亦更無詩法也。」（《全集》四，頁四六）故金聖歎是用同一副手眼來評點詩與文等。

77 見《全集》四，《貫華堂選批唐才子詩》卷六）頁三〇二。

78 見《全集》四，頁五六三。

79 《全集》四，頁六六七。

80 如焦循〈時文說三〉即云，時文之理法不可以通詩之理法，見成文版《清代文學批評資料彙編》，頁五七八——九。

81 如《貫華堂選批唐才子詩》評崔顥〈黃鶴樓〉云：「「至於四之忽陪白雲，正妙於有意無意，有謂無謂。」《全集》四，頁一二二。評韋應物〈寓居灃上精舍寄于張二舍人〉云：「二忽然轉筆，又寫一碧澗，又寫一竹園，有意無意，不必比興。」（《全集》，四，頁一九〇）。

82 袁枚詩論似較近明代性靈派，而亦有可解不可解之說，如《隨園詩話》卷十二云：

戴喻讓有句云：「夜氣壓山低一尺。」周蓉衣有句云：「山影壓船春夢重。」皆妙在可解不可解之間。

論作者

龔鵬程

一、何謂「作者」？

沈約《宋書‧謝靈運論傳》說：「歌詠所興，宜自生民始也」。自有人類以來，就有歌吟舞詠，大概是不會錯的。但是這樣的歌吟舞詠，是否能夠像後世詩文那樣，確指某歌某舞是誰作的呢？

這恐怕十分困難。《淮南子‧道應篇》說：「今夫舉大木者，前呼『邪許』，後亦應之，此舉重勸力之歌也」，一群人扛著木頭齊聲唱和的歌，有什麼固定的作者？至於「里巷歌謠之作，所謂男女相與詠歌，各言其情」（朱子〈詩集傳序〉），唱就唱了，歌無定辭，互酬情志，也談不上什麼作者問題。不說上古時期是如此，現在臺灣仍然保留的客家山歌對唱就仍是如此。

這是早期文學或民間文學的主要型態，普遍見諸歌謠、口傳故事、寓言、吟唱等形式中。它們原初的那個作者，泰半不可考，也不甚重要。在群眾間傳播時，每個人或每個地域、時代，也都可以恣意增添刪補，讓自己參與創作活動。

換句話說，這時如有所謂的「作者」，那麼這時的作者就不是單一的、擁有作品所有權的作著。他們可以逕自增刪、修飾、改編，不必追究作者的創作意旨、不必尊重作者的解釋、也不必管作品的獨立完整性。可以隨性地傳述、抄錄並享用這件作品。

但在另一種情況下，所謂「作者」，其性質與涵義便不同了。如王逸《楚辭章句·離騷經序》說：「《離騷經》者，屈原之所作也」。這就標出了一個特定的人：屈原。是屈原這個人創作了《離騷》這麼一篇作品。這個勞動生產關係，決定了作者對作品的勞動所有權，說明了某件東西是由某個人製造出來的。固然製造出來的東西，可以開放給大家欣賞，但是欣賞者必須尊重作者的創造之功，不能攘奪了他創造的榮耀，也必須信從作者對他自己作品的處理權與解釋權。

所謂處理權，是說作者怎麼寫、怎麼唱，我們就只能怎麼聽怎麼看，不能說你處理得不好，我來改改。就算要改，也只能建議作者去改。所謂解釋權，則是說作品是作者創造的，只有作者最了解他為什麼創造、如何創造。所以倘若讀者在欣賞作品時有任何疑義，只能請作者來做一解說，並以作者的解說為欣賞及理解之標準。我們經常看到一些詩文藝評，說：「恨不能起作者於地下而質之」，或「九原可作，定不以吾言為河漢也」……一類話。這些話，便是以作者的解釋為權威，一切文藝評論及詮釋，均以接近作者之解釋為鵠的，或以揣摩作者之用心命意為旨趣。

例如蘇軾論詩，於《東坡題跋》卷二中收了兩篇文章，一是〈書諸集改字〉，痛罵：「近世人輕意以改書，淺鄙之人，好惡多同，從而和之者眾，遂使古書日就訛舛，深可忿疾」。並舉了陶潛「採菊東籬下，悠然見南山」，被改為「望南山」；杜甫「白鷗沒浩蕩，萬里誰能馴？」被改為「波浩蕩」兩個例子，說：「二詩改此兩字，覺一篇神氣索然」。這就是尊重作者處理權的例子。其次是〈記子美八陣圖詩〉，說：「僕嘗夢見一人，云是杜子美，謂僕：世多誤會余詩〈八陣圖〉。世人皆以謂先主武侯欲與關羽復仇，故恨不能滅吳。非也。我意本謂吳蜀唇齒之國，不當相圖，此為恨耳」。他引述了這個作者的解釋，並贊同地說：「此理甚近」。

但是，作者的解釋權與處理權是否真值得如此信賴呢？東坡舉的兩個改詩之例，當然改得並不高明；但原作不佳，經人修改後神情煥發者也不少見。至於作者的解釋，如〈八陣圖〉這首詩，仇兆鰲《詳注》就說：「以不能滅吳為恨，此舊說也。以先主之征吳為恨，此東坡之說也。不能制主上東行，而自以為恨，此《杜臆》朱注之說也。以不能用陣法而致吞吳失師，此劉氏之說」，在以上四種互相競爭的解釋裡，東坡所轉述的作者解釋僅佔其中之一，並無壟斷性與權威感。

從這個例子，我們就可以發現：勞動所有權及智慧財產權的作者觀，只是一種作者觀而已，且並不見得是絕對可以信賴的作者觀。起碼我們還有一種不那麼強調作者勞動創造功績的作者觀，如歌謠、口傳故事那樣❶。

二、兩種作者觀

在歌謠、口傳故事中，作者之主名往往隱晦不彰，作品也往往是集體增刪修潤的結果。這不僅在上古時期如此，遲至明清小說如《西遊記》《水滸傳》等，都有充分證據證明其為集體作品，很難指實某一人為該書作者。即使《金瓶梅》《紅樓夢》，也仍有不少人從這個觀點去談所謂的作者問題。可見這不能說成是一進步的歷程或進化的現象，而實在是兩種不同的作者觀在長期競爭著。固執單一的、所有權作者觀的人誠然不少，卻也有很多論者慣於從模糊不定的作者觀入手解釋問題。例如清朝方玉潤的《詩經原始》便是如此。

《詩經原始》序反對刪詩說，認為：

大抵古人載籍，多不著撰人姓名。《書》雖斷自唐虞，而著書之人無傳焉。《詩》縱博採列國，而作詩之人亦無聞焉。《詩》《書》作者名且不著，況編纂者乎？……故作者之名不必問，而編纂之人無由詢。

依這個原則，他對於〈詩序〉所指實的作者多持懷疑態度，例如〈鄘風•柏舟〉，序說是衞世子共伯早死，其妻共姜要守寡，父母卻逼她改嫁，所以共姜作此詩以表白心跡。這個說法，包括朱熹《詩集傳》在內，大抵已獲解詩諸家所贊同，甚至有些人（如呂祖謙）更根據詩序來懷疑《史記》的記載有誤。方玉潤則認為這詩不必指實為共姜作。另外，他也常以歌謠狀況來擬想《詩經》。像〈周南•芣菅〉，他便說這詩無所指實，且「此詩之妙，正在其無所指實而愈佳也。……此詩恍聽田家婦女三三五五於平原繡野、風和日麗中群歌互答，餘音裊裊，……今世南方婦女登山採茶，結伴謳歌，猶有此遺風云」。又〈漢廣〉，他說：「此詩即為刈蔞而作，所謂樵唱是也。近世楚粵滇黔之間，樵子入山，多唱山謳，響應林谷。……其詞大抵男女相贈答、私心愛慕之情……」。這些地方，都顯示了他並不怎麼看重那種尋找作者的活動，也不必以作者之生平經驗來解說詩意。

不過，即使如此，方玉潤的立場還是模稜、游移的。他發現指實作者的〈詩序〉式解詩傳統大有問題，想從另一個角度來追原《詩經》之始。在很多地方，他辦到了。但是，無論如何，他還是深受〈詩序〉以來解詩傳統的影響，並不能完全擺脫這種勞動所有權的作者觀。所以，他只是說：無法指實作者時，就不必硬要去找。反之，倘若他覺得能找時，他也不會放棄拉一位作者來亮相的機會。例如上文所舉的〈漢廣〉〈芣苢〉，做山謳樵唱解，已經命中答案了。他卻要說這不是原始的樵歌山謳，而是「詩人作此，以畀婦女，俾自歌之」「愚意此詩必當時詩人歌以付樵」。這便是用後世文士擬作民歌的型態來解釋民歌了。民歌中固然有此一類，卻為何要說「必」呢？顯見方玉潤的觀念中仍不能完全放棄所有權作者觀。所以他仍然要去「求得詩人作詩本意」「欲原詩人始意」[2]。

為什麼要舉這個例子呢？我認為：在中國，隱匿的、非專指的「作者」，是個較早發展起來的作者觀。但後來這樣的作者觀被新的作者觀替代了。新的作者觀強調獨立的單一個體作者，確定了作者的勞動創造功勞，肯定作者對作品的所有權。這個觀念逐漸獲得大多數人的認同，但前一作者觀卻也並未消失，特別是在所有權式作者觀遇到某些詮釋的困難時，它就會被人重新提出來考慮。如方玉潤之願意突破〈詩序〉傳統，考慮山歌樵唱的性質，便是如此。研究《金瓶梅》的人，對作者是誰，聚訟難定；潘開沛、徐朔方等人便考慮到「集體創作說」，不也是如此嗎？但是，由於所有權式的作者觀也是源遠流長的，所以論者有時也不易完全擺脫之，方玉潤之夾纏，即緣於此。反過來說，持所有權式作者觀的人，亦往往不能如此純粹。這其間複雜的關係，就是我們在下文所欲探討的。

三、神聖性作者觀

上古的文藝活動，如《呂氏春秋．古樂篇》所述：「昔葛天氏之樂，三人操牛尾，投足以歌八闋」，或《尚書．堯典》：「余擊石拊石，百獸率舞」，這些歌舞，都是群體的，然其辭俱不可考。今相傳堯時兒童所唱的〈康衢歌〉，見《列子．仲尼篇》；堯時老人所唱的〈擊壤歌〉，見《帝王世紀》；舜所唱的〈南風歌〉，見《尚書．大傳》等等，後世皆謂其為偽作。

所謂「偽作」，是指它並非如它所號稱的，為堯時舜時所作。故張心澂《偽書通考．例言》說：「凡書本非偽，因誤認撰人及時代，照所誤認之撰人及時代論，即成為偽書」。若不搞清楚書的真偽，據梁啟超說，在文學方面會造成「時代思想紊亂，進化源流混淆」的毛病。

這真是固執「所有權式作者觀」的人的偏見。

〈南風歌〉固然不可能就是當年舜創作時的風貌，甚至未必是舜自己作的。但是這很可能是古之歌謠不斷傳唱的結果，說是某時某人作，不過是個集體創作者的總代稱。辨偽論者拘泥於版本著作權的觀念，務考其創作時之原貌；凡在此原件上增刪改補者，皆以偽作名之。殊不知其所謂偽作，皆為另一種作者觀之下的產物。在那個作者觀的支配下，一部作品，無論是一首詩歌或一本書，往往是一群人、一個學派陸續纂輯而成的，很難具體指出某些部份是某人所作。〈南風歌〉〈康衢歌〉如此，《老子》《莊子》等書何嘗不是如此？所謂辨偽，等於是拿另一種觀念來與它對質，根本是牛頭不對馬嘴，徒勞無功的。《老子》之真偽與作者問題，辯到現在，仍是疑雲滿天。《莊子》也是。有些人認定內七篇是莊周所作，外篇是其門人作，雜篇則是其後學作這雖比較合理了，卻仍忽略了內七篇乃是後人分輯的事實。內七篇中如〈齊物論〉原先就在雜篇之中❸。所以說這些作品都很難指實某一部份確為某人所作。

這個時候，所謂「作者」，要不就是佚名；或主名難尋，出於眾手，屬於隱匿的作者。要不就是個標籤，姑以某人為作者。這個某人，可能是古代聖哲、帝王、學派的宗師、家族的始祖、社會上眾所景仰的人物，或世俗信奉的神佛仙鬼。作品貼上了這個標籤，就算有主名了，作品可未必即是這個主兒所作。

這幾種情況，都極為普遍。如《詩經》裡各詩的作者，就多是佚名。有幾篇在詩本文裡自己說明了作者的，像〈小雅・節南山〉：「家父作誦，以究王計」、〈巷伯〉：「寺人孟子，作為此詩」、〈大雅，烝民〉：「吉甫作誦，穆如清風」、〈崧高〉：「吉甫作誦，其詩孔碩」等，其詩也未必就是尹吉甫、寺人孟子等作。因為〈崧高〉明明是稱贊申伯之功業，而謂尹吉甫作詩贈之，其意深長。故這絕不可能是一首尹吉甫自己作的詩，而旁人詠吉甫之贈詩美申伯❹。〈烝民〉的情況與此相同。故這類之作者，仍是佚名的。

但作品雜出眾手，難尋一固定的作者，或作者名位未顯，不易徵考，比較容易理解。為什麼一人或一群人作一書作一詩歌，而竟要托名於他人呢？

據張心澂的研究，「作偽」的原因有下列各項：

(1)憚於自名、(2)恥於自名、(3)假重於人、(4)惡其人，偽以禍之、(5)惡其人，偽以誣之、(6)為爭勝、(7)為牟利貪賞、(8)因好事而故作、(9)以他人作為己作，是為了求名。

以上這些，我可以看得出辨偽派都是從不良的心理動機上去解釋作偽之原因，刻意讓人獲得一個不好的印象，而不齒於作偽者之所為。然而，試問：這樣的解釋諦當嗎？「偽作」〈南風歌〉〈擊壤歌〉者，何必憚於或恥於自名？又爭什麼勝、牟什麼利呢？若說老子莊周之門人弟子後學著述時仍冠以宗師之名，勉強能算是「假重於人」吧。惡其人則偽以誣禍之，在周秦漢晉之間，倒還不太容易找到例子。《易》之〈十翼〉說是孔子作；《周禮》說是周公作；《孟子》《荀子》說是孟軻荀卿作；《素問》說是黃帝作；……這些又如何以「好事故作」去解釋？因此，這樣的解釋，只照顧了局部現象，而且出於偏見，殊不可信❺。

東西明明是自己作的，卻不願自居於作者，而要推一位才智名望都比自己高的人出來掛名，乃是將創作的榮耀歸於他人的行為。這種行為背後，有一特殊的作者觀。此一作者觀認為：一切創造性的力量，及創造性的根源，均來自神或具有神聖性的「東西」。人是靠著神的給予，才獲得了這一力量。所以，作品固然是由我所製造的，創作者卻是另一「東西」，不是我。

《山海經・大荒西經》曾記載：「夏后開上三嬪於天，得〈九辯〉〈九歌〉以下」，《楚辭・九歌》也說：「啟〈九辯〉與〈九歌〉」「啟棘賓商，〈九辯〉〈九歌〉」。〈九辯〉與〈九歌〉顯然被認為是啟所傳下來的歌，可是這種歌卻非啟所能作，而是從上天那兒求來的。靠著神的給予，人才能獲得它。——這就是人間之所以有樂曲的來源。

既然樂曲非人所能作，而是神作的，那麼這些曲子就成為人要創作時的模範。換句話說，人的創作，其實只是模擬與學習；是傳述神的靈恩，而非自己在宣示、傳達意念。這時的作者，實即等於述者。

然樂曲為神所作，則知樂、或仿擬其樂而作樂，便能通過樂曲與神溝通了。

這樣的知樂與作樂者，亦非一般人所能勝任，必須是接受了神的指示或具有特殊的神眷，方能具有這樣的能力。如古之巫覡即屬於此等人。《說文》：「巫，祝也。女能事無形以舞降神者也」。以舞降神，就是透過歌舞以溝通八神。這時，巫覡可能是「作歌樂鼓舞，以樂諸神」（王逸《楚辭注》），也可能是在神靈降體的情況下，消失自我，口歌足蹈，作出歌舞來。

這就是所謂的通靈。通靈者，是處在一激情的恍惚之中，暫時喪失了他的理性意識，而權充為一啟示真理之宣示者，且常以預言、詩歌、象徵的方式，來宣告這一真理。因此，不但創作者是神聖的，其作品也有神聖性。人必須接受這一真理的讖言，並設法去理解它、實現它。通靈的創作活動，既是迷狂的、恍惚的、激情的，我暫時非我，神進入我身體之中。那麼，它當然就是近乎作夢的經驗；同時，也近乎性交的感覺：是「夢與神交」。故祀神的樂章多半「褻慢淫荒之雜」，有點人神戀愛的味道。

這個神，當然不那麼拘泥，一定是什麼神。凡古之聖王哲人、先王先公，在中國人的觀念中都能降神降靈。所以我們必須從這個角度去了解所謂：「帝顓頊令飛龍作樂」（《呂氏春秋•古樂篇》）「帝俊生晏龍，是務為琴瑟」「帝俊有子八人，是始為歌舞」（《山海經•海內經》）……等創造神話的意義。

基於對這一意義的信仰，後人才會在作詩著書之際，不敢自居於作者，而將作者的榮耀歸於古先聖哲。

四、作者之謂聖：孔子的地位

我們稱這一作者觀為「神聖性作者觀」，它不同於「所有權作者觀」。它的所有權是開放的，任何人都可以參與這一作品，而且視參與作品為一神聖性的活動。任何人都不敢壟斷或獨居創作者之名：作者，也被視為神聖性的。這就是《禮記・樂記》所說的：「作者之謂聖，述者之謂明」。聖者作，其他人便來傳述之、彰明之。這種傳述，就是我們前面說的：參與作品。

通過這個神聖性作者之概念，及作者與述者的區分，讓我們來分析一下孔子的行為。

在孔子當時，頗有人以聖者視之，《論語・子罕篇》載：「大宰問於子貢曰：『夫子聖者歟何其多能也？』子貢曰：『固天縱之將聖，又多能也！』」大宰的贊嘆，與衛國封儀人說：「天將以夫子為木鐸」（〈八佾篇〉）意義是一樣的。所謂木鐸，孔注云：「天將命孔子制作法度以號令於天下」，即包含了聖者制作及天縱等義涵。

孔子卻並不敢自居於這一地位，他一再表示：「若聖與仁，則吾豈敢？」認為自己只不過是比較用功學習而已。說：「十室之內，必有忠信如丘者焉，不如丘之好學也」（〈公冶長篇〉）「吾十有五而志於學」（〈為政篇〉）「加我數年，五十以學易，可以無大過矣」（〈述而篇〉）「學如不及，猶恐失之」（〈泰伯篇〉）。一部《論語》，從一開卷，我們就隨處可看到孔子在強調學。「學而時習之，不亦樂乎」，後來自稱好學，以致老而忘倦；又稱贊顏回不改其樂，也是因為顏回好學。

孔子究竟學什麼呢？衛國有位大夫公孫朝曾問過子貢：「仲尼焉學」，子貢回答道：「文武之道，未墜於地，在人，賢者識其大者，不賢者識其小者，莫不有文武之道焉。夫子焉不學？而亦何常師之有？」意思是說孔子學的乃是文武先王之道。

的確，用孔子自己的話來說，就是：「述而不作，信而好古，竊比於我老彭」（〈述而篇〉）。

《正義》云：「作者之謂聖，述者之謂明。但述修先王之道，而不自制作」。他認為自己只是個學習者與傳述者，不能自稱為一作者。故曰：「蓋有不知而作者，我無是也。多聞，擇其善者而從之；多見，而識之。知之次也」（〈述而篇〉）。所謂知之次，即否認他自己是天才生知。

雖然如此，述者也非平常人，他是以虔敬的心情，自任為真理的探尋者、學習者與宣布者，對於真理之源，表達了極其熱烈的追尋及嚮往。這種人是特殊的，因為一般人並未聽到真理的聲音，也無法那麼熱切地去學習作者遺留下來的作品。唯有孔子，在大家還無法理解的情況下，不顧一切地去鑽研，信而好古，並擔任神聖性作者的使者，努力地傳述真理。

因此，在精神上他亦等同於降神通靈的巫覡。他曾提到：「南人有言，人而無，不可為巫醫」，並用此來證成《易經》的道理；他又贊《易》；整理《尚書》，也談到「謀及卜筮」〈洪範篇〉；臨終更夢到坐於兩楹之間。卜占巫筮的經驗對他來說，乃極為熟悉的。這樣的人，他對真理的信仰與追尋的信心，其實並不盡如後世理性化的解釋，而往往來自神秘的啟示，例如他說：「鳳鳥不至，河不出圖，吾已矣夫！」（〈子罕篇〉），又說：「甚矣！吾衰也！吾不復夢見周公」（〈述而篇〉）。夢寐通靈以及上天降示的神秘符號，是讓他堅信作者之聖而願伏膺躬行，並為之發揚光大的重要心理憑藉。一旦減少了這種通靈的經驗或不再看到神秘的啟示，他就惶恐了，感到是自己衰老不中用了，不再能感應作者所給予的訊息了。

這樣的傳述者，是要將作者之作品昌明光大於天下的。所以孔子要修《詩》《書》、正《禮》《樂》、贊《易》，使「雅頌各得其所」。這種傳述，其實便是參與了作品，但述者自認為只是在替作者做工。

這才是真正的孔子。一位述而不作、信而好古的孔子。不過，前面說過，孔子當時已經有些人把他看成是神聖性的作者了。大宰與子貢的對談，是最典型的代表。子貢本人更在孔子喟嘆「余欲無言」時，立刻接口說：「子如不言，則小子何述焉？」〈陽貨篇〉。孔門弟子也是把孔子視為聖人，而自居祖述者之地位的。所以「仲尼祖述堯舜，憲章文武」〈中庸〉，後來的儒家則「祖述堯舜，憲章文武，宗師仲尼」《漢書・藝文志》。

這種情況，遂構成了歷史上儒家的基本性格，強調先王之道是永不可變易的真理，自居於一學習者與傳述者的地位。重視經典的傳習講授、文獻的整理，推崇神聖性作者的功績。孔子推美三代文武周公，後來儒家則說：「天不生仲尼，萬古如長夜」。這箇神聖性作者，成為真理之源。一切是非，皆當不謬於或折衷於聖人。

然而，孔子本人並不敢自居為聖人、為作者，現在孔門後學及儒家均視其為聖人，其中便產生了若干問題。

五、述者之謂明：儒家的性格

以儒家的學術內容來說。從孔子重學、荀子勸學、《禮記》有〈學記〉以下，儒家對學的內容與方法雖有爭議，重學之義卻是儒者之共識。然而，勸人力學，又推崇孔聖的天縱生知，本身就構成了一個內在的矛盾。這一矛盾，乃是儒家理論內部無法解決的困難之一。以朱子之精博，對此困局，亦感為難。

例如《論語・為政》孔子自述十有五而志於學，朱子門人讀此便常發生了懷疑。因為孔子是聖人，「聖人生知、安行，所謂志學至從心等道理，自幼合下皆已完具」，原是不待學習的，為何孔子卻說得如此鄭重，自述進學如此之艱難？朱子無法解答這個問題，便只好說：「聖人自說心中事，而今也不可知只做得不可知待之」（《語類》卷廿三）。

這是老實話。但有些時候他不能只這樣說，他必須找到一個解釋，否則連他自己也無法心安。所以有一次他的弟子問：「我非生而知之者，好古敏以求之者。聖人之敏求，固止於禮樂名數，然其義理之精熟，並敏求之乎？」朱子答：「不然。聖人於義理，合下便恁地；固天縱之將聖，又多能也。敏求則多能事耳。其義理完具，禮樂等事，便不學，也有一副擔當。但力可及，故亦學之」。意思還是強調以孔子的天才，學不學並不重要，但聖人力氣大，行有餘力，所以便去學了。後來他又再補充說：聖人之學，也與一般人所謂的「學」不一樣，「聖人是生知而學者。然其所謂學，豈若常人之學耶？聞一知十，不足以盡之！」（皆見《語類》卷三四）。

正因為他必須維護孔子生知的立場，所以他不能同意張載的看法（張載認為孔子是自覺發憤才能成就為聖人）。朱子門人有一次向他請教張載「仲尼憤發而至於聖」這一說法。朱子答道：「聖人緊要處，生知了，其積學者，卻只是零碎事，如制度文為之類，其本領不在是。若張子之說，是聖人全靠學也。大抵如所謂『我非生而知之，好古敏以求之』，皆是移向下一等說以教人」(同上)。

說孔子的話只是故意降低層次來勸人用功，在道理上說，當然不無可能。從整部《論語》所顯示的重學氣氛以及孔子對先王之道虔敬熱切求索的態度看，此說便不免迂曲。而且，如此推尊孔子，把孔子跟一般人區分得如此遼遠，從理論上看，又是否恰當呢？《語類》卷廿九即曾討論到這個問題：

> 或問：「美資質底固多，但以聖人為生知不可學，而不知好學」，曰：「亦有不知所謂學底，如三家村有好資質底人，他又哪知所謂學，又哪知聖人如何是聖人，又如何是生知！」

這是在談「十室之內，必有忠信如丘者焉，不如丘之好學也」時帶出來的感嘆。肯定聖人為聖、為天才生知之後，確實會讓很多人自暴自棄，覺得自己不是聖人，也學不到聖人。朱子門人以此為問、朱子却未針對問題，反而也發了一頓牢騷，這不是朱子不想針對問題，而實在是伊川學、朱子學裡，此一問題是無解的。張載等人不論天才，也只是規避問題而已。真正想解決這個問題的人，是王陽明。

陽明學的基本重心，在於聖人可學而至：發揮本心良知，即能成就為聖人。但這一說法，立刻就會碰到有關天才問題，《傳習錄》第九九條：「希淵問：聖人可學而至。然伯夷伊尹於孔子，才力終不同，其同謂之聖者安在？」就是這一問題。

對此，陽明以「成色輕重」說來解釋。也就是說人中的聖人，猶如金屬中的純金，聖人都是聖，猶如純金的成色皆相同；天才的高下，則猶如純金的輕重有了差異。堯舜是萬鎰，禹湯文武才千鎰，伯夷伊川更少，才四五十鎰。此說取譬善巧，金之分兩固不能增減，成色則可鍛鍊，所以人皆可以學為聖人。

但為什麼在聖人之中孔子就不如堯舜呢？陽明仍用作者與述者的區分來解釋，他說：「看《易經》便知道了。……伏羲作易，神農黃帝堯舜用易。至於文王演卦于羑里，周公又演爻於居東。二聖人比之用易者似有間矣。孔子則又不同，其壯年之志，只是東周，故夢亦周公。嘗曰：『文王既沒，文不在茲乎？』自許其志，亦只二聖人而已。況孔子玩易，韋編乃至三絕，然後嘆易道之精，曰『假我數年，五十以學易，可以無大過』，比之演爻者更何如？更欲比之用易如堯舜，則恐孔子亦不自安也。其曰：『我非生而知之者，好古以求之者』，又曰：『若聖與仁，則吾豈敢？抑為之不厭』，乃其所至之位」（《傳習錄‧拾遺》第三十七條）。

陽明此說，似甚圓融，其實問題重重。馮柯《求是編》卷三即反駁說：「使果以『替聖人爭分兩』為軀殼起念，則陽明前日以分量喻聖人分量者，獨非軀殼起念乎？使前日之喻非軀殼起念，何獨以今日之疑為軀殼起念乎？既自以為不從軀殼起念、不替聖人爭分量，何不以孔子為萬鎰，堯舜為九千鎰乎？」也就是說，陽明方面謂人皆可為聖，一方面又替聖人定等級；於是人只能成就為一小聖人，而永遠不可能成就為堯舜、孔子之類的大聖人。因為這種聖，是天生的，連孔子面對堯舜，也不得不說：「若聖與仁，則吾豈敢！」

因此，陽明學雖講良知本然之天理，雖講人人皆有此良知，只須擴充、只須致良知就能成聖，骨子裡仍不能不是天才決定論。《傳習錄》第二二五條載：「先生曰：我輩致知，只是各隨分限所及。今日良知見在如此，只隨今日所知，擴充到底。明日良知又有開悟，便從明日所知，擴充到底。如此方是精一工夫。與人論學，亦須隨人分限所及，如樹有這些萌芽，只把這些水去灌溉；萌芽再長，便又加水。自拱把以至合抱，灌溉之功，皆是隨其分限所及。若些小萌芽，有一桶水在，盡要傾上，便浸壞了他」（《卷下》）。擴充的工夫，要看人當時的分限。同理，推到工夫至極處，不也仍在於人的天生分限嗎？小萌芽不可以浸整桶水，只能逐漸灌溉，但逐漸灌溉到最後，小薔薇終究不能成長為大松樹，這就是天分所限了。

這仍然是聖不可學論，只是多了一層轉折，說：聖人可學而至，然堯舜孔子不可學而得。因其理論如此，故陽明與朱子之不同，其實只是下手工夫不同，陽明自謂：「吾說與晦庵時有不同者，為入門下手處有毫釐千里之分，不得不辯。然吾之心與晦庵之心，未嘗異也」（《傳習錄》卷上），也就是為學的工夫，朱說格物致知，王說致良知罷了。可是既承認天才生知，這種工夫又無意義了。卷下：「問：『聖人生知安行，是自然的。如何有甚工夫？』便問到了癥結所在。陽明無力破解此一困局，只好說：「知行二字，即是工夫，但有深淺難易之殊耳」。這純屬強辯。因為所謂工夫，是就人之用工而言，生知安行者，本未用工夫，如何能說其知其行即是工夫？其次，工夫若有深淺難易之別，則一種人天生美質，毫無障蔽，工夫簡易，甚且不必用功，自然契合；一種人天生罪孳，「蔽錮已深」，工夫就應困苦，「思量要做生知安行的事，怎生得成？」也不符人格平等之義。與其所說：「夫婦之與知與能，亦聖人之所知所能。聖人之所不知不能，亦夫婦之所不知不能」，適相矛盾（《傳習錄》〈拾遺〉第三五條）。

但陽明卻自認為已經解決了朱子所難以解決的困難，自解其說為「拔本塞源」之論。這一論辯，詳其〈答顧東橋書〉。《傳習錄》卷中，顧氏書謂朱子引尹焞曰「生而知之者，義理耳。若夫禮樂名物，古今事變，亦必待學，而後有以驗其行事之實」云云，為「定論」。陽明不以為然，駁之曰：

> 夫聖人之所以為聖者，以其生而知之也。而釋《論語》者曰：「……」。夫禮樂名物之類，果有關於作聖之功也，而聖人亦必待學而後能知焉，則是聖人亦不可以謂生知矣。

這是以「聖人生知」來否定禮樂名物等知識有去學的價值，要求學者「學而知聖人之所能知者」。但聖人所能知的是義理，而其所以能知，則是生知。學者不能生知，只能學聖人生知的義理。這個說法，與朱子究竟有啥不同呢？只不過朱子說：「禮樂等事，但力可及，故亦學之」，陽明較為斬截，說：「大端惟在復心體之同然，而知識技能，非所與論也」而已。總之，聖是天縱生知的，後人無此天才，便只能祖述之、學習之。從孟子：「乃所願則學孔子」（〈公孫丑上〉）及荀子之勸學開始，儒家對學的內容與方法，爭端蜂起，各成學派，然作者聖而述者明的認定，幾乎沒什麼變動。自居於述者的立場，也使得儒家「成聖」的理論，實際上成為「學聖」的理論。不是學為聖人，而是學聖人。

但是這其中有個非常詭譎的狀況，那就是：雖只是學聖人，卻又只成就自己，而不是聖人的影子。孔子述而不作，信求先王之道，然畢竟是孔子而非周公；孟子願學孔子，然畢竟與孔子不同。神聖性作者觀之中的述者，其實就是參與作品、不敢自居於作者的作者。陽明說得好：

先認聖人氣象。昔人嘗有是言矣。然亦欠有頭腦。聖人氣象自是聖人的，我從何處識認？若不就自己良知上真切體認，如以無星之稱而權輕重、未開之鏡而照姸媸，真所謂以小人之腹而度君子之心矣。聖人氣象，何由認得？自己良知，原與人一般。若體認得自己良知明白，即聖人氣象不在聖人，而在我矣。

此所以儒者之學又是為己之學，聖人之氣象即在己身。到此地步，便是不敢自居為聖人的聖人；所成就的，不是堯舜、孔子那樣的聖人，而是自己這樣的聖人。這是澈底放掉自己、沒入聖人之中，而卻得到自己、實現自己的方式。此一工夫歷程，也可顯示在儒家對經典的態度上。孔子以後的儒家，也多採取述而不作的態度，祖述六經、宗師仲尼，一切意見，均以闡述經典或注釋經典的方式來表達。這在表面上看起來，是擁抱聖人之糟粕；是依傍前人；是仰企聖人，以為不可超越。其實猶如一闋歌謠，傳唱者你添了一段、我改了一句；或者用了舊調子，唱著我的新歌詞，或則旋律變動了、節拍不一樣了。每個人、每個時代其實都唱著自己的歌哩！創作活動，即在傳述之中進行。

六、由述者到作者的轉換

在孟子時代，孟子曾提到，「有為神農之言者許行」：他所排拒的墨家，據說也祖述禹道。因此我們可以相信；遲至戰國時期，神聖性作者觀仍是最普遍的觀念。即使孟子本人亦不例外。然而，傳述活動既以述明作者之意為宗旨，卻又由於創作活動同時在傳述之中進行，以致傳述的不同，必然引發「誰祖述的才是真理」之懷疑。

荀子曾批判「不法先王」的鄧析惠施；也曾批判「略法先王而不知其統。……案飾其辭，而祇敬之曰：此真先君子之言也」的子思孟軻。所謂案飾其辭而祇敬之，便有神聖性作者觀中的神祇敬祭態度在。然而這種虔敬祖述的學說，卻被視為不合先王之義。同樣的，荀子的弟子韓非也質疑那「道上古之傳譽，先王之成功」的儒者，是「說者之巫祝」。並進一步批評：

> 孔墨之後，儒分為八，墨離為三，取舍相反不同，而皆自謂真孔墨。孔墨不可復生，將誰使定世之學乎？孔子、墨子俱道堯舜，而取舍不同，皆自謂真堯舜。堯舜不復生，將

這是一方面檢察到述者與述者之間的裂罅，一方面詰問述者與作者之間的差距，而得出傳述活動皆不可信的結論。依荀子的說法，是著重於傳述者與傳述者之間的競爭、辯難，看誰才真正符合聖者之意。這便必須回到原典、回到聖人說話的語意脈絡中去考察。如此，即開啟了經典考證、注意文獻、追究聖人原意的學術路向。荀子之所以為傳經之儒，所以能開啟漢代學風，這不能不說是關鍵之一。

依韓非子之說，則傳述者與傳述者之間因為有所不同、因為我們無法鑑別傳述的真假，所以乾脆認為所有的傳述都是假的。，都是「非愚則誣」。這一推論，當然十分荒謬。但是它的意義在於顯示了：人不願意再活在不確定的傳述之中，它要尋找確實的、可以「參驗」的東西；他不願自居於述者，他要制法術，自己來做聖人了。用韓非自己的話說，這就是「新聖」。〈五蠹篇〉曰：「今有美堯舜禹湯文武之道於當今之世者，必為新聖笑矣。」

不只是韓非子，恐怕那不法先王的惠施與鄧析，也具有這樣的精神。神聖性作者觀就在這個時候，開始遭到腐蝕了。韓非子的觀點，破除了神聖性作者觀中的神聖性，或者說他鄙夷這種神秘性，且要求人自己來做新聖。荀子則甚本上仍主張法先王，但其取徑已兼含法後王。而更奇特的是：他追究作者原意的路向，更催毀了神聖性作者觀。

神聖性作者觀中的作者之意，一定是模稜的、混合的、包孕眾多意義以待解釋的，所以可以「取舍不同，而皆自謂真堯舜」。一旦追尋出一個正解可定解，其神聖性便喪失了。其意旨不再對每個人都有意義，而僅為作者個人之意。作品既屬於作者個人，那麼，所有權作者觀便興起了。

何況，孔子的例子，也使得戰國諸子清楚地看到了：一個人如何由「述者」被轉換為「作者」。儒家推尊孔子的舉動，其實也教育了其他人，其他各門派的學者同樣可以推崇他們的宗師是聖人、是作者。因此，這個時候，當然還有不少書是群體增刪修補並貼上標籤式作者之名的，諸書間的抄錄轉述，也視為平常。可是確有一些書，已經是個別著作，明標作者的了。

在這一趨勢之中，《呂氏春秋》和《淮南子》恐怕是最有趣的作品了。這兩部書，都是一位當權者，召集賓客集體撰寫的，撰寫者之名姓不可考，其學術淵源亦難以諦知。寫好以後，即冠上呂不韋和劉安的名字，他們兩位竟成了「作者」。元朝陳澔說：「呂不韋相秦十餘年，此時已有必得天下之勢，故大集群儒，損益先王之禮，而作此書，名曰春秋，將欲為一代興王之典禮也」（《禮記集說》），關於《淮南子》之成書，也有人做類似的推測。但不管如何，呂不韋與淮南王之所以要尸此作者之名，正因為作者代一種榮耀，而撰寫者又讓他們得到了這個榮耀，不自居於作者。這正是神聖性作者觀的表現。另外，據《史記》說，呂不韋之所以如此做，是看到「荀卿之徒著書布天下」。「恥以貴顯而不及」（宋黃震語），故召集門客著書。可見這也剛好處在兩種作者觀競爭的時代。自此以後，如呂不韋、劉安著書的情況當然存在，達官顯宦，往往倩人捉刀。但所有權作者觀的勢力則確實在逐漸增長，且成為正式的作者觀之趨勢。命賓客著書，然後冠上自己姓名的方式，倘若被人揭穿（即指出該作品的所有權作者另有其人），也會變成一件不名譽的事，彷彿盜用了別人的東西。賓客格於體制與形勢，替府主座師或其他人代筆，也往往仍會收入自己的詩文集，不再掛別人的名字。因為文章是「我」寫的，所以是「我的」❻。

據此，我們可以說：荀子韓非子，代表這種所有權作者觀業已興起，且來勢洶洶，頗有攻擊性。《呂氏春秋》《淮南子》，代表神聖性作者觀仍將固守陣地的企圖，但其勢力畢竟是在減弱之中。

七、作者觀在漢代的發展

(1) 確定原本的學術路向

兩種作者觀的消長之機，主要是在漢朝。漢朝經秦末大亂之後，迫切的時代問題之一，就是整理文獻，一方面徵甄佚亡，一方面整比異同。徵求來的佚書圖籍，當然要確定是誰作的、屬於哪一部書。這就涉及真偽的鑒別以及作者的認定。而整齊異同，更含有一「定本」的觀念在。所以說漢代學術，有明顯的尋找定本的氣息，也有濃厚的尋找作者的意圖。

所謂尋找定本，我們立刻可以想起劉向、班固等人的校定經籍活動。通過這些大規模的經籍校定整理，他們也發展出一套完備的目錄、板本、校勘、輯佚，乃至訓詁的整理文獻方法，構成日後我國文獻學或「漢學」研究法的基本架構。利用這套方法，研究者假定有一個作品的原貌。只不過，在流傳的過程中，原貌有了剝蝕損毀，或增彩附色。研究工作，就是要掃除這些增飾、輯補這些殘缺，恢復其舊觀。

什麼叫做作品的原貌呢？他們認為：作者寫定這篇作品的樣子，就叫原貌。這個認定，再簡單清晰不過了。但是要確定這一點，勢必先證明誰是作者、何時寫定，對不對？於是，這就有了作者與作時的問題。

確定了作者，確定了創作時間，確定了作品的原貌，我們才能安心地閱讀這篇作品，享受作品所提供給我們的訊息。這個訊息，是作者透過作品傳達給我們的，所以，我們的一切閱讀，又都以確實掌握作者的原意為宗旨。

這樣，「原作、原意、原貌」，就構成了一個詮釋結構，一切閱讀與理解的活動，都要納入這個框架中，才能進行

(2) 探尋本義的解經傳統

但在這裡我們必須強調：漢代整理圖籍只是造成這個結果的原因之一。應該這樣說：儒家的神聖性作者觀，本來就蘊涵了轉變為所有權作者觀的理由。因為在前文我們討論荀子時已經說過，自命為傳述者的後學們，彼此就會爭辯誰才能真正了解作者的原意。

孔子的後學們，分成了八派。這八派，據《禮記》曾子的說法，乃是「各尊所聞」的發展。

由於各尊所聞、各是其是，對孔門傳習的經典，解釋也就不會一樣，此所以《詩》有齊、魯、韓、毛；《春秋》有公羊、穀梁等等。這些不同的學派，都不約而同地提到有關「口說」的問題，只不過強調的程度不盡相同而已。所謂口說，即師弟相傳，口述傳播的微言與大義。各派所根據的本子可能是一樣的，但由於口說不同，以致各派各尊所聞，對經典和作者的理解大相逕庭。

因解釋不同，形成的家法、師法，是漢代學術的基本狀況。然而正由於解釋甚為不同，彼此競爭，遂越來越要指實何者始確為某作者所作（例如：某句話真是孔子說的嗎？）倘某作品確為某作者所作，則該作者到底要說什麼？這就也走上追究原作與原意的路子上去了。——這與前述第一個原因本來是矛盾的，但居然殊途同歸！

例如《漢書・藝文志》說：「漢興，魯申公為詩訓故，而齊轅固、燕韓生皆為之傳。或取《春秋》，雜采眾說，咸非詩本義。與不得已，魯最為近之」。所謂傳，就是傳述的意思。以劉向班固這些整理圖籍的人來看，這些傳述，均非原貌原意，所以批評它非本義。但從三家詩本身或屬於古文的毛詩去觀察，我們卻又可以發現各家詩幾乎都在逐首指實該作者是誰、本義為何。如《韓詩外傳》說〈漢廣〉是孔子南遊至楚，見子女佩瑱浣衣，叫子貢去調戲她而作的。這種解詩法，近乎杜撰本事，乃後世《本事詩》之濫觴。所以它本身固然是神聖性作者觀底下的產物，傳述時添油加醋，繪聲繪影，乃其本份。可是，經由他們的傳述，卻是朝向確定作者、作時、作意的路子在發展，本義與本事的追尋，構成了漢人的解詩傳統。神聖性作者觀也順乎自然地就轉換成所有權作者觀了❼。

(3) 公羊家作者觀的普遍化

不只此也。試看司馬遷的例子。司馬遷《史記・屈原列傳》說：「余讀〈離騷〉〈天問〉〈招魂〉〈哀郢〉，悲其志。適長沙，觀屈原所自沈淵，未嘗不垂涕，想見其為人」。他顯然已把〈離騷〉等一系列作品視為屈原這一位作者所作，讀者閱讀這一作品，即可以了解作者的「志」，並進而「想見其為人」。另外，他又在〈太史公自序〉中說：「夫《詩》《書》之隱約者，欲遂其志之思也。昔西伯拘羑里，演《周易》；孔子戹陳蔡，作《春秋》；屈原放逐，著〈離騷〉；左丘失明，厥有《國語》……《詩》三百篇，大抵賢聖發憤之所為作也」。顯然他是把〈離騷〉跟《詩》《書》《春秋》《國語》……等書視為同類性質的著作：都是某一位作者，在某個創作動機的驅動之下，為了表達其個人之思與志而創作出來的。

依司馬遷的語脈來觀察，他已經把這一情況，視為作品之所以產生的通例：不只〈離騷〉或其他某一本書如此，凡作品，幾乎都可以說是「大抵賢聖發憤所為作也」。

這其中特別值得注意的，是他講到「孔子戹陳蔡，作《春秋》」。司馬遷曾跟董仲舒學過《春秋》，這裡似乎即採用了公羊家對《春秋》的基本看法。此一看法堅決反對孔子只是一述者、只是編輯整理古代文獻的人；反對《春秋》乃是史官之記載。認為孔子是玄聖、是素王、是作《春秋》的人、是在為漢制法。

環繞這一說法，孔子被描述為一神靈降生的聖人；而其所作之《春秋》等書，則猶如預言；

且其辭旨甚為隱曲，必須經由師法「口說」，才能了解。所以後來劉歆推崇古文，即攻擊今文家「信口說而背傳記」。章太炎也批評漢儒「說經者多以巫道相糅，故《洪範》，舊志之一篇耳，猶相與抵掌樹頰，廣為紬繹。伏生開其源，仲舒衍其流。……以經典為巫師預記之流，而更曲傳《春秋》，云為漢制法。……昏主不達，以為孔果玄帝之子、真人尸解之倫。讖緯蜂起，怪說布彰，曾不須臾，而巫蠱之禍作，則仲舒為之前導也」（《文錄》卷二〈駁建立孔教議〉）。

今文、古文的對諍，可以視為兩種不同作者觀的衝突，因為古文家就是堅決反對孔子作《春秋》的。但西漢流行的，正是以孔子為作者，而自居於述者的學風。述者解作者之作，猶如巫覡解神靈之讖言，一方面深感其隱曲模糊，一方面又要盡力闡述之。由於它是隱曲的，所以解《春秋》的人，稱《春秋》中有微言大義；司馬遷則認為《詩》《書》也是隱約的；〈詩大序〉也說〈風〉是「主文而譎諫」。對此隱曲難明之作，述者把它視為神聖的真理啟示，不敢小覷，務求解明闡釋之。所以才會形成章太炎所說那種「抵掌樹頰，廣為紬繹」的狀況。此即漢人的章句之學。所謂章句，乃是逐句闡述，分章講論的，其文甚為繁富，故《漢書・夏侯勝傳》謂勝「牽引以次章句，具文飾說」。

換言之，在今文經學的普遍影響下，漢儒解經，仍保持神聖性作者觀，自居於述者的地位。但將經典視為孔子這一位作者所作的態度，亦畀予作品一所有權的觀念。這一觀念，運用到六經以外的作品上去，便很自然地也把那些作品視為某一位賢聖所作。

最典型的例子就是司馬遷提到的〈離騷〉。

王逸的《楚辭章句》，即是將解經的章句之學，移用到《楚辭》上去的實驗。而據其序文，知在王逸以前，班固等人已有了類似的嘗試，他說：「淮南王安作《離騷經章句》……而班固、賈逵復以所見易前疑，各作《離騷經章句》」。稱為「離騷經」，乃是將〈離騷〉予以經典化；經典化之後，此一作品即可以如六經那樣，指實為某一人所作。而述者亦可以根據其作品，章句闡明之。

可見這是在西漢今文經學的發展下，將作品之作者所有權逐漸普遍化的結果。作品為一位作者所作，已成所有作品之通例。《春秋》為孔子作、〈離騷〉為屈原作、《國語》為左丘明作、〈七諫〉為東方朔作、〈九懷〉為王褒作……甚至《呂氏春秋》，也是「不韋遷蜀，世傳呂覽」，仍可以視為賢聖發憤之所為「作」。

八、作者的世俗化：文吏與文士

這也就是說，神聖性作者觀從戰國末期逐漸式微之後，經漢代新的發展，而竟轉變成所有權作者觀獲得普遍認同的局面。在此情況之下，作者的神聖性降低了。著作固然仍是一件崇高偉大的事，卻不必然只有聖人才能從事，不必只有天才始能創作。每個有志者似乎都可以撰寫作品，以使自己名垂久遠。

這就是作者的世俗化。也就是「文人」這一流品之所以出現於漢朝的原因。所謂文人，是專指那些能夠寫作的人，這種人乃是新時代裡世俗化了的作者，與志在祖述的儒家大異其趣。當時的儒家，仍是述而不作的，他們的工作，王充說得極為清楚：「能說一經者為儒生」（《論衡・超奇篇》）「儒生籀經，窮竟聖意」（〈程材篇〉）。旨在玩索作品，以探作者之意，而非自己寫作品。文人則不然，他們不必窮經，不必籀聖，他們自己就要創作且能創作。

這類文人的出現，有幾種型態。一種即如司馬遷這樣，以孔子作《春秋》來自我期許，使自己成作者。一種則屬於戰國策士著書持說的延續，像陸賈《新語》便有此氣味。另一種則是新時代統治結構變遷之後，出現的一批「文吏」與專藝文人。

漢代統一天下之後，士與統治王權之間的關係即發生了劇烈的變化，他們的處境，與戰國時期大不相同。這些不同，在東方朔〈答客難〉、揚雄〈解嘲〉、班固〈答賓戲〉諸文中，均有深刻的剖析。而面對這一處境，他們的回應之道，當然也各不相同。這其中除了涉及人生觀及價值抉擇的問題之外，大體上我們可以朝幾個方向來觀察。例如王充，《論衡・須頌篇》說：「漢家功德，頗可觀見，今上即命，未有褒載，論衡之人……為此畢精。故有〈齊世〉〈宣漢〉〈恢國〉〈驗符〉」，這是著文贊頌此一「偉大時代」的。還有些人，並不站在局外贊頌此一時代，而要積極地進入官僚體系，為時代服務。這些人，也能寫作，特別是官文書的寫作。故此等人可稱為文吏。

《漢書・兒寬傳》曾提及「文史法律之吏」，《論衡・程才篇》說：「文吏，朝廷之人也。幼為幹吏，以朝廷為田畝，以刀筆為耒耜，以文書為農業」。這些人擅長簿書筆札，對於只知祖述古人、誦說經義，而不擅屬文，「文辭卓詭，辟刺離實，曲不應義」的儒生，自然頗為輕視；而儒生也看不起文吏，所以《論衡・謝短篇》說：「儒生能說一經，自謂通大道，以驕文吏；文吏曉簿書，自謂文無害，以戲儒生」。

文吏是為朝廷辦事的人，文書筆札之能，只是一種工具。但朝廷所用之人中，卻不乏只賞其筆札，而不必責其幹濟者。這就是朝廷所養的文學侍從之臣。如梁孝王好文學，鄒陽、枚乘、司馬相如皆在其處；後來司馬相如等，又得到漢武帝的賞識。據《漢書・嚴助傳》，武帝於此等人，皆「倡優畜之」。這就是把寫作視為一種技藝，與倡優歌舞之技藝視同一類了。

對此狀況，具有傳統意識的儒者當然也頗表不滿，如揚雄就曾說：寫作是「雕蟲篆刻，壯夫不為」。這與《論衡》描述儒生看不起文吏一樣，都可以看做仍然保留神聖性作者觀的儒生，心目中依然把創作視為神聖的事業，依然只願自居於祖述者，自認為能從聖人的著作中獲得真理。對於新興的世俗化作者觀，無論它是文吏型態還是文人技藝型態，都表示不能欣賞。

但儒生只能祖述而無法著作，卻成為新時代中被普遍攻擊的弱點。所以像班固在〈答賓戲〉中就說：

若乃牙曠清耳於管弦、離婁眇目於毫分、逢蒙絕技於弧矢、般輸榷巧於斧斤、良樂軼能

> 於相馭、烏獲抗力於千鈞，和鵲發精於鍼石，研桑心計於無垠。走亦不任廁技於彼列，故密爾自娛於斯文。

這顯然是把文章寫作視為一種諸如相馬、聽琴、射箭、看病的技能了。班固這位學者，已從瞧不起技藝、以別人把文章寫作視同技藝為可恥的情況中，轉換到自覺地以文章寫作為一種技藝，而且是可以安身立命、表現自我的技藝。到王充，更直接地認為儒者必須為文著作：

> 通書千篇以上……而以教授為人師者，通人也。杼其義旨，損益其文句，而以上書奏記，或興論立說、結連篇章者，文人鴻儒也。夫能說一經者為儒生。博覽古今者為通人。采掇傳書，以上書奏記者為文人。能精思著文，連結篇章者為鴻儒（〈超奇篇〉）。

《春秋繁露》曾說：「能通一經曰儒生，博覽群書號鴻儒」，王充的說法顯然已有了改變。儒者不能只述不作，必須能上書奏記如文吏、又能興論立說為作者。

不論是王充的期許，還是班固的說詞，都顯示「文人」已正式出現了。述而不作的型態，徹底打破，儒者必須擅長文章寫作這種技藝，才能成為文人、成為鴻儒。《論衡・佚文篇》說得好：「文人宜遵五經六藝為文、造論著說為文、上書奏記為文、文德之操為文」，文之德大矣哉！文人的地位，在儒生之上，因為他們能著作，仍是有過去承認「作者之謂聖」的傳統神聖性尊嚴。從此之後，〈儒林傳〉與〈文苑傳〉開始分立，劉劭《人物志》中也正式把「文章」視為「人流之業」十二種之一，說：「文章家，能屬文著述，司馬遷、班固是也」（〈流業篇〉）❽。

此一發展歷程，使得所有權作者觀得到進一步的鞏固，不僅作品所有權的觀念，普遍運用到所有的作家與作品身上；作者之神聖性亦降低成為人人可以追求的目標；寫作活動，則不必是為了傳示真理，只在顯示作者駕馭文字、結連篇章的能力，漢代末期以後，文學寫作的蓬勃發展、文士階層的興起，都與這一發展有著密切的關聯。

但是，這一發展中存在著本質上的困局：文章寫作的技藝化，與要求儒生成為文人之間，隱藏著難以化解的衝突。——基於作者與述者不同，儒生與文人、儒林與文苑必須分開，《人物志》把「儒學」與「文章」分為二種流業，即由於此。但某些時候，他們又希望儒生能兼文章，因為儒家所祖述的周公孔子就是作者，高明的儒者，應該也是如周孔那樣能夠著作的作者。這種人，王充稱為鴻儒。他不僅是儒生的最高標準，也是文人的最高標準。因為依儒家「作者之謂聖」的傳統理念來說，文人既能著作，則此種寫作便不應只是一種文字技藝，即更應該能具有「聖」的內涵，能宣布真理（道）、示人生以準則。

而反過來說，假若我們不把文章寫作視為一項技藝，寫作便不可能成為一種自覺的活動，一切創作之規範即無從討論、創作之技術亦無法改進。漢魏以後，文學的發展，至為迅速蓬勃，正得力於此。所以〈詩大序〉只談到「詩言志」的層面，即作文之志的方面；〈文賦〉《文心雕龍》卻大談「為文之用心」，對於寫作的文字處理問題，多所探討。

換言之，自從文吏出現之後，文學即常被視為必須有益於朝廷施政之物；自儒生之文士化後，文學又常被認為必須「達聖意、通大道」；但文章寫作之技藝化以後，文學固然被看成是一項專門技藝，卻保有殘存的「作者神聖性」。所謂「伊茲事之可樂，固聖賢之所欽」（〈文賦〉），具有創作者的榮耀。這些都是在作者的地位世俗化、神聖性轉為所有權的趨勢中形成的，但彼此卻互相衝突。曹丕說：「文章為經國之大業，不朽之盛事」，即屬前二種觀點。依此類觀點，往往會鄙夷文之技藝化，謂其為雕蟲篆刻，「一為文人便無足觀」。反之，從文章之技藝面來討論文學的人，也常自命不凡、自我尊崇，並諷嗤儒生不善屬文。彼此形成內在的緊張關係。化解此一緊張關係的方法，通常是從討論文之技藝面出發，而歸趨於「文原於道」或承認「伊茲文之為用，濟文武之將墜，宣風聲於不泯」（〈文賦〉）。此一脈絡，自漢末以來，即屢見不鮮❾。因為文章著作固然已是人人可為，作者，卻仍要以孔子為典範；作品，仍要以六經為圭臬。依前者，文章必須徵聖；依後者，著作必須宗經。世俗化了的文人作家，已經所有權化了的作品，唯有通過這樣的辦法，始能獲得神聖性；否則便僅為一技術，微不足道。

九、創作的新傳統

(1) 創作活動的改變

總之，這樣的發展脈絡，甚為曲折複雜：作者由聖賢下降為文人，文人又自期上升為聖賢；做為述者的儒生，有時要成為扮演作者角色的文人；有時又不免用「作者之謂聖」的標準，來批評新的，世俗化作者（文人）。

但不管如何，作者、作品、寫作活動與閱讀行為至此皆已全面改變了。

例如作者的世俗化和文章著作的技藝化，即顯示了著作權的解放。此一解放，乃漢代學術發展之理性化「除魅」結果。表面上看，漢代經學充滿了災異禨祥、五行陰陽之說，而事實上那亦可以看出漢人企圖洞窺宇宙秩序的用心。其經學辯難及釋經之作，更是高度理性化的表現，故民國初年的研究者，才會將之與「科學方法」相類比。經由此一理性化發展，作者的神秘性逐漸解消，而終至「除魅」為人人都可以是作者、人人都可寫出作品的地步。

著作權既已解放，則創作者就不必是超出眾人之上的聖人與天才。創作活動的神聖性，亦隆低了。不必具有啟示真理之類性質，只如工匠造一鐘錶器械而已。這樣的創作，即不必需要創造性的才華，而是一項可以學習的技藝了⑩。

所謂「是一項可以學習的技藝」，其實包涵意蘊甚為複雜。就其為一人為的作品而言，它與自然相反；就其包含著普遍性法則而言，它又與簡單的經驗相反。因此，創作不再是一種類似「夢與神交」的神聖經驗，仰賴靈感與冥會；而是理性化的行為，其技術與法則，亦可以形成一套實踐性知識，予以傳授。有關文章著作的學問，於焉形成。此即文「學」。從漢代末期開始，文體論、文律論等有關詩文之「法」的討論，正是在此條件下出現及展開的⑪。

此時，創作之源，不是神，而是人，是創作者自己。所以作者本人的身心狀況，即作品之具體依據：作者感物而動，以其哀樂發為篇章；其年壽、體貌、遭際、心境、學思，不僅是影響作品品質的要素，更常成為作品的內容。於是，著作成了極個人化的東西，不再如山歌樵唱那樣，可以傳唱、呼應、同其哀樂。也不像說故事、寓言或扮戲那樣隱沒自我，屬於「為了眾人」的，言眾人之志創作型態；它只訴說他自己，每篇作品上都要烙上作者的印記。猶如某窯燒出的瓷器，上面必要標明年代及窯名，所謂「其中有人，呼之欲出」「必其中有我」。整個創作活動，旨在表達自己、紀錄自己、複寫自己，言自己的志。

再以作者的性質來說。在神聖性作者觀中，作者之謂聖、述者之謂明，傳述者不自居於作者的地位，只在傳述古先聖哲之所作而已。創作之功，歸於古人。所有權作者觀，則重視作者的智慧財產權與勞動功績，除非別有用心，否則不能掛上旁人的名字，使其尸作者之榮耀。這就是所謂「盜用」「偽作」或「托古」的說法。在神聖性作者觀的時代，無此說詞，因為傳述與推尊作者，本身使被視為一種美德。用宋元以後書刊版權的觀念來說，一是「版權所有，翻印必究」，一是「歡迎翻刻，以廣流傳」。這種鼓勵傳述的作品，多半被認為是對社會有益的好書，亦即具有神聖性，特別是儒道釋經典、善書之類。寫出這些神聖性作品的，自然也就不會是一般人，而是古之聖賢。但從所有權式作者觀看，有些善書，明明是後人所寫，卻說作者是某某前賢，就是「假托古人」啦！

(2) 哀怨精神的崛起

著作權解放、寫作技藝化、作品個人化、文學建立成一門學問，這些，代表了整個創作活動已有了本質性的改變。相應於這些變動，作者的創作態度亦有了具體的變化。

在神聖性作者觀的時代，不論作者是否可以確指，作品都代表眾人的聲音，其意旨是普遍的，對每個人都有意義，所以才會傳述廣遠。其意含又往往是外指的，帶領眾人去認識世界、理解社會、體會宗教與歷史。這時，作品通常總是充滿了贊頌的態度。是對天地、神祇、祖先、國族社會、偉人聖哲的謳歌。如宗教聖歌、祭曲、英雄詩篇、偉人故事、傳奇……等等，其中均充滿了驚異、歡樂、唱嘆、頌美，人生不是沒有憂苦，對社會不會沒有批評，但整個精神卻是以贊頌為主的。

到了所有權作者觀代興之後。作品之旨意是個人的，只對他自己有意義。作品不再外指，而以內在指向作者個人世界為主，帶領讀者了解創作者內在心靈。但是，作者為什麼覺得他內在的世界需要人了解呢？這時，往往是因為他覺得別人不夠了解他，感到遭了誤解，所以才需要傾訴、需要表白。因此，這樣的作品，主要的精神就不可能的贊頌，而是哀怨。

李白〈古風〉說得好：「大雅久不作，吾衰竟誰陳？」。大雅不作的原因，即在於：「正聲何微茫，哀怨起騷人」。自楚騷以後，揚馬崛起，作品皆隸屬於某一所有權的作者，哀怨的精神就成為作品的主調。依正統的「詩經學」觀點，哀怨諷刺者皆為變，頌贊始為正，所以李白惋惜正聲之消熸。李白本人曾自述：「我志在刪述」「希聖如有立」，所以他才會在所有權作者觀大行之際，昌言復古，不以作者而以述者自期。

通過這一對照，我們便會發現：「屈平、宋玉哀而傷，靡而不返，六經之道遯矣」（李華〈贈禮部尚書清河孝公崔沔集序〉）。從屈原以後，創作的精神就轉變了，韓愈說：「大凡物不得其平則鳴。……楚，大國也，其亡也以屈原鳴」（〈送孟東野序〉），指的就是此事。這種哀怨悲鳴的精神，一旦成為主調，我國文學中自然便充滿了「文士多數奇，詩人尤命薄」（白居易〈序洛詩〉）「文窮而後工」等嘆老嗟卑、怨天尤人的表現與理論。

然而，所謂哀怨起騷人，未必即是《楚辭》的本相。近代的研究者，多半懷疑是否真有屈原其人；〈離騷〉等篇，更不一定真出其手。因此，「屈原作離騷」這一認定，本身便是漢人替作品確定作者所有權的產物。章學誠〈屈賦章句序〉曾說：

> 〈東皇太一〉，不過祀神，而或以為思君。〈橘頌〉嘉樹，不過賦物，而或以為疾惡。朱子曰：「〈離騷〉不甚怨君，後人往往曲解」，洵知言哉！

魏了翁《鶴山渠陽經外雜抄》卷二也提到：「世傳原沈流，殆與稱太白捉月無異」。屈原這個人的生平事蹟尚多附會，作品是否都是那樣嫉惡怨君，更成問題。但在所有權式作者觀底下，解釋者一古腦兒全往屈原生平遭際及哀怨態度去設想了。以致〈橘頌〉之「頌」，也要講成是作者的不平之鳴⑫。

(3) 閱讀之目的與方法

由此可知，神聖性作者觀在漢代，正逐步發展而轉變為所有權的作者觀。作品的精神方向在改變，讀者的閱讀方法與期待也因此有了變化。每一作品均有一位單一的作者，成了我們對作品的基本了解，探尋作品之原貌、追問作者之原意、確認某一作品之作者與寫作時間，亦已成為詮釋及閱讀作品的基本課題。通過這些工作，讀者努力地去貼近作者，以了解作者所欲言之意，想見其為人，以與作者溝通。

這種漢人發展出來的解經傳統，包含了以下幾個方面：⑴以目錄、板本、校勘、訓詁、輯佚、考證等等手段，追求「定本」與「原貌」；⑵以考證和知人論世、探索「本事」等方法，確定作者、作品寫作之時代年月與寫作動機；⑶以闡述章句之工夫，詳細確認作品提供的訊息，以便了解作者的原意本衷，以見作者之志。整個閱讀活動，歸結於此，倘能如此，便為「知音」，便能理解作者內在隱密幽微的世界。

秦漢之際的《呂氏春秋》，第一次提到「知音」的問題，〈孝行覽・本味篇〉載：「伯牙鼓琴，鍾子期聽之。方鼓琴而志在太山。鍾子期曰：『善哉乎鼓琴，巍巍乎若太山！』少選之間，而志在流水。鍾子期又曰：『善哉乎鼓琴，湯湯乎若流水！』」——這種知作者之志的知音狀態，是後來作品閱讀所祈嚮的最高境界。而要想達到這樣的境界，通常總要運用孟子所提出「知人論世」和「以意逆志」的辦法。

但是，這種解讀策略是有困難的。因為有許多作品事實上無法找到作者，或無法確認作者為誰，更有些作品為二人或兩人以上合作，這些作品便無法利用此一解讀策略去處理。例如柏梁體詩，一人一句；韓孟聯句，一人一聯，其中並無統一的一個作者之志。又如南朝〈子夜歌〉之類吳謳西曲，往往難尋主名；且常見套用樂府曲辭，與自己心志遭際無關的情況。還有，仿擬與代作，後世亦屢見不鮮，都用這種辦法去求解答，要不就是在很多地方束手無策，要不就是杜撰本事，或強拉一人予應卯、聊充作者。

作者之問題既已如此，詩旨文意的判斷，亦復問題重重。因為以讀者之意，逆作者之志，本身便有相當的困難。何況對「論世」，對於歷史的理解，也是人各不同的，以此探尋作品之原意，欲見作者之本衷，更是戛戛乎其難哉！

更有甚者，這一解讀策略中，面對的是一不變的、穩定的作品。此一作品，猶如昔日某一巧匠造一鐘錶，我們見此鐘錶，即宜考其創造之動機、創造之技巧、創造之時地等等。鐘錶是不會變的東西，作品也是不可改變的，倘有剝蝕或後人之附飾，則應查明，使其恢復舊觀。這就是「定本」的觀念，要尊重作者的創作權。

可是我們都知道，作曲者作了一闋歌曲，不同的演奏者和演唱者，便奏出、唱出許多不同的歌曲。學戲人學的，是「梅蘭芳的貴妃醉酒」「余叔岩的二進宮」，而不是「貴妃醉酒」和「二進宮」。以文字寫成的定本，在此恰好是個未完成的作品；而且是仍然可以增刪改動的本子，每個演奏者和演唱者都可以有不同的處理。梅蘭芳就跟程硯秋不一樣。

這一現象不僅打破了定本的作品觀，也打破了所有權的作者觀。作品在作者手上並未完成，在流傳的過程中，它仍在不斷「書寫」及衍變之中。而不同的傳述者，即參與了作品的繼續書寫活動。必須經由作者與述者共同合作，才能完成一個完整的作品。在此情況下，述者對一作品之成敗，不僅有舉足輕重的地位，甚且常要超過原初的作者。因為不論原初那位作者提供的作品如何粗糙、簡陋，述者都能化腐朽為神奇，使該作品得到新的、完美的生命。從這個意義上說，這位述者才是此一完整的作品的作者。

不但在所謂「梅蘭芳的貴妃醉酒」這一事例中，我們可以觀察到這個道理。在這話本、戲曲、彈唱等與表演藝術有關的作品中，乃至孔子贊《易》這類事實中，我們也不難發現此一問題。研究《易經》是誰作的、其本意如何，可說並無太大的意義，或只有歷史考古的意義。因為《易經》之所以值得重視，全是孔子贊《易》的結果，「《易》自孔子闡發義文之旨，而後《易》不僅為占筮之用」，故後人所讀之《易》，本非原初占筮之《易》，而是孔子參贊之《易》。皮錫瑞即是在這個意義上說：「《易》為孔子所作，義尤顯著」(《經學歷史一》)。

同理，文學史上不乏同一劇本，原無藉藉之名，經某人演出乃大放異采的例子。也有同講水滸故事，而巧妙各各不同的事情。至於樂府詩，原曲辭可算一底本，各代作者依這一底本寫出各各不同的作品來，亦與同一曲「蘇三起解」各個不同演唱者不斷在演唱一樣。跟說書人據同一底本，講出故事；或填詞者，依一闋詞牌曲式，作出不同的「菩薩蠻」「浪淘沙」等等，也沒什麼不同。

這些作品，都不適宜用所有權式作者觀去觀察，也不能以上述那種解經策略去閱讀⑬。更進一步說，整個閱讀的目的，也未必就是「知音」。

孔子曾說：「小子何莫學乎詩？詩可以興、可以觀、可以群、可以怨。邇之事父、遠之事君，多識於鳥獸草木之名」（《論語·陽貨》）。詩可以興、觀、群、怨，充分顯示了詩是在群體傳述、感發之間活動的，不是為了面對某一獨特的心靈，與之交通知察。這是根本閱讀目的差異，解讀作品的策略隨此目的之不同而產生嚴重分歧，是極為自然的。

十、餘　論

中國的作者觀，從孔子以後，歷經各種複雜的變化，到漢代終於成功地由神聖性作者觀轉換到所有權式作者觀。並通過這一作者觀，建立起新的傳統，在創作型態、作品性質、閱讀行為等各方面，都跟從前有著極大的不同。這些不同，如上所述，中間有一歷史發展的過程，曲折繁複，牽聯甚廣，凡儒學、經學、文學各方面，皆有關涉，乃是摸清秦漢以迄魏晉一段學術文化變遷狀況的重要線索。而通過兩種作者觀的對比，我們也可以比較了解後代一些論爭的原委，例如朱子與陽明之論聖人，或方玉潤等人為何不滿〈詩序〉的解詩方式……之類。

不過，神聖性作者觀與所有權式作者觀固然在許多方面都是對立的，但彼此又有一發展的關係。如秦漢間所有權式作者觀就是神聖性作者觀逐步發展而成的。同理，漢末所有權式作者觀取得新優勢之後，往往又必須重提或回到神聖性作者觀。此話怎講？蓋作者世俗化、喪失其神聖性之後，作者是以作品的創造者、所有人自居的。我，即為創作之源。一切作品之理解，均將從我的生平、歷史條件、心理狀態、寫作能力等方面來索求。這是無庸置疑的。作者也因其能創作精妙的作品而受人尊崇，享受作品所有人的榮耀。然而，漸漸的，到宋代，文學理論上發展出一種說法，認為真正的作品，並非作者憑其學問技藝所能創造，而應該是「文章本天成，妙手偶得之」(陸游語)或「箭在中的非爾力，風行水上自成文」(姜夔〈以詩送江東集歸誠齋〉)。寫作作品的人，反而不重要了。要「忘」掉，讓自然來書寫；或寫作作品的人，並不被認為是真正的作者，真正的作者是天、是道、是自然。不只文學理論如此，一切創作，都涵有這樣的祈嚮⑭。從歷史上看，那就是：先從神聖性的解消，使人獲得作者的榮耀；再由人的地位，上升，以使其合於自然、天、道、聖。始於作者之世俗化，由天而人；終於以人合天。

正因為如此，故所謂漢代以後所有權式作者觀已成為一新傳統，並不是那麼僵化的。例如「知音」的企求，一旦遭遇到解釋上的困難，往往便重提「興」：盡往作者生平、本事、原意上去想，碰壁以後亦常改由不必確定作者、集體創作、比興、寓言等方面想。像前述《金瓶梅》《紅樓夢》各書的作者問題就是如此。王夫之曾說：「詩可以興、可以觀、可以群、可以怨。可以云者，隨所以而皆可也」(《詩繹》)，也是主張不必探求詩的定解本意、可以隨人自得。⑮

其次，值得注意者為：所有權式作者觀之鞏固與大行其道，與文人階層的確立，甚有關係。因此，整個文人寫作傳統，大體上是以所有權式作者觀為主導的。但在民間文學的傳統裡，神聖性作者觀仍大行其道。對於這些傳說、演義、說唱、雜耍，倘若執著於所有權作者觀，追查作者、拚湊定本、探討本意，實在是驟頭不對馬吻。但是這點也不能予以絕對化，認為民間文學與文人作品的主要區分即在於此。因為許多詩文也保留了神聖性作者觀，或者意圖由所有權式作者觀轉化為神聖性作者觀。反之，許多民間文學在寫作時另有因緣，也會採取了所有權式作者觀的一些寫法。不能一例相量。

但大體說來，作者觀的區分與轉變，不失為了解中國古代學術發展、民間文學與文人傳統之關係等問題的好鑰匙。與西方對比，尤覺有趣。Harold Bloom "Anxiety of influeace" 一書曾謂中國人注重述，看重與前人的繼承關係；西方則看重創造，強調與前人的斷裂關係。此說有一部分是對的，不僅在神聖性作者觀中強調傳述，即使是所有權式作者觀，也注重學習。因此中國人論著作，往往是說「著述」，而不說「創作」。說自己在從事小說創作什麼的，乃是近代受西方文化洗禮而云然。

另外，「藝術」一辭，在西方古代，係表示一種諸如建屋、雕像、造船、縫衣、燒陶之類技術。這些技術，都需要有一套規範性的知識，因此某些屬於運用靈感與經驗的技藝，如詩歌便不算在藝術之內。藝術家是工匠，詩人則是吟唱者(banel)與哲學家。詩並非出於常規而係由於創造；並非生於技巧，而是來自靈感。而且詩與預言有密切的關係，它不是雕刻或塑陶那樣的人類的活動，因為它受到諸神的啟發；所以它也常具有令人神魂顛倒、心神恍惚的魔力。又由於它可與諸神相溝通，故詩人往往宣示了真理，與哲人屬於一類。

這種藝術與詩歌的區分，有點近似我國有關作者與述者的分別。「藝術」之必須尋找規範，且否定「創造性」而強調模倣說，均類似我國所有權式作者觀中蘊含的觀念。詩歌的預言性質、啟示真理能力、仰賴靈感等等，則近乎神聖性作者觀。到了亞里士多德，將詩與藝術都界定為模倣性藝術之後，詩的地位才被壓低；而到希臘主義階段，則將視覺藝術的地位抬高到與詩相當，具有神聖性的地位。這種地位高低的變化，與中國文章著作之世俗化，然後又上升神聖化，亦有同工之妙。這些類似處，可能仍需要精細地處理，因為其內涵頗為不同，如詩的神聖性，被認為來自非理性的力量，就與中國人的觀念大有距離。在範疇上，這種詩與藝術的區分，也無法與中國涵蓋一切著作的作者觀相比；與作者、天才有關的「聖人」概念，及其包涵之論爭，亦非西方所有。但不管如何，這樣的對比，甚為有趣，值得繼續。

本文對以上這些問題，只是粗發其凡，許多地方皆有待闡發申述。但我只想如此寫，且只寫到此，其他的留給讀者去引申、傳述罷！

附註：

❶ 中美著作權談判以後，著作財產或智慧財產權的規定與觀念，業已全面控制了言論市場。視傳述為不道德，或須付費才能轉錄傳述，已為理所當然之事。其實此事是否如此理所當然呢？

❷ 〈漢廣〉的解釋，下文還會涉及。另參江乾益〈詩經漢廣之研究〉，七七年五月，中興大學《興大中文學報》，第一期。

❸ 莊子的篇次問題，詳王叔岷〈論今本莊子乃魏晉間人觀念所定〉，七七年十一月，《台大中文學報》，第二期。

❹ 近人如李辰冬等，謂《詩經》為尹吉甫一人所作。只此一詩，已明白證知《詩經》作者必非尹吉甫。凡謂《詩經》為一人所作者，皆如漢人硬找一屈原來擔《楚辭》作者之名而已。是用所有權作者觀扣在《詩經》身上的結果。此一「尋找作者」的活動，又詳後文。

❺ 這也就是說，所謂辨偽，是站在一個偏狹的作者觀上發展出來的治學方法，故對另一種作者觀，會因陌生而感到恐懼、厭惡。其次，辨偽也可能出於學術上一種偽裝的真誠。因為辨偽表面上是追求信實可靠的資料，以免研究者誤入歧途，但因偽不偽的判斷，很多地方必須仰賴辨偽者的經驗、成見、主觀好惡，故往往越辨越糊塗，眾說紛紜，各執一詞。論者相信某篇或某書為偽，很可能只是因為如此乃便於解說論者心目中已有的歷史圖象。所以，遇到某個問題，我們解釋不通時，即說該文為偽造，既方便俐落又可博得客觀科學之名。此風不自近代始，明朝熊伯龍《無何集・讀論衡說》就提到他友人因感《論衡》立說矛盾，故疑其中含有大量偽作的事。民國胡適也指出該書〈亂龍篇〉與其他各篇宗旨相反，故為偽作。事實上，《論衡》中哪有偽篇？這些都是不細心讀者，又讀不懂書的人在那兒瞎疑心（參看李偉泰《漢初學術及王充論衡述論稿》二二

九頁〈以偽作解釋矛盾現象的商榷〉，七四年長安出版社）。

❻關於代作的問題，另詳龔鵬程〈論李商隱的櫻桃詩——假擬、代言、戲謔詩體與抒情傳統間的糾葛〉，《書目季刊》，二二卷一期。

❼呂思勉《讀史札記》乙帙〈漢儒術盛衰下〉條云：「陳蘭甫謂孟子及《禮記、坊記、中庸、表記、緇衣、大學》引詩，皆外傳體。蓋詩本謠辭，緣情託興，無所的指。然正以無所的指故，隨處可引申觸長，於事顧無所不包焉，此齊、韓詩所以必取《春秋》、采雜說。而亦其所以能浹人事而備王道也」。對此中曲折，只說對了一半。齊詩韓詩是神聖性作者觀底下的產物，但它們同時也在朝確定作者與本事的方向發展，只是他們指實的作意較複雜，並不全從政活方面立說而已。

❽以上另參龔鵬程〈世俗化的儒家：王充〉

❾特別是唐宋以後文人與道學之爭、文人與學人之分，都應從這一脈絡去了解。

❿主張人人都可以作，打破作者之神聖性，把著作比於「上書奏記」的王充，就反對天才聖知說，認為：「智能之士，不學不成，不問不知」，詳《論衡．實知篇》。

⓫另詳龔鵬程〈論詩文之法〉，收入民七七，時報，《文化、文學與美學》一書。

⓬在漢代這一趨勢中，主張所有權作者觀的王充，卻大力推揚「贊頌」的創作態度，實為一異數。然此肇因於王充特殊的態度，亦詳注❽所引文。

⓭這也是我對當代小說戲曲研究方法的批評。我曾在民國七六年寫過〈我對當前小說研究的疑惑〉（收入注⓫所引書），認為搞考證、搜版本、定作者，對小說研究來說，可能毫無意義。最近，容世誠〈關公戲作為一種驅邪儀式：兼談演出場合的研究在探討民間文學上的重要性〉一文，也指出：不能抽空地做故事主題的研究，因為同一深層結構，可以附於不同的故事、人物之上（民國七八年民間文學國際研討會論文）。他講的就是傳述的型態。

⓮詳見龔鵬程《詩史本色與妙悟》，民七五，學生；〈張懷瓘書論研究〉，漢學研究，第7卷2期。

⑮ 參見龔鵬程〈無題詩論究〉，中央大學人文學報，第七期。另外，呂思勉《讀史札記》論〈詩無作義〉也是對知音說的反省，頗可參看。他說：

> 古之詩，與後世之謠辭相似，其原多出於勞人思婦，矢口所陳，或託物而起興，或感事而陳辭。其辭不必無所因，而既成之後，十口相傳，又不能無所改易。故必欲問詩之作者為何人，其作之為何事，不徒在後世不可得，即起古人於九原而問之，亦時茫然無以對。何也？其作者本不可知，至於何為而作則作者亦不自知也。三家說《詩》，知本義者極少，即由於此。今所傳〈小序〉，乃無一詩不知其何為而作；而其所為作，且無一不由於政治；幾若勞人思婦，無不知政治之得失者。夫古者謂陳詩可觀民風，抑且可知政治之得失者，以風俗之善惡，與政治之得失相關也；非謂勞人思婦，無一不深知政治明乎其得失，且知其與風俗之關係也。所謂〈小雅〉譏己之得失，其流及上也。〈雅〉且如此，而況於〈風〉。若如今〈詩序〉，則〈風〉〈雅〉何別焉？故今之〈詩序〉，不必問其所言者如何，但觀其詩之皆能得其本義一端，即知其不可信矣。《詩》有誦義，無作義，有以此為攻擊今學之言者。《漢書・藝文志》，謂齊韓詩或取《春秋》，采雜說，咸非其本義是也。陳蘭甫辨之云：『今本《韓詩外傳》，有元至正十五年錢惟善序云：斷章取義，有合於孔門商賜言詩之旨。灃案孟子云：憂心悄悄，慍於群小，孔子也：亦外傳之體。《禮記、坊記、中庸、表記、緇衣、大學》引詩者，尤多似外傳。蓋孔門學詩者皆如此。其於詩義，治熟於心，凡讀古書，論古人古事，皆與詩義相觸發，非後儒所能及。西漢經學，惟詩有毛氏、韓氏兩家之書，傳至今日，讀者得知古人內傳、外傳之體：乃天之未喪斯文也。《直齋書錄解題》云：《韓詩外傳》，多記雜說，不專解詩，果當時本書否？杭堇浦云：董生《繁露》、韓嬰《外傳》，偭背經旨，敷列雜說，是謂畔經；此則不知內外傳之體矣。」其自注云：「韓非有〈解老篇〉，復有〈喻老篇〉，引古事以明之，即外傳之體。其〈解老〉即內傳也」《東塾讀書記》卷六）。愚案：觀此，即可知此體由來之古，所謂詩義治熟於心。凡讀古書，論古人古事，皆與詩義相觸發者，古簡籍少而誦之專精之世，凡書皆然，正不獨詩；抑古之誦詩者皆然，亦不獨孔門之言詩者也。古人會聚，多賦詩以見志，即其一證。

滋味：以味論詩說初探

廖棟樑

壹

「味」本是人的味覺器官對食物的感受。概言有「味」，係指有「滋味」[1]、「美味」。食物的滋味須經品嚐而後得到，深美的滋味更要反覆咀嚼；文學的創作與欣賞這種複雜多層次美感活動，同樣要經過浸泳才能領略，乃至再三玩味方有餘味，可供回味。所以，司空圖在〈與李生論詩書〉一文裡說：

> 古今之喻多矣，而愚以為辨於味而後可以言詩也，旨哉斯言。

熟悉中國文學批評的人都知道，「滋味」作為詩評上的重要觀念，是經過鍾嶸、司空圖等的提倡，如同嚴羽的「興趣」、王漁洋的「神韻」、王國維的「境界」等，莫不成為詩評中的名論，被人們傳論愛好。只是這些批評辭語大都著重「了悟」而不重視「論證」，類多迷離惝恍之辭，往往儘可意會，難以言傳。尤甚的，這些用語，竟是他們言論中的關鍵術語，因此，常遭論者訾議❷。其實，古人論文是有其特殊的角度及相應的背景，例如鍾嶸以「味」論詩，顯然就有其特別的著眼點，代表著齊梁論詩觀點的突破。是故，當我們抱怨批評用語籠統含糊時，就應進一步去尋繹這些用語的發展衍變，以洞察它們觀念的內涵。

緣此，本文擬以「滋味」說為討論範疇，體察此辭語和觀念所由出現、建立的意義。至於選擇「滋味」說的理由是：一、「興趣」、「神韻」及「境界」等理論，探本窮源，都與「滋味」說有密切聯繫，甚而可以說，嚴羽的「興趣」說、王漁洋的「神韻」說及王國維「境界」說等詩論，是鍾嶸、司空圖的「滋味」說在新的歷史條件下的表現❸。以「味」論詩的主張，已孕育著後來出現的意境理論的端倪。二、如果比較「滋味」與「興趣」、「神韻」、「境界」等辭語，很明顯「滋味」所指涉者較為具體，人有味覺，能夠辨別食物的酸甜苦辣，在鮮美可口的滋味中得到美感，文學藝術的滋味由此得以引伸，這種將美感經驗與味覺經驗類比，跟中國傳統詩論重視興發感動之傳統互相符合。所以「滋味」說是「以興為中心的批評系統」下產物❹。三、討論「興趣」說、「神韻」說、「境界」說的著作很多，相對地「滋味」說探析，則大多僅附論於相關論題中，缺乏全面的專著。

總之，我國古代文學理論歷來是重「味」的，這是長期審美經驗的總結，是我國古代美學理論的特色之一，值得我們細究。

貳

縱觀中國古代審美觀念的歷史，「味」這個審美概念淵源甚古。是與聲、色並列，且置於聲、色之前的。古代有五味之說，在《左傳》昭公元年的記載中，醫和提到：

> 天有六氣，降生五味，發為五色，徵為五聲，淫生六疾。

同書昭公廿五年子產進一步闡述說：

> 天地之經，而民實則之。則天之明，因地之性，生其六氣，用其五行。氣為五味，發為五色，章為五聲。淫則昏亂，民失其性，是故為禮以奉之，為六畜、五牲、三犧，以奉五味。

《周禮：天官、疾醫》、《孔家語：禮逢》亦言及「五味」。所謂「五味」，〈禮運注〉云：「五味：酸、苦、鹹、辛、甘。」「五味」同「五色」、「五聲」一樣，能給人感官的享受的，是知「從人類審美意識的歷史發展來看，最初對與實用功利和道德上的善不同的美的感受，是和味、聲、色所引起的感官上的快適分不開的。其中，味覺的快感在後世雖不再被歸入嚴格意識的美感之內，但在開始時卻同人類審美意識的發展密切相關。」[5]《左傳》昭公二十年晏嬰論和同時，在論到「先王之濟五味和五聲」時，提出了「聲亦如味」的說法，則是進一步以「味」來比喻音樂，開始涉及到了藝術的「味」的問題。我國古代關於「味」與藝術的論述，起初幾乎都集中在味與音樂的比較。他說：

聲亦如味。一氣、二體、三類、四物、五聲、六律、七音、八風、九歌，以相成也。清濁、大小、短長、疾徐、哀樂、剛柔、遲速、高下、出入、周疏，以相濟也。君子聽之，以平其心，心平德和。

晏子用五味相濟使人感到味覺的舒適，來比喻音樂給人以和諧的美感。是味覺作為樸素的感官享樂之性質，逐漸發展為比較複雜的心理活動，顯示出向審美概念轉化的趨勢。孔子也是以「味」來比喻音樂美的，《論語·述而》記載：

子在齊聞《韶》，三月不知肉味，曰：不圖為樂之至於斯也。

把肉味同欣賞音樂而得的喜悅聯繫在一起。對於孔子來說，在欣賞《韶》樂中所得到的「滋味」，遠比美食所獲得的味道濃厚雋永。至〈樂記〉這觀念更清楚：

清廟之瑟，朱弦而疏越，一唱而三嘆，有遺音者矣。大饗之禮，尚玄酒而俎腥魚，大羹不和，有遺味者矣。是故先王之制禮樂也，非以極口腹耳目之欲也。

亦是以「味」比擬音樂，只是這種「味」不是「口腹耳目」之欲的味了。它的意義與價值，「不在直接的欲望的滿足，而在精神的、倫理的滿足，所以它是一種『遺味』，即超出了直接的欲望滿足的『味』。」❻這也就是〈樂記〉所稱：「食饗之禮，非致味也。」「遺味」的看法，影響後世詩論非常深遠。

從道家來看，老子、莊子有「五味令人口爽」、「聲色滋味之於人心，不待學而樂之」等對味道這種快感的表達。老子進而對「味」作了一番深化為譬喻美感的論述：

> 樂與餌，過客止。道之出口，淡乎其無味，視之不足見，聽之不足聞，用之不足既。（三五章）
>
> 為無為，事無事，味無味。（六三章）

顯然老子這裡說的「味」，不同於「五味」的「味」，它已不是食物的味，而是聽到別人說話的味道，是一種審美的享受，所以這個「味」已經是美學範疇了。老子的說法並不是主張棄絕一切味、色、聲的禁欲，而是將味道非感官化，由感覺認知進入非感覺認知，如此就更為深刻地觸及審美的本質，以致，「無味」之味更具有審美的意義。「就主體來說，它實際上指的是一種不受任何有限欲望和對象所束縛審美感受；就對象來說，它指的是一種超出對象的有限性的，能喚起無限多樣的感受的美。」❼可見，老子把「味」發展成為區別於味覺快感而專門用來作審美概念了。同樣，在〈齊物論〉中莊子慨嘆天下不知「正色」、「正味」，這也是追求「味外之味」了。

兩漢時言及「味」的資料，有如《漢書》記載鄭當時入朝的情形：

每朝，候上間說，未嘗不言天下長者。其推轂士及官屬丞史，誠有味其言也。❽

顏師古注：「有味者，其言甚美也。」是舉食物之味狀言語之味，言語之有味，指言語甚美也。劉安《淮南子・說林訓》則說：

至味不慊，至言不文。

至於什麼是「至味」呢？〈原道篇〉云：「無味而五味形焉。」又「味之和不過五。」〈兵略訓〉曰：「水不與於五味，而為五味調。」嗣後，東漢王充開始運用「味」以領略，體會文章，《論衡・自紀》說：

文必麗以好，言必辯以巧，言瞭於耳，則事味於心，文察於目，則篇留於手。

他又說：

有美味於斯，俗人不嗜，狄牙甘食。

大羹必有淡味。

多次涉及鑒賞品味的問題。另外，班固〈答賓戲〉稱：

味道之腴

項岳注云：「腴，道之美者也。」是「腴」者指道之趣味。又郎顗向安帝舉荐黃瓊，稱其人「含味經籍」❾「味」則用來喻指潛心經典，體會書籍之味了。

到了魏晉南北朝，乃是烹調飛躍發展的時期，烹飪由「術」而「學」，出現了如《食疏》、《食珍錄》、《食經》等烹飪專著。正是這個背景下，「味」被大量移用於各方面。由於人物品鑒及玄學的盛行，舉「味」譬況人物、道德、藝術等的現象益形普遍。劉劭《人物志：九徵》論人，說：

> 中和之質，必平淡無味，故能調成五材，變化應節。

劉昺注：「惟淡也，故五味得和焉。」他認為中和之質的人物，具有「無味」的特徵。王弼則移用「味」於論道，〈老子指略〉認為道為品物的宗主，乃在：

> 為物也則混成，為象也則無形，為音也則希聲，為味也則無呈，故能為品物之宗主。

「無味」使得一切味成為可能。不過劉劭、王弼都未將「味」論與藝術審美聯繫起來。將「滋味」廣泛使用於藝術論的是正始時代的阮籍、嵇康。阮籍〈樂論〉說：

> 乾坤易簡，故雅樂不煩；道德平淡，故無聲無味；不煩則陰陽自通，無味則百物自樂，日遷善成化而自知，風移俗易而同於是樂。

將「無味」與「樂」相聯。而嵇康在〈聲無哀樂論〉則舉滋味譬喻音樂的美感：

夫曲用每殊，而情之處變，獨滋味異美而口輒識之也。五味萬殊，而大同於美；曲變雖衆，亦大同於和。美有甘，和有樂，然隨曲之情，盡於和域，應美之口，絕於甘境，安得哀樂於其間哉？

嵇氏認為：一、音樂之美在於和諧，就如味道之美絕於甘境，是以味「甘」的美感譬喻和諧所生之「樂」。二、「五味萬殊，而大同於美」，甘境之美是不受任何一種味局限的，它具有無限多樣的表現，而聲無哀樂，因為它超出哀樂。所以，他說：「口不盡味，樂不極音。」據此，可知嵇氏的「聲無哀樂」，是老子「味無味」思想在音樂理論上的體現。稍後，西晉陸機的〈文賦〉首先把「味」這一概念直接引進文學理論。他論文病說：

或清虛以婉約，每除煩而去濫。闕太羹之遺味，同朱紘之清汜。雖一唱而三嘆，固既雅而不豔。

主張文學要有「豔」之美，而反對過於質樸無文，不滿意於「闕大羹之遺味，同朱紘之清汜」的傾向。陸機將「遺味」同「豔」聯繫起來，也可反映「滋味」與形式的關係。因此，在文論中講「味」，陸機可謂開端者。另外，葛洪《抱朴子·尚博》論鑒賞，指出：「偏嗜酸咸者，莫能知其味。」顏之推《顏氏家訓》論文章，指出：「陶冶性靈，從容諷諫，入其滋味，亦樂事也。」

等，均是「味」的資料。

至於畫論中，宋代畫家宗炳則提出「聖人含道應物，賢者澄懷味象」（〈畫山水序〉）的觀點，把「味」和藝術形象的「象」結合起來，指出繪畫要有藝術形象，才能有「味」。另外，佛學也喜用「味」的譬喻。佛教講修行的過程有所謂「三時三味」的說法，每一「時」相應有不同的「味」，以「味」的層次來比喻修行的境界。並且在評論佛典時也訴之於味，如慧遠在〈阿毗曇心序〉中講到僧伽提婆「少玩茲文，味之彌久。」僧肇在〈百論序〉中講到鳩羅摩什「常味詠斯論，以為心要。」皆是以「味」譬喻經典⑩。

文論中大量引入「味」的概念是始於魏晉而興於齊梁的，表明人們對文學特點的把握及鑒賞水準有大幅度的進步，這是對於文學審美的自覺認識更深化的表現，其中大家是劉勰和鍾嶸。《文心雕龍》中多次使用「味」這個辭，而且在不同場合，「味」的含義不同，涉及詩味說所包括的各種內容。計可分為三類：第一類是原始的食物滋味和氣味之「味」，不屬於文論術語。第二類是文學作品的「滋味」。第三類則是品味之「味」，即玩味、欣賞之意⑪。有「餘味」、「可味」、「遺味」、「道味」、「辭味」、「義味」、「滋味」、「精味」等辭語。底下我們把它們列舉出來：

> 至根柢槃深，枝葉峻茂，辭約而旨豐，事近而喻遠；是以往者雖舊，餘味日新。（〈宗經〉）
>
> 揚雄諷味，亦言體同詩雅。（〈辨騷〉）
>
> 及班固述漢，因循前業，觀司馬遷之辭，思實過半。其十志該富，讚序弘麗，儒雅彬彬，

信有遺味。(〈史傳〉)

子雲沉寂，故志隱而味深。(〈體性〉)

繁采寡情，味之必厭。(〈情采〉)

是以聲畫妍蚩，寄在吟詠，吟詠滋味流於下句，氣力窮於和韻。(〈聲律〉)

左提右挈，精味兼載，(〈麗辭〉)

始正而末奇，內明而外潤，使翫之者無窮，味之者不厭矣。深文隱蔚，餘味曲包。(〈隱秀〉)

若統緒失宗，辭味必亂，義派不流，則偏枯文體。體味相附，懸緒自接。(〈附會〉)

義味騰躍而生，辭氣叢雜而至。視之則錦繪，聽之則絲簧，味之則甘腴，佩之則芬芳。(〈總術〉)

是以四序紛迴，而入興貴閑；物色雖繁，而析辭尚簡；使味飄飄而輕舉，情曄曄而更新。(〈物色〉)

從劉勰這些講「味」的地方來看，顯然，隱秀含蓄是是文學「滋味」的重要特點，而含蓄雋永乃依靠形式和內容來實現，文學作品有沒有「味」是和作品的和形式都有關係的。循此，《文心雕龍》一書論及文學的內容、形式及效果進而讀者鑒賞等層面，莫不以「味」的概念譬況說明。

如果說，這些只不過是隻言片語，零玉碎金，是作為劉勰文學理論體系中的一部分。那麼，鍾嶸《詩品》可宣稱是第一部全面地、系統地以「味」論詩的著作，首次將「滋味」說作為一個相當醒目的詩論課題。他繼承了前人的見解，結合詩歌特點和創作經驗，論述了詩歌的「滋味」問題，並明確地把「滋味」作為衡量作品優劣的準則。〈詩品序〉說：

> 夫四言，文約意廣，取效風騷，使可多得。每苦文繁而意少，故世罕習焉。五言居文詞之要，是衆作之有滋味者也。故云會於流俗，豈不以指事造形、窮情寫物，最為詳切者耶。故詩有三義焉：一曰興、二曰比、三曰賦。文已盡而義有餘，興也；因物喻志，比也；直書其事，寓言寫物，賦也。宏斯三義酌而用之，幹之以風力，潤之以丹彩，使味之者無極，聞之者動心，是詩之至也。

鍾嶸認為五言詩之所以是各種詩體中最有「滋味」之作，其原因即在它：一、指事造形，窮情寫物的藝術形象；二、賦、比、興的藝術手法；三、丹彩與風力的統一。「因此我們可以瞭解，經由興、比、賦的詩的藝術運作，在詩的語言構造上的指事、寫物、造形、窮情的過程中，在語言情緒活力的流布中，在文字的美感展示中，讀者能起強烈的感受的共鳴——動心，並被引入一種廣遠的詠味興趣的境界，這就是詩的滋味，或曰有滋味的詩。」[12]有「滋味」的作品，自然就會使「味之者無極，聞之者動心，」具有強烈的美感。不僅是理論，實際的鑒賞上鍾嶸依然以詩歌有沒有「滋味」，「滋味」濃不濃，作為批評法則。評張協詩說：

> 詞采蔥蒨，音韻鏗鏘，使人味之，亹亹不倦。

評郭璞詩說：

> 文體相輝，彪炳可玩，
>
> 華麗可諷味焉。

愈有「滋味」的作品，評價愈高。反之，枯燥乏味的作品，如玄言詩，評價就低了。評應璩詩說：

> 于時篇什，理過其辭，淡乎寡味。

如此強調詩味並用於評詩，可謂空前未有的。那麼，在古代詩歌藝術論的「滋味」說形成過程中，鍾嶸論「滋味」究竟有怎樣的歷史地位呢？陳建森先生指出：「在理論和實踐中第一次比較全面地、系統地、明確地解決了詩『味』從何而來，怎樣才能使詩有『味』，又怎樣辨別詩『味』等一系列問題，真正地將『味』由被動的感官接受轉化為主動的理性批評的審美心理活動，形成了自己接受——創造性的鑒賞——積極的批評——重構期待視野——指導詩歌再產生這樣一個極富開放性的反饋系統。」⑬

唐代藝術的繁榮，為「滋味」說的發展，提供了豐饒的土壤，因此，在藝術領域裡普遍地強調「味」的重要。例如：張懷瓘評王僧虔書法，引虞和的話說：

> 雖甚清肅，而寡于風味。⑭

寶蒙論子格說：

百般滋味曰妙。

五味皆足曰穠：[15]

白居易談音樂說：

絲桐合為琴，中有太古聲。古聲淡無味，不稱今人情。[16]

入耳淡無味，潛心愜有情。[17]

移用於文章，則如劉知幾的《史通：敘事》云：

文而不麗，質而不野，使人味其滋旨，懷其德音，三復忘疲，百遍無斁。

實踐在評文，有如張說評韓休文：

韓休之文如大羹玄酒，有典則，薄滋味。[18]

柳宗元論韓愈文，提出「奇味」，特指文章風格：

大羹玄酒，禮節之薦，味之至者，而又設以奇異小蟲、水草——屈到之芰，曾之羊，然

> 後，盡天下之奇味以足於口。⑲

至於詩論中強調詩味的更為常見。皎然論詩的創作說：

> 夫詩工創心，以情為地，以興為經，然後清音韻其風律，麗其增其文彩，如陽林積翠之下，翹楚幽花，時時開發，乃知斯文，味益深矣。⑳

他談詩的風格，則分為十九類，這十九類風格分屬德、體、風、味四個方向：

> 其十九字，括文章德體風味盡矣。㉑

可見所謂「味」，是指詩歌意境的類型。又《文鏡秘府論》中也記載了不少王昌齡等在提出「意境」概念的同時，也討論詩味的話語：

> 詩不可一向把理，皆須入景語始清味。
>
> 其景與理不相愜，理通無味。
>
> 詩一向言意，則不清及無味；一向言景，亦無味。事須景與意相兼始好。㉒

指出景、理相愜，景、情相融，才富有詩味，而這已涉及到詩歌的意境美。

不難看出，詩歌重「味」，由來已久，在前人豐富的遺產下，唐末司空圖更加發揮和完善了這一美學範疇。在〈與李生論詩書〉一文中，他說：

> 文之難，而詩之難尤難。古今之喻多矣，而愚以為辨於味而後可以言詩也。江嶺之南，凡是資於適口者，若醯，非不酸也，止於酸而已；若鹺，非鹹也，止於鹹而已。華之人以充飢而遽輟者，知其鹹酸之外，醇美者有所乏耳。彼江嶺之人，習之而不辨也，宜哉。詩貫六義，則諷諭、抑揚、停蓄、溫雅，皆在其中矣。然直致所得，以格自奇。……噫！近而不浮，遠而不盡，然後可以言「韻外之致」耳。
>
> 蓋絕句之作，本於詣極，此外千變萬狀，不知所以神而自神也，豈容易哉？今足下之詩，時輩固有難色，倘復以全美為工，即知「味外之旨」矣。

他「辨」於詩的不僅是「味」，而且是「味外之味」。司空圖不滿足於詩歌只有一個「味」，如醯和鹺那樣，只是酸、只是鹹。「味外之味」要求詩有鹹酸之外的「醇美」，作為詩之「醇美」的「味」，司空圖又稱之為「韻外之致」「味外之旨」。合觀他的〈與極浦書〉中的「象外之象，景外之景」，意義就更加明確。「象外之象」的第一個「象」指的是詩歌中所直接呈露的形象，然而，好的詩歌，往往在這一層形象外，還有多層形象，乃是第一個「象」中所蘊含包孕的無形的「象」，它需要讀者的想象去捕捉填充，並加以體驗品味。第一個「象」是「近而不浮」，真切而鮮明；第二個「象」則是「遠而不盡」，富於啟示性的「象外之象」，它能引人想像，從而興發韻味無窮的審美感受。元代揭曼碩《詩法正宗》說得好：「唐司空圖教人學詩須識味外味，……要見語少意多，句窮篇盡，目中恍然別有一境界意思。而其妙者，意外生意，境外生境，風味之美，悠然甘辛酸鹹之表，使千載雋永，常在頰舌。」是「韻外之致」、「味外之旨」仍來自「象外之象」、「景外之景」了。那麼，與前人的「滋味」說兩相比較，首先，前人所說的「味」，大都是藝術的語言，形象所內含的，而欣賞者體味到的滋味，司空圖所強調和追求的詩味，則是詩歌形象和意境引起讀者的想象之後所獲得的另一層境界和情趣的「味外之味」、「韻外之致」，因此，「滋味」既可求諸言內，更須寄諸言外。其次，前人談味多是著眼於作家與作品的關係，只是作為藝術質量的一種標誌或藝術審美的一種要求，司空圖則更是從作品與讀者的關係著眼，注意讀者參與的環節，強調在審美活動中欣賞者的主觀能動性。第三、司空圖是在唐代詩「境」觀念已經形成的條件下談「詩味」的，他所說的「味」，實與皎然等所謂的象外之「境」相合。司空圖把「味」引入「意境」論並豐富其審美意義，以下宋元明清詩論頗受影響㉓，從中可見自鍾嶸之後的「詩味」審美理論的擴充和深化。至此，詩歌「滋味」理論大體完備了，成為文學批評的特定語匯和範疇。

在宋代，許多詩論家都曾採用「味」這一美學概張來論述詩，在不同的程度上豐富了「味」的內容。譬如歐陽修《六一詩話》云：

> 近詩尤古硬，咀嚼苦難嘬，又如食橄欖，真味久愈在。

蘇軾〈送參寥師〉也說：

> 閱世走人間，觀身臥雲嶺。鹹酸雜衆好，中有至味永。

他們二人繼承司空圖的見解，強調詩味在追求蘊藉深永。姜夔在《白石詩說》中也講「味」，提倡含蓄蘊藉的藝術特點：

> 句中有餘味，篇中有餘意，善之善者也。

另外，楊萬里在〈江西宗派詩序〉中提出辨詩「以味不以形」的要求：

> 江西宗派詩者，詩江西也，人非皆江西也。人皆非江西而詩曰江西者何？系之也。系之者何？以味不以形也。東坡云：「江瑤柱似柱似荔子。」又云：「杜詩以《太史公書》。」不惟當時聞者嘸然，陽應曰諾而已，今猶嘸然也。非嘸然者之罪也，舍風味而論形似，故廛嘸然也。形焉而已矣，高子勉不似二謝，二謝不似三洪，三洪不似徐師川，師川不似陳后山，而況似山谷乎？味焉而已矣，酸鹹異和，山海異珍，而調腼之妙，出乎一手也。……江西之詩，世俗之作，知味者當能別之矣。

至於，用「興趣」說取代司空圖「滋味」說的嚴羽，在《滄浪詩話·詩評》亦提到「味」：

> 讀騷之久，方識真味。

主張詩歌應該具有淵永的「真味」。

明、清時代，舉「味」論詩者亦後不少。包括前後七子、公安派在內的許多詩論家，都使用過「味」這一美學概念。譬如李夢陽〈駁何氏論文書〉云：

華之以色，永之以味，溢之以香，是以古之文者，一揮而衆善具也。

王世貞《藝苑卮言》評陶淵明詩：

清悠澹永，有自然之味。

陸時雍《詩境總論》品杜甫詩曰：

少陵七言律，蘊藉最深。有餘地，有餘情。情中有景，景外含情，一詠三諷，味之不盡。

他如，朱承爵則聯繫詩味和意境，明確指出意境是味的源泉，《存餘堂詩話》說：

作詩之妙，全在意境融徹，出音聲之外，乃得真味。

至於清朝，神韻說、格調說、肌理說、性靈說諸派都採用過「味」此一概念。王士禎《師友詩傳錄》載：

蕭亭答：「唐司空圖教人學詩，須識味外味。坡公常擧以為名言。若學陶、王、韋、柳等詩，則當於平淡中求真味。初看未見，愈久不忘。如陸鴻漸品嚐天下泉味，楊子中濡為天下第一，水味則淡，非果淡，乃天下至味，又非飲食之味所可比也，但知飲食之味者已鮮，知泉者又極鮮矣。」

他在《帶經堂詩話》中評樂府詩云：

本詞「使君自有婦，羅敷自有夫」，綽有餘味。

沈德潛《說時晬語》云：

七言絕句，以語近情遙，含吐不露為主。只眼前景，口頭語，而有弦外音、味外味，使人神遠，太白有焉。

翁方綱《石洲時話》說：

韓子蒼詩，平勻中自有神味。

袁枚《隨園詩話》云：

味欲其鮮，趣欲其真，人必如此，而後可與論詩。

可見，滋味之論，無代無之，無論在理論或批評，講「味」不絕，不勝枚舉。

總之，在傳統詩論發展史上，舉「味」論詩的審美概念，有一個逐步形成、豐富和發展過程，反映了人們對詩歌創作及欣賞的認識逐步加深。

參

卡西勒(Ernst Cassirer)說：

> 名稱是個固定的中心，是思想一個焦點，種種感覺即圍著它具體化起來[24]。

語詞的新意義，總標誌著新的視野，回顧「滋味」這一段由味覺而及於情趣，由實而及虛，萌芽至形成的發展歷史，它顯現如下的幾項現象及意義：

第一、「味」的含義不盡相同，約可分為三類：甲類是指原始的食物滋味；乙類是指詩歌審美活動，其用語有：「味」、「玩味」、「體味」、「研味」、「咀味」等等；丙類則指詩歌的審美特徵及感受，其用語有：「味」、「滋味」、「真味」、「餘味」、「回味」、「情味」、「韻味」、「趣味」、「興味」、「意味」、「神味」、「風味」、「氣味」等等，除了甲類外，其他二類都是用來表達詩歌審美的特定語匯[25]。

第二、「味」的過程，是從感覺的快感出發，轉而譬喻作者的心靈、情感，然後又再類比詩歌對讀者的感染效果，然後作為讀者審美。它是將被動的感官接受轉化為主觀能動性的審美活動。

第三、滋味說，雖然包括作品的內涵，但也更是指表現內涵的藝術及其美感作用。講究作品的

「滋味」，不僅是對作品的肯定，亦是對讀者審美活動的充分尊重，換句話說，「滋味」的審美活動，不只注重在詩人與作品的關係，亦著眼於作品與讀者的關係。

第四、詩味之所以會出現，首先是得自詩歌本身的含蓄雋永、婉轉興寄，同時也是讀者參與想象結果，是創作與欣賞統一的結果。

肆

那麼，「滋味」這一審美辭語，又是怎麼來呢？從現實生活的審美品評中借用和移植有關的審美概念、經驗、方式等，固然是正常現象，但是這並不全是「當人們還沒有正確認識文藝審美作用產生的根源，也還不能用科學的語言來表述它的時候，他們就近取諸身，用『味』這種感覺來對它進行說明了」㉖如此簡單的因素而已，依然有其內在的原因。

讓我們從「美」這個字的意義開始。許慎《說文解字》說：

> 美，甘也，從羊從大，羊在六畜給主膳也。

又說：

> 甘，美也，人口含一。

「甘」是五味──甘、辛、酸、苦、鹹──的一種，乃人們的口之嗜好所適的味道。《孟子‧告子上》上云：「口之於味也，有同嗜焉。」所以，段玉裁《注》認為「美」作為從「羊大」的字，並不是表示這種大羊姿態的感受，而是品嚐肥大羊肉味「甘」時，對「甘」這一味覺的體驗的美的感受㉗，循此，「羊大」之所以為「美」仍由於其好吃甘之故。另外，從「羊」、從「甘」、從「舌」等字，多為訓為「美」意㉘。可見，中國原始的審美意識，乃起於「肥羊肉味甘」這一味覺性的經驗，美本指味也。

至於「味」之所以同早期審美意識的發展有如此密切的關係，並一直影響至今，根本原因是：

> 味覺的快感中已包含了美感的萌芽，顯示了美感所具有的一些不同於科學認識或道德判斷的重要特徵。首先，味覺的快感是直接或直覺的，而非理智的思考。其次，它已具有超出功利慾望滿足的特點，不僅僅要求吃飽肚子而已。最後，它同個體的愛好興趣密切相關。這些原因，使得人類最初從味覺的快感中感受到了一種和科學的認識、實用功利的滿足以及道德考慮很不相同東西，把「味」和「美」聯繫到一起㉙。

如此的關係，才能藉由通感的方式，用「味」言詮審美經驗㉚。

然而味覺的在後世不再被歸入嚴格意義的美感之內，甚至認為跟藝術欣賞無關㉛，但，在中國它卻一直被延用，並且作為文學批評的術語，蕭馳從心理學的角度解釋道：「所謂『味長』、『味外』、與人們對於味覺更精微的體驗有關。心理學告訴我們：與聽覺、視覺比較起來，味覺是最遲鈍的感覺，音高和味覺的韋伯比例相差七十倍，非液體的物質必須先溶解於唾液才能發生刺激。而且，比之聽覺、視覺來，味感覺是化學分析過程。由此可以推知：從受刺激時間的維持來說，它也是最長的。我以為，晚唐以後的詩論正是以這一點來說明詩歌審美感受中蘊藉的深永。其次，心理學又告訴我們：味覺是一種複合感覺，它不僅包括酸、鹹、甜、苦四種感覺，而且連繫著嗅覺、溫度感覺和對於食物質地的膚覺。晚唐以後的詩論，又是借此以表達詩歌審美感中含蓄、複義、富於聯想等特徵。而味覺又恰恰不是聽覺、視覺這兩種主要藝術感官，又恰可借此說明詩之訴諸心靈的特徵。所有這些都已完全不同於上文所說的味覺『只能感受非常接近它的事物』、『屬於身體』這種意義。」[32]其實，關鍵在舉味喻詩、評詩，是與中國抒情詩傳統以「興」為性質的基調相應。

徐復觀對「興」的描述，勝義頗多，他說：

> 興是一種「觸發」，即朱傳的所謂「引起」。其所以能觸發的是因為先有了內在的潛伏感情；被它觸發的還是預先儲存著的內在潛伏感情；觸發與被觸發之間，完全是感情的直接流注，而沒有滲入理智的照射。在感情的直接流注中，客觀的事物，乃隨著感情而轉動，其自身失掉了客觀的固定性。……因此，興對於詩的意味，就詩是感情的象徵的本性講，較之於比，實更為重大。比是經過感情的反省，由理智主導著感情所表現出來，比的事物與主題的關係，有理路可尋，所以孔氏說「比顯」，即是比的意義顯明。興是感情未經反省，或者可以說，只經過最低限度的反省，只含有最低限度理智，即連此最低限

> 度的理智，也投入於感情之中，而以感情的性格、面貌出現，所以興的事物與主題的關係，不是理路的連絡，而是由感情的氣氛、情調，來作不知其然的溶合的關係，正和感情自身一樣，朦朧縹緲，可感受而不易具體把捉；可領略卻難加以具體的表詮；一經把捉表詮，則其原有的感情成分，已經打了折扣；所以孔氏說「興隱」，即興的意味，隱微難見。……感情的觸發，則其來無端，其去無跡，其形若有若無，於是它總是慢慢的消逝於緲冥茫漠之中，好像一縷輕煙裊入晴空一樣，總是在盡與未盡之間，所以朱元晦感到「比雖是較切，然興卻意較深遠也。」[33]

由徐文中，我們知道興是一種觸發，而且是感情的直接流注，沒有滲入理智的照射，其來無端，其去無跡，朦朧縹緲，總是在盡與未盡之間；其次，在興活動的當身是沒有目的性的，它只是不容自已的呈現，呈現著主客合一的狀態；第三、此一主客合一的狀態，是可感受而不易具體把捉，可領略卻難以表詮；第四、興的意味，醞藉深長，「文已盡而意有餘」。至此，「興」詩呈露即是那耐人咀嚼的深層整體的美感意境。味覺的美感與「興」的美感經驗相較，固然粗糙簡單，然而，其中的質性卻頗多類似，二者有相通之處，那麼，描述「興的美感經驗及表現方式之美感情趣」[34]，近取諸身，舉味為喻以保留具體的感性的經驗，就彎自然貼切。

另一方面，誠如高友工先生所說：「美感活動同時是『想像』和『觀照』，這兩種心理活動在美感的領域中都同時不能用『分析語言』來代表，而欲能用一個『感性觀念』來把握住（至少『象徵』了）這個美感經驗和判斷，所以很多的詩評家並不採取分析的道路，而全力希望以一字、一詞或一語來象徵他們的經驗。」[35]味之於詩，便在探觸和掌握此一活潑的美感意境，使之達到了生生不已的感動效果。職是，滋味說，無疑是最相應傳統美感認知的詩論之一[36]。

「其實在中國詩論中，除了重視聲律格調用字用典等，偏重形式之藝術美一派各家主張外，其他凡是從內容本質著眼的，蓋無不曾對此種興發感動之力量，有所體會和重視，只是因為不同之時代，各有不同之思想背景，因此各家詩論，當然也就不免各有其偏重之點。」[37]而探本尋源，諸如興趣說、格調說、性靈說及境界說等詩論，莫不與滋味說有關。

伍

總而言之，滋味本是咀嚼食物的審美感受，先是以之喻人生、論哲理、品評人物，然後移用於音樂、書法及繪畫，最後詩歌創作和欣賞的過程的經驗總結也與味覺感受密切聯繫，詩歌之有滋味者，恰如飲食之有滋味者。食物的味道須經品嚐才能生之於口，了然於胸，詩歌藝術之味也要通過反覆咀嚼，密詠恬吟方能得到。因此，滋味說便是從人的審美感受來說明文學藝術特徵，揭露詩歌本身的含蓄蘊藉、清深孕大所達到的言有盡而意無窮的美感經驗。味既然是中國傳統審美方式的肯綮，就必然有多方面的聯繫，就會同其他含義相關的詞語組成一系列相關概念，形成一個以它為中心的概念群，如「趣味」、「興味」、「韻味」、「意味」、「情味」等。這些相關概念分布在中國傳統詩論的各個方面，其實都是味的含義的延伸。

末了，我們可與印度古代文論中的「味」說作一比較。蕭馳指出：「在古印度最早的文論著作《舞論》中就出現過以烹調中的「味」來批評藝術理論現象。以後在《詩光》中又出現了『詩味』的說法。但印度文論中的『味』一般是專指內容而言。如《舞論》就認為戲劇中的八種味是豔情、滑稽、悲憫、暴戾、英勇、恐怖、厭惡和奇異。《詩光》以為『德』是詩味的性質。」「在這裡我們發現：印度文論建立在客觀觀察和邏輯分析的基礎之上，不同於作為中國古代文論主流的點悟、體味方式。印度文論中的『味』或指內容而言，或在內容和形式的分析中產生。」[38]而中國的「滋味說」則從創作和欣賞的審美感中進行體味。

至於，與西方文論相比較，西方的「美感」論則與中國「滋味說」雖然辭語不同，但在實質上是相通的。「它們都共同認識到了藝術鑒賞中的直感、情感、想像、理解諸因素，它們都要求藝術審美鑒賞中的理性與感性、情感與想像的高度融合，要求『詞理意興，無跡可求』的渾然一體，從而使人獲得賞心悅目的『美感』，獲得令人一唱三嘆，拍案叫絕的『滋味』。」然而，「西方的『美感論』只承認視覺與聽覺能獲得美感，而極力否認味覺能引起美感。而中國恰恰相反，『滋味說』正是將味覺與美感密切地聯繫在一起的，幾乎凡美必言味，言味必喻美。」[39]

由此看來，「滋味說」也是一個具有民族特色的詩論。

附注：

❶ 許慎《說文解字》曰：「味，滋味也。」《禮記：月令》仲夏之月：「薄滋味，毋致和；節嗜欲、定心氣。」是「滋味」與「嗜欲」對應。

❷ 楊松年先生分析中國文學批評所發生的問題時，約略指責數端：甲、對於所用的主要辭語，不作具體的解釋，或給予清楚的定義式的規定。乙、即使是同一作者，或同一作品中，用同一辭語，在不同的地方，卻含具不同的意義。丙、中國文學的批評的用語，多依據常用的學術辭語。丁、批評的用語，有時由於運用者追求文字美，行文時講究對偶，致它與另一辭語列舉，產生意義上的變化，致令語義含糊。文見《王夫之詩論研究》(台北：文史哲）頁三—九。

劉若愚先生亦云：「我的工作由於以下的事實而遇到困難，亦即過去的中國批評家很少有系統地闡述他們的詩論……而且，大部分的批評家對自己的術語，甚至他們的理論的關鍵字眼，卻不費心加以清楚地定義。」文見《中國詩學》(台北：幼獅）頁一〇五。不過，二氏的責難似乎是不能平情默會於我國「抒情式批評」所引發的誤解。

❸ 王士禎曾說：「余予古人論詩，最喜鍾嶸《詩品》、嚴羽《詩話》、徐禎卿《談藝錄》。」(《帶經堂詩話》卷二）索滋味、興趣、神韻，對王士禎而言，這三者實際上是一體的。王士禎的門人說：「酸鹹之外者何？味外味也。味外味何？神韻也。」(吳陳琰〈蠶尾續集序〉）錢鍾書《談藝錄》云：「及夫調有弦外之遺音，語有言表之餘味，則神韻盎然出焉。」揭示了神韻是來自滋味。而王國維在《人間詞話》中則說：「滄浪所謂『興趣』，阮亭所謂『神韻』，猶不過道其面目，不若鄙人拈出『境界』二字，為探其本也。」是滋味、興趣、神韻、境界諸說，構成了詩味說理論一脈相承的歷史傳統。

❹ 見王建元〈以興為中心文學批評系統〉一文，《當代》四四期，一九八九年十二月。又氏著《現象詮釋學與中西雄渾觀》(台

北：東大）序言，第三、五章。

⑤ 見李澤厚、劉綱紀編《中國美學史》（台北：漢京）第一卷，第二章：〈孔子以前的美學思想〉頁九〇。

⑥ 同上，第二卷，第十八章：〈鍾嶸的《詩品》〉（台北：谷風），頁九三〇。

⑦ 同上，頁九三二。關於先秦典集中「味」資料，參考李澤厚、劉綱紀編《中國美學史》寫成。

⑧ 《漢書》卷五〇：〈鄭當時傳〉。

⑨ 《後漢書》卷三〇：〈郎顗傳〉。

⑩ 慧遠文，收於《全晉文》卷一，收於同書卷一六五。佛學部分，見李澤厚，前揭書，第二卷，頁九三三—四。

⑪ 見涂光社〈劉勰論「滋味」〉，收入《中國古典文學論叢》（北京：人民）第二輯，頁二四〇。

⑫ 語出廖蔚卿先生〈詩品析論〉一文，收入氏著《六朝文論》（台北：聯經），頁二四七。關於《詩品》的討論，請見拙文《詩品選述》（台北：金楓）導論。

⑬ 語出陳建森〈鍾嶸的詩歌美學思想—滋味說〉。收入趙盛德編《中國古代文學理論名著探索》（廣西師範大學），頁一四七。

⑭ 見張彥遠《法書要錄》卷八：〈張懷瓘書斷〉下卷。

⑮ 同上，卷六：〈論書賦語例子略〉。

⑯ 白居易〈廢琴〉，《白居易集》卷一。

⑰ 白居易〈夜琴〉，《白居易集》卷七。

⑱ 見《新唐書：駱賓王傳》。

⑲ 柳宗元〈讀韓愈所著毛穎傳後題〉，《柳河東集》卷二一。

⑳ 皎然〈詩議〉，《文境秘府論》南卷。

㉑ 皎然《詩式：辨體十九字》、見《歷代詩話》。

㉒ 日僧遍照金鋼《文境秘府論：地卷十七勢》。

㉓ 參見鍾子翱〈論司空圖《詩品》的審美特性和歷史意義〉一文，收入北京師範大學中文系文藝理論教研室編《美學文學論文集》（北京：師範大學），頁一一六—七。

㉔ 見卡西勒《論人》(An Essay On Man)（台北：審美）第二部分第三章〈語言〉。又龔鵬程〈論本色〉，氏著《詩史本色與妙悟》（台北：學生）頁九八—九。

㉕ 參見皮朝綱〈味—具有我國民族特色的審美範疇〉一文，收入劉長久、皮朝綱編《中國當代美學論文選》（重慶：重慶出版社）第四集。作者指出「味」說的特點有：無理而妙，其趣在有意無意之間，無跡之跡詩始神等等。頁一九六—二一二。

㉖ 語出〈審美理論的歷史發展〉一文，《古代文藝理論研究》第一輯。原文未見，轉引自涂光社，前揭文，頁二三九。又劉九州說：「每個民族在表達自己的認識內容時，都必須遵守由感性到理性，由具體到抽象，由簡單到複雜的認識規律。因此，當中印兩個民族都處於幼年時期，他們也就較多地運用生活體驗中的具體事物來表達自己的認識範圍。而當他們開始向自己的幼年告別時，一方面要運用概括方式去鑄造新的範疇，另一方面則更多地把幼年時期運用過的直感性很強的範疇有選擇地繼承下來，並加進全新的內容。『味』便是經過中印古代藝術理論家的選擇之後被不約而同地續承了下來。」〈中印「味說」同異論〉，見《比較文學三百篇》（上海：上海文藝），頁一六六。

㉗ 除了許慎這個定義外，千餘年來，講美字的，大約有三種說法：一、宋初徐鉉云：「羊大則美，故從大。」二、馬敘倫云：「倫謂字益從大，芊聲。芊音微紐，故美音無鄙切。《周禮》美惡字皆作媺，本書：媄，色好也。是媄為美之轉注異體，媄轉注為媺。從女，媺聲，亦可證從芊得聲也，芊芋形近，故訥為羊，故美從之得聲。」三、今人蕭兵以為「美的原來含義是冠戴羊形或羊頭裝飾的大人，最初是『羊人為美』，後來演變為『羊大則美』。」按「美」字的起源和原意似乎並無明確的解說，一般根據許慎《說文解字》的說法。關於「羊大則美」「羊人為美」這兩種解釋的統一，請參見李澤厚、劉綱紀主編《中國美學史》第一卷，頁九一—二。及李澤厚《華夏美學》（台北：時報），頁一一—一三。

㉘ 如「羭」字，如「旨」字，如「甜」字等。又「口」部中，「味」字，從「口」，「未」聲，其意「滋味」（史記：律書）：「未者，萬物皆成，皆言有滋味也。」）通過這些條例，證明「美」原來是表示味覺性感受的文字。參見笠原仲二〈「美」字在《說

文》中本意和審美意識的起源〉一文，《當代美學論集》（台北：谷風）頁二三九—四八。又氏著《古代中國人的美意識》（北京：三聯）第一、二章。

㉙ 李澤厚、劉綱紀，前揭書，卷一，頁三九。

㉚ 所謂通感(synaesthesia)，實即人的各種感覺器官的彼此聯繫和互相溝通。「在日常經驗裡，視覺、聽覺、觸覺、嗅覺、味覺往往可以彼此打通或交通，眼、耳、口、鼻、身各個官能的領域可以不分界限。顏色似乎會有溫度，聲音似乎會有形象，冷暖似乎會有重量，氣味似乎會有體質。」但是，審美通感不僅僅是一種生理感覺，在審美活動中，通感主要是在豐富的情感的觸發下想像力自由運動。古人愛用「味」來形容詩歌的審美感受，也正是審美通感的一個極為高明發現和創造。關於通感理論，見錢鍾書〈通感〉一文，收入氏著《七綴集》（台北：書林），頁六五—八一。又《管錐篇》一書亦多次介紹中西的通感理論和實例。

㉛ 美學上認為人的耳、眼、鼻、舌、身等感官，在審美過程所引起的作用，並不能等量齊觀，視覺和聽覺屬於高等器官(higher senses)，味覺和觸覺屬於低等器官(lower senses)，柏拉圖即持此說，見〈大希庇阿斯篇〉，《文藝對話集》（台北：蒲公英），頁二六一—三。黑格爾更獨斷認為藝術感性事物只涉及聽、視兩個感覺，至於嗅、味和觸覺則完全與藝術欣賞無關。見《美學》（台北：里仁）第一卷，頁五〇。

㉜ 見蕭馳《中國詩歌美學》（北京：北京大學），頁九。

㉝ 見徐復觀〈釋詩的比興—重新奠定中國詩的欣賞基礎〉一文，氏著《中國文學論集》（台北：學生），頁一〇一—三。關於興義的發展，大致可分兩路：「一路是套在詮解詩經所形成的以興為設喻的傳統。一路是轉向興的美感經驗及表現方式之美學情趣的揭發，開啟自唐末司空圖以下以興為詩之『美感境界』的詩論。」（李正治〈興趣〉，《文訊》二二期）滋味說與諷喻之興的傳統無本質關係，它是由「重視興的美感經驗及表現方式之美學情趣」啟引而來的。

㉞ 見李正治〈興趣〉，《文訊》二二期，頁三二七。

㉟ 見高友工先生〈文學研究的理論基礎〉，收入李正治編《政府遷台以來文學研究理論及方法之探索》（台北：學生），頁一三三。

㊱ 葉嘉瑩先生指出：「當然，西方作品中也並非沒有由外物引起感發的近於『興』的作品，只不過在批評理論中，他們卻並沒有相當於中國之所謂『興』的批評術語。」〈比興之說與詩可以興〉，見《光明日報》一九八七年九月廿二日。類似論述，亦見《中國古典詩歌中形象與情意之關係例說》一文，收入氏著《迦陵談詩二集》（台北：東大）頁一四三—八。與「興」之性質相應的「滋味說」也就是具有民族特色之詩論。

㊲ 見葉嘉瑩先生〈《人間詞話》境界說與中國傳統詩說之關係〉一文，收入氏著《中國古典詩歌評論集》（台北：純真），頁二二六—七。

㊳ 見蕭馳，前揭書，頁二—三。又有關中印詩味的比較，見劉九州〈中印「味說」同異論〉一文，收入《比較文學三百篇》，頁一六五—九。

㊴ 見曹順慶〈滋味說與美感論〉—《中西文學比較研究札記》》。《文藝理論研究》一九八七年第一期，頁六六—七五。原文未見。又氏著《中西比較詩學》（北京：北京出版社）頁二四〇—五八。

後記：原稿曾刊載於《輔仁國文學報》第七期，現略加增補，重新發表。

「知音」探源

——中國文學批評的基本理念之一

蔡英俊

「知音」一詞，在傳統的文學批評文獻中隨處可見，而且語義簡單明瞭，不致引起任何理解上的困難，因此我們往往理所當然接受這個語詞的存在。譬如劉勰的《文心雕龍》一書就列有〈知音〉篇，專門討論文學批評的理則與方法。不過，劉勰何以選用「知音」一詞做為文學批評的同義詞，學者似乎不曾詳細加以解說。或許我們都熟悉「知音」的故事，並且接受這則故事所指陳的批評活動的理想型態，不免就此忽略了「知音」一詞可能蘊涵的批評理念。畢竟，「知音」一詞，正如「神思」、「通變」一樣，既然是一個批評術語，那麼，在模塑這個術語而使之定型的過程中，特殊的思想、文化因素總是值得我們分析研究——至少，探索隱含在「知音」一詞背後的思想模式或心靈樣態，可以清楚指明傳統文學批評活動的本質到底為何。尤其是近代文學研究的型態，截然異於傳統的認知方式與表述形式，如果我們想要為傳統文學批評活動尋得一套獨特的理論間架或理論範型，藉此與西方文學批評所形成的研究模式做一對觀，那麼，現象學式的追索觀念的緣起與發展，或許是一個重要的起點[1]。

本論文即是嘗試追索「知音」一詞出現的文理脈絡，然後解析「知音」一詞所對應的文學批評活動的特質。

「知音」一詞的義涵，最初是以故事的形式出現，譬如在《呂氏春秋·本位》篇：

伯牙鼓琴，鍾子期聽之。方鼓琴而志在太山，鍾子期曰：「善哉乎鼓琴！巍巍乎若太山。」少選之間而志在流水，鍾子期又曰：「善哉乎鼓琴！湯湯乎若流水。」鍾子期死，伯牙破琴絕弦，終身不復鼓琴，以為世無足復為鼓琴者。

這則故事，也同樣見於《韓詩外傳》（卷九）、《說苑》（卷八）與《列子·湯問》篇。根據這些文獻的記錄方式來看，鋪述這麼一則賞音的故事，原都具有政治上的諷諭作用，因此，《呂氏春秋》的編集者在呈示這則故事之後，便直接接上一段評議：「非獨琴若此也，賢者亦然。雖有賢者，而無禮以接之，賢奚由盡忠？猶御之不善，驥不自千里也。」這種立論方式，徐復觀認為是中國傳統知識份子表達思想的一種特殊方式，其目的「乃是想加強思想在現實上的功用性與實用性，尤其是想加強對統治集團的說服力」❷。就此而論，一則故事，就如一則傳譯成文字的「夢」一樣，成為一種「象徵」，開示出繁富的意義網絡，容許不同的解釋，甚至可以反映某種文化上的重要性❸。

如果我們擺落秦漢思想家投在這則故事上的政治諷諭作用，純粹就故事本身展示的文理脈絡來看，我們可以發現這則故事是在描述一種音樂的理解活動，而這種理解活動完全訴諸演奏者與欣賞者兩人主觀的相互感通的心理狀態。再者，就文化史的角度而論，在古代，「樂」實際上是當時各門藝術的總稱，關於「樂」的理論也就是關於一般藝術的理論❹，因此儘管「知音」所指涉的活動是屬於音樂的範疇，它得以轉用到文學的領域也是一種必然的現象。至於這種轉用，最早的記錄可能是西元三世紀曹植的〈與楊德祖書〉：

> 以孔璋之才，不閑於辭賦，而多自謂能與司馬長卿同風，譬畫虎不成反為狗者也。前有書嘲之，反作論盛道僕讚其文。夫鍾期不失聽，於今稱之；吾亦不能妄嘆者，畏後世之嗤余也。

這段文字在說明文學鑑賞活動的困難，其中雖然也引述了鍾子期賞音的故事，這種引述仍然祇是出於譬喻，實際上並沒有深切反省到文學批評活動本身的「理解」問題。然而，如果我們比較《呂氏春秋》或《韓詩外傳》與曹植援引伯牙故事的方式，我們可以看出一種新的認知方式：魏晉以降的文士如何擺脫兩漢政治諷諭的意識型態，轉而以「美感的態度」品味、觀照人生世相。這種轉變，主要根源於魏晉之際個體意識的覺醒，從而促使「抒情自我」或「感性主體」成為魏晉以降支配文化創造活動的一項主要驅力。在這種意識轉變的過程中，《列子‧湯問》篇所引述的伯牙與鍾子期的故事傳達了非常重要的訊息，能充分反映魏晉之際的思維方式與世界觀。

> 伯牙善鼓琴，鍾子期善聽。伯牙鼓琴，志在登高山，鍾子期曰：「善哉！峨峨兮若泰山。」志在流水，鍾子期曰：「善哉！洋洋兮若江河。」伯牙所念，鍾子期必得之。伯牙游於泰山之陰，卒逢暴雨，止於巖下；心悲，乃援琴而鼓之。初為霖雨之操，更造崩山之音：曲每奏，鍾子期輒窮其趣。伯牙乃舍琴而嘆曰：「善哉！善哉！子之聽。夫志想象，猶吾心也，吾於何逃聲哉？」

就敘事結構與文辭表現而言，《列子》的記錄更富於理論的旨趣。譬如「伯牙所念，鍾子期必得之」、「曲每奏，鍾子期輒窮其趣」、「夫志想象，猶吾心也」等文句，確實能解明「知音」一詞的義蘊及其對應的認知活動的心理結構。「知音」所指涉的理解活動，是兩個主體之間相互了解、相互感通的融浹狀態，而且這種相互感知的過程，似乎不需要透過任何外在的言辯予以明示；創作者與鑑賞者雙方都沈靜的進行內在情志的溝通、理解活動。

然而，伯牙與鍾子期故事所對應的「理解」活動，所以過渡到文學批評的領域，而以「知音」一詞轉化成文學鑑賞或文學批評的同義詞，並且具有術語或批評觀念的意指作用，主要是得自於劉勰的倡議。至於劉勰何以選用「知音」一詞做為文學批評活動的同義詞，周勛初提出了下述的說解：

魏晉南北朝人普遍認為文學之事萬分精妙，非言語所能窮盡，樂曲的構成也很奧妙，只有知音人才能領悟。況且當時聲律之學大盛，文學和音樂的關係更形密切，所以時人常用音樂比喻文學；劉勰也使用了「知音」一詞比喻文學批評工作。⑤

前面提過，漢魏以前的「樂」字可以說是當時各門藝術的總稱，關於音樂的理論也就是關於一般藝術的理論。如果我們從文獻加以考索，漢魏之際確實有許多呈示音樂這類題材的文學作品或論文：譬如《文選》第十七卷〈賦〉類就列有「音樂」一目，選錄了王褒、傅毅、馬融、嵇康與潘安等人的作品；而曹丕〈典論論文〉中論及「文氣」的段落，就是以音樂演奏的情境譬喻文氣：「文以氣為主，氣之清濁有體，不可力強而致。譬諸音樂：曲度雖均，節奏同檢，至於引氣不齊，巧拙有素，雖在父兄，不能以移子弟。」既然漢末以降的文士都普遍表現出他們對於音樂的欣趣品味，他們自然能運用音樂領域的語彙討論文學的問題。然而，魏晉以降文學批評活動所運用的觀念、術語，與其說是與音樂理論合流並舉，不如說是從音樂理論的範疇中慢慢離異而逐步具有獨立的義涵。當然，上述的意見不免是一種外緣的解釋。我們仍需要進一步追問：到底是怎樣的一種內在因素，促使劉勰選用「知音」一詞描述文學批評活動的特質？我們關心的是，劉勰提出的論點揭示或蘊涵著什麼樣的理論問題？

實際上，就中國的文化傳統而言，不論是音樂或詩歌，本質上都是抒情的創作表現。如果我們比對《禮記·樂記》與漢代的〈詩大序〉，就可以清楚看出詩歌與音樂這兩種不同的藝術形式，如何在理論的層面上得以互相轉用的可能性：

凡音之起，由人心生也。人心之動，物使之然也：感於物而動，故形於聲；聲相應，故生變，變成方，謂之音。……樂者，音之所由生也；其本，在人心之感於物也。……凡音者，生人心者也：情動於中，故形於聲，聲成文，謂之音。是故治世之音，安以樂，其政和；亂世之音，怨以怒，其政乖；亡國之音，哀以思，其民困——聲音之道，與政通矣。〈樂記〉

詩者，志之所之也，在心為志，發言為詩。情動於中而形於言，言之不足，故嗟嘆之；嗟嘆之不足，故永歌之；永歌之不足，不知手之舞之，足之蹈之也。情發於聲，聲成文，謂之音。治世之音，安以樂，其政和；亂世之音，怨以怒，其政乖；亡國之音，哀以思，其民困——故正得失，動天地，感鬼神，莫近於詩。〈詩大序〉

這兩段論述傳達了一項相同的訊息：藝術創作活動在根源上是抒情的，而這種抒情的表現又能充分反映現實的政治情勢。因此，就〈樂記〉與〈詩大序〉兩者的論點與行文方式而言，我們同意李澤厚提出的論斷：「〈毛詩序〉在總結前代詩論的基礎上，把〈樂記〉關於『樂』通過對人的情感陶冶而達到教化目的的思想應用於詩，……中國古代美學把藝術看作是情感的表現這一基本觀點，由『樂』推及於詩，在理論上明確而牢固地樹立起來。」[6]緣於這種創作視觀的導引，使得原本各自對應不同媒介與材料的藝術形式能夠在理論層面上合流會通，甚至造成批評術語移用的現象。這樣的解說，讓我們清楚了解到：魏晉之際，文學批評活動在獲取自身的獨立性與建構自足的理論體系時，是雜揉了先前文化活動中不同的要素（譬如先秦禮樂思想所激生的抽象理論），而不祇是汲取漢末「人倫品鑒」活動用以評騭人物的術語或觀念。當然，這種論斷仍然有待進一步就資料來比對說明。

劉勰《文心雕龍》五十篇的篇章分合與理論架構的問題，近代學者的解說已有定論，而〈知音〉一篇即屬於文學批評論的範疇，專門討論文學批評的理則與方法[7]。就理論建構的層面而論，劉勰的〈知音〉篇重點在如何摒除批評活動本身的主觀謬見，並且積極建立一套客觀的批評標準——這種方法論上的自覺，也曾出現在曹丕的〈典論論文〉，祇是劉勰提出的批評標準與批評方法比較的明確而具體，也不像曹丕那樣具有崇尚「天才」的神秘主義傾向[8]。簡單說，劉勰提出的「六觀」是具體說明了批評活動的程序與步驟，稱得上《文心雕龍》的創論之一；然而，這項創見在往後的歷史發展中並無後繼者進一步加以推闡，徒成絕響。因此，重視客觀批評方法的「六觀」說不曾發揮應有的影響效力，這個歷史事實正可以提供我們了解傳統文學批評活動的某種特質。

就劉勰而言，他所以堅信「客觀的」批評是有可能的（因此，建立一套客觀的批評標準乃是必要的），主要就緣於他深切認識到創作與批評之間存有著一個中介地帶：作品本身所賦形的客觀的文理組織。〈知音〉篇中如是說道：

> 夫綴文者，情動而辭發；觀文者，披文以入情。沿波討源，雖幽必顯。世遠莫見其面，覘文輒見其心：豈成篇之足深，患識照之自淺耳。

在抒情的文化傳統的規約下，「情」是一切作品的創作動因，也是作品必然呈顯的內容。然而，創作者是透過客觀的文理組織來表達他個人所體驗到的情感與料，而讀者或批評家則是經由客觀的文理組織重新理解創作者的內在世界——這個論點可以說是劉勰《文心雕龍》一書的基本主張，不但是他文學創作論的要義，同時也是批評論的依據。就前者說，〈情采〉篇說得很清楚：「情者，文之經；辭者，理之緯；經正而後緯成，理定而後辭暢，此立文之本源也」。就後者言，〈知音〉篇是扣緊「剖情析采」的創作論而提出的批評方法。當然，〈知音〉篇所說的「情動而辭發」與「披文以入情」，這種主體之間雙向交會的論旨，在表述形式上似乎回應了孟子倡言的「以意逆志」的主張。然而，劉勰是進一步提出「博觀」的具體要求，讀者必須增益自己的鑒識能力，以達到「目瞭」、「心敏」的境地；而「六觀」說的提出，更在於提供讀者進行鑒識活動時的程序與步驟，以達到分判優劣的準確性；「沿波討源」一句，闡明了主觀的理解活動原有客觀的程序或準則可尋。這種方法論上的自覺，顯然突破了〈樂記〉或〈詩大序〉以降素樸的抒情主義的思考模式。循此而論，劉勰的〈知音〉篇與嵇康的〈聲無哀樂論〉，都具體反映了魏晉時期追求客觀的藝術表現的思想潮流，其重要性值得我們細究。

至於「六觀」的具體內容，儘管歷來學者在文字的解說上各有偏重點，其實並無太大的歧義，因此筆者無意贅述這些成說，而以周振甫較為詳明的說解做為我們討論的基點：

一觀位體，根據體制風格來探索情理，從而研討作者怎樣「情理設位」，「因情立體」。二觀置辭，是觀察章句安排來探索全篇的綱要和主旨，從而研討作者怎樣安章宅句，著意鎔裁。三觀通變，是觀看作品有什麼繼承和創新，從而探索作者怎樣資於故實，酌於新聲。四觀奇正，觀察作品怎樣執正馭奇的表現手法，探索作者是否掌握了奇正的規律。五觀事義，觀察作品徵引事類，引用成辭，探索作者怎樣引事引言以及融會書本學問來供自己驅使。六觀宮商，分析作品的聲律，從而探索作者怎樣使同聲相應、異聲相從的協調音節。[9]

這六種判斷作品優劣的程序（劉勰強調的「斯術既形，則優劣見矣」），主要便是從客觀的藝術表現手法著眼的，強調作品的文理組織是一個獨立自足的領域，可以成為一個具有審美效果的「符號系統」與「符號構造」[10]。劉勰分析作品的方法，在理論的預設層面上或許接近當代盛極一時的「新批評」或「形構主義」，兩者同樣傾向於把作品看成是鑑賞或研究的唯一對象，因而採取一種客觀的與方便取用的程序步驟，將作品視為一個「由於幾個層次所造成的體系，而且其中每一層次又包括著它們自己所統轄的一群體系」⑪。當然，緣於不同文化脈絡的制約，所謂作品層級的區劃問題必然有不同的內容與規範。至於劉勰「六觀」所指涉的層級性的問題，則顯然與他規劃出的創作論有密切的關係：譬如「位體」可以與〈體性〉篇合觀，「置辭」可與〈鎔裁〉、〈麗辭〉等合觀，「通變」有〈通變〉篇加以申論，「奇正」見於〈定勢〉與〈章句〉等篇，「事類」見於〈事類〉或〈附會〉篇，而「宮商」則有〈聲律〉篇的解說。重要的，「六觀」說對於客觀藝術表現手法的關心，更是偏向於「修辭分析」，譬如說〈鎔裁〉篇揭示的「三準」：「是以草創鴻筆，先標三準：履端於始，則設情以位體；舉正於中，則酌筆以取類；歸餘於終，則撮辭以舉要。……故三準既定，次討字句」；或者是〈附會〉篇中談到創作應該注意的幾個要點：「夫才量學文，宜正體製：必以情志為神明，事義為骨髓，辭采為肌膚，宮商為聲氣」，凡此種種，皆足以說明劉勰在抒情傳統的制約下特重「寫作的方法和技巧」的立論模式⑫。

透過上述的解析，我們可以說劉勰的「六觀」說試圖在「情」的直接顯證下為作品的文理組織建構出獨立的客觀觀領域；而基本上，這種講究客觀的藝術表現手法的態度，深切反映出魏晉以後文學創作活動對於「完成文學的工具：文字的運用技巧」的自覺要求⑬。如果進一步就比較寬廣的藝術創作領域來說，嵇康的〈聲無哀樂論〉也提出「音聲之作，其體自若」的論點，強調音樂是依金石管絃而構築一客觀的「和聲」世界，因此音樂雖有躁靜的表現，卻與人情的哀樂分屬兩個不同的範疇：「音聲有自然之和，而無係於人情」、「躁靜者，聲之功也；哀樂者，情之主也，不可見聲有躁靜之應，因謂哀樂皆由聲音也」⓮。就嵇康而言，人情的哀樂是「心」的作用，雖然可以對應音樂的躁靜變化而顯發出來，但是「心之於聲，明為二物」：人情的哀樂與音聲的躁靜之間，畢竟沒有必然的對應關係。循此，嵇康試圖為音樂的表現活動建立客觀的領域：「克諧之音，成於金石；至和之聲，得於管絃」（頁二〇八），並且否定在音樂中追索作者內在情志的可能性：「察者欲因聲以知心，不亦外乎」（頁二一四）。然而，我們必須說明的是，這個階段出現在藝術創作領域中的客觀精神，並沒有推衍出太大的影響力。就根源處與歷史發展的角度來看，中國文學批評的基本理念原不在於掌握客觀的作品文理脈絡、不在於推究具體的解析，而是重在捕捉作者主觀的情思意念，甚至是顯證讀者（或做為讀者的批評家）與作者的交會默契。因此，儘管劉勰從客觀的藝術表現手法著眼，提出六種判斷作品優劣的程序，但他所以選用「知音」一詞稱說文學批評活動的本質，便清楚表明他立論的重點與導向。

如果就歷史發展而言，傳統文學批評的重點，往往在於探論文學(尤其是抒情的文學創作)的本質及其對應的表現方式與效用等問題：《尚書・堯典》篇中揭示的「詩言志」一語，即是這種思考方式的歷史起點；而《論語・陽貨》篇中暢言的「興、觀、群、怨」等旨趣，則具實說明了詩的效用——這項論點，早已成為我們了解中國文學批評傳統的共識。不過，重要的是，往後的批評家在推闡這些論題時，往往偏向於原則性的思考模式，試圖透過作品掌握作家與時代的整體風貌，而有意無意的忽略、甚至低貶具體的解析⓯。譬如唐代的詩人或批評家，雖然承接齊梁以「聲律」為名的修辭分析方法，「努力探索六朝人的寫作技巧，想從中建立一套簡明的要訣，以供評詩或作詩者取法之用」[16]，然而，這一類著作不是散亡湮滅，就是被視為假託偽造，即使曾有輾轉抄錄，不絕如縷，卻也無法推展成中國文學批評領域中一支顯明而重要的批評傳統。這種現象絕非偶然。宋代嚴羽的《滄浪詩話》，曾列有「詩法」一目，討論「語言層面的問題」，但是他呈示的一些基本修辭技巧，仍然是屬於原則性的描述。就嚴羽而言，具體的技術層面上的修辭問題是第二義的，而最能清楚反映他這種觀點的是他在「詩辨」中提出的「法」的觀念：「詩之法有五：曰體製，曰格力，曰氣象，曰興趣，曰音節」。實際上，嚴羽所說的五種詩法「都是就詩之整體效果而言」，如果「要體會與學習這五法，並不能從部份的字句的分析而獲得，而是要由熟讀歷代各大家的詩法去『自然悟入』」[17]。不論是體製或興趣，都是指向作品的整體性，而這種整體性，又往往超越技術層面的修辭技巧的制約，直指詩人創造力的一種終極圓成，因此嚴羽以「入神」來說明這種境界，並且在實際批評中特別重視詩所顯示的「氣象」[18]。

「詩法」的觀念是南宋詩論的重心，然而，就理論建構的層面而言，嚴羽以體製、格力來統攝詩法，或是更早的江西詩派所倡議的「活法」，兩者都訴諸詩人的天才創造力，而與「悟入」的觀念有著互為表裏的關係[19]。因此，「法」的觀念原本是要強調規矩法度等客觀程序的必要性，現在加上「活」字的修飾，便轉成為超越規矩法度的一種創作原則：「所謂活法者，規矩備具而能出於規矩之外，變化不測而亦不背於規矩也」(呂本中〈夏均父集序〉)。實際上，以「變化不測」描述「法」的作用，就是把批評的設準從客觀的範疇轉向作家的主體創造能力。這種旨意可以從明代王世貞的詩論找到進一步的顯證：

> 篇法之妙，有不見句法者；句法之妙，有不見字法者。此是法極無迹，人能之至，境與天會，未易求也。（《藝苑卮言》）

「法」的極致是不見具體的規矩法度，是「人」的能力發揮到最高點的表現——這種直觀意味甚強而略帶有神秘主義傾向的詩學，在立論的方式上是非常接近康德所提出的「天才」說：根據德國詮釋學家葛達瑪的引論，「天才」的概念是對應著個人心智能力中融合「想像」與「理解」而有的一種創造能力，是「生機活潑的精神的顯現，並且因為有別於博學之士緊緊依附規矩法度的態度，而表現出一種不合法度的恣縱的創意，所以具有開創新典範的原創力」[20]。然而，在西方美學思想的發展脈絡中，康德的論點被認為隱含著兩個難題：一是康德的美學太過於強調創造活動與創造力是來自於「直接的判斷與經驗」，因而輕忽「批評」的作用；二是康德認為有些藝術表現是「不能完全地涵蓋於語言中、並透過語言而成為可理解的」，因而天才創造的藝術品，在某種程度上是「超出理解的」[21]。或者，如葛達瑪指出的，康德的美學往後是與十九世紀的非理性主義與天才崇拜的思潮合流，促成新康德學派想從「經驗」的概念入手而為「超越的主體性」尋索客觀的有效度[22]。相較之下，中國的詩論傳統雖然提出「法」的概念，試圖為詩歌創作活動中具象體現語文構築的過程提供一種客觀的檢證程序，然而傳統詩論的主流仍是偏向以作家的主體性為立論的核心：一方面是強調作家「情感的內容、品質」，而將批評的重點指向「誠摯」或「真誠」等具有倫理內涵的美學設準；另一方面則強調作品的藝術表現是與作家的生命姿貌相互構成藝術的整體性，而揭示一種「風格論」的批評旨趣。最重要的，這種獨特的批評視觀對應著下述的批評理念：文學批評活動是一種主體與主體之間相互感通的過程，批評的目的是在於揭露主體之間的這份遙契默會。因此，批評家注意的往往不是作品本身的文辭結構，而是作品所反映出的作家的心靈結構或經驗世界[23]。就在這種理念的約制下，魏晉以降所呈顯的客觀精神與劉勰想透過「六觀」而建構的客觀的批評程序，並沒有得到後代批評家的回應——相對的，劉勰所選用的「知音」一詞及其所蘊涵的理解活動，反而深切標示中國文學批評傳統的基本旨趣[24]。

民國七十六年五月初稿
民國七十九年七月修訂

附註：

❶ 參見龔鵬程《詩史・本色與妙悟》，導論，學生書局。

❷ 徐復觀〈韓詩外傳的研究〉，見《兩漢思想史》（卷三，學生書局，六八年九月台北，頁六）。

❸ 夢與象徵所蘊含的意義解釋問題，法國哲學家呂格爾的《佛洛伊德與哲學》一書有詳明的說解，尤其是該書第一部份提出的哲學論述，耶魯大學出版社（一九七〇；法文版一九六五）。

❹ 李澤厚等《中國美學史》，第一編第十章〈樂記的美學思想〉，里仁書局，七五年十月台北，頁三六五。

❺ 周勛初《中國文學批評小史》，第五章〈劉勰的巨著：文心雕龍〉，嵩高書社，七四年七月台北，頁九五－六。

❻ 同註四，第二編第八章〈毛詩序的美學思想〉，頁六一九。

❼ 關於《文心雕龍》一書五十篇的篇章分合與理論架構之間的關係，原是研究《文心雕龍》的重要論題之一，歷來學者在這方面的研究成果亦多，自不待言。至於比較綜合性的說解，請參考周振甫《文心雕龍注釋》，〈前言〉，里仁書局，七三年五月台北；另見劉大杰《中國文學批評史》（上卷），第二編第三章，台北版（出版社不詳）。

❽ 參見蔡英俊〈曹丕典論論文分析論〉，《中外文學》第八卷。第十二期，六九年五月。

❾ 周振甫，同上引書，頁八九七。

❿ 韋勒克等《文學論》，第四編〈文學的本質之研究〉序論，王夢鷗等譯，志文出版社，六五年十月台北，頁二二八。

⓫ 同上引書，第十二章〈藝術的文學作品之分析〉，頁二四一；值得一提的是，韋勒克倡議的「層次」的分析

模式，顯然是承接波蘭哲學家殷嘉登運用現象學方法而來的「層次的區劃」。

⑫ 參見劉大杰，同上引書，頁一八二——八五。

⑬ 王夢鷗先生在論述六朝文學觀念與文體的演變的系列論文中即清楚的指出這種現象的發展脈絡，並且以「文章辭賦化」來說明這種現象，見〈陸機文賦所代表的文學觀念〉與相關的論文，《古典文學論探索》，正中書局，七三年二月台北。

⑭ 嵇康〈聲無哀樂論〉，戴明揚《嵇康集校注》，第五卷，河洛出版社，六七年五月台北。引文分別見於頁二〇八及頁二一七。

⑮ 蔡英俊《六朝「風格論」之理論與實踐探究》，第一章〈諸論：風格的意義與六朝文論的理論走向〉，臺大中文研究所碩士論文，六九年六月。

⑯ 王夢鷗〈有關唐代新體詩成立之兩種殘書〉，同註十三所引書，頁二四二。

⑰ 黃景進《嚴羽及其詩論之研究》，第六章〈詩的分類、考證、與作法〉，文史哲出版社，頁二四九。

⑱ 根據黃景進先生的解說，「氣象」一詞指的是「作品整體風格所帶給人的形象感覺」，同上註所引書，第五章〈嚴羽的實際批評〉，頁二一八。值得注意的是，嚴羽所運用的語彙雖然具涵美感價值的判斷，不免仍是原則性的提示，而我們需要的是進一步就語意內容加以解析，以證成什麼樣的條件可以構成「氣象」或「興趣」等的美學要求——這種解析程序即是筆者一再強調的「客觀」、「修辭」等概念的部份內容。關於這個問題，筆者將另外撰文加以說明。

⑲ 關於南宋詩論的旨趣，呂正惠〈南宋詩論與江西詩派〉一文有精要的解說，見《抒情傳統與政治現實》，大安出版社，七八年九月台北。

⑳ 葛達瑪《真理與方法》，第一部•第二章〈康德批判中美學的主體化〉，一九七五年倫敦英譯版，頁四九；另外，西方美學思想中有關「天才」的界說，請參〈天才：文藝復興到十八世紀中葉〉（蔡英俊譯）與〈天才：藝術與藝術家的個人風格〉（丘淑芳譯），俱見《觀念史大辭典》第三冊（文學與藝術卷），幼獅文化公司，

七七年七月台北。

㉑ 見〈藝術的創造力〉，李正治譯，《觀念史大辭典》第三冊，同上註，頁五六九。值得注意的是，傳統的詩論雖然特重主體的創造能力，卻不曾把這種創造能力推闡到非理性的極端〈如西方詩論家常常引述到的「神聖瘋狂」〉，即如王世貞所說的「境與天會」或謝榛的「詩有天機，待時而發」，都指涉創作活動中的「靈感」因素，而與陸機、劉勰暢言的「意」、「思」有密切的關係。這種現象或許與中國詩論強調「情」的節制有關。

㉒ 葛達瑪，同註二十所引書，頁五五。

㉓ 筆者在《比興、物色與情景交融》一書中，曾以王夫之對謝靈運的批評為例說明這種批評理念的具體運作。見該書第四章第三節〈薑齋詩話與「情景交融」的理論建構〉，頁三二七－八。

㉔ 本文初稿在結尾部份曾詳細解析《孟子》所提出的「以意逆志」與「知人、論世」的要義，以此說明「知音」所對應的理解活動的歷史根源。重讀初稿時，發覺孟子提出的論點包含許多可以申論的問題，並不是原稿得以完全涵蓋，因此需要專章處理。在這種考慮下，筆者將結尾部份完全刪除，另待他日補足。

先秦「禮（樂）文」之觀念與文學典雅風格的關係

——中國文學審美論探源之一

鄭毓瑜

探討中國文學審美論的起源，必然會追溯至「文學」的前身——「學術思想」的範疇，而學術思想是多層面、多向度的，因此文學審美論點的起源也就不只一端。本文正是選取其中一個角度——屬於儒家的「禮（樂）文」觀念來談；故而後文論及「禮（樂）文」觀念與文學審美論的關係時，即專就緊密切合的「典雅」此一風格判準而言。由禮樂之「文」着手，還是牽涉了「文」字形義源變的問題，而本文所以不單純地由「文」字字源來追索，是因為後者可能會引生兩種值得商榷的情況。茲以劉若愚先生的說法為例。他認為中國文學批評裡審美概念的起源，可以溯及「文」這個字的字源——即「樣式」或「花紋」，而承衍這紋樣、美飾的含義運用至文辭上，漢代即出現有雙音節的同義詞「文章」，明白指稱文學在形式上、審美上的特質[1]。針對這番說法，首先我們會懷疑文學審美特質的起源是否即偏重於形式美感？劉先生依許慎所謂「錯畫為文」的象形釋訓，舉先秦「文貝」、「文茵」等用法為例，及至漢代同樣表示「圖案」、「模式」的「文章」一詞，明顯可見他是以文辭結構的美巧為文學審美觀的本原核心。然而自

「文學」與學術釐分，逐漸建構其獨立體系時，有〈毛詩序〉云「詩者，志之所之也，在心為志，發言為詩」，楊雄《法言》曰：「故言，心聲也；書，心畫也；聲畫形，君子小人見矣」，乃至於六朝時劉勰明白標舉異於「形文」、「聲文」的「情文」，可見針對文學審美觀念之原起，欲作一種較為完整性的追索，應當是兼顧內容與形式；換言之，能透露「情思」與「文采」二者融合性之概念訊息者，才是探究文學審美觀更直接、切要之所在。而劉先生所以於探源路路數上，偏向文學形式美感特質的發顯，似與其堅執「文」字原始的象形本訓——「錯畫為文」有關，而這也正是我們要考慮的第二個問題。任一文字歷經不同時期、不同的運用者，其本義可能被轉化或加以引申，後一種情形往往就使得字義愈形豐多繁富。尤其此處討論的是象形字——「文」，展現一種類似幾何線條的形象（所謂「錯畫」），它保留有更廣大的幅度與彈性，可供運用者賦予各式各樣的意念。例如劉先生所舉引「文茵」、「文具」、「文繡」、「文身」等，這一類語詞的產生，可以說是直接衍用「文」之形象性來指稱屬於人們感官覺察上的認知結果。但是，也有另外一類，是將「文」之具體形象與抽象概念加以結合，如甲金文中以「文」作為稱號，是讚譽其人文德美盛❷。可見早自殷商時期，「文」字已能代表抽象觀念，那麼在漢代文學審美意念萌芽之前、亦即整個先秦時期「文」字所代表的抽象概念，毋寧也就成為我們避免偏向形式美感之索源的重要資材。而這些「文」字既然能夠含顯內質，就可以總括於先秦所謂「文質」概念當中。先秦「文質」概念基本上是原於對周文化的主體——「禮」、「樂」之省察，其中儒家一派是對於「禮」「樂」加以肯定，並正面、積極地予以闡述發揚❸。因此對於「文質」

概念，或更直接標為「禮(樂)文」觀念，即有最豐富、深入且體系化的論述；如此，由「禮(樂)文」的觀念來把握屬於儒家的審美準的，是最為具體、確切，再進而尋索其對於文學審美論點所可能產生的影響，也就簡而易行了。因此底下即擬針對「禮」「樂」之「文」及其所蘊含之本質，與「禮」「樂」之「文」相應於「質」所展現的樣態，來進行討論。當然，這些探討所牽涉的「文」「質」關係、內涵及「文」「質」結合所產生的功能等，未嘗不可以拿來與文學範疇中的「本質論」、「功用論」等比對、辨析[4]，但是由於本文專就審美標準一項而言，故其餘僅視為審美論點的建構基底、相生背景，將不作進一步論述。

一、禮樂之「文」及其所涵蘊的本質

在先秦儒家著述中，論及「禮」「樂」與「文」之關係者，如《論語・憲問篇》曰：

> 子路問成人。子曰：「若臧武仲之知，公綽之不欲，卞莊子之勇，冉求之藝，文之以禮樂，亦可以為成人矣！」

「文之以禮樂」，也就是「以禮樂為文」，朱子注解此句為「……而又節之以禮，和之以樂，使德成於內，而文見於外，則材全德備」《論語集注》，顯然禮樂之「文」即是具有「節和」作用的文飾。如《孟子・離婁篇》亦云：

孟子曰：「仁之實，事親是也。義之實，從兄是也。智之實，知斯二者弗去是也。禮之實，節文斯二者是也。……」

趙注以「節文斯二者」為「事親從兄，使不失其節，而文其禮敬之容」，也就是以合宜適切的行止成就禮敬之容飾。而荀子於〈禮論〉、〈樂論〉篇中所謂：

凡禮，始乎悅，成乎文，終乎悅校。故至備，情文俱盡；其次，情文代勝；其下復情以歸大一也。

故樂者，審一以定和者也，比物以飾節者也，合奏以成文者也；……夫聲樂之入人也深，其化人也速，故先王謹為之文；……。

更可知這具有節和效果的外顯文飾，是成備禮樂的基本要素。「禮」、「樂」與「文」關係之密切，可見一斑。如果由《荀子》書中專論「禮」、「樂」之篇章，作一簡要的歸納：「禮文」是指能夠成就「禮」之目的——分別貴賤、長幼、親疏等之儀節制度；這些儀節制度又並非形上的、架空的，而是落實在人的生活內容——食、衣、住、行、娛樂各方面來表現。如以天子為例：

> 故天子大路越席，所以養體也；側載睪芷，所以養鼻也；前有錯衡，所以養目也；和鸞之聲步中武象，趨中韶護，所以養耳也；……（〈禮論〉）。

而〈正論篇〉也談到天子「衣被則服五采，雜間色，重文繡，加飾之以珠玉；食飲則重大牢而備珍怪，期臭味，曼而饋，……」。由這兩段資料，一方面顯示聲、色、臭、味的給需，確是人人養生活體的必要條件，但是身為君主，對於聲、色、臭、味的需求又必須的獨特的、異於他人的，故荀子說「禮」之所起在「有養」、「有別」——「養人之欲」並「以禮分之」，也就是這個道理。至於「樂文」，具體言之，即是音聲的「曲、直、繁、省、廉、肉」等種種變化；顯然，「樂文」是可以涵攝於包括有聲、色、臭、味各種變化的「禮文」之中，亦即「樂」是行「禮」之一環節。荀子〈樂論〉中載及「鄉飲酒禮」即備樂為之：

> 工入，升歌三終，主人獻之；間歌三終，合樂三終，工告樂備，遂出。

而《左傳》裡，如宴享行人「藉之以樂」❺，行冠禮亦「假鍾磬焉」❻，更是不勝枚舉。因此，我們可以總括來說，禮、樂之「文」即是人在日常生活中的儀節、秩序；而這儀節、秩序是透過具體的五色、五聲、五味等之種種變化來展現的。

既然，五聲、五色、五味的種種變化，是禮儀節度的表現，則各式各樣有關聲、色、味的安排與組合，就不僅僅是物質化的表面形象，而是具有意義的，深入來說，這些具有意義的形象又必定是由某種意識型態所規劃、建構而成，也就是以某種觀念為根本內質的。例如《左傳》中載及季文子與劉康公言「禮」：

> （齊侯侵我西鄙，謂諸侯不能也。遂伐曹，入其郛，討其來朝也。）季文子曰：「齊侯其不免乎？己則無禮，而討於有禮者，曰：『女何故行禮？』禮以順天，天之道也。己則反天，而又以討人，難以免矣。……」（文公十五年）（公及諸侯朝王，遂從劉康公、成肅公會晉侯伐秦。成子受脤于社，不敬。）劉子曰：「吾聞之：民受天地之中以生，所謂命也。是以有動作禮義威儀之則，以定命也。能者養以之福[7]，不能者敗以取禍。……」（成公十三年）

季文子所謂「禮以順天，天之道也」，明言「禮」乃天地之道的具體呈顯，人必須畏天行禮，方能自保。而劉康公的一段話，又將「禮」所具有的這種天人關係，更切實地指陳出來。首先，人之有命，乃稟自天地中和之氣；再者，安定生命——即安定天地中和之氣，必須有「動作威儀之則」，也就是有「禮」法。人之能守持禮法者得致幸福，破壞禮法者則遭禍敗。顯然，「禮」即成為生民「定命」——順天得福之準則。但是，「動作威儀之則」究竟是如何與天地之道相互順應符契的，則有賴子大叔的詳細闡發：

> 子大叔見趙簡子，簡子問揖讓、周旋之禮焉。對曰：「是儀也，非禮也。」簡子曰：「敢問，何謂禮？」對曰：「吉也聞諸先大夫子產曰：『夫禮，天之經也，地之義也，民之行也。』天地之經，而民實則之。則天之明，生其六氣，用其五行。氣為五味，發為五色，章為五聲。淫則昏亂，民失其性。是故為禮以奉之：為六畜、五牲、三犧，以奉五味；為九文、六采、五章，以奉五色；為九歌、八風、七音、六律，以奉五聲。為君臣上下，以則地義；為夫婦內外，以經二物；為文子、兄弟、姑姊、甥舅、昏媾、姻亞，以象天明；為政事、庸力、行務，以從四時；為刑罰威獄，使民畏忌，以類其震曜殺戮；為溫慈惠和，以效天之生殖長育。民有好惡、喜怒、哀樂，生于六氣，是故審則宜類，以制六志。……生，好物也；死，惡物也。好物，樂也；惡物，哀也。哀樂不失，乃能協于天地之性，是以長久。」簡子曰：「甚哉，禮之大也！」……（昭公二十五年）

在這一大段以「禮」為主題的論述中，整全地涵攝了「禮」的三個層面。六畜、五牲、三犧；九文、六采、五章及九歌、八風、七音、六律等五味，五色、五聲的調配，是屬於「禮文」（儀度）的範圍。而節制生民之哀樂六志；分別人倫之尊卑、內外；調和政制之威嚴、溫惠等，則是「禮用」的界域，也就是「禮文」的意義所在。而更重要的是這些規章法度所涵蘊之用意，根本是原於天地之道。所謂「君臣上下」，「以則地義」；「夫婦內外」，「以經二物（陰、陽）」；

「父子、兄弟、……姻亞」，「以象天明」……，由其中「則」、「經」、「象」、「效」等字的運用，即明白表示人倫、政序之建立乃順循、法象「天地之經緯」；因此，在「禮文」、「禮用」的背後，深入到「禮」之本質，就是經緯之形背後的主導——天地自然之理也。

以上提出有關「禮質」的第一種概念——「禮」乃天地之道的具體展現。而在「禮法」與「天理」之間，我們發現行「禮」之人具有關鍵性的地位。像劉康公的說法，以為人能「定命」，才能「順天」；這「定命」具體而言，就是子大叔所謂「制六志」，而「順天」則是生民制其六志，終至「協于天地之性」。「六志」是人本天地自然（六氣或中和之氣）而生的好、惡、喜、怒、哀、樂等情緒變化；「制六志」既須奉禮以行，可見禮樂之制作就是用來節和這最原始、本然的情欲變化。例如《左傳・昭公二十一年》、《國語・周語》下分別載有泠州鳩與單穆公諫止周景王鑄大鐘「無射」一事，其進言論事之觀點，即可作為代表。泠州鳩曰：

> 夫音，樂之輿也；而鐘，音之器也。……小者不窕，大者不𢪆，則和於物。物和則嘉成。故和聲入於耳而藏於心，心億則樂。窕則不咸，𢪆則不容，心是以感，感實生疾。今鐘𢪆矣，王心弗堪，其能久乎！

泠氏認為「樂」由多種聲音構成，而聲音之發出又必藉助鐘、磬等樂器，因此對於樂器之鑄造必須注意音聲的傳達效果。若是體積小的樂器，要注意聲音不能過細，以免聽者無法與聞；大樂器則不能過響，否則難以入耳。如此，由聽覺官能上的適恰，達致心情上的安和愉悅，才是鑄造鐘器的根本要求，而不必徒然迷眩於聲音之粗洪、體制之宏大。另外，單穆公亦由同一角度發論：

> 夫鐘不過以動聲，若無射有林，耳弗及也。夫鐘聲以為耳也，耳所不及，非鐘聲也。猶目所不見，不可以為目也。夫目之察度也，不過步武尺寸之閒；其察色也，不過墨丈尋常之閒。耳之察和也，在清濁之閒；其察清濁也，不過一人之所勝。是故先王之制鐘也，大不出鈞，重不過石。律度量衡於是乎生，小大器用於是乎出，故聖人慎之。今王作鐘也，聽之弗及，比之不度，鐘聲不可以知和，制度不可以出節，無益於樂，而鮮民財，將焉用之！夫樂不過以聽耳，而美不過以觀目。若聽樂而震，觀美而眩，惑莫甚焉。夫耳目，心之樞機也，故必聽和而視正。聽和則聰，視正則明。聰則言聽，明則昭德。聽言昭德，則能思慮純固。以言德於民，民歆而德之，則歸心焉。

這一段資料由開頭至「將焉用之」，是談到鐘器所發出的音聲律度應以能配合耳朵感官之覺察能力為首要前提：若為耳所不及，則音聲根本無與言存、無益於樂，制鐘何為！後半段則是論及經由音樂之和適，促使耳目官能的聰明，能進致心慮純固：有化民之德。這種認為樂聲先觸動官能感知、影響心理情緒、再促成德行的觀點，晏子於辨別「和」、「同」之時，也與「五味」

併舉說明之：

和如羹焉，水、火、醯、醢、塩、梅，以烹魚肉，燀之以薪，宰夫和之，齊之以味，濟其不及，以洩其過。君子食之，以平其心。……先王之濟五味、和五聲也，以平其心，成其政也。聲亦如味，一氣，二體，三類，四物，五聲，六律，七音，八風，九歌，以相成也；清濁、小大、短長、疾徐、哀樂、剛柔，遲速、高下、出入、周疏、以相濟也。君子聽之，以平其心。心平，德和。故《詩》曰：「德音不瑕」。（《左傳．昭公二十年》）

由晏子之論述，可以作成如下之簡圖：

五味相濟 ⎫
五聲相成 ⎭ →（適於口耳）心平 → 德和

五味、五聲之相濟、相成如同前引子大叔所謂「以禮奉之」《左傳•昭公二十五年》，是不偏執、不過度的禮樂儀文之表現❽，而由禮、樂之節度，即可導引原始情欲至於平順安和，乃至行止之合宜諧適。於是，綜言之，禮樂之「文」的制作在於節和生民之「情性」；「情性」即是禮樂之

「文」最根本的源頭。而正是以這「秉天地之中以生」的情性為本源，人才能透過禮、樂之節和，進而與天道（即「天地之性」）相符契，圓滿地成就禮樂思想中的天人關係。

不過，同樣原本於個體情性來論述禮、樂，又會因為論述之進路、重點的不同，而分生出相異之流脈；例如孔子重在以禮、樂成就道德自我——「仁」之發顯，這就有別於荀子揭示禮、樂乃化性起偽之原動力的看法。先就孔子的仁德說而言。在前文我們曾引述單穆公及晏子的說法——是透過行禮作樂，而致「心平」、「思慮純固」，再至於「昭德」、「德和」。這裡所謂「德」，重在指謂施顯於外的行為舉止，就如同《左傳・文公七年》，晉郤缺之言：

> ……無德，何以主盟？子為正卿，以主諸侯，而不務德，將若之何？夏書曰：『戒之用休，董之用威，勸之以九歌，勿使壞。』九功之德皆可歌也，謂之九歌。六府、三事，謂之九功。水、火、金、木、土、穀，謂之六府；正德、利用、厚生，謂之三事。義而行之，謂之德、禮。無禮不樂，所由叛也。若吾子之德，莫可歌也，其誰來之？……

郤缺此處向趙宣子進言，「主盟」必須「務德」，而「務德」即是合宜地推行樂利民生的「六府」、「三事」；如此合「禮」（「義而行之」）顯「德」，則民樂而歌之，睦而歸來。顯然，「禮」在這裡並非單純的儀度，而是推行、彰明德行的必然憑依；同樣的，「樂」也不僅僅是單純的歌頌，應當是浸沐德化之後的自然發詠。《左傳・襄公十一年》魏絳即曾揭舉所謂「禮以安德」：

夫樂以安德，義以處之，禮以行之，信以守之，仁以厲之，而後可以殿邦國、同福祿、來遠人，所謂樂之。……

「樂」、「義」、「禮」、「信」、「仁」等皆與「德」相關連，而「樂」用以「安德」，「安」、「定」也，換句話說，生民詠歌作樂即表示君王施德之淳一、穩定。以上資料雖然都清楚地指陳禮、樂可以彰明、促成令德，但是，孔子認為經由禮、樂所能彰顯的不僅僅是「德行」，更是這合宜行止的根源與保障，也就是存在於個體的「德性」。而孔子思想最重要的正是關乎這道德主體——「仁」之學說。「仁」不是外在於人的天道神理，因為「我欲仁，斯仁至矣」〈述而篇〉；同時它也不是一個單一、個別的德行名目，如〈憲問篇〉曰：「仁者必有勇，勇者不必有仁」，〈陽貨篇〉載「孔子曰：『能行五者於天下，為仁矣。』(子張) 請問之。曰『恭、寬、信、敏、惠。……』」。那麼，以此內在於人的、全一的道德主體為定準，孔子對於當時已形僵化的周文化之重心——「禮」，即有一番新的省察與體認。「禮」之所以趨於僵化，主要時人對於表面「禮文」的講究，遠超過對於內在「禮質」的注重，以致僅存空虛的儀節，而喪失了主導儀節的原動性意念。孔子說「禮云禮云，玉帛云乎哉？樂云樂云，鐘鼓云乎哉？」〈陽貨篇〉，正是慨歎當時「禮」「樂」「遺其本而專事其末」❾的流弊。然則，究竟何為「禮之本」？孔子答覆林放曰：

「禮，與其奢也，寧儉；喪，與其易也，寧戚。」（〈八佾篇〉）

顯然「禮之本」就在於真實、適切的情感之表露。而情感之表露所以能夠真切，即緣由個人本然、自發的主體——「仁」。故孔子曰：

人而不仁，如禮何？人而不仁，如樂何？（〈八佾篇〉）

明白標舉自覺主體為禮樂之原發動力。換言之，禮樂在約束原始情欲，使之適切地發舒於行止的同時，更呈顯、證成了終極主導——「仁」德。如〈顏淵篇〉載有：

顏淵問仁。子曰：「克己復禮為仁。一日克己復禮，天下歸仁焉。為仁由己，而由人乎哉？」顏淵曰：「請問其目。」子曰：「非禮勿視，非禮勿聽，非禮勿言，非禮勿動。」

……

「克己」是克制一己之私慾、「復禮」是指言行適切合宜，孔子認為一個人能約制私慾使行為中矩合節，就是具體實踐了「仁」，這明顯是奠立「仁」德以為節和情性的根本保障了。

孔子認為禮、樂的原動本質在於道德自我，於是個體情性之和節中矩，乃是人身當下自覺；

換句話說，人性之成德是不假外求，即時得致的。而同樣由人性論的立場出發，荀子即因為對於如何成德有不同的看法，致形成相異於孔子的禮樂本質說。有關荀子的人性觀，我們可以由〈性惡篇〉獲得一個簡要的輪廓：

> 凡性者，天之就也，不可學，不可事。……不可學，不可事，而在人者，謂之性；可學而能，可事而成之在人者，謂之偽；是性偽之分也。今人之性，目可以見，耳可以聽。夫可以見之明不離目，可以聽之聰不離耳；目明而耳聰，不可學明矣。……今人之性，飢而欲飽，寒而欲煖，勞而欲休，此人之情性也。……若夫目好色，耳好聽，口好味，心好利，骨體膚理好愉快，是皆生於人之情性者也；感而自然，不待事而後生之者也。
>
> 今人之性，生而有好利焉，順是，故爭奪生而辭讓亡焉；生而有疾惡焉，順是，故殘賊生而忠信亡焉；生而有耳目之欲有好聲色焉，順是，故淫亂生而禮義文理亡焉。然則從人之性，順人之情，必出於爭奪，合於犯分亂理而歸於暴。……用此觀之，然則人之性惡明矣，其善者偽也。

可見「性」是指人生而有的官能感知及其所引生的種種欲望。就情欲本身言，是自然而然、無分善惡的；然一旦縱恣情欲的種種需求，則將流於彼此之爭奪紛亂，使人性趨向「惡」的層面。

這顯然同近於告子所謂「生之謂性」，而與孔孟之性善說大異其趣。如此在致善成德的經路上，也就不再是反求諸己的自覺方式，而是必須透過向外的學習、師法，如：

> 今人之性惡，必將待師法然後正，得禮義然後治。……古者聖王以人之性惡，以為偏險而不正，悖亂而不治；是以為之起禮義、制法度，以矯飾人之情性而正之，以擾化人之情性而導之也，使皆出於治，合於道者也。（〈性惡篇〉）

> 學惡乎始？惡乎終？曰：其數則始乎誦經，終乎讀禮；其義則始乎為士，終乎為聖人。……故書者，政事之紀也；詩者，中聲之所止也；禮者，法之大分、類之綱紀也。故學至乎禮而止矣。夫是之謂道德之極。（〈勸學篇〉）

尋求賢師、誦習「禮義」既是化性起偽所應依循的途徑，而合乎禮義的言行舉止也即是善性的表徵、人道之極至⑩。那麼，由此來探尋荀子對於禮樂本質的看法，則禮樂所要呈顯的就是基於人之情性範域、而已經變化的有為之性。〈禮論篇〉云：

> 禮起於何也、曰：「人生而有欲，欲而不得，則不能無求，求而無度量分界，則不能不爭。爭則亂，亂則窮。先王惡其亂也，故制禮義以分之，以養人之欲，給人之求。使欲

必不窮乎物，物必不屈於欲，兩者相持而長，是禮之所起也。故禮者養也，芻豢稻粱，五味調香，所以養口也；椒蘭芬苾，所以養鼻也；雕琢刻鏤黼黻文章，所以養目也；鐘鼓管磬琴瑟竽笙，所以養耳也，……。君子既得其養，又好其別。曷謂別？曰：貴賤有等，長幼有差，貧富輕重皆有稱者也。……故人一之於禮義，則兩得之矣；一之於情性，則兩喪之矣。

〈樂論篇〉曰：

夫樂者，樂也，人情之所必不免也。故人不能無樂；樂則必發於聲音，形於動靜；而人之道，聲音動靜，性術之變盡是矣。故人不能不樂，樂則不能無形；形而不為道，則不能無亂。先王惡其亂也，故制雅頌之聲以道之，使其聲足以樂而不流，使其文足以辨而不諰。使其曲直繁省廉肉節奏足以感動人之善心，使夫邪汙之氣無由得接焉；是先王立樂之方也，……故曰：樂者樂也：君子樂得其道，小人樂得其欲。以道制欲，則樂而不亂；以欲忘道，則惑而不樂。

所謂「得其養」、「得其欲」明示禮樂即原起於最普遍、自然的人性之欲求。但是「從人之性，順人之情，必出於爭奪，合於犯分亂理而歸於暴」〈性惡篇〉，因此「禮」得其養，又好其別；

「樂」既得其欲，且須有道。換言之，禮樂所要呈現的固然是人之情性，卻是一種合度中節之情性，也就是荀子人性論中所揭示的造至於「善」的「化偽之情性」。當然，荀子的「化偽情性」說，既重在以禮樂調養人身之哀樂「六志」（情欲），是較諸孔子之證成仁德，更明確、直接地承衍《左傳》、《國語》中所初步透露的——「禮樂本原於個體情性」的看法，而加之以人性論的背景，集其大成了。

總結上述，我們討論有關禮樂之「文」的根本內質，亦即主導禮樂儀度的意識觀念，可以分為三大類：㈠天地之道㈡道德自我㈢化偽之情性。後兩項根本是以人性為考慮中心，只不過一由最高的主導——「仁」德出發，一由原始的「情性」立言；而由節和之人性，方能成就與整個社會、自然相協的「天地之性」（天道也）。底下我們即根據這些內質，探討它們結合了外顯之「文」，究竟會構現出那些與本質相應的性狀與樣貌。

二、禮樂「文」「質」相融所符顯之樣態

前文由禮樂思想中抽繹出的三種內質概念，基本上是據其論述的角度與重心而強為劃分，其實任一觀念都具有多層面的成分、因素，致與另一觀念會有叠合的情況產生。首先就自覺性的道德主體與化偽之情性而言，其論述出發點縱然有別，然如前述，荀子仍是認為「性不能自美」，必須經過禮樂之陶鍊，方得達致「行義之美」（皆見〈禮論篇〉）；而「行義之美」其實也

就是道德自我的具體實踐成果。因此由於終極指標為一，導致所構顯之樣態幾近無別，在下文有關性狀的敘述中，也就僅僅大別為兩類——個人德性所符顯之樣貌；以及個人踐德後，與宇宙、社會之關係狀態。其次，符顯這兩種內質的樣態，其涵蓋範圍更不免互有參雜。例如以禮樂為天理之模顯，必然含括有與天理相順應的人世倫常；以道德自我、化偽情性為禮樂之原發質性，亦得推展至尊尊、親親的倫理關係，終極於天理人情之相感應。因而唯有選擇與個別內質最能應合的獨特樣態來談，才能避免紊亂與重複。

首先，我們要提出經由禮樂所構顯的人世社會、自然宇宙彼此相應相感的和諧狀態。前文曾引子大叔論「禮」《左傳・昭公廿五年》，認為人以其本於天地自然的情性，來模擬、傳達深秘的天理─即是建構外顯之「禮文」，藉以規範人世之政序、倫常。於是「禮」即成為天理、人倫的綜合體，宇宙間所展現的上下相次、四時相序、萬物消長的規律狀態，也就同時反應在人世社會，構成尊尊親親、治養刑賞的秩序體系。《國語・周語下》，泠州鳩即揭舉由樂聲之調和中節，所符顯的這種天人相感之和諧狀態：

> 於是乎氣無滯陰，亦無散陽。陰陽序次，風雨時至，嘉生繁祉，人民龢利，物備而樂成，上下不罷，故曰樂正。

然而「禮文」、「樂文」之模象天經地義，原即為成就人世之規章典制；對於這種天人相應的和諧狀態，人們關注的焦點其實是在人世的一方。因此單獨彰顯社會群體的安和風貌，也就成為禮樂論述的主體之一。最著名的例子，莫過於季札觀樂：

> 請觀於周樂。使工為之歌周南、召南，曰：「美哉！始基之矣，猶未也，然勤而不怨矣。」為之歌邶、鄘、衛，曰：「美哉淵乎！憂而不困者也。吾聞衛康叔、武公之德如是，是其衛風乎！」為之歌王，曰：「美哉！思而不懼，其周之東乎！」為之歌鄭，曰：「美哉！其細已甚，民弗堪也。是其先亡乎！」為之歌齊，曰：「美哉！泱泱乎！大風也哉！表東海者，其大公乎！國未可量也。」為之歌豳，曰：「美哉！蕩乎！樂而不淫，其周公之東乎！」……為之歌魏，曰：「美哉！渢渢乎！大而婉，險而易行，以德輔此，則明主也。」……為之歌小雅，曰：「美哉！思而不貳，怨而不言，其周德之衰乎？猶有先王之遺民焉。」為之歌大雅，曰：「廣哉，熙熙乎！曲而有直體，其文王之德乎！」……見舞韶箾者，曰：「德至矣哉，大矣！如天之無不幬也，如地之無不載也。雖甚盛德，其蔑以加於此矣，觀止矣。若有他樂，吾不敢請已。」（《左傳・襄公二十九年》）

季札與聞各國之樂，並加以評論，絕大多數的論辭是以「美哉」啟始，而他所謂「美」究竟是何意指？或以為「美哉」是單獨歎賞音聲樂曲；「美哉」以下則論其歌詞⓫，換言之，「美」是專就五聲之調配成果而言，並不牽涉任何象徵意義。但是，如同前文所述，禮、樂是可以蘊涵個人心理感知、道德性行乃至「天經地義」，而季札所謂「吾聞康叔、武公之德如是，是其衛風乎！」、「曲而有直體（指大雅之樂曲變化），其文王之德乎！」，正可見音樂之聲律（文）與蘊意（質）是含融為一的。因此，「美哉」應當是用來感歎藉由音聲曲律所映顯出的蘊藉意象。就季札的評論而言，我們發現這些意象都是某種社會狀態的反映，是由政治的優劣、民風之良窳建構而成的。例如〈周南〉、〈召南〉表現周初民風之「勤而不怨」，王風顯露東遷後民心之「思而不懼」，魏風則透示當地民情乃「大而婉，險而易行」；而衛風展現康叔、武公平難解困之政蹟，豳風顯示周公戒懼謹愼之東征事行，蕭韶、大雅呈現虞舜，文王之盛德大業等。可見季札所歎為「美」者，絕大多數是針對政化有成、民風良善之理想社會狀態，予以讚賞顯揚的；其中僅鄭風、小雅兩處流露出對行政瑣細、治績未彰之哀歎，然小雅所透示之民情既是憂思而不叛貳，哀怨而能隱忍，則其時周德並未滅絕，仍是「歌小雅之善者」（杜注）也。故「美哉」顯是着重在指謂經由音聲律度所呈露的社會和諧、民生安樂之樣態，而不能僅僅以音聲律度之美來界定、說明；換言之，音樂之美的終極準的就在徵顯「善」，而季札是單以「美」字總括、代表之。這種對於音樂的審美判準，《論語・八佾篇》也載有：

> 子謂韶盡美矣，又盡善也。謂武盡美矣，未盡善也。

朱子認為「美」指「聲容之盛」，「善者，美之實也」《論語集註》。可以說孔子此處是對於「樂」

之含合「質」、「文」體認得極清楚，致除去稱美音律，還有「盡善」之評準；而同時也和季札一樣，認為聲容之美盛能與社會之安和同步徵顯，亦即音聲之「和」得與人倫之「和」融合無間者—如虞舜之蕭韶，方為「樂」之至極！

在季札論樂的語辭中，提到有「衞康叔、武公之德」，「文王之德」及虞舜之「盛德」等等，這些「德」字是指稱聖君明主的治績事功，因而由其「樂」即展露出社會大我和樂之狀態。而接下來我們要談的則是徵現個人德性的禮樂行止，又會呈顯出何種風貌。前文曾引述孔子所謂「克己復禮為仁」，認為視、聽、言、動之合「禮」，即是仁德的表現。而「禮」根本來說就是社會的秩序、規律，因此當一個人的言行舉止合於社會規律，亦即與群體維持一種適切無違的關係時，就是具體實踐了內在的德性。值得注意的是在這實踐的同時，更會使整個個體煥發出一種特殊的威儀，如《左傳》中北宮文子所言：

> 故君子在位可畏，施舍可愛，進退可度，周旋可則，容止可觀，作事可法，德行可象，聲氣可樂；動作有文，言語有章，以臨其下，謂之有威儀。（襄公三十一年）

就整個社會而言，扮演不同身份、角色的個體，都展現合適自身的威儀，（亦即透過合宜行止展現己身獨特之情質），才能上下相固，宜家保國：

君有君之威儀，其臣畏而愛之，則而象之，故能有其國家，令聞長世。臣有臣之威儀，其下畏而愛之，故能守其官職，保族宜家。順是以下皆如是，是以上下能相固也。衛詩曰「威儀棣棣，不可選也」，言君臣、上下、父子、兄弟、內外、大小皆有威儀也。（同上）

而在合「禮」之威儀的構成中，言語辭章是其重要一環，所謂「文辭以行禮」⓬，尤其是政治情勢混亂，國際關係複雜的春秋戰國時期，進行聘問朝會之禮的使節行人，為解紛修好，更須擅長辭令，方能「使於四方，不辱君命」《論語·子路篇》，如魯、叔孫豹⓭、鄭之公孫揮……⓮等，不可勝舉。而孔子更針對子產能憑三寸簧舌化解晉對鄭入陳之不滿，加以評讚：

志有之：『言以足志，文以足言』，不言，誰知其志？言之無文，行而不遠。晉為伯，鄭入陳，非文辭不為功。慎辭哉！（《左傳·襄公二十五年》）

孔子這一段話強調透過有文采、美飾之言辭，才能完足地表現說話者內心的志意，圓滿地進行溝通，而達致「行遠」之效。所謂「行遠」就是出使四方、通行無礙，這是由專對、出使來談文辭的實用性目的，其實孔子思想中，言辭表現根本就是成就「君子」典型不可或缺的要素：

子曰：質勝文則野，文勝質則史。文質彬彬，然後君子。（《論語·雍也篇》）

此則資料明顯是針對「質」「文」相結合時，量度調適的問題來談。而在提出這問題之先，個體涵融「質」、「文」之必然性是儒家所肯定的前提，〈顏淵篇〉載及：

> 棘子成曰：「君子質而已矣，何以文為？」子貢曰：「惜乎，夫子之說君子也，駟不及舌！文猶質也，質猶文也；虎豹之鞟，猶犬羊之鞟？」

可見個人之「質」必待「文」，方得以發顯，如同宇宙萬物藉「文」而別類；「質」、「文」是無法割離、自然密合的。於是，再進一步，孔子談到「質」、「文」結合時所可能產生的「文勝質」、「質勝文」或「文質彬彬」的情況。對於「質勝文」，孔子評曰「野」，包(咸)注：「野，如野人言鄙略也」。至於「文勝質」則「史」，正義釋「史」為「史官」。然而「野」、「史」既相對為文，「史」為「史官」，亦必指其言辭之特殊性狀，這一點正義並未言及。戴君仁先生於〈釋史〉一文中，由「史」字非「從中」、而是「象簡冊形」，來談史官之原始任務不是記事，而是祭祀時行執冊用辭的儀節[15]。然則，史官之辭即是用以上告神祇的雕飾繁縟之符命祝辭。如此，由「野」、「史」這兩個評斷語來看，本斷資料中，原本是一種統括性概念的「文」，毋寧已變成為單指個人在語言文辭方面的表現。換言之，孔子認為，一個人內在的本質與外現的文辭兩方面，能達於融適、均和——所謂「彬彬」[16]的地步，才得以成為「君子」。而所謂「彬彬」也就因應「史」、「野」的指涉，用來代表能適切符顯君子質性的言辭所展現之風貌。其實，這種介乎「史」、「野」的諧適風貌，不但屬乎言辭，同時也即是我們前文談到的君子之威儀的整全樣態，如《荀子・修身篇》云：

> 凡用血氣、志意、知慮，由禮則治通，不由禮則勃亂提慢；食飲、衣服、居處、動靜，由禮則和節，不由禮則觸陷生疾；容貌、態度、進退、趨行，由禮則雅，不由禮則夷固僻違庸衆而野。故人無禮則不生，事無禮則不成，國家無禮則不寧。

荀子提揭的「雅」與「野」，其意旨的涵蓋面顯然大過於孔子所謂「野」、「史」及「彬彬」，而是總括個體言行表現的全一樣貌。所謂「雅」，文雅也，它的構成本原在「禮」（「由禮則雅」），而「禮」展現於外的是合宜、適切的節度（「由禮則合節」），因此威儀之「雅」的基本指涉，也就如同孔子所說的「彬彬」，都是一種諧適之風貌。而經由「禮」，不但是使個人動靜皆宜，同時人人守禮奉行，則如前所謂「上下相固」（左襄三十一年），會進一步促成社會邦國的安寧（「國家無禮則不寧」）；然則，個人動靜合宜會展現文雅（「彬彬」）之樣貌，而禮樂社會又是一種順次無爭的和諧狀態，因此透過禮樂，個體之「雅」也就得與社群之「和」相互應合發顯了。

三、先秦「禮（樂）文」之觀念與文學審美論的關係

禮樂思想與文學觀念在範圍上是有所差別的，按理來說，彼此的關係也就應當有同有異，然而本文的重心是希望能彰顯前者對後者比較直接、正面的影響，也就是探討文學理論中是否有某種美感意念是源自於先秦對「禮文」、「樂文」的看法，因此底下將着眼於相同之處加以闡明。而文學的審美觀念，我們將以文學理論初步、正式成立的六朝時期為範圍，「體大慮周」⑰的《文心雕龍》，即成為主要考察對象；當然兩漢時期少數的相關資料，也一併選列，以為論述之重要佐證。

由前第一、二部分的探討，先秦禮樂思想中對於「文」的看法，大致可以分為下列兩方面來談：

(一)「文」、「質」關係之律則：

「文」「質」密合，缺一不可；且「文」因含「質」，其所展現之樣態與「質」相符應，即可依「文」辨「質」。

(二)律則中各項因素之實際內涵：

1. 部樂之「文」並非單純的五色、五聲之感官形象，而是一種蘊具抽象本質的形象展現。
2. 主導禮樂儀文的本質概念包括有天地之理、道德自我與化偽之情性等。

3. 符顯天理之「文」重在呈現與宇宙相符應的和諧之社群狀態；符顯德性之「文」則重在煥發個人文雅之儀貌。然二者並非相對分立，藉由個體之順奉禮法（即人人自身「質」、「文」之調和均適），其最終指標在建構安和有序之社會。因此所謂「和」，是由大處着眼，論其終極性、整體性的目標；而「雅」則是將焦點調聚於單一個體，強調實踐性與基點性。二者根本是貫串為一，交相應發的。

如此，我們要討論文學中審美觀念與「禮文」、「樂文」觀念的關係，當然也就必須兼顧這兩方面，才得以全備。

所謂「文學的審美觀念」，最基本來說就是探討文學之「美」，也就是文學作品表現的美感樣態。而呈露、建構出美感樣態，又必須根基於文學的內在質性與外顯文辭的交融結合，因此有關文學本身的「文」「質」關係，即成為我們首要的課題。早在先秦，孔子所謂「志足言文」、「文質彬彬」，都已就語文的「文」「質」關係提出了說明，至於漢代，楊雄《法言》曰：

或問：「聖人表裡？」曰：「威儀文辭，表也。德行忠信，裏也。」（〈重黎篇〉）

或問：「君子言則成文，動則成德，何以也？」曰：「以其弸中而彪外也。……」（〈君子篇〉）

「表」、「裡」或「中」、「外」是針對「文」、「質」之外發或隱涵的性狀分別言之，似乎較諸「文」、「質」二字更易表達雙方是一體兩面、無由分割的特色。王充於《論衡》亦云：

> 文墨辭說，士之榮葉皮殼也。實誠在胸臆，文墨著竹帛，外內表裡，自相副稱，意奮而筆縱，故文見而實露也。人之有文也，猶禽之有毛也；毛有五色，皆生於體。苟有文無實，是則五色之禽，毛妄生也。（〈超奇篇〉）
>
> 夫文德世服也，空書為文，實行為德，著之於衣為服，故曰德彌盛者文彌縟，德彌彰者人彌明。大人德擴其文炳，小人德熾其文斑，官尊而文繁，德高而文積。（〈書解篇〉）

顯然在表裡副稱的情況下，即可依文辨實，由辭見情。而降及六朝，劉勰在《文心雕龍》的〈情采篇〉，也談到語文辭章之不同於單純的形色、聲相——所謂「形文」、「聲文」，而是「依情待實」、「述志為本」之「情文」，故：

> 情者，文之經，辭者，理之緯；經正而後緯成，理定而後辭暢，此立文之本源也。

在這些揭示辭章之「文」、「質」密合的資料中，所謂「彌中彪外」、「實誠在胸臆，文墨著竹帛」、

「經（情）正而後緯（辭）成」等，更明白表露出「質」對於「文」之展現所具有的主導地位。因而欲探究文辭所展現之樣態，則必先了解其內在的質素成分。

據前所引，揚雄、王充對於辭章的內質顯是重在個人的道德性行，也就是古聖賢傳訓之辨善惡、見正偽⑱。至於劉勰，對於文章本質之認定，就更加完備，一方面是個別之情志（如〈情采篇〉）；另一方面則由個人體認天道神理而鋪辭敷章來談：

> 文之為德也大矣，與天地並生者何哉！夫玄黃色雜，方圓體分，日月疊壁，以垂麗天之象；山川煥綺，以鋪理地之形；此蓋道之文也。仰觀吐曜，俯察含章，高卑定位，故兩儀既生矣。惟人參之，性靈所鍾，是謂三才。為五行之秀，實天地之心，心生而言立，言立而文明，自然之道也。（〈原道篇〉）

劉勰由宇宙萬物之有「文」，言及人之「言立文明」，乃自然而然的事。但是「天文」與「人文」又非僅僅並列排比而已（如前引《論衡‧超奇篇》語即由並比而言），天地之理是可以透過人心來觀察、覺識，而展現於語文辭章之中，於是「言立文明」所本原之「心」，也就是「天地之心」——「道心」了⑲。那麼，由「人心」出發，再至於「道心」，與「禮（樂）文」乃根源於生民之性，終協于「天地之性」的看法，顯然密切相關。《文心雕龍》除〈情采篇〉提出所謂「情文」，尚有多處論及「文」緣於「情」這主題，如：

> 夫情動而言形，理發而文見，蓋沿隱以至顯，因內而符外者也。……氣以實志，志以定言，吐納英華，莫非情性。〈體性篇〉

> 人稟七情，應物斯感，感物吟志，莫非自然。〈明詩篇〉

因此文學是原生於情性的表露，也就是以個體所具有最自然、原始的情緒變化，及伴隨情緒而生的思想意念為文學之本體內涵。而其實禮樂之「文」的本質，也同樣是由最普遍之情性立言的，除前文所引資料外，又如荀子從吉、凶；憂、愉之情論「禮」之生成：

> 兩情者，人生固有端焉。若夫斷之繼之，博之淺之，益之損之，類之盡之，盛之美之，使本末終始莫不順比純備，足以為萬世則，則是禮也。〈禮論篇〉

故「鍾鼓管磬，琴瑟竽笙，韶夏護武汋桓箾簡象，是君子之所以愅詭其所善樂之文也。齊衰，苴杖，居廬、食粥，席薪，枕塊，是君子之所以為愅恑其所哀痛之文也」〈禮論篇〉。而所謂「喜樂之文」即是「樂」之成備，在〈樂論篇〉更是明白說到：

樂者，樂也，人情之所必不免也。

後來《禮記·樂記》承此為言：「凡音者，生人心者也，情動於中，故形於聲，聲成文謂之音」。在漢代〈毛詩序〉裡，更利用詩樂同源的關係，而將禮樂原於人情感蕩的看法，巧妙地過渡到詩論之中：

詩者，志之所之也，在心為志，發言為詩。情動於中而形於言，言之不足故嗟嘆之，嗟嘆之不足故永歌之，永歌之不足，不知手之舞之，足之蹈之也。

由於〈毛詩序〉是最早專就詩歌之本質、功用、表現手法等，作比較全面性闡述的篇章，因此就批評史的觀點而言，它對於「吟詠情性」的揭舉，即成為六朝文學「緣情」風潮的啟引先聲。不過，要特別注意的是，文學發展至以「情性」為本質，並不因此排拒「德性」（化偽之情性），例如〈毛詩序〉以為「發乎情」，必須「止乎禮義」；而劉勰所謂「文心」不但指稱作家各異的才氣情志，也包涵能夠「原道心」、「研神理」以設教化、殿邦國之聖德（參見〈原道篇〉）。因此由變化多端、其異如面的「情性」，仍然可以歸趨於聖人之德，以及經由聖德體現的天道、神理。如此，文學之本質與前述「禮（樂）文」之本質明顯是交相疊合，而根據「質」主導「文」的原則，也就進而可以說文學之樣態必與「禮（樂）文」之樣態有所應合了。

當然，這種相應於「禮（樂）文」之文學風貌，並無法涵蓋本於個體才性所呈露的種種文學美感趣味；因為禮樂固然原發於個體情性，卻是以節和之情性、道德自我為終極指標。因而本文即完全針對中國文學審美觀念中「典雅」此一風格表現來談。漢代揚雄首先在《法言・吾子篇》裡，對當時流行的賦體，提出「麗以則」的審美標準：

詩人之賦麗以則，辭人之賦麗以淫。

「則」是有法度；「淫」即為過度；比諸音樂，即如「雅」、「鄭」之分——「中正則雅，多哇則鄭」〈吾子篇〉。這種不以「淫辭淈法度」〈吾子篇〉的作品，就是事、辭相稱而不空言，也就是「文」「質」能均適密合。前面提過揚雄着重以德性為文辭之內質，因此事辭相稱、文質合一的作品，即成為個人德性之藻飾（所謂「德之藻矣」〈吾子篇〉）；換言之，能適切應合德性的文辭表現，即展露雅麗之風貌。至於作者之創作如何才能達至「雅麗」的要求，揚雄提出在學習過程中，須以經書為摹擬對象——「舍五經而濟乎道者，末矣」；而以述作經書的聖人所言為評析標準——「眾言淆亂，則折諸聖」（皆見〈吾子篇〉）。由於揚雄基本上是以「雅麗」之文為彰顯個人德性之憑藉，因此對於「要諸仲尼」、「師法五經」，即偏重在性行之善、惡或正、邪的分辨體認上[20]，並未仔細考慮聖人經典所展現的「雅麗」，是否有超乎個人德性的訴求，而隱含更深一層的內蘊。及至六朝時期的劉勰，才有了進一步的闡發。他首先在〈徵聖篇〉明白說到：

聖文之雅麗，固銜華而佩實者也。

「佩實」、「銜華」指的即是聖人文章的「質」、「文」兩方面，就本質而言，〈原道篇〉嘗云：

爰自風姓，暨於孔氏，玄聖創典，素王述訓，莫不原道心以敷章，研神理而設教，取象乎河洛，問數乎蓍龜，觀天文以極變，察人文以成化；然後能經緯區宇，彌綸彝憲，發輝事業，彪炳辭義。

〈宗經篇〉也談到：

經也者，恒久之至道，不刊之鴻教也。故象天地，效鬼神，參物序，制人紀，洞性靈之奥區，極文章之骨髓者也。

由「原道心」、「研神理」以及體認道心、神理而「制人紀」、「設教化」，可見聖文（經典）之「雅麗」並不僅是個人德性的展現而已，它也含攝了基於個體之踐德所形成的宇宙、社會整體和諧狀態的指涉。然則，依「實」而敷「華」，「雅麗」之文的修辭，也就不是單純的綺靡、藻飾，而是必須遵循「志足而言文，情信而辭巧」的原則，即是以能完足、圓滿地呈顯「聖人之情」為最終指標㉑。於是，總言之，「雅麗」之風格，不但是代表聖人經典中文辭表現與德性內質諧和均適的狀貌，同時更藉由它透顯出聖人之終極關懷——天人相應相感之和諧樣態。而這樣的看法正與禮樂思想中，透過個人儀度之「雅」(包括言辭、聲氣、行止等與內在情質相諧之表現)，來應顯宇宙、社會之「和」的觀點，如出一轍，若合符節。如此，我們經由「文」「質」關係律則、本質之內蘊乃至依「質」展現之文采風貌等幾方面的討論，得以確定文學中「雅麗」之風格是直接根源於先秦「禮（樂）文」的文雅樣態；換言之，「雅麗」或「典雅」也就是由「禮」、「樂」之「文」轉至於文學之「文」這一範疇時，因緣承續而首先出現的審美判準。

不過，由《文心·原道篇》所云：「道沿聖以垂文，聖因文而明道」，可見體認道心、神理，並非人人當下可得，必須要透過對聖人、經典的師法學習，亦即所謂「徵聖」、「宗經」，而「雅麗」之風格表現也因而成為本諸個別情性之文學創作的典型規範了。例如《文心雕龍·體性篇》，談到由於作者才、氣、學、習的不同，而形成作品各異的風格表現，總歸其塗，數窮八體，其一曰「典雅」。然而「典雅」雖為「八體」之一，與其他七種風格卻非單純的並比，而是成為初學者摩習之典範：

> 故童子雕琢，必先雅製，沿根討葉，思轉自圓，八體雖殊，會通合數，得其環中，則輻輳相成。

另外，蕭統〈答湘東王求文集及詩苑英華書〉亦云：

> 夫文典則累野，麗亦傷浮；能麗而不浮，典而不野，文質彬彬，有君子之致。（《全梁文》卷二十）

此處「麗而不浮」、「典而不野」，也就是蕭繹於〈內典碑銘集林序〉[22]中所謂「豔而不華，質而不野」，都是就辭采、情實兩端立言，而以「文質彬彬」——亦即「典」（質）、「雅」（文）二者均諧兼備作為論文屬詞的標準。由此可發現，六朝文論中所謂「典雅」之審美判準，一方面是直接源生於「禮（樂）文」觀念中的「雅」，而成為「原道心」、「制人紀」的聖人經典之風範；另一方面，則由天理、人倫之內質符顯中脫離出來，不再必然地與天人和諧狀態相應合，而可以是指謂文學創作時，普遍義的「文」（形式）、「質」（內容）二者諧適密合之理想風貌了。

運用字源探索法，經由「文」字含義的源變來尋繹中國文學審美論的起源，是一條相當可行的徑路。不過，如前言所云，必須先釐定「文學」之美並非單純的形式美感，因而也就不能僅僅由「文」字原有的形象義加以解釋。而這樣看來，一般以中國人的審美觀念乃原發自形、色、聲、味等感官知覺的看法[23]，就無法直接移用來討論屬於「文學」這一範疇的原初審美觀；

故本文是擇取已經超越原始形象義，而含融有抽象意蘊的「禮文」、「樂文」觀念，作為探討的焦點。根據現有的文獻資料，禮樂思想基本上是以實用性為其建構條件，因此禮樂之「文」也就必然由單純的感官形象之美，進至於含攝人倫、政序等特定指意的「美」「善」之展現。或許有人會以為先秦「禮文」、「樂文」之觀念，既具有實際目的，則應隸屬實用理論，而與純粹的藝術審美理念劃分開來。然而，一方面文學的前身——言語辭章，其存在之根本目的，就是作為人與人彼此溝通意念的媒介，進而藉以建立和諧有序的社群關係，於是文學之含帶實用性質乃其必然的基素之一；另一方面，屬於實用性的理念，並非即沒有絲毫美感的質性。如前所述，個人經由行禮作樂以達致成德、諧群的過程中，會漸去鄙野，而煥發出文雅的姿儀，這就是一種美感的表現；而此種美感也就正是後來文學審美論中「典雅」風格之所源。因此，專就討論中國文學審美觀的起源這一課題而言，先秦所謂實用性的觀念不但不容輕忽捨棄，反倒需要更仔細地酌磨與推敲了。

附註：

❶ 見《中國文學理論》第五章〈審美理論〉，杜國清譯，頁二一一至二一三。（聯經）

❷ 根據現在所見最早文獻資料，以「文」作為稱號，往往是稱呼已故之祖先。有人以為此種稱呼的產生，是因為祭祀時是由「文身」的「尸」來裝扮成死者；故緣此推擬「文」字原形乃代表「文身」之形象，如吳其昌氏。對於這種看法，劉若愚先生有詳細的辯證，簡言之：一、古文獻上並沒有證據說「尸」是文身的；二、早期刻文中之「文」字，中間的花紋常被省略，僅餘單純的錯畫，並未如吳氏所言皆保存有文身的記號；最後，「文」字更不單單僅指逝世的先祖。（詳見《中國文學理論》第一章〈導論〉後註⑲、㉖）那麼，依據以上的辨析，「文」之原形即不必出於文身之象，而可以推至更單純的錯畫，「文身」不過其應用錯畫形象之一例；同時，以「文」作為稱號，也就可以說是「錯畫為文」抽象的比喻、引申了。而根據《逸周書・諡法篇》，以「文」為稱號，或讚其「愍民惠禮」，似乎文德與行禮密切相關。不過由於〈諡法篇〉作成於戰國時代（參見黃沛榮先生〈周書研究〉第十章第二節。台大中研所博士論文），對「文」字之釋義，可能已非殷商、周初時人之本義，因此本文也就無法肯定在屬於「文」字抽象意念這一流脈中，文德之「文」與禮樂之「文」是否具有任何承衍關係了。

❸ 有關先秦儒、道、墨、法各家對周文是採取肯定、否決或超越等不同態度，可參見牟宗三先生《中國哲學十九講》第三講（學生）。

❹ 顏崑陽先生〈論魏晉南北朝文質論及其所衍生諸問題〉一文，即列出先秦「文質」概念與文學上「文質」觀念相關連的五項層面，包括文（形式）質（內容）關係、審美標準、功能作用等。收於《古典文學第九集》（學生）。

❺《左傳》襄公四年載晉侯享魯大夫叔孫豹，有「歌文王之三」、「歌鹿鳴之三」等樂曲。

❻《左傳》襄公九年載魯襄公於衛「假鍾磬」以行冠禮。

❼各本原作「養之以福」，今從楊伯峻注本改。（詳見楊著《春秋左傳注》（上）成公十三年三月，公如京師」條本句下注）

❽此處五味、五聲之調配、組合雖非如子大叔所謂乃法象天理，然其調和所成之諧適樣態（包括對個人與社群），並無二致，因此同樣視為中正和平的禮樂之「文」之展現。

❾朱子《論語集註》本章注。

❿《荀子・孔論篇》：「禮者人道之極也」。

⓫杜注以「美哉」乃「美其聲」。楊伯峻注亦曰：「此『美哉』，善其音樂也。『始基之』以下，則論其歌詞。」（源流）

⓬《左傳》昭公二十六年閔馬父曰：「文辭以行禮也」。

⓭《左傳》昭公元年叔孫譏楚公子圍「美矣，君哉！」，子羽謂子皮曰：「叔孫絞而婉（以其言切中委婉）」。

⓮《左傳》襄公三十一年載子產從政，擇能而使之，其中「公孫揮能知四國之為，……而又善為辭令」。

⓯收於《梅園論學集》。（開明）

⓰朱子釋「彬彬」猶「班班」，「物相雜而適均之貌」《論語集註》。

⓱語出章學誠《文史通義・詩話篇》。

⓲《論衡・佚文篇》曰：「聖賢定意於筆；筆集成文；文具情顯，後人觀之，見以正邪；安宜妄記？足蹈於地，跡有好醜；文集於禮，志有善惡。故夫占跡以睹足，觀文以知情。」

⓳文學之「原道心」是由人心去覺察、體認，此縱然與「禮（樂）文」乃模顯、法象天理，徑路有別，但是展現天理這結果卻是同一的。

⓴《法言・吾子篇》曰：「好書不要諸仲尼，書肆也；好說而不要諸仲尼，說鈴也。君子言也無擇（殬，敗也），

听也無淫。擇則亂，淫則辟。述正道而稍邪哆者有矣，未有述邪哆而稍正也。孔子之道，其較且易也。」

㉑ 《文心雕龍·徵聖篇》：「夫作者曰聖，述者曰明，……夫子文章，可得而聞，則聖人之情，見乎文辭矣。」又「志足而言文，情信而辭巧，迺含章之玉牒，秉文之金科矣。」

㉒ 收於《廣弘明集》二十。

㉓ 如李澤厚《中國美學史》即以「對五味、五色、五聲之美的認識」為中國美學思想的起源，參見第一、二章。（里仁）

舞雩歸詠春風香

——《論語・侍坐》章的結構分析

陳炳良

形式主義者雅克愼（Roman Jakobson，或譯雅各布森）曾提出了一個傳意模式（communication model）[1]。他指出任何言語的六個組成因素：

語境（context）

信息（message）

說話者（addresser）…………………受話者（addressee）

接觸（contact）

語碼（code）

任何傳意都由「說話者」的「信息」構成，而以「受話者」為終點。信息需要傳、受雙方之間的「接觸」，而這接觸包括了口頭的、視覺的、電子的形成。接觸亦需通過言語、數字、書寫、音響等媒介「語碼」才產生效果。而傳、受雙方亦要有共同可以理解的「語境」，否則信息便變得沒有意義；例如對不懂中國話的人說中國話，就等於白費氣力，又如在球賽中大談儒家哲學，都不會收到任何效果的。

從功能的角度來看，上表可轉成下表：

指涉的(referential)

詩歌的(poetic)

抒情的(emotive)……………………感染的(conative)

線路的(phatic)

後設語的(metalingual)

說話者要抒發思想感情，故他代表抒情功能，受話者得到信息後產生反應，故代表感染功能。傳、受雙方要先立接觸途徑，以方便信息的傳遞，這叫做線路功能。傳、受雙方要有共同語境，才可以把信息解讀，這就是言語的指涉功能。為了澄清彼此間可能的誤會，有時我們對一些語碼加以解釋（例如球賽術語的解釋），這就是後設語功能。在文學作品中，信息不一定向別人傳遞，它可以是一個自足的整體。這種自相指涉情況就叫做詩歌功能。

以上是雅克慎的傳意模式的簡略介紹。古添洪曾以宋人話本《碾玉觀音》為例來說明這模式❷。我卻認為《論語．先進》的〈侍坐〉章更適合用作這模式的例子。首先，讓我們把原文抄錄下來：

子路曾皙冉有公西華侍坐。子曰：「以吾一日長乎爾，毋吾以也！居則曰：不吾知也，如或知爾，則何以哉？」

子路率爾而對曰：「千乘之國，攝乎大國之閒，加之以師旅，因之以饑饉，由也為之，比及三年，可使有勇且知方也。」

夫子哂之。

「求！爾何如？」對曰：「方六七十，如五六十，求也為之，比及三年，可使足民。如其禮樂，以俟君子。」

「赤！爾何如？」對曰：「非曰能之，願學焉。宗廟之事如會同，端章甫，願為小相焉。」

「點！爾何如？」鼓瑟希，鏗爾，舍瑟而作，對曰：「異乎三子者之撰。」子曰：「何傷乎，亦各言其志也。」曰：「暮春者，春服既成，冠者五六人，童子六七人，浴乎沂，風乎舞雩，詠而歸。」夫子喟然歎曰：「吾與點也。」

三子者出，曾晳後，曾晳曰：「夫三子者之言何如？」子曰：「亦各言其志也已矣。」曰：「夫子何哂由也？」曰：「為國以禮，其言不讓，是故哂之。」「唯求則非邦也與？」「安見方六七十如五六十而非邦也者！」「唯赤則非邦也與？」「宗廟會同，非諸候而何？赤也為之小，孰能為之大！」

一開始，孔子是說話者，而子路四人是受話者。孔子叫學生們不要拘謹，隨便發言。這樣就建立了接觸。他們的共同語境是治國。(案「不知吾也，如或知爾」的「知」字，含有任用的意思；例如〈憲問〉篇的「不患人之不己知，患其不能也。」就是恐怕不勝任用的意思。)因此，第

一段（「子路、曾皙……則何以哉？」）可用下表說明

孔子（抒情）——如或知爾（指涉）——弟子（感染）

毋吾以也（線路）

第二段是子路的回答和孔子的反應。

子路（抒情）——孔子（哂之）（感染）

三、四兩段是孔子的問和冉有、公西華的回答。

求、赤——孔子

求／赤爾何如（線路）

第五段的「點，爾何如」和「何傷乎，亦各言其志也」兩句和上面的「求／赤爾何如」一樣都是用來打通線路的。並於「暮春者……」的答案表面上答非所問，但正代表曾皙對政治的烏托邦的嚮慕。它是自相指涉的，表現了詩歌功能。它呈現出一個理想的大同世界。（楊樹達《論

語疏證》說：「孔子所以與曾點者，以點之所言為太平社會之縮影也。」）

暮春者…
（詩歌功能）

曾　皙 ———————— 孔子（吾與點也）
（抒情）　　　　　　　（感染）

《論語》的作者把曾皙的答案和其他的三個並列，就如雅克愼所說的詩歌特色——把選擇軸移到組合軸上，從而產生譬喻作用。也即是說，讀者被迫去作自由聯想。不過，這類似於禪宗的對話，就會導人走入玄學方面去。例如朱熹的《集註》就說：

> 曾點之學，蓋有以見夫人欲盡處，天理流行，隨處充滿，無少欠闕。故其動靜之際，從容如此。而其言志，則又不過即其所居之位，樂其日用之常。初無舍己為人之意，而其胸次悠然，直與天地萬物上下同流，各得其所之妙，隱然自見於言外。視三子之規於事為之末者，其氣象不侔矣。故夫子歎息而深許之。❸

故錢地的《論語漢宋集解》說：「此注甚玄，不易明瞭。」（頁六〇〇）又說：「此章經文，本無難解之處，由於孔子喟然歎曰：吾與點也，於是朱註進入玄道之境矣。」（頁五九九）❹。

至於孔子的讚歎（「吾與點也」），它表現出感染功能。這說明了文學作品對讀者所起的作用。只要讀者（受話者）和作品（說話者）所說的「心有所同然」，就產生了共鳴。

最後一段，曾晳問孔子對其他三人的意見，這就相當於後設語功能。孔子首先確定了「言志」是個範圍，然後以禮作為基準(norm)來評論子路、冉有、公西華三人的答案。在儒家思想中，禮是治國的基本原則，《左傳·昭公五年》說：「禮所以守其國，行其政令，無失其民者也。」《國語·晉語》說：「夫禮，國之紀也。」《禮記·樂記》說：「禮者，天地之序也。」這和《荀子·禮論》把它說成是宇宙的秩序一樣：「天地以會，日月以明，四時以序，星辰以行。」總之，禮就是一切的秩序。《禮記·經解》對禮的重要性特別強調：

> 禮之於正國也：猶衡之於輕重也，繩墨之於曲直也，規矩之於方圜也。故：衡誠縣，不可欺以輕重；繩墨誠陳，不可欺以曲直；規矩誠設，不可欺以方圓；君子審禮，不可誣以姦詐。是故，隆禮由禮，謂之有方之士；不隆禮不由禮，謂之無方之民。敬讓之道也。故以奉宗廟則敬，以入朝廷則貴賤有位，以處室家則父子親兄弟和，以處鄉里則長幼有序。孔子曰：安上治民，莫善於禮。此之謂也。

在《論語·八佾》篇中，孔子對季氏的越禮甚為氣憤，他說：「是可忍也，孰不可忍也。」這都可以看到儒家對禮的重視。

回到〈侍坐〉章。我們從本文可以看到四個弟子的答案是由無禮進展到大同世界：

有勇、知方→禮東則俟君子→宗廟會同→舞雩歸詠

孔子對勇不甚贊同，故《陽貨》篇有「惡勇而無禮者。」《顏淵》篇亦有這樣的一段：

> 子貢問政，子曰：「足食，足兵，民信之矣。」子貢曰：「必不得已而去，於斯三者何先？」曰：「去兵。」子貢曰：「必不得已而去，於斯二者何先？」曰：「去食。自古皆有死，民無信不立。」

子路的使民有勇的答案雖然不錯，而且也符合他的性格，（〈雍也〉篇的「由也果。」本篇的「由也喭。」）但在孔子的眼光來說，那是有所欠缺的，所以在本篇有「由之瑟奚為於丘之門」之問；而在〈公冶長〉篇則有「不知其仁」的評語。在對答時，弟子的態度則愈為謙抑，由子路的「率爾而對」，冉有的「俟君子」，公西華的「願學」，到曾皙的「異乎三子之撰」，可見這一章並不是隨意的推疊。泰雅諾夫(Juri Tynianov)說：「作品的整體性不在於一個封閉的對稱的聚合，而是在一個開展的能動的結合。」❺上面對四個弟子的見解和態度的分析可證明這一章可作為文學作品看。

雅克愼對定式(pattern)亦非常注意❻。當我們細看這一章時，會發現很多重複的字和句所構成的定式。例如第一段的「無吾以也」和「不吾知也」都是「否定詞＋吾＋動詞＋也」的語

法結構。而且吾和「如或知爾」的爾對稱，間接指明說話者和受話者的關係。

第二、三、四段中的「求／赤／點爾何如」，第一、二段的「由／求也為之，比及三年，可使……」，第三段的「願學／為小相焉」，第四、五段的「亦各言其志也」，和第五段的「唯求／赤則非邦也與」都用重複手法構成定式。

第三段的「願學焉」和「願為小相焉」一同放在一個句子內，間接指出和強調了公西華的謙虛，因為「學」和「為小相」就成為相類似的行為，根據雅克慎的「對等原理(principle of equivalence)」，讀者會覺得公西華很謙遜。第四段的「鼓瑟希」和「舍瑟而作」把瑟字突出。孔子對音樂治國的關係很重視。〈衛靈公〉篇中孔子說治國要用韶舞；〈陽貨〉篇中孔子同意子游用絃歌治武城，「割雞焉用牛刀」不過是戲言罷了。《禮記・樂記》說：「聲音之貴，與政通矣。」又說：「審樂以知政，則治道備矣。」這兩句話就可以看出儒家對禮的重視。本篇記有孔子對子路的批評：「由之瑟奚為於丘之門？」根據《說苑・脩文篇》，孔子的理由是：「今由也，匹夫之徒，有亡國之聲，豈能保七尺之身哉！」

至於「唯求／赤則非邦也與」兩句，據邢昺的說法，它們是孔子的說話。(朱熹則以為是曾晳的問題。」作為修辭性問題(rhetorical question)，它們表示孔子讚許他們的謙遜態度。公西華可能過於謙虛，他和子路比較，可謂「過猶不及」(本篇〈師與商孰賢〉、〈聞斯行諸〉章亦同此意)。

上面的分析使我們對雅克慎的學說更深入的了解；而定式的認識和對等原則的運用則說明

了這章的文學性。我們亦看到要明白這章意義，就要牽涉到其他篇章，這也證明了朱利亞・克里斯特瓦(Julia Kristeva)所指出的：任何「文本」都不能完全脫離其他本文。它將捲入她所謂的所有作品的「本文相互作用性(intertextuality)」❼兩個瑟字和它所賦有的涵義，把曾晳的答案更突出來，而它裏面的數字（五六和六七）和冉有答案裏面的（六七十和五六十）又遙相呼應，所以整章文字結構的非常嚴謹。

我們也可以用巴爾特(Roland Barthes)的五個語碼來分析這章文字❽。這五個語碼是：

(1)詮釋語碼(hermeneutic code)——敘述本身提出問題和懸念，慢慢給予解答。

(2)能指語碼(code of signifiers)—敘述後用文字的暗示和多種內涵。

(3)象徵語碼(symbolic code)—和(2)差不多，指以不同方式或手段有規律的重複的結構。

(4)行動語碼(proairetic code)—本文中有「合理地確定它本身結果的能力」的行動。

(5)文化語碼(cultural code)—在閱讀過程中，確認約定俗成的權威性的文化形式。

在〈侍坐〉章裏，我們可以依次指認：

(1)詮釋語碼：整段的問答過程最後指向一個結論—用禮樂治國達到大同世界。

(2)能指語碼：文本中的「有勇」、「知方」、「足民」、「宇宙會同」等都和政治有關，構成了這章的主題。

(3)象徵語碼：瑟可作為禮樂代表，「風乎舞雩、詠而歸」同樣可作為象徵。

(4)行動語碼：子路的「率爾」作答，和曾晳的「鼓瑟」，都有「合理地決定行動結果的能力。」

所以子路被哂，而曾晳則被老師所賞。

(5)文化語碼：以禮治國是儒家思想的基本原則，故「為小相」去處理「宗廟會同」之事實和治國有關。

綜合上面的討論，〈侍坐〉章的結構和它的文學性就顯現出來；而雅克愼的傳意模式中的六個元素和功能也可以借上面的分析使我們更加了解語言的功用。雖然這種分析並不包括價值判斷，對作品的好壞不能作出評估，但是通過它，我們可以看到作者／編者的匠心。他把讀者從足食、足兵（「加之以師旅，因之以饑饉」）帶到去大同世界。比較隱晦的是孔子對謙虛的要求。他對「不遜以為勇」的子路的批評，和對冉有、公西華的心許，加上曾晳「異乎三子者之撰（作『善』解）」的自謙，就顯示出謙遜這個副主題。技巧的分析，並不純是形式主義的把戲，它可以幫助我們在本文中有所發現。

最後，「暮春者」幾句抒情說話在平實的問答中更覺突出，使這一章出色不少，難怪受人千古傳誦了。至於「吾與點也」一句，後世解經的人雖然走入了玄道，但它也說明了現代西方文論家伊賽(Wolfgang Iser)所提出的「文學作品留有空白(blank)，讓讀者去馳騁其想像」這個意見。中國歷來所謂「讀書有間」的說法，倒也和它相似。

從語言行為(speech act)的角度來看，一個句子(locution)有授意(illucationary)和受意(perlccufionary)兩方面。換句話說，講者說話時通常有授意的作用，例如提出己見（叫人去接受它）、提出問題（要人去回答）、提出要求（要人去做某些事）等。而聽者在聽了說話之後，作出適當反應，這就叫授意效果(perlocutionary effect)。在〈侍坐〉章中，孔子叫學生說出個人志願，是「授意」，而學生的回答是「受意」。至於「暮春者」幾句，雖然是曾晳答案的一部分，但似乎是答非所問。上文已說過，這幾句有詩的功能。根據萊文(Samull R. Levin)的說法，一首詩的前面通常隱含一句前言，如「我幻想這麼一個世界，請你也參與」等，這叫做隱藏的前言(implict higher sentence)。「暮春者」幾句的前言，可能是：「我有一個理想世界，在這世界中……。」它表面好像是答非所問，實際是邀請讀者參與一個詩的世界的訊號，而且導致讀者願意地把不信任的心理收起(Willing suspension of disbelief)。如果讀者堅持詩的歷史真實或客觀真實時，他就對詩的意義完全誤解❾。

綜合來說，上面的分析使我們清楚了解雅克愼等人對語言的解。通過它們在〈侍坐〉章的應用，我們對詩和散文的分野，和〈侍坐〉章的意義更加了解。總之，形式／結構主義對文學研究是有很大幫助的。

附註：

❶ 參考Terence Hawkes, Structuralism and Semiotics (Berkeley：University of California Press, 1977),pp. 83-86。中譯本題《結構主義和符號學》(瞿鐵鵬譯)（上海：上海譯文出版社，1987)，頁83-86。

❷ 古添洪，《從雅克愼底語言行為模式以建立話本小說的記號系統》，《中外文學》十卷十一期（一九八二年四月），頁一四八—一七五；又轉載於寧宗一、魯德才編，《論中國古典小說的藝術——台灣香港論著選輯》（天津：南開大學出版社，一九八四），頁八六——一二一。

❸ 朱熹，《論語集註》（台北：中華叢書委員會，1985）卷6，頁525。

❹ 錢地，《論語漢宋集解》（台北：自印本，1978），卷11。

❺ 見Juri Tynianov, The Problem of Verse Language (tr. Michael Sosa and Brent Harvey (Ann Arbor: Ardis, 1981), p. 33.

❻ 見Jonathan Culler, Structuralist Poetics: Structuralism, Linguistics, and the Study of Literature (Ithaca: Cornell University Press,1975), p. 56.

❼ Terence Hawkes, op. cit., p. 144;中譯本，頁150。

❽ Terence Hawkes, op. cit., pp. 116-118;中譯本，頁119-122。

❾ 參考Samuel R. Levin,"Concerning what kind of speech act a poem is,"in Pragmatics of Language and Literature(ed. Tuen A. van Dijk) (Amsterdam: North-Holland Publishing Co., 1976), pp. 141-160.

《文心雕龍》「知音」觀念析論

顏崑陽

一、引言

《文心雕龍》一書，各篇包含有劉勰的批評觀念，但其批評觀念直接的表述則見諸〈知音篇〉，也就是這篇是劉勰從批評者的立場對於如何批評文學作品提出明確的理論。一般《文心雕龍》的學者都認為〈知音篇〉是劉勰的「批評論」。但什麼是「文學批評」？其主要的任務是什麼？卻幾乎沒有學者在討論〈知音篇〉之前，對這些基本觀念提出明確的界說。

文學研究可區分為文學理論、文學批評、文學史，而三者又相互關連，不能單獨應用❶。在這種區分中，「文學批評」一語已被狹義地用來指稱對於具體作品的研究，也就是所謂「實際批評」，而這項研究的主要任務便是對文學作品進行「詮釋」與「評價」。然而，任何一項合格的「實際批評」，都必須預設了某種方法與標準的理論依據。對作品的詮釋與評價，也正是某種批評理論的實踐。因此，所謂「批評」當然不能與「理論」截然劃開。但是，「理論」又包括了多種範疇，從對文學本質或功能所作原理性的探討，到對語言、文體、文類、創作技巧，以及作品的詮釋與評價方法、準則等所作的討論，都可稱之為文學理論。而廣義的「文學批評」一語往往包括了實際批評與一切理論的探討。

〈知音篇〉既特指劉勰的「批評論」，則「批評」一詞就比較狹義地指對作品的實際詮釋與評價。「批評論」即是對作品之詮釋與評價所提出的理論。本文就是在這義界中，對劉勰的「知音」觀念進行分析討論。

過去，一般學者對《文心雕龍》批評論的研究，大多集中在〈知音篇〉所蘊涵的幾個問題：什麼是批評者應有的態度與修養？什麼是「六觀」？「六觀」究竟是批評方法或標準❷？而且大多數的學者都只採取「描述性的解釋」，也就是針對上列問題提出「是什麼」的回答說明，尤其引證《文心雕龍》其他篇章，對什麼是「六觀」作了詳細的解釋。其功效就是替劉勰把〈知音篇〉中所表述的批評觀念說明得更詳確。對於經典的研究，這種「描述性的解釋」是認知的初階工作，當有其價值意義。然而，假如幾十年來，大多數的學者都在重複同樣的工作，這項學術也就不會有更進一步的發展。

本文不想去重複解釋上列問題，而企圖轉向比較具有批判性的研究。我們的問題是：

(一)「知音」一語，從其典出的意義來看，蘊涵著怎樣的文學批評觀念？而劉勰使用「知音」一語以指稱自己所提出的文學批評觀念，與典出的意義有什麼承轉關係？

(二)魏晉六朝文學批評的主要趨向是什麼？在這主要趨向中，劉勰提出「六觀」的批評方法及標準，具有什麼樣的價值意義？

(三)文學批評主要的任務是對作品詮釋與評價，從理論上來說，劉勰所提示的「六觀」，對於文學作品的詮釋與評價可能達致什麼效用？而其限制又在那裡呢？

一九八七年六月，台灣國立清華大學中國語文學系主辦了一場「中國文學批評討論會」。會中，蔡英俊先生發表了一篇〈知音說探源——試論中國文學批評的基本理念〉❸。對於上列三項問題，曾作了部分的回答。本文乃延續蔡英俊的這項研究。因此，在以下的討論中，將以蔡英俊所作的主要論斷為基礎，進一步去探討他所未解決的問題。

二、「知音」一語的原典蘊涵怎樣的文學批評觀念？劉勰使用「知音」一語與原典涵義有何異同？

「知音」的故事最早記載於《呂氏春秋・本味篇》。後載於《韓詩外傳》卷九、《說苑》卷八，但大致延續前說，沒有什麼演變。直至魏晉時期的《列子・湯問篇》，這個故事才有不同的描述。為了討論上的方便，我們分別引錄《呂氏春秋》與《列子》的記載如下：

> 伯牙鼓琴，鍾子期聽之。方鼓琴而志在太山，鍾子期曰：「善哉乎鼓琴，巍巍乎若太山」。少選之間，而志在流水，鍾子期又曰：「善哉乎鼓琴，湯湯乎若流水」。鍾子期死，伯牙破琴絕弦，終身不復鼓琴，以為世無足復為鼓琴者。非獨琴若此也，賢者亦然。雖有賢者，而無禮以接之，賢奚由盡忠？猶御之不善，驥不自千里也。（《呂氏春秋・本味篇》）

伯牙善鼓琴，鍾子期善聽。伯牙鼓琴，志在登高山，鍾子期曰：「善哉！峨峨兮若泰山」。志在流水，鍾子期曰：「善哉！洋洋兮若江河」。伯牙所念，鍾子期必得之。伯牙游於泰山之陰，卒逢暴雨，止於巖下；心悲，乃援琴而鼓之。初為霖雨之操，更造崩山之音，曲每奏，鍾子期輒窮其趣。伯牙乃捨琴而嘆曰：「善哉，善哉，子之聽！夫志想像猶吾心也。吾何逃聲哉？」（《列子・湯問篇》）。

《呂氏春秋・本味篇》的主題意義是「政教之本在得賢」。顯然的，在此一主題意義之下，這則故事被當作譬喻的語言工具。他所強調的重點有二個層次，從「伯牙鼓琴，鍾子期聽之」到「湯湯乎若流水」，突顯了鍾子期之善聽，能準確地從琴音而感知伯牙內在的情志。這同時也喻示著「知音」是一種深層的理解活動，實非易事。另外，從「鍾子期死」到「以為世無足復為鼓琴者」，強調了「知音難逢」。這二層意義，劉勰在〈知音篇〉中幾乎完全吸收了，所謂「知音其難哉！音實難知，知實難逢」，顯然是從《呂氏春秋》這則故事所概括而得的觀念。

從文學批評的立場來說，假如只是消極地感慨「音實難知」、「知實難逢」，其意義並不大。它必須更積極地關懷到：「如何知音」的問題。但是，《呂氏春秋》僅將這個故事作為政教諷諭的工具，以強調「得賢」的重要性。至於故事本身中，鍾子期「如何知音」似乎不是他所關懷的重點。

及至《列子》，乃從此一故事的諷諭意義轉到故事本身。假如，我們比較上引《呂氏春秋》與《列子》的二段文字，這種轉變就非常顯著。在描述了鍾子期「高山流水」的「善聽」事實後，《列子》的作者加入了自己對這事實的詮釋云「伯牙所念，鍾子期必得知」。接著，他刪去「鐘子期死」這一段故事，而代以「伯牙游於泰山之陰」以下的另一段故事。這一段的增衍，顯著地使「知音」活動的本身更為豐富。「曲每奏，鍾子期輒窮其趣」，《列子》作者再次直接地詮釋了鍾子期完全性的「知音」。而最後，「夫志想像猶吾心也」，更藉原作者伯牙的讚語，第三次強調此一「知音」活動乃無所遺漏的體會。綜合來說，假如我們拋開這則故事言外的政教諷諭意義，而注目到故事的本身，即可發現，這故事的本身正寓示著人與人之間一種完全的、理想的、微妙的理解活動。蔡英俊對這故事所作的判斷，非常正確：

> 「知音」所指陳的「理解」活動，是一種兩個主體之間相互了解、相互感通的融洽狀態，而且相互感知的程序，似乎不需要訴諸任何外在的言辯予以明示；雙方都在內心世界沈靜的進行理解的活動。

這則故事，就其「發生意義」❹來說，乃描述了音樂活動中，創作主體與鑑賞主體內在情志相互感知符應的典型。唯其描述的「典型」化，故具有「本質意義」❺，可超越音樂此一原始發生的特殊活動，而更本質地、普遍地象徵著在中國文化活動中所共同企求的一種理想——不同個體生命兩心相印的感通。在早期儒、道兩家的思想中，固已表示了此一生命感知的企求，較後的禪宗也同樣抱持著這樣的理想❻。而在文化各種層面活動中，這種理想往往觸機具現，讓人為之感動而嚮往。而這種個體生命兩心相印的感通，也都可以用「知音」此一典型案例作為象徵。文學批評活動，就「詮釋」的任務來說，基本上就是創作主體與鑑賞主體內在情志相互感知符應的活動。劉勰何以使用「知音」一詞以指稱文學批評，蔡英俊同意周勛初的說法，以為魏晉南北朝人普遍認為文學之事萬分精妙，非言訴所能窮盡，樂曲的構成也很奧妙，只有知音人才能領悟。況且當時聲律之學大盛，文學和音樂的關係更形密切，所以時人常用音樂比喻文學；劉勰也就使用了「知音」一詞比喻文學批評工作。蔡英俊更進一步指出「漢魏以前的『樂』字是當時各門藝術的總稱，關於音樂的理論，實際就是關於一般藝術的理論」。他們從這種文化史的視點，固然也可以為此一問題提出合理解釋。但假如我們從「知音」所蘊涵的本質意義來看，劉勰何以用「知音」一詞以指稱文學批評活動，更可以獲知直接而明確的解釋了。

文學批評的主要任務是對作品的詮釋與評價。假如，我們循著以上的討論來看，就「知音」的本質意義而言，它所側重的應該是「詮釋」的而不是「評價」的活動，或者說「詮釋」即隱涵著「評價」。從「善哉」一語來看，是「評價」性的判斷。然而，「善哉」此一判斷的成立，卻顯然以「詮釋」作者表現於作品中的情志為條件，即所謂「峨峨兮若泰山」、「洋洋兮若江河」。也就是當鑑賞主體充分地詮釋了蘊涵於作品中的作者情志，作品才獲致正確的「評價」。準此，則「知音」原始所隱涵的文學批評意義，應該是對作品即作者情志的詮釋活動。

假如我們承認了「知音」原始所隱涵的文學批評意義，就是對作品即作者情志的詮釋活動。那麼，我們就必然要進一步去思考到幾個問題：這情志是什麼性質的情志？它在作品的言內或言外？這問題也可以說是此情志繫屬於作品本身或作品之外的作者？兩者是否可能一致？最後一個重要的問題的這情志如何得知而被詮釋出來？

《呂氏春秋》的記載，同樣涉及情志的詮釋，只是他既將這則故事作為政教諷諭的語言工具，那麼以上的問題便不是關懷的重點。因此，所謂「情志」便可能被移轉為「詮釋者」即《呂氏春秋》作者的情志。而這情志顯係以政教上的實用意圖為性質，並且寄託在作品本身之外，必須在「比興託意」的語言法則之下，才能獲致「言在此而意在彼」的詮釋。清代魏源在〈詩古微〉中分辨「作詩者之心」與「說詩者之義」。以這種分辨來作一類比，則《呂氏春秋》所謂「雖有賢者而無禮以接之，賢奚由盡忠」，此一「情志」無疑是「說詩者之義」；這與漢代毛鄭的「比興」說詩顯然是同一進路。

至於魏晉時代《列子》，在擺棄比興託諷的詮釋進路之後，關懷到故事的本身。便對上面所提的幾個問題，有了相當程度的解答。這情志是什麼性質的情志？「伯牙游於泰山之陰，卒逢暴雨，止於巖下；心悲，乃援琴而鼓之。初為霖雨之操，更造崩山之音」。然則，伯牙的創作衝動，並非緣自對政教得失有所諷諭或對個人政治上的出處窮通的感受。明顯的，其衝動來自於對自然「物色」的感覺經驗。因此，在這則故事中，所謂「志」、「念」、「心」、「趣」，其性質係屬因物感發的心靈經驗，而非涉及政教價值目的的意志。

就「知音」這則故事來說，從秦漢時代的《呂氏春秋》、《韓詩外傳》、《說苑》，到魏晉時代

的《列子》，竟然也符應了「詩言志」到「詩緣情」以及「感物」的發展軌迹❼。

接著，對於這情志是在作品的言內或言外？繫屬於作品或作者？兩者是否一致？這等問題，從《列子》的回答來看，似乎這情志是繫屬於作品之外的作者。為什麼？因為《列子》明示著：「伯牙所念，鍾子期必得之」、「夫志想像猶吾心也」。然而，我們卻也不能忽略了鍾子期之所以得知伯牙（作者）的情志，並非依藉作品外緣的各種因素（例如作者生年、時代背景）的考察而證實，乃是鑑賞主體當下直對琴音（作品本身）的感悟。因此，此一「情志」並未跳越了作品本身，而片面地繫屬作者，也就是並未跳越語言本身而索解所謂言外的作者情志。正確的來說，這個情志的「鑑賞主體」直覺地體會了「作品本身」而又超越了「作品本身」的語言符號而感知了「創作主體」所表現的情志。因此，它是「讀者」、「作品」、「作者」之情志的辯證融合，即言內即言外，而當其呈現，實無主客內外之分了。

在我們回答了以上那個問題時，其實已經隱涵了對「這情志如何得知而被詮釋出來」的解答。這是詮釋方法的問題，也即是文學批評的核心問題。循著上面的討論，《列子》對這問題雖然沒有提出直接的解答，但從整個故事的描述過程，以及「伯牙所念，鍾子期必得之」、「夫志想像猶吾心」這些斷言，卻是夠隱示著鍾子期之得知伯牙琴音中的情志，既非依藉著作品外緣的考察，也非依藉作品本身語言（音符結構）的分析，而是當下直覺的感悟。前面所引蔡英俊的論斷也指明了「相互感知的程序，似乎不需訴諸任何外在的言辯予以明示；雙方都在內心世

界沈靜的進行理解的活動」。借清代葉燮在《原詩》內篇的一句話來說，這種詮釋方式即是「遇之於默會意象之表」。

葉嘉瑩在〈關於評說中國舊詩的幾個問題〉這篇論文中[8]，曾提出中國詩歌批評有二種主要方式，一為由儒家思想系統所形成的「託意言志」，一為道家及禪宗思想系統所衍生的「直觀神悟」。顯然的，「知音」這個故事所隱涵的詮釋方式，就是「默會感知」的方式，就是「直觀神悟」的方式。在這裡，我們還須特別注意到，從文學批評的方法而言，這種充滿神秘經驗性格的詮釋活動，只能說是一種「方式」而不能說是一種「方法」。所謂「方法」乃是針對一個特定的目的而提供普遍有效性的行動規範，藉之以實現此一目的。而「方式」則僅是提供了一種行動的樣態，而不擬定普遍有效性的規範。「默會感知」，只是提供了兩個主體相互理解內在情志的行動樣態，實在沒有一套客觀的、普遍的、有效的規範，以指導我們的理解活動。因此，此一詮釋行動目的之實現，是理想的，也是偶然的。它沒有必然性，即無法成立可為檢證的文學批評知識。這是中國文學批評之異於西方的特質，當然也是它的局限。假如，我們理解到中國文學所謂批評活動，其意義主要不在於成立知識，而在於藉由文學作品而得到個體生命的相互感通與觀照，或許也就不必為他之缺乏理論系統而致憾了。

劉勰在吸納了「音實難知」、「知實難逢」的消極感慨之後，便顯然脫離了「知音」故事所隱涵的文學批評意義，轉而思考到如何提出一套客觀、普遍、有效的方法，以解決「知音」的困難。這也就是他在〈知音篇〉中所標列的「六觀」。「六觀」是一觀位體；二觀置辭；三觀通變；四觀奇正；五觀事義；六觀宮商。「六觀」是什麼？前人的討論非常詳切，我們不再重複，後文若有必要，將引述較代表性的解釋。至於「六觀」是批評方法或標準？從劉勰的敘述來看，「觀××」此一語法結構，可以理解為「從××去觀察」，這就提示了一種如何觀察的途徑，「方法」的意義頗為明顯。而當我們將「××」代入了位體、置辭、通變、奇正、事義、宮商，即可發現它們都是在文體觀念之下的文學創作法則，作品的優劣完全取決於這些法則運用得當與否。因此，所謂「位體」云云，本身其實就隱涵著可作為優劣判斷的標準。然則，我們就必然要同意「六觀」是隱涵著評價標準的一套批評方法[9]。事實上，劉勰對於這個問題，自己早已有了解答，他在標列「六觀」之後，緊接著說：「斯術既形，則優劣見矣」。這就明白的指出，「六觀」是一套文學評價的「術」。「術」是方法，但是若文學批評的活動重心不是情志的詮釋，而是作品優劣的評價，就不可能沒有以資判斷的價值標準。換句話說，評價方法雖不等於評價標準，並二者卻也不可能截然無涉。

其實，我們在這一節最值得注意的焦點，應該是：㈠劉勰從「知音」故事所隱涵的「默會感知」的詮釋方式，轉而另外提出一套完全不同的方法。這套方法的特性，蔡英俊曾指出「主要就在於他認識到創作要批評之間有一個中介地帶：客觀的作品的文理組織」。我們將它說得更明白些，這是一套在「文體論」觀念統攝下，對作品客觀存在的語言結構進行分析的批評方法。這種批評方法，最主要的目的，是有效地達致批評的客觀性與準確性。㈡「知音」原始所隱涵的批評任務，主要是作者即作品情志的詮釋，而劉勰卻顯然將批評任務的重心轉到作品的評價。

關於第二點，後文將再作仔細的論證。

綜合以上的討論來看，劉勰對於「知音」故事所隱涵的文學批評意義，其所承繼者少，而所轉變者多。這就讓我們想到，劉勰的這種「知音觀念」的轉變，究竟是個人獨特的思考方向或是魏晉南北朝整個文學批評觀念的趨勢所致？這就有待下一節的討論了。

三、六朝文學批評的主要趨向是什麼？在這個主要趨向中，劉勰提出「六觀」的批評方法與標準，具有什麼樣的價值意義？

假如，我們透過郭紹虞、羅根澤、劉大杰、陳鐘凡等人所撰述的《中國文學批評史》來看，所謂「批評」一語無疑是廣義地泛指一切與文學直接或間接有關的理論文字。並且，我們更可以發現到，中國文學批評觀念所注意的重點，最主要的有三大類型：一是超越文學體類以上，有關文學普遍的本質與功能上的思考；二是與此一本質與功能對應的創作原則；三是在辨體觀念統攝之下的創作與批評原則。

倘若，我們將「批評」的義界緊縮到從讀者的立場提出對作品進行詮釋與評價的原理與方法。那麼，兩漢以前從讀者立場所思考到的文學功能，它所關心的其實也不是對作品詮釋與評價的原理及方法。不管是孔子的「詩可以興，可以觀，可以群，可以怨」《論語・陽貨篇》，或《詩大序》所說的「經夫婦、成孝敬、厚人倫、美教化、移風俗」，其思考的焦點都僅止於文學作品對讀者的政治觀念及道德修養能達到什麼樣的效用。這種思考是文化性而非文學性的，換句話說是將文學當作以政教為核心的總體文化結構的一環，而思考它在文化活動中對人之存在價值能產生什麼效用。這種模式的思考，在兩漢以下的文學理論中，並未斷絕。而至於辨體觀念之下，從作品立場所提供的批評理論，自曹丕《典論·論文》、摯虞《文章流別論》、李充《翰林論》、任昉《文章緣起》、鍾嶸《詩品》、劉勰《文心雕龍》，以至乎司空圖《詩品》、嚴羽《滄浪詩話》和明清「格調」、「神韻」、「性靈」等紛起的派別，其批評的進路也是針對文學某一體類、某一作品或某一作家的整體美學風格，提出原則性的主張。至於能有一套什麼具體的方法，可以指導讀者去詮釋作品或作者的情志，似乎不是他們注目的重點。

從現有文學批評史著作所得到的理解，是否就事實地表示了中國的文學批評，並沒有以讀者為立場所作的詮釋作品或作者情志的實際批評活動，以及為此一批評活動所提出的方法。事實並不然，此一實際批評活動，早就具體地表現在漢代毛鄭對《詩經》的箋釋，以及王逸之注《楚辭》。而其方法的提出卻更可上溯到《孟子·萬章篇》所謂的「知人論世」與「以意逆志」⑩。其後，宋代以迄明清對於前人文集與詩集的箋釋，正是遙接漢代這一套詩、騷的詮釋進路，其中尤以仇兆鰲之注杜詩、馮浩之注李商隱詩、姚文燮之注李賀詩為典範。準此，從孟子提出方法而毛鄭加以實際運用以後，依實已發展出一套「箋釋學」的批評系統。照理說，這應該是「文學批評史」很重要的一環。然而，郭紹虞之作卻略而不談，羅根澤、劉大杰、陳鐘凡諸作雖約略述及孟子「知人論世」及「以意逆志」之說，羅氏也觸及鄭玄之箋詩，但都未特別給予重視。至於明清的「箋釋學」則更是少有文學批評史論及。造成這種現象主要的原因，可以推想為：㈠從孟子到鄭玄，其批評對象為《詩經》，而「經學」自有其政教文化意義系統，文學批評史的作者可能未將它當作文學批評的活動。㈡箋釋是一項實際的詮釋工作，因此方法的提出常僅止於在序言或凡例中一些簡約的主張，沒有什麼深奧複雜的理論。㈢中國文學批評，在理論上從古代就比較重視文學本質、功能等大原則的問題，涉及方法時，也比較偏重在教導作者如何去寫出好作品。這種傾向，從《文心雕龍》創作方法佔了多數篇幅而批評方法卻只〈知音〉一篇就可以得到印證。

兩漢的文學實際批評，有系統地表現在詩、騷的箋釋。這一批評的進路與「知音」是否相同？就其求解作者即作品之情志這個批評標的而言，是同一路數，再進而就其「情志」的性質指涉政教諷諭或個人政治上出處窮通的感受而言，則又與《呂氏春秋》為近，而與《列子》為遠。至於就批評方法而言，鄭玄之箋釋《詩經》，「譜」的確立是為了「欲知源流清所處，則循其上下而省之；欲知風化芳臭氣澤之所及，則傍行而觀之」（〈詩譜序〉），這明白是「知人論世」的歷史方法應用於文學作品的實際批評。而「箋」又是什麼？箋者所以表明詩意。清阮元〈毛詩注疏校勘記序〉云：「孟子曰不以文害辭，不以辭害志——而必使作者之志昭著顯白於後世，毛鄭之於《詩》，其用意同也」。這顯然就是孟子「以意逆志」的實踐。王國維為張爾田《玉谿生年譜會箋》作序云：「其（鄭玄）於詩也，有譜有箋。譜也者，所以論古人之世也；箋也者，所以逆古人之志也。」那麼，「箋」即是一種以主觀體會的方式以揭明可能隱藏在作品言外的作者情志。然意逆在我，志在古人，如何能證實所逆得之志確是作者之原意？這就必須依藉「知人論世」此一客觀實證的方法加以限定了[11]。王逸之注《楚辭》，也是使用這種方法，故自敘云：「以所識所知，稽之舊章，合之經傳，作十六卷章句，雖未能究其微妙，然大指之趣，略可見矣」。其《離騷》以下諸篇之解題及敘文，多為「知人論世」之意，頗為明顯。

《呂氏春秋》在「知音」故事之後所作之政教諷諭的詮釋，只是行文間直接將此一故事作為寓言，未涉及詮釋方法的問題。而《列子》所記載的「知音」故事，其隱涵「默會感知」之詮釋方式，純粹是當下主觀直覺的體悟，已詳如上述。假如以兩漢箋釋詩騷的方法與之相較，顯然有極大的差別。不過，方法儘管不同，但就求解作者情志此一企圖而言，這種箋釋式的批評工作，無寧最接近「知音」所隱涵的文學批評意義。

兩漢由經學所開出的箋釋路線，到魏晉六朝並未被精當地應用於文學批評上去。我們綜觀魏晉六朝對於前代或當代文學作品的解釋，最多是長篇大賦的訓詁，例如薛綜注張衡的〈兩京賦〉、劉淵林注左思的〈三都賦〉、徐爰注潘岳的〈射雉賦〉、張載注王延壽的〈魯靈光殿賦〉、張衡自注〈思玄賦〉[12]而對詩歌作品的解釋，則僅見顏延之與沈約等注阮籍的〈詠懷〉。

魏晉六朝之所以註釋長篇的賦，其用意不同於漢人之箋釋詩、騷。這種差異最基本的原因是，兩漢以來，詩騷與賦被視為兩種不同的文體類型，在語言上分別有著不同的表現方式。詩經與楚騷兩種的文體，儘管在形式體製上有些差異，但它們卻有內在共同的本質，那就是「言志」。而其表現方式，則是意托於言外的「比興」。因此，詩、騷的「可詮釋性」在於作者情志之隱而不顯，有待批評家專業的箋註，以表而明之。而賦這一漢代新興的文體，在司馬相如手上成型之後，其本質是「寫物」。雖然漢代的賦家似乎仍矜持於「賦」的「言志」諷諭功能，故班固在《兩都賦》的序言中認為司馬相如以下的諸賦作品：「或以抒下情而通諷諭，或以宣上德而盡忠孝」，而將「賦」看作是「雅頌之亞」。班固的這種說法，強調了漢代賦作並沒有徹底放棄「言志」的創作意圖。「意圖」可以是作家自我設定的理想目的。但是，弔詭的是漢賦作品對於讀者（尤其帝王公侯的貴族階層讀者）卻事實地構成了背反於創作意圖的影響。這種弔詭的現象，揚雄看得最清楚，他在《法語・吾子篇》中對於「賦可以諷乎」的回答是：「不免於勸」。勸是悅從的意思，最顯著的例子是司馬相如寫〈大人賦〉的意圖是要諷諭武帝不可好神仙，但實際的影響卻是武帝讀後反「縹縹有凌雲之志」而「悅從」神仙之事[13]。因此揚雄批評這種「靡麗之賦，勸百而諷一，猶騁鄭衛之聲，曲終而奏雅」[14]。顯然地，造成這種創作意圖與事實影響的背反，最主要的原因是賦這種文體的功能是寫物，而其表現方式則正如《文心雕龍・詮賦篇》所謂「鋪采摛文」。因此，在篇幅結構的比例中，「言志」的部分常不及十分之一。大部分的篇幅用在客觀景物夸飾的鋪寫。而所謂「言志」，其「志」並未有機性的融入景物的鋪寫中，僅是於篇末附加數語。這便使得「情志」與「景物」，也就是「題材」與「主題」形成無機性的疏離。由此，漢賦作品中的「情志」是在篇末以直接的語言陳述之，顯著卻又不重要。而其內容的側重面則轉移到客觀景物描寫，其語言之意涵並不指向作者主觀之情志，而指向客觀事物之認知。宇宙萬物森羅萬態，用以描述的語言當然也隨之繁複奧衍。如此一來，「賦」的「可詮釋性」遂由主觀情志之求解轉而為依藉語言的訓解以達到對客觀事物之認知。雖然，東漢以來，又逐漸走上與楚騷為近的言志抒情小賦，例如班固的〈幽通賦〉、張衡的〈思玄賦〉、〈歸田賦〉，以至魏晉六朝時代，如潘岳的〈閒居賦〉，陸機的〈歎逝賦〉。但賦的典範者，似乎仍是〈子虛〉、〈上林〉、〈兩京〉、〈三都〉之流。他們詮釋的興趣，也同樣指向這類語言繁複奧衍的長篇鉅構。我們綜觀薛綜、劉淵林等人對賦的註釋，其實只是語言訓詁的工作，用以註解疏通偏僻深奧的字詞語句，以解決讀者的語言障礙，甚少涉及作者情志的索解。語言訓詁，嚴格來說，只是文學批評先序的基礎工作，不能算是一種有特定詮釋方式的文學批評，因此魏晉六朝之註賦，實非延續兩漢箋釋詩騷的批評系統。

真正延續兩漢箋釋詩騷的批評系統，是顏延之、沈約等之註阮籍的〈詠懷〉詩。為什麼在魏晉眾多詩歌作品中，獨有阮籍〈詠懷〉被選為箋釋對象。最基本的原因是〈詠懷〉典型地延續了詩騷的創作型態——以「比興」的語言方式寄託了詩人對政教關懷的情志；故其「可詮釋性」亦與詩騷相同。《文選》李善註引顏延之曰：「說者阮籍在晉文代，常慮禍患，故發此詠耳」，而其〈五君詠•阮步兵〉亦云：「沈醉似埋照，寓詞類託諷」；所謂「寓詞類託諷」即指〈詠懷〉詩。鍾嶸《詩品》上卷評及阮籍詩亦以為〈詠懷〉之作言在耳目之內，情寄八荒之表，洋洋乎會於風雅」。就因為〈詠懷〉之作比興託諷，意旨遙深，才引起顏、沈的詮釋興趣，問題是他們雖極思能解釋作者的情志，卻未曾提出一套有效的方法，故鍾嶸《詩品》又云：「厥旨淵放，歸趣難求；顏延年註解，怯言其志」。今本《文選》李善註引顏延之的解釋並不多，但沈約的舊註卻不少，其解釋大致止於意逆，而略無論世，多大約概括其旨意，故李善云：「嗣宗身仕亂朝，常恐罹謗遇禍，因茲發詠，故每有憂生之嗟。雖志在刺譏，而文多隱避；百代之下，難以情測，故粗明大意，略其幽旨」。總括來說，顏、沈之註解阮籍〈詠懷〉之作，應是兩漢箋釋詩騷之進路，只是不管方法或效果，都沒有很好的成績。而且類似這種求解作者情志的箋釋，除顏、沈之註〈詠懷〉而外，竟然沒有其他人去做。兩漢箋釋式的批評，到魏晉六朝實在沒有得到很好的發展。

那麼，魏晉六朝的文學批評趨向是什麼？研究這一段文學批評史的學者，應該都會同意魏晉六朝文學批評的主要趨向就是：文體論的批評。所謂「文體論的批評」，即是以文體知識作為批評的主要理論依據，而其批評的終極標的也是在乎詮釋或評價作品是否完滿地實現某一文體的美學標準。因此，當時的文學家在批評方面最卓著的表現大約有二個層次：一是文體知識的建構；二是運用文體知識實際地對某一作品予以批評。這顯然是批評理論與實際批評相關的運作。

在理論上，文體知識的建構，從曹丕《典論·論文》提出：「奏議宜雅，書論宜理，銘誄尚實，詩賦欲麗」的「辨體」觀念以來，陸機的〈文賦〉、摯虞的〈文章流別論〉、李充的《翰林論》、任昉的《文章緣起》、以至劉勰的《文心雕龍》，莫不在致力於思考各種不同的文學形式體製或題材、功能類型，應該有什麼與之對應的美學標準——即所謂「體要」[15]。這基本上是一套客觀的語言美學。魏晉六朝文學家們所努力的就是去建構文學語言自身的藝術性規範。這是文學從工具地位取得獨立之後必然而且迫切的發展。但是，他們並沒有忽略運作著語言的「人」，作者的性情在文體的構成中究竟居於什麼樣的地位？這也是他們極度關懷的重點。以劉勰為例來說，他既思考到文體客觀的法式，即所謂「總其歸塗，則數窮八體」。這八種文體，皆有一定的語言法度，可以依藉摹習而實現，例如：「典雅者，鎔式經誥，方軌儒門」、「遠奧者，馥采典文，經理玄宗」、「精約者，覈字省句，剖析毫釐」……。因此，寫作者「宜摹體以定習」。然而，他同時也思考到，主體才性對於個人文體風格的主導作用，故又云：「吐納英華，莫非情性」，舉例來說，「賈生俊發，故文潔而體清」、「長卿傲誕，故理侈而辭溢」……。《文心雕龍》的〈體性篇〉正是說明了這種客觀之「體」與主觀之「性」辯證融合的文體觀念⑯。

不過，我們必須辨明一點，文體論的批評，雖然也考慮文學的主體性，但此種主體性的要求卻完全不同於兩漢箋釋詩騷之求解作者情志。其間主要的差異有二：㈠兩漢箋釋詩騷所求解的作者情志，指涉的是在某一特定個別發生的事實經驗中，作者心裡的感受或意圖，因此這「情志」是發生性的、是殊別性的，每一作品的「情志」皆不相同。但是在文體論的批評中，所謂主體情性，指涉的卻是對某一主體性情概括性的、類型性的描述。例如：「俊發」概括地描述了賈誼的性情類型，而「傲誕」則概括地描述了司馬相如的性情類型，此一主體不必繫屬某一已發生的特殊事實，它是總體地存在著的。㈡情志批評，其終極目的是從作品以尋求作者的情志，而文體批評卻是從作者的性情以理解作品的體貌。作者性情不是批評的終極標的，而只是作為理解作品的參考條件。因此，前者是讀者→作品→作者（情志）的批評歷程；而後者則是讀者→作者（性情）→作品（文體）的批評歷程。

這樣區別非常重要。因為，在文體論的批評中，也時常會出現「情」、「志」這些語彙，例如《文心雕龍》的〈宗經篇〉：「情深而不詭」、〈體性篇〉：「情動而言形」、〈情采篇〉：「文章述志為本」、〈附會篇〉：「以情志為神明」。這就很容易讓我們混淆，以為文體論的批評也是求解作者情志，與兩漢的箋釋系統無異。通過上述的區別，我們可以肯斷，魏晉六朝的文體論批評與兩漢的情志批評是完全不同的進路了。

在這大趨向中，劉勰的批評觀念並沒有什麼特異。他所主張的也是文體論的批評，如果我們瞭解了《文心雕龍》整個理論體系，就可以同意這一判斷。即使不然，僅就〈知音篇〉所謂「六觀」的第一觀：「觀位體」，也可以得到直接的證明，後文再詳作討論。那麼在這一文體論的批評趨向中，劉勰提出「六觀」的批評標準與方法有什麼價值意義？這個問題，劉勰已自己作了回答。

魏晉六朝的文學家，除了在理論上致力於文體知識的建構之外。在作品的實際批評上，也同樣趨向於整體風格體貌的評斷。在曹丕《典論．論文》中，對建安七子的批評即是典型，所謂「徐幹時有齊氣」、「琳瑀之章表書記今之雋也」、「應瑒和而不壯」、「劉楨壯而不密」、「孔融體氣高妙，有過人者，然不能持論，理不勝辭」，這些評斷，明顯的是對某一家作品或其中一項文類，從文體的觀點作出整體性風格的描述及評估。他在〈與吳質書〉也作了類似的批評。而這種批評，在現存李充《翰林論》的片段⑰、劉勰《文心雕龍》、鍾嶸《詩品》中更是普遍。此外，在各家單篇文章中，也頗為常見，例如：曹植〈與吳季重書〉、卜蘭〈贊述太子賦〉、傅玄〈連珠序〉、皇甫謐〈三都賦序〉、劉淵林〈注左思蜀都賦序〉、謝靈運〈擬魏太子鄴中集詩序〉、梁簡文帝〈與湘東王書〉、蕭統〈答湘東王求文集及詩苑英華書〉、〈陶淵明集序〉、沈約〈報王筠書〉、〈宋書謝靈運傳論〉、〈任昉墓誌銘〉、謝朓〈與王儉書〉、王僧孺〈詹事徐府君集序〉、〈任府君傳〉、滕王逌〈庾信集序〉，而特別要注意的是陸雲有三十五首〈與兄平原書〉，更是大規模地批評到陸機及其他家的文學作品⑱，上列的實際批評都是從文體的觀點，針對某家、某類，某篇作品，作出整體性風格的描述及評估。尤其作品評價，更是批評的要點。

在這種批評趨向中，或因為主觀的偏見，或因為批評知識的不足，已形成許多批評上的流弊。劉勰在〈知音篇〉中，開頭始就感慨「音實難知」、「知實難逢」，接著便對當前及古代的批評實況作了大概的反省，而指出批評上的三種偏差：一是「貴古賤今」，二是「崇己抑人」，三是「信偽迷真」⑲。顯然的，第一、二種偏差是由於主觀心態上的價值偏見所造成文學批評上評價的誤謬，而第三種偏差則是由於批評知識的不足，所造成認知上的誤謬。因此，他建議批評者一則「不偏於愛憎」，以避免在評價上受到主觀情欲的干擾而失去客觀性。二則「務先博觀」，以補救認知上的不足。然而，假如劉勰對於文學批評所提出的見解僅止於此，那就談不上什麼價值意義。因為這種見解只是一般性常識，缺乏一套客觀的、系統的、有效性的規範，以解決文學批評上的誤謬。因此，他在當時文體論的批評趨勢中，最具價值意義的貢獻，便是提出「六觀」的批評標準與方法。使得整個文體論的批評轉型到客觀化、系統化、規範化的階段。

我們綜觀魏晉六朝有關文體知識的結構，最重要的焦點是在：㈠詩、賦、頌、讚、章、表……等，各種文學體類的歷史起源，以及「體製」與「體要」如何相應的美學規範，摯虞的《文章流別論》、李充的《翰林論》、任昉的《文章緣起》及劉勰《文心雕龍》從〈明詩〉到〈書記〉二十篇，主要就是在建構這種知識。至於鍾嶸《詩品》，以詩為特定文類，尋求各家風格的「體源」，採取的不是歷史實證而是風格比觀的方法，則是很特殊的一種文體知識，值得另外詳作討論。㈡針對文學語言本身，從字句的安排鍛鍊、篇章的結構、聲律的講求，以至乎各種修辭技巧及表現原則，進行語言美學的思考。就這方面來說，《文心雕龍》從〈定勢〉到〈總術〉，可以說建構了一套極有系統的知識。㈢從創作主體的立場，探討到主體性情在文體構成中的作用。以及如何引觸動機、想像、構思等創作心理過程。陸機的〈文賦〉、與劉勰《文心雕龍》的〈神思〉、〈體性〉、〈風骨〉、〈才略〉、〈物色〉等篇，對於這方面的知識，頗有貢獻。

然而，上述三種文體知識，卻都是從創作者或作品本身所作的探討。魏晉六朝實際的文學批評雖然非常興盛，但奇怪的是甚少理論家從鑑賞者的立場，去省察如何建立一套客觀性、系統性、有效性的批評標準與方法。然而，所謂文學批評，只是各憑所知與所好，進行主觀印象性、情緒性的判斷。在這種批評的風氣中，劉勰特別為鑑賞者設想，而提出「六觀」之說，讓批評有一套客觀的規範可為依循，而由作者與作品立場所建構的文體知識，不但可以落實在創作的指導上，同時也可以落實在批評的指導上，而形成一套作者、作品、讀者「系統整合」的文體論。準此，則其「六觀」之說，在當時文體論的批評趨向中，價值意義實為重大。

四、劉勰〈六觀〉的批評方法，對文學作品的詮釋與評價有何效用與限制？

前文討論過，劉勰雖使用「知音」一詞以指稱文學批評活動。然而，他並未繼承《列子》知音故事原始所蘊涵的批評意義——以「默會感知」的方式詮釋作者即作品的情志；而將它轉化為透過作品語言結構的分析以評估作品的優劣。故「六觀」主要的批評效用是作品的評價而非作者情志的詮釋。

然而，劉勰似乎沒有區分出這兩種不同的效用。在〈知音篇〉中，從一開始對當時或前代批評狀況的檢討，其所批判的偏差現象，所謂「貴古賤今」、「崇己抑人」皆明白是作品評價的活動，「六觀」之提出，正是為了對治諸種作品評價的誤謬，故云「斯術既形，則優劣見矣」，也就是劉勰明指「六觀」是作品評價的有效方法。但是，他卻又另外說出與這一觀念似不相干的話。

> 將閱文情，先標六觀。
>
> 夫綴文者情動而辭發，觀文者披文以入情，沿波討源，雖幽必顯。世遠莫見其面，覘文輒見其心。豈成篇之足深，患識照之自淺耳。夫志在山水，琴表其情；況形之筆端，理

將焉匿。

所謂「文情」指的是是什麼？郭紹虞《中國歷代文論選》注解為：「文，指作品的文辭。情，指作品所反映的生活與情感」。「生活」應該是日常種種生存活動的狀況，而「情感」指的應該是感受生活所產生的情緒。這不是主體概括性的情性類型。假如這種解釋成立，那麼所謂「將閱文情，先標六觀」，即顯示著「六觀」是求解作品所反映作者情志的批評方法了。再從上引第二段文字來看，所謂「世遠莫見其面，覘文輒見其心」，則批評的終極標的乃在詮釋作者之「心」，「心」指涉的是在發生事實經驗下，主體的心靈動向，也就是所謂「情志」。而從劉勰直接引用「知音」故事：「志在山水，琴表其情」，我們更有足夠的理由判斷，他又將「六觀」視為一套詮釋作品或作者情志的批評方法。牟世金〈劉勰的批評理論與實踐〉⑳就認為：

> 他自己說得很清楚：「將閱文情，先標六觀」。正是為了探索作品的「情」——思想內容，才主張先從這六個方面著手的。……劉勰所要考察的這六個方面，既要通過它們來探索作品的思想內容，也就是要看他們能否很好有表達內容。

牟世金的這種說法乃是順著劉勰〈知音〉篇的意義脈絡所作的解釋，也就同樣混淆了「詮釋情志」與「評估優劣」兩種批評效用。問題是：作品表現了什麼思想內容？與作品能否很好地表達內容？這並非完全等同的兩種批評活動，所使用的方法也各有差異。「六觀」可以作為評估作品優劣的一套方法，應該沒有什麼爭議。但運用這套方法是否能達到詮釋作品或作者情志的批評效用，卻是值得質疑。要解決這個問題，首先就必須正確地解釋「什麼是六觀」。過去，學者們在這方面的研究已有相當成績。綜合來看，從「二觀置辭」以下，雖也有人主張「觀事義」涉及作品內容的批評[21]，但絕大多數的學者都認為「置辭」以下五觀，是對作品語言藝術技巧的評估，因此沒有太大的爭議。爭議的焦點集中在「一觀位體」，爭議的問題是「觀位體」所觀的是什麼？其說法大致可分為下列兩類：

甲、觀位體，就是觀察作者能否依據題材（或情志內容、或主題）的性質，而安排適當的體裁，實現合宜的文體[22]。

乙、「位體」的「體」字，指的不是「體裁」，而是「本體」、「綱領」，也就是作品的主題思想。所謂「觀位體」，就是要看作品的主題思想「規範」得如何[23]？

甲類是一般傳統的說法，乙類則是反對傳統的說法而另立新說，其主要的理由是宏觀《文心雕龍》乃是反形式主義的批評，因此特別強調作品的主題思想。這種說法，其實已誤解了「文體」的觀念。魏晉六朝的「文體」觀念絕不只是脫離「內容」而純為「形式」的意義。所謂「位體」，當然也不只是脫離內容，而純為語言形式的巧構。「文體」的終極意義，乃是形式與內容，主觀情志與客觀體製辯證融合之後的總體表現[24]。甲類的學者，也並沒有將「位體」解釋為純是語言形式的巧構。而在乙類的說法中，繆俊杰《文心雕龍美學》說：「觀位體是說批評家和鑒賞家在分析作品時，第一步要看文章的主題」。孫文勛與杜東枝的《文心雕龍簡論》卻說：「觀位體就是看作品的主題思想「規範」得如何？」這兩種說法基本上也存在些差異。什麼差異？這牽涉到批評的「終極標的」問題，也就是一項批評活動最終的目的是企圖獲致什麼知識。說「觀位體是看文章的主題」，則批評的終極標的便是求解作品的情志內容，至於這「情志」如何表現？表現得恰不恰當？便不是這項批評最終所要獲致的知識了。但若說「觀位體即是看作品的主題思想「規範」得如何？」則其批評的「終極標的」便不在乎詮釋主題思想是什麼，而在乎這主題思想如何被確立而恰當地表現出來。這個觀念乃是取自《文心雕龍·鎔裁篇》：「規範本體謂之鎔」。「本體」指「情理設位」、「檃括情理」的「情理」，是指作品的主題思想，大致不錯。但問題是拿什麼「規範」去「規範」這主題思想？在《文心雕龍》文體論體系中，這「規範」乃是「體製」與「體要」相應的文體規範，殆無疑義。那麼，張、杜二氏雖欲另立新說，但由於對文體觀念認識不清，其說與舊義並無太大的差別。倒是繆俊杰的說法，有背離文體論批評而導入作者或作品情志批評的傾向，頗須辨明。

「觀位體」所觀究竟是什麼？劉勰自己在其他篇章中已有呼應的答案。而學者們在解釋「觀位體」時，也都引用這些相關資料作為參證，其主要有下列三條：

夫情致異區，文變殊術，莫不因情立體，即體成勢……章表奏議，則準的乎典雅；賦頌歌詩，則羽儀乎清麗；符檄書移，則楷式於明斷；史論序注，則師範於覈要；箴銘碑誄，則聽制於宏深；連珠七辭，則從事於巧豔，此循體而成勢，隨變而立功者也。〈定勢篇〉

情理設位，文采行乎其中……草創鴻筆，先標三準：履端於始，則設情以位體。〈鎔裁篇〉

夫才量學文，宜正體製，必以情志為神明，事義為骨髓，辭采為肌膚，宮商為聲氣。〈附會篇〉

我們認為假如要利用上述三條資料，讓「觀位體」的批評效益得到正確的解釋，則必須先理清兩種觀念：一是情志的層級性；二是批評的終極標的性。

上引〈附會篇〉藉人體的結構以喻示文學作品的結構，這結構不只是形式意義的結構，而是形式與內容辯證性的結構。在這結構中，「情志」有如人體的精神，是作品生命的根本所在。因此，在批評活動中，第一要觀察的也就是這「情志」在整體結構中如何被確立、安排與表現。但「情志」有其層級性。第一個層級是「人性論」上的概念，「情」是屬「氣質性」的範疇，泛指氣性所發動的一切感覺經驗，〈樂記〉云：「民有血氣心知之性，而無哀樂喜怒之常，應感起物而動，然後心術形焉」，又云：「人生而靜，天之性也，感於物而動，性之欲也，物至知知，然後好惡形焉」。性是靜的常態的存在，而情則是動的殊態的存在。這時，「情」乃相對於「理性思考」的概念，涵義非常廣泛。而「志」，若只作為普通語言，其一般性的涵義，即是《說文》

所云：「志，意也」，泛指人心中一切意念。至於先秦兩漢「詩言志」，將「志」界定為以「政治道德」為實質內容的意志，則是將「志」字作為歷史語言，納入儒家文學觀念系統中所作的解釋。其界義已較狹窄，應該是下一個層級的概念。「情志」的第二層級概念，指涉的是某一類型具有特殊性質的情感意念。就「情」而言，例如喜、怒、哀、樂各類不同性質的情，男女、親子、兄弟、家國、山川景物等各類不同性質的情。而就「志」而言，例如對政治、道德、功利、人生等各類不同性質的意念。這一層級的「情志」是類型性的，雖然它是已發生的經驗或意念，也有相對的特殊性質，但卻不是就一個別主體當下單一性的經驗或意念而言，而是概括普遍主體某一類型共同的經驗或概念而言，因此它具有概括性、類型性。以儒家之政治道德觀作為實質內容所規定的「志」，乃在這一層級中。而以對物色直覺感發的情作為實質內容所規定的「情」，也是在這一層級中。「詩言志」與「詩緣情」之為兩個相對的觀念系統，必須將「情」、「志」放在這一概念層級中，各給予特殊實質內容的規定，才能得到正確的理解。「情志」的第三層級概念，指涉的是一個別主體在一特定的時空背景中，就個別發生的事實經驗所引生的情感或意念。以男女愛情來說，不是泛指所有男女的愛情，而是某一個人的愛情，不但是某一個人的愛情而且是某一男子與某一女子的愛情，更進一步說是這特定的男女兩人在某一特定的時空背景下所發生的愛情活動經驗。因此這種「情志」是單一的、偶然的、不可重複的。不但每一作者之情志不同，即是同一作者的每一篇作品的情志亦各自不同。以歷史、傳記批評法所欲詮釋的作者或作品情志，多屬這一層級的「情志」概念。總結來說，「情志」有一般性、類型性、個別性三種層級概念。

所謂批評的「終極標的性」，在前面已約略提到過，即是指涉一項批評活動，其最終所欲成立的知識是什麼。以西方的批評活動來說，歷史或傳記批評，其最終的標的即是認知作者的意圖。而形構批評，其最終的標的即是認知作品語言結構中的意義及藝術性。再以中國古典文學批評活動來說，兩漢箋釋詩騷的這種批評活動，其最終的標的乃是認知作品言外所寄託的作者情志，而魏晉以來的文體論批評，其最終的標的則是認知作品本身是否完滿地實現某一文體。

假如我們依藉上述二種觀念，以檢證前引的三段資料，便可以讓「觀位體」獲致正確的解釋。首先，〈附會篇〉所云乃是對文學作品的立體結構進行分解性的一般說明，所謂「以情志為神明」的「情志」乃第一概念層級的意義，指涉的是一般性的情感意念，或許有人會以為劉勰既提倡「徵聖」、「宗經」，則其「情志」內容應該是儒家的政治道德意志。這種說法並不瞭解劉勰徵聖、宗經的真正用意，他之所以徵聖、宗經，並不是主張文學作品必然要以儒家思想為唯一內容，而是將經典視為理想文體，是為創作的模範，故〈宗經篇〉明白指示「文能宗經，體有六義」，換句話說，他是在「文體」觀念下宗經，而不是在「載道」的觀念下宗經，「文體」才是第一義。準此，他的「宗經」與宋儒的「宗經」根本不同。那麼，劉勰對於文學作品的「情志」內容包含很廣，不積極地作特定實質內容的規定，而只消極地作了「不詭」（〈宗經篇〉）的原則性限制而已。

至於〈定勢篇〉、〈鎔裁篇〉所謂「因情立體」、「設情以位體」，這裏的「情」當包括了「志」

的概念，而此一「情志」已屬第二概念層級的類型性意義。為什麼？因為這二個地方所論，並非對文學作品的整體結構作一般性說明，而是開始探討到文學創作先前的步驟，即如何依據「題材」及「主題」（情志內容）以配置適當的文體，劉勰舉例說明：像「章表奏議」就必須配置「典雅」的理想體式。「章表奏議」包含了「題材類型」（或說情志類型）及體製形式二層意義，而「典雅」乃〈體性篇〉中所謂「八體」之一，乃是一種「體式」，也即是標認的「風格類型」。「章表奏議」這一「題材類型」及體製形式最適合的「風格類型」即是「典雅」，如此完滿相配的美學要求，就是所謂的「體要」[25]。文學創作開始的這個步驟，便是「因情立體」、「設情以位體」，乃創作成敗的第一關鍵。反之，讀者去批評作品，首先要觀察的也就是「位體」是否成功。那麼，何以說在這步驟中的「情志」已是類型性意義？因為所謂「題材」及「主題」都是已發生而具有特定性質的經驗材料，故非第一層級中一般概念意義的情志。例如「章表奏議」的「題材」及「主題」，其性質當與「賦頌歌詩」不同，這就是劉勰在〈定勢篇〉開始，所謂「情致異區」。「區」者，區域、範圍，也即是類別的意思。而「體製」與「體式」都具有規範性，並有定數，因此與它相對應的「情志」當然也就不是第三層級中，那種單一性、偶然性，每個作品都獨一無二的情志。很顯然的，在文體規範下的「情志」，是從個別情志概括而得的，也就是某一共同性質的情志類型。

另外，從「因情立體」、「設情以位體」這兩個語句來看，「體」才是終極標的，而「情」則只是依藉的條件。換句話說，依藉「情」的條件而終極地形成文體，「體」乃是最後所要實現的成果。創作如此，相對的批評也是如此。「觀位體」，當然也要觀察其「情」；但觀察其情，並非終極標的，而只是將它當作條件，最終要觀察的是有沒有依藉「情」的條件而完滿地實現文體，從而評估其優劣。這才是真正文體論的批評。

綜合以上的討論，甲類學者的解釋完全正確，乙類學者雖另立新說，卻已背離《文心雕龍》文體論批評的系統。而所謂「六觀」的批評方法，它的效用是評價性的。為了說明評價的理由，當然不免有詮釋性的行動，但一方面是所詮釋者乃是作品的語言藝術性（自二觀置辭以下）及作品內容中的情志類型（一觀位體）；另一方面是這種詮釋行動，只是批評過程的手段，而不是終極標的，其終極標的，應該是以文體的標準去評估作品的優劣。準此，則這套方法的限定即是不能用以終極地詮釋作者某一作品中的個別情志，其與兩漢的箋釋詩騷實為兩種不同的批評進路。而劉勰自謂依此「六觀」的批評方法，能「覘文如見其心」，顯然混淆詮釋與評價的批評效用。這是由於他雖然將「知音」的批評意義由「默會感知」以悟作者情志轉向由「語言分析」以評估作品優劣，但是卻仍然殘留著「知音」故事原始所蘊涵的意義。

五、結論

綜合以上的討論，我們可以得到以下的判斷：

《列子》所載「知音」的故事，其原始所蘊涵的文學批評意義，乃是以「默會感知」的方式，直接體會作品即作者內在的情志。這種批評方式，充滿神秘經驗的色彩，完全訴諸「創作主體」與「鑑賞主體」兩心相應的直接感通，它雖然無法成立批評知識，卻開示了中國文化活動中個體生命內在心靈相互感通契合的最高理想。

兩漢箋釋《詩》、《騷》，將孟子「以意逆志」與「知人論世」的方法交互運用，在實際批評中，開展出詮釋作者情志的批評系統。此一系統的批評終極標的乃在於詮釋寄託言外的作者情志，從這一點來說，頗與「知音」原始涵義為近。但是，他除了主觀體會之外，更以「知人論世」達到作者情志的客觀印證。就這批評方法而言，則又與「知音」的原始意義不同。

兩漢詮釋作者情志的批評進路，原以「經學」的性格出現，到魏晉六朝時，卻沒有被運用於文學批評，而得到更精密的發展。這套批評方法，要等到明清箋釋前代詩文集，才被重新提出運用。治理「中國文學批評史」者一向忽視這一系統的認識，應該重新加以研究。至於魏晉六朝箋釋文學作品，則僅止於長篇大賦的語言文字訓詁，不涉及作者情志的箋釋。顏延之、沈約之箋釋阮籍〈詠懷詩〉，卻又頗為粗略，成果並不理想。

因此，魏晉六朝文學批評的主要趨向乃是文體論的批評，以文體知識作為批評的理論依據，而其批評終極標的則是觀察作品是否完滿地實現某一文體，從而評估其優劣。然而，當時這種文體論的實際批評雖頗為興盛，卻很少有人從批評者的立場，提出一套客觀性、系統性、有效性的批評方法，因此批評的結果往往由於主觀成見與認知不足而造成嚴重的偏差。

在這趨向中，劉勰以「知音」指稱文學批評活動，而提出「六觀」這套客觀性、系統性、有效性的批評標準與方法。他雖用「知音」一詞，但卻從「默會感知」以體會作品即作者情志轉向「語言分析」以評估作品文體的優劣，不管就批評的終極標的性或方法而言，都已脫離「知音」的原始涵義。至於，在這文體論的批評趨向中，他提出這套「六觀」批評標準與方法，其最大的價值意義，是讓文體論的批評有客觀的規範可循，而由作者與作品立場所建構的文體知識，不但可以落實在創作的指導上，同時也可以落實在批評的指導上而形成一套作者、作品、讀者「系統整合」的文體論。

「六觀」這套方法主要的批評效用是作品藝術性的評價，而不是作者情志的詮釋。在批評過程中，其所涉及的詮釋性活動，一為作品的「題材類型」(或說情志類型)的說明，而所謂「情志」也是類型性而非個別性的情志。二為作品語言結構意義及藝術性的說明。但這些詮釋只是批評論證過程中的手段，其終極標的則是觀察作品是否完滿地實現文體，從而評估其優劣。但劉勰自己在〈知音篇〉中卻不免混淆了「六觀」之法的批評效用，而不明此法的限定即是不能用以求解作者在某一作品中的個別性情志。

中國文學批評發展到魏晉六朝，「作者情志」與「作品文體」的兩大批評體系已告完成。後代的文學批評，多是這兩大批評體系的延續發展。至於其發展的詳細狀況如何，則有待學者進一步的研究。

附註：

❶ 參見衛里克(Wellek)《文學理論》(Theory of Literature Third Edition)，台北大林出版社，梁伯傑譯，第一篇第四章。

❷ 參見徐復觀〈文心雕龍的文體論〉，收入《中國文學論集》，台北學生書局。廖蔚卿《六朝文論》第十一章，台北聯經出版社。沈謙〈文心雕龍——「六觀」之析論〉，一九八六年台大《文學批評研討會論文集》。陳慧樺〈從中西觀點看劉勰的批評論〉，收入《文學創作與神思》，台北國家書店。田鳳台〈劉勰知音篇之研究〉，收入王更生編《文心雕龍研究論文選粹》，台北育民出版社。陸侃如、牟世金《劉勰論創作》，安徽人民出版社。張少康《文心雕龍新探》十三〈知音論〉，齊魯書社。詹鍈《劉勰與文心雕龍》第六節，中華書局。繆俊杰《文心雕龍美學》頁二六七至頁二八九，文化藝術出版社。張文勛、杜東枝《文心雕龍簡論》，人民文學出版社。杜黎均《文心雕龍理論研究和譯釋》，台北谷風出版社，等等。

❸ 這篇論文公開宣讀之後，收入《中國文學批評》年刊，但至目前尚未印行，筆者所見為手稿。

❹ 發生意義，在這裡指涉一件發生的事實，其本身所具備的特殊意義。

❺ 本質意義，在這裡指涉一件發生的事實，具有表徵事物存在的普遍本質性意義。

❻ 參見《易經・繫辭傳》：「易無思也，無為也，寂然不動，感而遂通天下之故」，又《莊子・大宗師》：「子桑戶、孟子反、子琴弦三人相與為友……三人相視而笑，莫逆於心」，又《指月錄》卷一載釋迦牟尼於靈山會上以超越言辯的方式傳心法予摩訶迦葉。

❼ 參見王文進《論六朝詩中巧構形似之言》，台灣師範大學國文研究所集刊第二十三號。陳昌明《六朝「緣情」

觀念研究》，國立台灣大學中文研究所碩士論文。蔡英俊《比與物色與情景交融》，台北大安出版社。龔鵬程〈從呂氏春秋到文心雕龍——自然氣感與抒情自我〉，收入《文心雕龍綜論》，台北學生書局。

❽ 這篇論文收入葉嘉瑩著《中國古典詩歌評論集》；台北純真出版社。

❾ 參見畢萬忱、李森著《文心雕龍論稿》頁一五二到一五三，齊魯書社。

❿ 「知人論世」之說，《孟子》原義本為道德之修養提示進路，並不為文學批評而發。漢代解詩，始將此法應用於考證作品之時代背景或作者處境，而成為文學批評的重要方法。

⓫ 焦循《孟子正義》云：「所謂逆志者何？他日謂萬章曰：頌其詩，讀其書，不知其人可乎？是以論其世也。正惟有世可論，有人可求，故吾之意有所措，而彼之志有可通。……故必論世知人，而後逆志之說可用之。」另詳見顏崑陽〈李商隱詩箋釋方法之檢討〉，台灣師範大學《中國學術年刊》第十一期。

⓬ 張衡〈思玄賦〉，摯虞《流別》題云衡注，李善則懷疑為衡自注，然亦未詳注者姓名，故姑存舊說，見《文選》卷十五〈思玄賦〉李善注。

⓭ 見《漢書．揚雄傳》。

⓮ 見《漢書．司馬相如傳贊》。

⓯ 參見徐復觀〈文心雕龍的文體論〉。顏崑陽〈論文心雕龍辯證性的文體觀念架構〉，收入《文心雕龍綜論》，台北學生書局。

⓰ 同註⓯。

⓱ 見嚴可均輯《全上古三代秦漢三國六朝文》卷五十三。

⓲ 以上諸篇，皆見嚴可均《全上古三代秦漢三國六朝文》。

⓳ 一般都認為是三種偏差，周振甫《文心雕龍注解》則益以「知多偏好，人莫圓該」。然從〈知音篇〉語意脈絡來看，周氏之說有誤。前三種偏差是說「知實難逢」。而「文情難鑒，誰曰易分」與「篇章雜沓，質文交

加，知多偏好，人莫圓該」兩者是說「音實難知」。

⑳ 見陸侃如、牟世金著《劉勰論創作》頁二十八至三十一，安徽人民出版社。

㉑ 例如杜黎均《文心雕龍理論研究和譯釋》頁四三云：「我以為位體，事義是指作品的內容方面」。

㉒ 參見徐復觀〈文心雕龍的文體論〉第五節「文體論的效用」。廖蔚卿《六朝文論》第十一章。沈謙〈文心雕龍——「六觀」之析論〉。佩芝〈文心雕龍的批評論〉，《文學遺產》增刊十一輯。陸侃如、牟世金《劉勰論創作》。詹鍈《劉勰與文心雕龍》、張少康《文心雕龍新探》。上列諸著作，出版地自點參見註❷。

㉓ 參見繆俊杰《文心雕龍美學》、張文勛、杜東枝《文心雕龍簡論》。出版地點見註❷。

㉔ 參見資料同註⓯。

㉕ 參見資料同註⓯。

皎然《詩論》研究

王金凌

陳振孫曾以辨體十九字概括皎然詩論要義[1]。這是隱括皎然《詩式》中語而成。今存皎然《詩式》辨體有一十九字條說：「其一十九字，括文章德體，風味盡矣，如易之有彖辭焉。」則皎然論詩，以德為體，以德為風味。然而德是什麼？德何以能為體、為風味？這是討論皎然詩論猶待用心之處。

皎然詩論見於所撰《詩式》一書。今日所見各本《詩式》已非初撰原貌，編次、詳略各有參差。因此，討論皎然詩論不能不略知其書梗概，而後就今存《詩式》鉤稽其詩論系統。

一、文獻稽考

關於皎然詩論文獻，許清雲取材最豐，稽考最詳[2]。此處所述，著重整齊其事，輔以推論，並自許清雲所編《皎然詩式輯校新編》一書鈎勒皎然詩論大綱。

皎然詩論文獻存於《詩式》一書，這是學者的共識。至於皎然是否還有其它詩論著作，學者之間頗有異說。這個問題是因目錄著錄和典籍引錄而引起的。今條陳如下：

第一，皎然自名其書為《詩式》。

第二，目錄著錄和典籍引錄都提到《詩議》、《詩評》或《評論》等名稱。

第三，《詩議》一名最早見於日僧空海《文鏡秘府論》引錄皎然論詩語時所題。空海在唐憲宗元和元年（西元八〇六年）返國，因此《文鏡秘府論》只流傳於日本。至清末，始由楊守敬携回中國。前此，中國人不知有此書。但是國人典籍中也有《詩議》一名，那是南宗陳應行《吟窗雜錄》引錄皎然論詩語時所題，而《吟窗雜錄》又本於北宗蔡傳的《吟窗雜詠》。如果比較《文鏡秘府論》和《吟窗雜錄》所引皎然論詩語，除了前者所引多四條之多，其餘皆同。至於目錄著錄，最早見於陳振孫《直齋書錄解題》文史類，而後馬端臨《文獻通考》經籍考文史類也著錄。則陳振孫、馬端臨都視《詩議》為一論詩著作。

第四，《詩評》一名首見於唐元和初李肇《國史補》卷下，並稱有三卷。此後，《新唐書・藝文志》文史類、《通志・藝文略》詩評類也著錄三卷。至於宋《四庫闕書目》別集類、《宋史・藝文志》文史類，則著錄一卷。《詩評》有目無文，與《詩議》見錄於前人典籍者不同。

第五，《評論》一名僅是《吟窗雜錄》引錄皎然論詩語所題。

上述目錄著錄和典籍引錄的情況引起兩個問題。第一，《吟窗雜錄》所引皎然論詩語而題為

《評論》者，是否即李肇《國史補》所稱「詩評」的內容？第二，由於皎然只自名其書為《詩式》，那麼，《詩議》和《詩評》（或《評論》）究竟是與《詩式》分立的著作？或原屬詩式的內容，而後人徵引時新立的標題？

關於第一個問題，無法考證。學者都懷疑《吟窗雜錄》所題的評論可能就是目錄著錄詩評的內容❸。

至於第二個問題，則仁智互見。羅根澤認為《評論》（即《詩評》）是割裂《詩議》而成，《詩議》和《詩式》是兩本著作。郭紹虞也認為《詩評》是割裂《詩議》而成，但是懷疑《詩議》原是《詩式》中的一部分。許清雲贊同郭紹虞的說法，並進而區分《詩式》一書中所含的三部分內容（即詩式、詩議、詩評）應是如何❹。

如果就《文鏡秘府論》和《吟窗雜錄》不相因襲、分別引錄皎然論詩語、而俱題出處為《詩議》來看，似乎《詩式》與《詩議》是兩本著作。則羅根澤的推測似可成立。如果就今存皎然《詩式》和其他文章不曾提到《詩議》而言，似乎皎然本無《詩議》一書。則郭紹虞的說法似可成立。雖然這兩種推測各有其理據，卻互相排斥。因此，似可設想足以包容這兩種推測的第三種推測。此即皎然的論詩著作名為《詩式》，而〈詩議〉為其中某卷標題。如此即可解釋何以《文鏡秘府論》和《吟窗雜錄》不謀而合，俱題所引皎然論詩語為〈詩議〉，因為古人注出處有題書中篇名或為書中部分內容立篇名之例。再者，也可以解釋皎然何以不曾提到〈詩議〉，因為〈詩議〉本非書名，而是《詩式》中的某卷標題。第三種推測的理由是依據《詩式》內容的性質。由於內容的性質將涉及許清雲對《詩式》內容的區分，因此，第三種推測的理由在此暫時停止說明，詳見下文。

許清雲既贊同郭紹虞的說法，以〈詩議〉即《詩式》中的一部分，又進而討論《詩式》中所含的三部分內容，則許氏的區分有兩項隱而未顯的假設。第一，皎然《詩式》原有三部分內容，後人引錄時，分別題其出處為〈詩式〉、〈詩議〉、〈詩評〉。第二，今存各本《詩式》內容的編次已經淆亂，〈詩式〉（指部分內容的標題）、〈詩議〉和〈詩評〉是後人所分的三部分內容，尤其指《吟窗雜詠》和《吟窗雜錄》的作者。許清雲區分《詩式》三部分內容的情況時，並未說明基於那一項假設。如果基於第一項假設，則可以取今存《詩式》內容中敘體例之語覆勘，以考察皎然是否將《詩式》區分為三部分內容。這三部分內容是否大略可用〈詩式〉、〈詩議〉、〈詩評〉等標題。如果基於第二項假設，則是考察後人區分《詩式》為三部分內容的實情，或探討後人如何區分三部分內容。如果是前者，則比對各種版本引皎然論詩語所注出處即可。如果是後者，則須探討後人區分詩式為三部分內容所依的準則。今觀許清雲的探討，係比對各種版本引皎然論詩語所注出處[5]，則其目的在考察後人區分《詩式》為三部分內容的實情。於是許氏的區分係根據前述第二項假設，即稽考宋人區分《詩式》為三部分內容的實情。這在文獻整理上可說極有貢獻。

許氏的區分是分類工作。分類背後常隱含分類者對所分類事物的系統預存某觀念或思想。因此，將《詩式》復原至宋人所區分的三部分內容意謂探討宋人對皎然詩論系統的觀點，而不是就皎然所述言其詩論系統。因此，拙文試就今存《詩式》文詞考論其書綱領。而將問題從《詩議》、《詩評》和《詩式》之間的關係轉變為三者在皎然自編《詩式》中的相應內容是什麼。進而標舉皎然詩論大綱。

今存《詩式》述體例之語有五條頗為重要❻。從這五條文獻可以略窺詩式成書、編次、和大綱。

1. 貞元初，予與二三子居東溪草堂。每相謂曰：「世事喧喧，非禪者之意。……吾將深入杼峯，與松雲為侶，所著詩式及諸文章，并寢而不紀。」……至五年夏五月，會前御史中丞李公洪自河北負譴，遇恩再移為湖州刺史。……予素知公精於佛理，因請益焉。……他日，言及詩式，予具陳以夙昔之志。公曰：「不然。」……因請吳生（季德）相與編錄。有不當者，公乃點竄之，……勒成五卷。（五卷本《詩式》中序）

2. 夫詩者，衆妙之華實，六經之菁英。雖非聖功，妙均於聖。彼天地日月玄化之淵奧，鬼神之微冥，精思一搜，萬象不能藏其巧。其作用也，放意須險，定句須難，雖取由我衷，而得若神表。至如天真挺拔之句，與造化爭衡，可以意冥，難以言狀，非作者不能知也。洎西漢以來，文體四變，將恐風雅寖泯，輒欲商較，以正其源。今從兩漢以降，至於我唐，名篇麗句，凡若干人。使無機者坐致天機。若君子見之，庶有益於詩教云。（五卷本《詩

式》）

3.夫詩人造極之旨，必在神詣。得之者妙無二門，失之者邈若千里，豈名言之所知乎！故工之愈精，鑒之愈寡，此古人所以長太息也。若非通識四面之手，皆有好丹非素之失僻，況異於此乎？今所撰詩式，列為等第，五門互顯，風韻鏗鏘，使偏嗜者歸于正氣，功淺者企而可及，則天下無遺才矣！時在吳興西山，殊少詩集，古今敏乎，不無闕遺，俟乎博求，續更編次，冀覽之者悉此意焉。（五卷本《詩式》）

4.詳曰：古人於上格分三品等，有上上逸品，今不同此評，但以格情竝高，可稱上上品，不合分三。文雖有事非用事，若論其功，合入上格。又有三字物名之句，仗語而成，用功殊少。……若情格極高，則不可屈。若稍下，吾請降之於高等之外，以懲後濫。如此則詩人堂奧，非好手安可捫其樞哉！又宮闕之句，或壯觀可佳，雖有功而情少，謂無含蓄之情也，宜入直用事中，不入第二格，無作用故也。今所評不論時代遠近。從國朝以降，其中無爵命有幽芳可采者，拔出於九泉之中，與兩漢諸公竝列。使攻言之子，體變道喪之談，於茲絕矣！（五卷本《詩式》）

5.其一十九字，括文章德體，風味盡矣，如易之有彖辭焉。今但注於前卷中，後卷不復備

舉。（五卷本《詩式》〈辨體有一十九字〉條）

上引文獻，除了第5條之外，其餘都屬序言性質。其中，第1條文獻敘述成書經過，第2、3、4條略言其書旨要。從這些文獻可以略知數事。

第一，根據第一條文獻，可知《詩式》原有兩種版本。一是皎然自編，成書在前，配合第5條文獻，可知這種版本有前後兩卷。一是委請吳季德所編者，共五卷，成書時間在後，為貞元五年（西元七八八年）。

第二，第1條文獻備言兩種版本成書經過，則這條文獻成於吳季德編完五卷本《詩式》時。而這條文獻題為「中序」，意謂此序置於五卷本《詩式》正文之中，而非之前，係補述成書經過。

第三，第1條文獻敘及五卷本《詩式》係委請吳季德編錄，而李洪點竄，則五卷本內容比二卷本無所增加，只是卷數重分和改易若干文詞而已。

第四，第3條文獻有「時在吳興西山，殊少詩集，古今敏手，不無闕遺，俟乎博求，續更編次」數語。根據中序所述委請吳季德編錄《詩式》為五卷的情況來看，五卷本《詩式》似無「續更編次」的必要。則第3條文獻應是皎然自編二卷本《詩式》的序言。再者，第3條文獻「時在吳興西山」一語也透露了其中消息。皎然在代宋大曆之後曾兩次遷居。大曆三年(西元七六八年)，移居霅溪興國寺，並在霅溪上游的苕溪建東溪草堂。至大曆七年(西元七七二年),皎然移居杼山妙喜寺,適顏真卿來任湖州刺史,此後皎然時與文士唱和,生平所作詩也以這段時期最多。根據宋代談鑰吳興志,湖州州治在烏程縣,《吳興志》卷五河瀆「霅溪」條注引統紀,謂興國寺在霅溪館西,而霅溪館在烏程縣南。又《吳興志》卷十三寺院稱妙喜寺在烏程縣西南二十七里杼山。則皎然此序應成於大曆七年移居杼山妙喜寺以後。配合前述「續更編次」一語,足見這段文獻是皎然自編二卷本《詩式》的序文。

第五,第4條文獻有「古人於上格分三品等,有上上逸品,今不同此評,但以格情並高,可稱上上品,不合分三」數語,則皎然曾取消昔人所列的上上逸品。今存五卷本《詩式》「王仲室七哀」條中褒美王粲七哀詩說:「若此之流,皆名為上上逸品者矣!」皎然既取消上上逸品,而此處卻仍有此名,則應是吳季德編錄皎然自編二卷本《詩式》為五卷時勘落未盡的痕跡,進而足證第4條文獻應是五六卷本《詩式》編錄完竣之時補述的序文。換句話說,皎然自編二卷本《詩式》時仍列有上上逸品,至五卷本始取消此品。

第六,根據第5條文獻「今但注於前卷之中,後卷不復備舉」一語,這條文獻疑在二卷本《詩式》的前卷之末。

第七,配合今存《詩式》內容,「注於前卷之中」似乎意謂在十九體之下分別注明其義。如:「高,風韻朗暢曰高。」而「後卷不復備舉」一語似有兩義。一指所選詩例,但注其體,不注其義。如:「蘇子卿詩:黃鵠一遠別,千里顧徘徊。思也。」一指有些詩例注其體,有些則否。如不用事第一格和作用事第二格中所選詩例都注明何體，其餘三格所選詩例則否。

第八，雖然「不復備舉」一語曖昧而導致兩種可能的解釋，但是兩卷本《詩式》的後卷內容仍然大體可知。配合今存《詩式》來看，後卷內容應是不用事第一格、作用事第二格、直用事第三格、有事無事第四格、有事無事情格俱下第五格等及其所選詩例。

第九，既然後卷內容可以推知，則第3、4條文獻為序言而述及後卷體例亦可知。只是第三條文獻為二卷本《詩式》所有，第四條文獻是五卷本《詩式》的補述。第三條文獻「今所撰《詩式》，列為等第，五門互顯，風韻鏗鏘」數語說明其書有一部分內容列詩為五等。第四條文獻前半部說明列等異於前人之處，後半部說明所選詩例不拘於歷朝，兼及唐代。

第十，二卷本《詩式》的後卷內容既明，其餘內容當屬於前卷。而第2條文獻既不敘五格體例，則屬於概述前卷體例。觀其要義有二：一論作用、放意、定句。一論歷代詩源。如果配合今本《詩式》來看，今本《詩式》除了五格及其詩例之外，其餘內容也大體可以分為兩大類。一類是評論歷代詩人與詩風。譬如溯詩歌句式至三言、四言、六言、七言，最後以五言為宗。所評五言詩人如發源之召南行露、漢代樂府、李陵，而後有古詩十九首，建安三祖，七子，正始中何晏、王弼、晉代詩人，謝靈運，江淹，鮑照、謝朓、何遜、柳惲、王融、江總、沈佺期、宋之問、陳子昂等。這些評論幾乎是五言詩簡史。另一類是討論詩歌創作方法。它環繞意、境、作用、勢、事、對、聲、語、氣格、德體等概念論述。今本《詩式》中的兩大類內容正與第2條文獻的兩項要義若合符節。則兩卷本《詩式》的前卷內容應是評論歷代詩歌和詩歌創作方法。以今日的觀念來說，就是詩歌理論和實際批評。

第十一，至此，可以重提前文所述詩式、詩議、詩評三者關係的第三種推測。此三種關係的第一種推測是：〈詩評〉屬《詩議》中的一部分，《詩議》和《詩式》是兩本不同的著作。第二種推測是：詩評是〈詩議〉中的一部分，〈詩議〉原屬《詩式》中的一部分，皎然只有一部論詩著作。第三種推測是：〈詩議〉是《詩式》中某卷標題，如此可以解釋《文鏡秘府論》和《吟窗雜錄》何以不謀而合，俱題所引皎然論詩語的出處為〈詩議〉。因為二者以某卷標題為出處，而不以書名為出處。第三種推測與第二種推測其實一樣，只是為了解釋第一種推測的依據而多提出一項理由。然而推測永遠只是推測而已。因此，為了確實，必須把問題從詩式、詩議、詩評的關係轉變成三者的相應內容是什麼。如此始見許清雲分劃三者內容的用意。但是許氏的區分係比對各版本所引皎然論詩語的出處，最多只能說是澄清宋人區分三者內容的實情。如果以上引第2條文獻所述兩項要義（即評論歷代詩人和討論創作方法）來衡量，宋人對詩議和詩評的區分難免齟齬。例如：「論人則康樂公秉獨善之資」條係評論歷代詩人，《吟窗雜錄》注其出處為〈詩議〉，而〈李少卿并古詩十九首〉等評論歷代詩人諸條性質與評謝康樂同，卻注其出處為〈評論〉（即〈詩評〉）。雖然如此，《吟窗雜錄》所注三種出處也大體有別。約略而言，〈詩議〉的內容多數討論創作技巧，似即上引第2條文獻中所說的放意、定句。

〈評論〉（即〈詩評〉）的內容多數是商較歷代詩人，似即上引第二條文獻所說的「洎西漢以來，文體四變，將恐風雅寖泯，輒欲商較，以正其源」。而《詩式》的內容除了五格及其詩例之外，多數是作詩矩矱，如四不、四深、二要、二廢、四離、四不入、六迷、七至、七德等。倘若如此，兩卷本《詩式》中的前卷似包含〈詩評〉和〈詩議〉，後卷則為〈詩式〉。評是評論詩家淵源和得失，議是辨明詩法，式則是標舉範式。

根據上引文獻所作的推論，皎然《詩式》原書梗概和詩論大綱約略可知。《詩式》在皎然生前有兩卷本和五卷本。兩卷本是皎然自編，五卷本是吳季德重編而李洪點竄。五卷本比兩卷本的內容無所增加，只是改易若干文詞而已。兩卷本包含三類內容：評論詩家淵源得失、辨明詩法、和標舉範式。這三類內容在皎然原書中明否有詩議、詩式、詩評等標題不得而知。可知者《文鏡秘府論》和《吟窗雜錄》分別引錄皎然論詩語而俱題出於〈詩議〉，《吟窗雜錄》引皎然論詩語又題出處為〈評論〉、〈詩式〉。於是引起學者懷疑三者之間的關係。如果根據推論，皎然原書確實有三類內容，可以據以稱為〈詩評〉、〈詩式〉、〈詩議〉。則三者應是《詩式》這本書的三大部分。只是前人注出處時有標舉篇名之例，才引起懷疑，認為皎然可能有兩部論詩著作。

至於皎然詩論大綱，可以從前引第2、3、5條類似序文的文獻中抽出關鍵語詞，進而鉤勒梗概。那些關鍵語詞就是「精思」、「萬象」、「作用」、「放意」、「定句」、「五門」、「德體」、「風味」。這些關鍵語詞大致落在詩意、詩語、詩體、品第四大範圍。其中品第屬於實際批評，姑置不論。其餘依詩意的形成、作用、德體敘論如下。

二、詩意的形成

詩歌如何產生？皎然對這個問題的看法因襲〈詩大序〉而更精密。他在《詩式》「西北有浮雲」一條評魏文帝時引了「夫詩者，志之所之也」這句話。這句話在〈詩大序中〉仍未完足，而補述「在心為志，發言為詩」一語。它簡略的說明詩歌如何產生。雖然這個說明僅四句，仔細分析，卻饒有深意。第一，詩起於心。第二，志是什麼姑且不論，可知者志在心。第三，根據「志之所之」一語，可知志有動性和向性。第四，志的動性和向性不可能投入虛無之中，必須觸及對象。第五，志之所之必有一結果，皎然稱之為「意」。以言詞把「意」表述出來就是詩。

上述分析可以顯出志的意義。心是思維官能。志在心，則志不可能也是思維官能。由於志有動性和向性，因此可說志是心的特性，它使心必然觸及對象。心觸及對象所生的事物就是皎然所說的意。因此，說到心就一定同時說到意。

既然說到心就同時說到意，意的內容是什麼？這得看心具有什麼能力？心有形象思維和抽象思維兩種能力。皎然行文中透露了他對這兩種能力有所認識，只是沒有適當的語詞來表達這兩個概念。《詩式》〈詩有六義〉條說：

比者，全取外象以興之，「西北有浮雲」之類是也。興者，立象於前，後以人事論之，關雎之類是也。

又〈用事〉條說：

取象曰比，取義曰興。義即象下之意。凡禽魚草木，人物名數，萬象之中，義類同者，盡入比興，關雎即其義也。

這兩段話說明詩語呈現詩意的技巧。以詩語將所見的外象呈現出來就是比。以詩語將意義（從何而來姑且不論）賦予這個外象就是興。既然有比的技巧，人的思維就有形象的，否則比無外象可取。既然有興的技巧，人的思維就有抽象的，否則興無義可賦。因此，皎然對比、興的解釋透露了他對形象和抽象這兩種思維能力有所認識，只是沒有適當的語詞來表達這兩個概念。

於是我們可以把比、興這兩種詩語技巧上溯到心的能力，亦即從心的能力來瞭解取象和取義。

取象即攝取物象，仰仗什麼來攝取？知覺，尤其視覺。則皎然所說的比含蘊了他對知覺的認識。知覺既是心的能力，據心本身之內必含有所思，則知覺之所思是什麼？用皎然的話，即「意」的內容是什麼？知覺之所思是「知覺概念」，於是「意」的內容是「知覺概念」。何謂「知覺概念」？知覺並非被動接受物象，物象也不是如實的印在知覺器官上，而是主動把握物象整體結構的某些特點。這樣把握到的物象是概化的，猶如抽象思維對物象把握到的概念，所以稱為「知覺概念」❼。所不同的是知覺概念為形象，抽象概念則非形象，而是物象的性質。知覺在時間之流中不斷運用，因此，它不是孤立、靜止的，而是連續、動態的。連續而動態的知覺行為頗似抽象思維或推理，所以也頗像一段抽象思維或推理，一段知覺行為也能產生有意義的知識。於是連續而動態的知覺行為可以稱為「形象思維」。知覺概念在形象思維中形成判斷。這就像抽象概念在抽象思維中形成判斷。於是皎然所說的意就具有形象概念和判斷的內容。試以電影的默片為喻。鏡頭主動把握物象整體結構的特點就像知覺一樣。每個畫面就是知覺概念。畫面的連續和動態就像形象思維。這些連續而動態的畫面構成的意義就像形象判斷。

就認知心理的發展而言，形象思維多見於兒童和原始民族。然而皎然在論詩，詩人的認知能力已經發展到抽象思維的階段，於是心的能力不只形象思維（比，知覺），還有抽象思維。知覺概念既因形象思維而連續、運動，而有意義（形象判斷），抽象概念也因抽象思維而連續、動態，而有意義，那麼，皎然所說的意就包含形象概念、判斷和抽象概念、判斷的內容。換句話說，意包含形象意義和抽象意義。

意既然含有形象意義和抽象意義，則在此必須把意和意義作一分別。意是就心之所涵而言，無所指涉，因此含有一切可能的指涉。意義是就心（思維能力）活動的結果而言，它因心的活動而指涉某對象。換句話說，意義是意的實現或落實。皎然「取義曰興，義即象下之意」一語就隱含這個分別，謂象為心之所涵，具有一切可能的意義，興則把意義賦予象，使一切可能的指涉落實。

意和意義的分別引發了一個問題：形象思維和抽象思維有何關係？形象概念、判斷和抽象概念、判斷有何關係。如果把「取象曰比，取義曰興。義即象下之意」從詩經技巧提升到心的能力來看，則皎然似乎認為形象思維的結果（知覺概念、判斷）要由抽象思維的結果（觀念或思想）賦予意義。但是形象思維的結果自有意義，何勞抽象思維的結果賦予意義？則皎然之說難以自圓。的確，皎然在此為了偏重解釋興而難以自圓，在他處則能顯出這兩種思維結果的互涵關係。《詩式》說：

> 且文章關其本性，識高才劣者，理周而文窒；才多識微者，句佳而味少。是知溺情廢語，則語朴情暗。事語輕情，則情闕語淡。巧拙輕濁，有以見賢人之志矣！抵而論屬於至解，其猶空門證性有中道乎！

文章總要表達其意義。不論是形象或抽象意義，必有其產生的條件。首先必須有思維能力。思維能力是稟賦，而且人之所稟不同，可以稱之為「才」。形象的思維能力是「才」，抽象的思維能力也是「才」。其次必須有社會化。個人在社會化過程中不斷運用其思維能力而形成各種觀點，這些觀點在創作時成為賦予思維對象意義的來源，而可以稱之為「識」。形象思維所獲的知覺概念在連續和動態中形成各種觀點，抽象思維所獲的抽象概念也在推理中形成各種觀點。「識」（各種觀點）雖然不像「才」那樣天生而俱，但是它在人成長過程中伴隨「才」而必有，也可說是潛藏在「才」之中。

既然形象和抽象思維（才）能在社會化中各自形成觀點（識），則意義的產生就有四種方式。一、形象思維所獲的知覺概念、由此種思維在社會化中所獲的觀點（識）賦予意義。二、抽象思維的對象由此種思維在社會化中所獲的觀念、思想（識）賦予意義。三、形象思維所獲的知覺概念由抽象思維在社會化中所獲的觀念、思想（識）賦予意義。四、抽象思維的對象由形象思維在社會化中所獲的觀點（識）賦予意義。

上述意義產生的方式中，第四種方式不存在。因為兒童不作抽象思維，成人又不會將兒童觀點賦予其抽象思維的對象。第一種方式存在於兒童思維，第二種方式存在於哲學思維。根據這兩種方式，皎然的說法（知覺概念由抽象思維在社會化中所獲的思想、觀念賦予意義）誠然偏頗。但是皎然的說法卻與第三種方式脗合。第三種方式是詩人的方式。詩人就其所見而思之。常人之所見因社會化而成定習、定式，詩人則超越此定習、定式，因此能見物象整體結構的特點，猶如尚未受定習、定式薰染的兒童思維。所以詩人之心也常被喻為赤子之心。然而詩人不是兒童，他的智力已經發展到抽象思維的階段，於是知覺概念的意義就有兩個來源：一是由形象思維在社會化中所獲的觀點，一是由抽象思維在社會化中所獲的觀點。而詩人稟性好尙各不相同，有人長於形象思維，有人偏好抽象思維，所以造成皎然所說「識高才劣者，理周而文窒。

才多識微者，句佳而味少」的偏至情況。由此可見皎然並不偏頗，不認為知覺概念的意義只能由抽象思維在社會化中所獲的思想、觀念賦予，也可以由形象思維所獲的觀點賦予。只因詩人稟性好尚不同，各有偏至，所以皎然以中道調和。

然而什麼是中道？心之內兼含形象思維和抽象思維，心之內含有所思，即意，意兼含知覺概念和抽象概念，兼含形象意義和抽象意義，則所謂中道係指形象意義和抽象意義的關係。對於形象，知覺（形象思維）所最先感知的不是它們的幾何線條、色相、運動、聲音、冷硬等性質，而是它們位置、力量、方向所構成的諸力，諸力的作用激起了我們的情感❽。對於抽象對象，智力（抽象思維、興）依推理形成了超乎個別事件的知識、思想。所謂形象意義就是指情感，而抽象意義就是指具有相當普遍性的知識、思想。由於思維、思維對象、思維結果是不可分割的一體，（即比、象、情或興、象、識是不可分割的一體。）所以在敘述形象意義和抽象意義的關係時，常任意列舉兩者所涉及的部分成素。皎然正是如此。「識高才劣者，理周而文窒；才多識微者，句佳而味少」就是「識高情劣者，理周而文窒；情多識微者，句佳而味少」的更換。「溺情廢語，則語朴情暗；事語輕情，則情闕語淡」就是「溺情廢識，則識朴情暗；事識輕情，則情闕識淡」。意謂形象意義（情）和抽象意義（識）各有所偏的流弊，而這種流弊是源於心之動向，所以說「有以見賢人之志」。由此亦可知意之中形象意義和抽象意義具有互涵的關係，即情中有識，識中有情，只是詩人每不免偏至而已。

情和識的互涵關係，皎然又稱為情和事。《詩式》「池塘生春草明月照積雪」條說：

意有盤礡者，謂一篇之中，雖詞歸一旨，而興乃多端，用識與才，蹂踐理窟。如卞子採玉，徘徊荊岑，恐有遺璞。其有二義：一情一事。事者如劉越石詩曰：「鄧生何感激，千里來相求。白登幸曲逆，鴻門賴留侯。重耳用五賢，小白相射鈎。苟能隆二伯，安問黨與仇？」是也。情者如「池塘生春草」是也。抑由情在言外，故其辭似淡而無味。常年覽之，何異文侯聽古樂哉！

皎然這段話有三項要義。第一，思維的的結果（意）是統一的。第二，思維的結果（意）含有許多可能的意義，（意和意義的分別已見前文。）而這些可能的意義是才和識賦予的。第三，這些可能的意義分析起來有情和事兩種。（即形象意義和抽象意義，或情和識。）

心（形象思維和抽象思維）主動把握對象整體結構的某些特點時，已經預設了思維有個主導方向，而非盲目的。因此思維所形成的知覺概念或抽象概念在連續與動態中具有統一的意義，即使知覺概念的意義由抽象思維在社會文化中所形成的思想、觀念賦予，詩意也是統一的。文詞表達這個統一的意義，所以說「詞歸一旨」。

誠如前文所述，知覺概念的意義由形象思維或抽象思維所獲的觀點（識）賦予。就觀點繁多而言，將意義賦予知覺概念時有許多可能性，所以說「興乃多端」。就賦予意義必備的條件而言，都必須仰仗思維能力（才）和個人社會化過程中所形成的觀點（識），所以說，「用才與識，蹂踐理窟」。

依皎然之見，所賦予的意義有情感的和事件的。兩者互涵而有偏至。皎然在此係就偏至而言，所以說「一情一事」。情和事又可說成情和識，因為詩歌中的識都是對事件而言的。根據皎然所舉劉琨和謝靈運的詩例，事指思維對特定事件所賦予的意義，這個意義偏重觀點(識)。情指思維對非特定事件所賦予的意義，這個意義偏重情感。特定事件有具體事實，因此可以敘述具體事實之後，賦予意義，而這個意義通常以觀點（識）為主，情感則隱寓其中。非特定事件其實是許多事件。這些事件無法確指、盡舉，卻有共性。於是常描述物象，而繼之以意義。所描述的物象雖然具體，其涵意則超越那些無法確指、盡舉的事件。而那些物象之下的意義通常以情感為主，觀點（識）則隱寓其中。

試以皎然所舉詩例說明，就可以看出情和事（或情和識）的互涵關係。劉琨〈重贈盧諶〉詩的意義屬於事。《文選》李善注引臧榮緒《晉書》說：「琨託意非常，想張陳以激，諶素無奇略，以常詞酬琨。」配合詩語而觀，此情有特定事件。只是這個事件以歷史典故陳述。而「苟能隆二伯，安問黨與仇」兩句賦予前述典故意義。這個意義是劉琨的觀點(識)，其中又隱寓感慨、期望之情。謝靈運〈登池上樓〉詩的意義則屬於情。這首詩沒有特定事件，但是也可以說對平生許多事件而發。因此全詩以描述物象為主。這些物象的涵意超越了平生遭遇諸事。只因「池塘生春草」為名句，所以皎然特為標舉，而詳以「情在言外」。末兩句「持操豈獨古，無悶徵在今」把前述物象所涵的憤慨、無奈、無聊、自慰、自負之情顯出來，其中也隱寓對平生遭遇的觀點。

綜上所述，可知探討詩意形成實即探討創作時的認識活動。在這個認識活動裏，皎然以「心」為動源。心是思維之體，其性為「志」。志即動性和向性。心因志而必含有所思，所思即「意」。心有兩種思維方式：知覺的形象思維和智力的抽象思維。思維能力與生而俱，稱之為「才」。由於心的動性和向性，思維活動必指向被思維者——「象」。皎然並未把象依比（形象思維）和興（抽象思維）分為兩類。若欲分劃，比的象是物象整體結構的某些特點，它是形象的，所得到的認知內容是知覺概念、判斷。興的象是物象的性質，它是非形象的，所得到的認知內容是抽象概念、判斷。思維在時間之流中活動，則所認知的象是連續而動態的。於是知覺概念或抽象概念在連續動態中形成情感或知識。皎然稱之為「情」和「識」。「識」在創作中永遠對事件而發，所以又稱「事」。就情感係形象思維對物象作用的結果而言，可說有形象意義。就知識係抽象思維對物象性質作用的結果而言，可說抽象意義。意義的產生固然仰仗「才」，更仰仗「識」。「識」在今日有許多別稱，如：觀念、思想、哲學、人生觀、意識形態等。它是「才」在社會化過程中形成的。「意」既是心之內必含的所思，心活動的結果有「情」和「識」，則意兼有「情」和「識」，二者在「意」之內有互涵的關係。

思維不免偕語言以俱行，而「意」在思維完成時始完整，則「意」賴語言始能完成。這是一般的看法。皎然卻與此相反，而認為意先於語。《詩式》說：

或曰：「今人所以不及古者，病於麗詞。」予曰：「不然。……但古人後於語，先於意，因意成語，語不使意，偶對則發，偶散則散。若力為之，則見斤斧之跡。

又說：

古詩以諷興為宗，直而不俗，麗而不巧，格高而詞溫，語近而意遠。情浮於語，偶象則發，不以力制，故皆合於語，而生自然。

皎然在此從唐代詩歌巧麗談到詩語和詩意的關係，而認為自然生於不力制力為。則自然生於某事物的產生過程。從「偶象則發」、「偶對則對，偶散則散」諸語來看，這是就「意」的直接、立即產生而言。直接、立即究竟指什麼？既然直接、立即是就「意」的產生而言，它當然指思維活動。思維主動把握物象的特點或性質而生知覺概念或抽象概念，並在連續和動態中形成「情」與「識」。此即「偶象則發」。所以自然是思維活動的特性。

但是自然何以能成為「意在語先」的理由？這可以從真和創兩方面來說。自然既是思維直接而立即的特性，則「意」也直接而立即呈現物象的特點或性質，其間無任何變遷。所謂「觸物皆真」就是此意。語言則不然。在日常談話時，語言雖如本能似的說出來，卻有猶豫遲疑的時候。詩歌創作時更是如此。猶豫遲疑的原因或出於一時語窮，或出於存心變造所見。無論如何，語言都不如「意」來得真。因此，詩歌創作時，意先於語是為了求其本真。而皎然對本真的重視也見於評蘇、李、謝康樂等人的詩❾。

思維活動的自然特性人人皆具，個人的思維經驗也無可取代。但是語言卻使人的思維脫離物象，使思維不再成為個人的體驗，使人成為語言的奴隸，而非主人。語言約定俗成，代代相傳，但是語意會有變化。面臨同一物象，彼此之意都不免有別，況且物象、情境都會遷異。於是前人或他人以某語詞指示其意而能相應時，吾人承襲其語詞卻常不免扭曲己意，而造成以他人之眼觀物的情況。再者，語言既然約定俗成，代代相傳，則因襲是不可避免的，它也發揮了言談溝通的功能。這個結習使人幾乎很難不賴語言（無論默語或聲語）而思維。正因如此，人的知識是語言的堆積，文明是知識的堆積。所以易繫辭說：「鼓天下之動者存乎辭。」於是人生活在語言之繭中。隨著文明日盛，語言之繭愈堅愈厚，人和語言之外的世界也愈疏遠。然而從語言的孳生來看，思維也有不賴語言而進行的時候。尋索新語言以表述思維的結果是常有的經驗。如果思維必須賴語言而進行，思維的結果應該可以用既有的語言表達，而不必尋索新語言。如今不免經常尋索新語言，正表示已有的語言之繭之外有思維遊走其間。如此才有可能創發新經驗。皎然說：「詩貴創心。」正是此意。又說：「因意使語，語不使意。」亦為此故。

為了求真求創，皎然有意先於語之說，那麼是否一切思維活動的結果——意——都可以入詩而成為詩意？這又不然。思維念念相續，一切物象也在連續和動態中轉化成「意」。如果要表述「意」，勢必透過回憶。而回憶這樣的思維活動無法將過去所生的「意」依次重現。因此回憶已經有了選擇。換句話說，心（形象思維和抽象思維）除了動性和向性（即志）之外，還有選擇的特性。所以並非一切思維的結果都可以入詩而成為詩意。為此皎然有「取境」之說。

「境」是思維活動所觸及者。境以象顯，而孤立的象不能成其為境。象被思維所攝而成為知覺概念或抽象概念，境則是象在連續動態中所構成的情況。所以可以合稱為「境象」。如皎然說：「夫境象非一，虛實難明。」又說：「固當繹慮於險中，超奇於象外。」

若依意的形成來看，思維主動把握物象特點的連續、動態，這已經是取境，皎然似不應再有取境之說。其實兩者有別。《詩式》〈取境〉條說：

> （或）又云：「不要苦思，苦思則喪自然之資。」此亦不然。夫不入虎穴，焉得虎子？取境之時，須至難至險，始見奇句。成篇之後，觀其風貌，有似等閑，不思而得，此高手也。

取境這樣的思維甚為艱苦，形成「意」的思維則是自然的，不須費力。後者是心的動性和向性使然，因此「偶象則發」。前者是心的選擇特性使然，因此擇象而發。

前文說：「意」的表述須經過回憶，回憶已含選擇。所以取境是一項事實。但是在詩歌創作中，取境不僅是一項事實，更為了創造，否則不會那麼艱苦。其中理由仍須從詩意的形成索解。思維主動把握境象而賦予意義時，意義的來源頗賴「識」。如今思維要選擇境象就遭遇為何選此棄彼的問題。決定思維選擇境象的因素仍是「才」和「識」。「才」是思維能力本身，因此它對思維選擇境象的影響是隨機而不定的。「識」是思維能力在社會化中不斷運用而形成的，社會化透過各種制度進行，使個人的「識」趨同，以利社會的凝聚。因此，「識」固然有獨立機杼者，落入羣體心態者卻更多。由此而影響思維選擇境象時，常不免落入定習定式，而失去創意。為此，就不能把一切思維的境象都納入詩中，而需經過揀別。揀別就是皎然所說的「取境」。然而「識」透過社會化而牢固盤踞心中，甚至達到人不自覺的程度。要擺脫它而以己之眼燭照境象並非易事。這就是皎然既標自然又尚苦思的緣故，其目的都在「詩貴創心」。自然是針對語言結習而言創，苦思取境則針對「識」的結習而言創。

取境雖然強調擺脫「識」的囿限，卻不能沒有「識」。該擺脫的是陳陳相因的「識」，而非卓然自立的「識」。卓識使詩人既擺脫庸識的束縛，又能賦萬物的境象以指歸。所以皎然說：

> 夫境象非一，虛實難明。有可覩而不可取，景也。可聞而不可見，風也。雖繫乎我形，而妙用無體，心也。義貫衆象，而無定質，色也。

境象虛實，唯人所見。所見不一，總須有「義」貫其間。「義」就是「識」的具體化。既要拋開「識」的囿限，又要由「識」生「義」，以貫眾象，可說戛戛乎其難哉！這在皎然詩論中是以「復」和「變」來說明的。

皎然《詩式》「復古通變體」條說：

作者須知復難變之道。反古曰復，不滯曰變。若惟復不變，則陷於相似之格。其狀如駑驥同廄，非造父不能辨。能知復變之手，亦詩人之造父也。……又復變二門，復忌太過，詩人呼為膏肓之疾，安可治也。如釋氏頓教，學者有沈性之失，殊不知性起之法，萬象皆真。夫變若造微，不忌太過，苟不失正，亦何咎哉？……吾始知復變之道，豈惟文章乎！在儒為權，在文為變，在道為方便。後輩若乏天機，強效復古，反令思擾神沮。何者？夫不工劍術，而欲彈撫干將大阿之鋏，必有傷手之患，宜其誡之哉！

「復」（返古）是繼承傳統。「識」是思維在社會化過程中不斷運用而形成的。思維選擇境既難免受既有的「識」影響，則取境時總不免有「復」的傾向。如果「復」的傾向太強，不免因襲而乏創意。所以皎然認為「復忌太過」，太過則「陷於相似之極」而疾入膏肓。挽救返古太過的方法唯有點出「萬象皆真」。萬象所以為真緣於自身體會，返古則藉他人之眼觀物，於是萬象真切盡失。萬象雖真，此真卻不定於一。因為萬象有虛有實，唯人所見，人之所見，今古不同，雖然不同，不害其為真。這就是「不滯」、「變」。因此，變是挽救返古（復）太過之道。甚至為了挽救返古太過，皎然認為變只要深微、端正，則不忌太過。

可是如何能變而不滯？依皎然之見，端賴天機。天機一語太玄。回到前文所述影響取境的因素來看，這個問題就是如何避免「識」使取境陷入定習定式。唯一的方法就是自覺「識」的囿限，轉而求之於「才」。「才」就是思維能力本身的銳鈍、強弱，它發乎自己，無所因襲，對取境的影響是隨機而不定的，因此不會落入相似之格。皎然所說的天機就是指「才」。

皎然以真與創區辨日常之意和詩意，由此而有「意先於語」和「取境」二說。透過這兩個程序，詩意形成。此時的詩意以其真、創而各有風貌，所以皎然又把取境和詩體聯繫起來，認為「取境偏高，一首舉體便高，取境偏意，一首舉體便逸」。這個觀點將在十九體中討論。以下先探討皎然如何處理已經形成的詩意。

三、作用

如果把形成詩意列表諸詩語視為一個流程，其間必須經過篩選才能完成，那麼，取境是第一階段的篩選，作用是第二階段的篩選。取境為了擺脫庸識的束縛以求創意，作用則為了把握詩意的「勢」（力量）和「情」（真性）而經營詩語。

作用在皎然《詩式》中是不太容易把握的概念⑩。從詩式行文涉及作用一詞者來看，作用是個動詞，其對象是詩意。如「明作用」條說，「作者措意，雖有聲律，不妨作用。」又「池塘生春草明月照積雪」條說：「夫詩人作用，勢有通塞，意有盤礴。」又「詩有四深」條說：「意度盤礴，由深於作用。」又有無標題而似序文者說：「其作用也，放意須險，定句須難。」這些都直接點出作用是動詞，其對象為詩意，而涉及勢和文句。

其他間接透露作用對象者有兩條。〈李少卿並古詩十九首〉條說：

> 其五言，周時已見濫觴，及乎成篇，則始乎李陵、蘇武二子。天與真性，發言自高，未有作用。十九首辭義精炳，婉而成章，始見作用之功。

李陵、蘇武詩的真偽姑置不論。皎然的評論意謂：只要有真性，無論作用與否，都能「言高」。李陵、蘇武詩是無作用而「言高」之例。〈古詩十九首〉是有作用而「言高」之例。〈古詩十九首〉的「言高」是辭義精炳，婉而成章，則透露作用的對象是詩意而涉及詩語。

又「文章宗旨」條說：

> 康樂公早歲能文，性穎神徹。及通內典，心地更精。故所作詩，發皆造極，得非空王之道助耶？夫文章天下之公器，安敢私焉！曩者與諸公論康樂為文，真於性情，尚於作用，不顧詞采，而風流自然。

末三句正透露作用的主要對象是詩意。倘若與前條比觀，作用以性情之真為基礎，性情之真從取境之後的詩意顯出來，詩意能真能創，作用始不罔然。至於文詞，皎然在此似乎視為餘事，其實它是完成作用不可或缺的一環。

既然詩意是作用的主要對象，那麼詩意有何可作用之處？瞭解詩意可作用之處，作用的意義也隨之而明。詩意可作用之處是「勢」和「情」。《詩式》〈池塘生春草明月照積雪〉條說：

夫詩人作用，勢有通塞，意有盤礡。勢有通塞者，謂一篇之中，後勢特起，前勢似斷，如驚鴻背飛，卻顧儔侶。即曹植詩云：「浮沈各異勢，會合何時諧，願因西南風，長逝入君懷。」是也。意有盤礡者，謂一篇之中，雖詞歸一旨，而興乃多端，用識與才，蹂踐理窟。如卞子採玉，徘徊荊岑，恐有遺璞。其有二義：一情一事。事者如劉越石詩曰：「鄧生何感激，千里來相求，白登幸曲逆，鴻門賴留侯。重耳用五賢，小白相射鉤。苟能隆二伯，安問黨與仇？」是也。情者如康樂公「池塘生春草」是也。抑由情在言外，故其辭似淡而無味，常乎覽之，何異文侯聽古樂哉！

皎然在此明言作用的對象是「勢」和「意」。若觀其說明，二者都是詩意的感人質素。茲分別說明。

前文述及詩意的形成時，曾解釋了皎然對「意有盤礡」的說明。皎然「意有盤礡」的說明有三項要義。第一，詩意是統一的。第二，詩意含有許多可能的意義（意和意義的區別已見前文），而這些可能的意義是才和識賦予的。第三，詩意兼含情與事。（或稱情與識，即形象意義與抽象意義。）情與事有互涵的關係。作用的對象既是詩意，此處應從第三項要義著手，以瞭解詩意有何可作用之處。「事」指詩意以抽象意義為主者，其中也透出情感。「情」指詩意以形象意義為主者，其中也透出觀點（抽象主義）。無論「事」或「情」，都以境象為基礎，而將意義賦予境象，只是屬於「事」的詩意多由特定事件而起，屬於「情」的詩意多由非特定事件而起。詩意中抽象意義的來源是「識」，即個人社會化中所形成的種種觀點。在詩意形成時，觀點已經確定，可以理解，所剩下的工作是如何以語言表述。而作用的對象是詩意，不是語言。因此，詩意中的抽象意義（觀點）不是作用的對象。於是必須退而討論境象。

境象是諸物象在連續動態中構成的。諸物象在境象中以其位置、力量、方向形成態勢，激起情感。境象的態勢不像觀點（抽象意義），可以確定而理解。它不確定，可以激起不同的情感。觀點在詩意中不能矛盾，情感在詩意中卻可以矛盾。由於境象態勢的不確定（意即可以有種種可能的態勢），因此，詩意形成時，其中的境象態勢仍須安排才能以語言表述。則作用的對象是詩意中的境象。境象作用得適切，情感始能盡出。皎然所謂作用之一的「意」就是詩意中的感人質素，由此可見。

作用的對象既明，可以討論如何作用。無論如何作用，都不能違背作用對象的特性。因此必須回到境象的特性來看如何作用。前文討論詩意的形成時，曾說明思維不是如實的反映物象，而是主動把握物象整體結構的某些特點。各人對物象特點的把握主要受處境和心境的影響而不同。儘管不同，物象的特點對各人來說都有豐沛的力量。諸物象構成境象時，其理亦然。因此，作用的工夫就下在物象、境象特點的把握。這一點，皎然沒有詳細說明，倒是宋人對此頗有共識。

魏慶之《詩人玉屑》卷十引陳永康〈吟窗雜錄序〉說：

一曰：高不可言高。二曰：遠不可言遠。三曰：閑不可言閑。四曰：靜不可言靜。五曰：憂不可言憂。六曰：喜不可言喜。七曰：落不可言落。八曰：碎不可言碎。九曰：苦不可言苦。十曰：樂不可言樂。

又引《漫叟詩話》說：

嘗見陳本明《論詩》云：前輩謂作詩當言用，勿言體，則意深矣。若言冷，則云：「可嚥不可漱」。言靜，則云：「不聞人聲聞履聲。」之類。本明何從得此。

又引於冷齋說：

用事琢句，妙在言其用不言其名。此法惟荊公、東坡、山谷三老知之。荊公曰：「含風鴨綠粼粼起，弄日鵝黃裊裊垂。」此言水、柳之名也。東坡荅子由詩曰：「猶勝相逢不相識，形容變盡語音存。」此用事而不言其名。山谷曰：「管城子無食肉相，孔方兄有絕交書。」又曰：「語言少味無阿堵，冰雪相看有此君。」又曰：「眼看人情如格五，心知外物等朝三。」「格五」，今之蹙融是也。後漢（書）注云：「常置人於險惡處也。」《苕溪漁隱》曰：荊公詩曰：「繰成白雪桑重綠，割盡黃雲稻正青。」「白雪」即絲，「黃雲」即麥，亦不言其名也。余嘗效之云：「為官兩部喧朝夢，在野千機促婦功。」蛙與促織，二蟲也。

又引碧溪說：

臨川云：「蕭蕭出屋千尋玉，靄靄當窗一炷雲。」皆不名其物。然子厚「破額山前碧玉流」已有此格。

又引《庚溪詩話》說：

衆禽中唯鶴標致高逸，其次鷺亦閑野不俗。又嘗見於六經，後之詩人，形於賦詠者不少，而規規然秖及羽毛飛鳴之間。如詠鶴云：「低頭乍恐丹砂落，斂翅常疑白雪銷。」此白樂天詩。「丹頂西施頰，霜毛四皓鬚。」此杜牧之詩。皆格卑無遠韻也。至於鮑明遠鶴賦云：「鍾浮曠之藻思，抱清迴之明心。」杜子美云：「老鶴萬里心。」李太白畫鶴贊云：「長唳風宵，寂之霜曉。」劉禹錫云：「徐引竹間步，遠含雲外情。」此乃奇語也。如詠鷺雲：「拂日疑星落，凌風訝雪飛。」此李文饒詩。「立當青草人先見，行近白蓮魚未知。」此雍陶詩。亦格卑無遠韻。至於晚清賦云：「忽八九之紅芰，如婦如女，墮蘂黦顏，似見放棄。白鷺潛來，邈風標之公子，窺此美人兮，如慕悅其容媚。」雖語近纖艷，然亦善比興者。至於許渾云：「雲漢知心遠，林塘覺思孤。」僧惠崇云：「曝翎沙日煖，引步島風清。照水千尋迥，棲烟一點明。」此乃奇語也。

這幾條詩話的共識就是要把握物象、境象整體結構的某些特點，只是各人的領會仍有淺深之別。首先，陳本明借哲學上的體用觀念來說明物象本身及其作用。物象本身無法由形象思維(知覺)知悉，形象思維所能知悉的是物象的態勢。在哲學上認為這是本體所發揮的作用。而陳本明所舉的例子正足以說明皎然所謂的作用：把握物象中感人的質素——態勢。

其次，冷齋以名和閑區別物象及其態勢。物象以名言表述時，只剩下類概念，物象失去了個別特性，成為死物。因此以名言表述物象時，必須把握其特點——態勢。這也和皎然所說的作用一致。只是惠洪所舉詩例不妥，誤以代字為作用。譬如「管城子」、「孔方兄」、「格五」等都是典故，南朝以來稱之為用事。典故只是更換字詞而已，不能呈現物象的態勢。雖然文人受書卷影響，此習難除，總須所用之事輔成詩人之意，而非直取所用之事的意義。倘若不能事為我用，何異抄襲？此義皎然也有說明。《詩式》「語似用事義非用事」條說：

> 此二門未始有之，而弱乎不能知也。如康樂公詩：「彭薛纔知恥，貢公未遺榮，或可優貪競，未足稱達生。」此中商榷三賢。雖許其退身，不免遺議。蓋康樂欲借此成我詩，意非用事也。

皎然認為詩人以意為主，以事成之，可說善於安頓事典。所以他編列古今詩為五格時，作用事居第二，僅次於第一格的不用事，未高於第三格的直用事。直用事就是不能化典為我所用。由此以觀惠洪對作用的理解仍有未達者。

作用的工夫放在物象的特點只是以管窺天，猶有不足，因為物象在連續和動態中構成境象。境象才是作用所最需下工夫之處。陳巖肖對此體會最深。所以他認為詠禽只限於羽毛飛鳴，則格卑而無遠韻，必須把禽（物象）放在整個境象來看，格才高，韻才遠。二者差別全在詩人之情的出入。如果只詠物象，物象固然可以生動，詩人之情卻無法透入，當然也無由從物象透出。詠境象則不然。詩人之情融入境象，也由境象躍然而出。譬如「低頭乍恐丹砂落，斂迴常疑白雪銷」，鶴（物象）的特點固然點出來，卻是死鶴一隻，全無態勢，個中緣故就在沒有把鶴（物象）放在境象中來看，失去了連續和動態。「老鶴萬里心」則不然。鶴之老固然形色上不如鶴頂、鶴羽鮮明，卻放在境象中，由鶴及人，由人及鶴，就是物象在連續中構成境象。在此境象中，「老」顯出了動態，搖撼人心遠甚於鶴頂、鶴羽。此即格高而韻遠。

上引數則宋人詩話足以補充說明皎然所謂的作用。作用要放在詩意的感人質素上——即境象中諸物象的特點和關係上。由此返觀皎然的壺公之喻，其意義即渙然冰釋。《詩式》「明作用」條說：

作者措意，雖有聲律，不妨全用。如壺公瓢中，自有天地日月，時時拋鍼引線，似斷復續。此為詩中之仙。拘忌之徒，非可企及也。

據徐復觀之說，壺公典故出於後漢書方術費長房傳，而後宋代雲笈七籤稍加演變⑪。皎然顯然不用典故原義。從作用的對象來看，瓢壺中的天地日月喻境象中諸物象的特點和關係因各人把握不同而有種種可能，每一次把握住的境象即一世界，天地日月即一世界。由於把握境象的特點，因此境象似斷。由於把握境象的關係，因此境象復續。

雖然皎然說明作用不似宋人明白，卻別有體會。此即重意。何謂重意？皎然在《詩式》「重意詩例」條說：

兩重意已上，皆文外之旨。若遇高手如康樂公，覽而察之，但見性情，不覩文字。蓋詩道之極也。

皎然又評謝靈運「池塘生春草」為情在言外。可見重意係指文外之情。則皎然是就作用的結果而稱重意，宋人則就作用工夫所下之處而稱體用或名用。因為作用的工夫必須下在詩意中的感人質素上，而體用或名用的「用」字指感人質素，文外之情則是感人質素所發揮的效果。然而作用的結果（情）以語言表述時，何以它在言之外？何以它可以稱為重意？這都必須從情感的特性和語言的表情方式來說明。

情感五味雜陳，它並不像語言所指的喜、怒、哀、樂等情感類型那麼截然分明，反而常介乎這些情感類型之間。因此，以語言表述情感時，無法盡顯詩意中的情感。可是情感又不能不賴語言表述，於是語言只點出詩意中的情感類型，至於真實的情感必須求之於語言之外，而非刻舟求劍的在語意中尋索。那麼，在語言之外，何處能索得真實的情感？前文討論詩意的形成時曾說：知覺（形象思維）所最先感知的不是物象的幾何線條、色相、運動、聲音、冷硬等性質，而是它們的位置、力量、方向所構成諸力(或稱態勢)，諸力的作用激起了情感。就在這裏，在作用的工夫所下之處，在物象或境象的態勢上，可以索得真實的情感。作用的工夫下得好，物象或境象的態勢盡出。吟詠此詩時，知覺（形象思維）感受到態勢，而激起情感。此時情感並不在那些文詞的語意，不在固定的任何一點，而是透過想像力在語詞所指形象上流動。所以說是「文外之旨」、「情在言外」、「不覩文字，但見性情」。然而此性情(情感)又何能稱為「重意」？前文述及詩意形成時，曾說詩意兼情與識(即形象意義與抽象意義，亦稱情與事」，二者又有互涵的關係。因此，在語用上可以用「意」來包涵「情」，也可以用「情」來彰顯「意」。而「重」

字表示情感的複雜。情感複雜是人面臨境象時的事實。境象在時間之流中移轉，心（形象思維與抽象思維）把握流轉的境象，情感也跟著翻過好幾層。作用須費心處就是把握境象的特點（態勢），而藉此將層次複雜的情感呈現出來。因此，重意對詩人有呈現的困難，對讀者而言有領會的困難，於是詩意有幾重往往因人而異，未必有共同的看法。

作用的對象既是境象的特點（尤指態勢），並由此激起情感，情感又以其層次複雜且為詩意所涵而稱重意，則境象之能激起情感必有其力量。力量就是皎然所說的「勢」。由此觀之，境象的特點和勢是一體兩面。境象未必有勢，把握住境象的特點才能有勢。所以勢假境象的特點而顯。既然如此，說勢不能自勢本身入手，而須由生勢之處入手。這樣說勢的方法就像前引宋人所說的「言用不言體」。

那麼，詩中生勢之處何在？在詩意的組織。詩意涵有形象意義和抽象意義，形象意義即境象之所現，抽象意義即識見之所現。則詩意組織即境象組織和識見組織，或兩者的融合。前引皎然對勢的說明就是從詩意組織入手。他以曹植詩「浮沈各異勢，會合何時偕。願因西南風，長逝入君懷」為例，認為此詩「前勢似斷，後勢特起，如驚鴻背飛，卻顧儔侶」。意謂：前兩句的詩意由後兩句逆接，構成呼應的組織。這個詩意組織的物象是物之浮升、沈陷、西南風、君懷，以其餘文詞點出物象的關係而構成境象。就整體而稱詩意，就部分而言，則由物象及其間的關係組織而成。若就形成而言，物象由知覺主動把握而顯（即形象思維的產物），物象的關係則由智力所賦予（即抽象思維的產物）。對於這個詩意組織所呈現的勢，皎然以飛鴻為喻，此喻係取二者的逆接特性而成。「願因西南風，長逝入君懷」逆接「浮沈各異勢，會合何時偕」猶如「驚鴻背飛，卻顧（即逆接）儔侶」。以境象喻詩意組織所生的勢是皎然慣用的方法。如《詩式》「明勢」條說：

> 高手述作，如登衡巫，覩三湘鄢郢山川之盛，縈迴盤礴，千變萬態。文體開闔，作用之勢，或極天高峙，崒焉不羣，氣勢騰飛，合沓相屬。奇勢在工，或脩江耿耿，萬里無波，淡出高深重複之狀，奇勢牙發。古今逸格，皆造其極妙矣！

這是以山川所呈現的勢喻詩意組織所呈現的勢。詩意組織指物象及其間的關係，則勢係指境象中諸物象關係所產生的力量。作用工夫就下在諸物象關係的安排。

從以上說明可知，「詩人作用，勢有通塞，意有盤礴」點出了作用的兩個對象，一是物象或境象的特點（態勢）一是境象中諸物象的關係。物象或境象的特點屬於詩意的內涵，所以皎然從整體處說「意有盤礴」是作用的對象。境象中諸物象的關係能產生力量（勢），所以皎然從效果處說「勢有通塞」是作用的對象。其實，這兩個作用的對象都是境象，只是一個著重在特點，一個著重在關係。從讀詩方面來說，兩者是一體的。因此皎然作用的對象只是勢而已，為了說明勢生於何處（即作用的功夫要下在何處）才分兩邊討論。然而勢的領受須賴心主動把握。境象有勢，而心主動把握時，所領受到的是「情」。情的顯露也是一股力量，一股心理能量的釋放。

因此，勢和情這兩種力量相引而有別。有別意謂勢是境象之所現，情是心之所現。相引意謂兩者缺一則彼此都無法顯現。

由於勢和情是有別而相引的力量，如果詩人沒有作用的工夫而能生勢，也足以被心所主動把握而領受到情。於是生勢就有兩種途徑：一是無作用，一是有作用。無作用而能生勢者端賴詩人的真性情，詩語則非所措意。皎然曾以蘇、李詩為無作用的例子(前文已引)，此外，在「鄴中集」條也以劉楨為例，認為劉楨「語與興驅，勢逐情起，不由作意，氣格自高」。

作用的對象既然是境象中諸物象的特點和關係，並由此而生勢，則詩人作用已成時，就面臨一個關鍵問題：如何詩語始能將境象中諸物象的特點和關係呈現出來？境象中諸物象的關係和特點是由心（形象思維和抽象思維）所主動把握，於是詩語成了代替心的工具。它必須如心所見的呈現詩意。這和陸機〈文賦〉中，「言如何始能稱意」的問題相同，而皎然以「詩有十五例」和對句來解答這個問題。此外如果要使境象之勢能被人領受，首先必須使詩語能為人所注意。於是如何能使詩語能為人所注意就成為澈底達成作用效果的第二個關鍵。皎然在《詩式》中論及熟、俗都可以視為對這個問題的解釋。

皎然的「詩有十五例」因襲唐人研究詩格的成果。詩格即詩歌的語意組織⑫。唐人並未說明這些格、例的原理，只是從創作經驗中覺得理應如此。由於皎然論及作用對象及其效果，經深入探索，始知窮究作用必涉及格、例，而格、例的原理也必須溯至詩意的形成。

前文敘詩意形成時，曾說心涵形象思維和抽象思維。形象思維可稱為知覺作用，抽象思維可稱為智力作用。形象思維產生知覺概念，抽象思維產生抽象概念。思維在時間之流中進行，思維的對象就稱為境象。形象思維的結果，皎然稱之為情，抽象思維的結果，則稱之為事。在詩歌創作中，形象思維和抽象思維兼行，其結果——情和事——具有互涵的關係。詩意則兼含情與事。詩經要如心之所見的呈現詩意，就必須寫心。由此以觀「十五例」，則「十五例」的原理曉然明白。「十五例」除了第十三例「疊語」、第十四例「避忌」、第十五例「輕重錯謬」之外，其餘都是將前人詩作能把握境象中諸物象特點和關係者歸納成條例。這十二例根據境象的性質可以分為四類。第一，表述景物的境象，第二，表述事件的境象，第三以典故代替事件的境象，第四，以景物的境象引發情感。今分別說明。

表述景物境象即純粹描寫景物，而無詩人的觀點(即識)。至於詩人情感如何，在皎然所引詩句中並未涉及特定事件，因此也不易把握，只是顯出境象之美而已。境象之美就是境象中含有勢。這一類只有四例：即第七例「上句體物，下句以狀成之」，如「朔風吹飛雨，蕭蕭江上來」。第八例「上句體時，下句以狀成之」，如「昏旦變氣候，山水含清輝」。第十例「當句各以物色成之」，如「明月照積雪，朔風勁且哀」。第十一例「立比以成之」，如「餘霞散成綺，澄江靜如練」。這些例子都以名詞點出物象，以形容詞點出物象的特點，以動詞或副詞點出諸物象的關係，而諸物象的關係又增強了物象的特點。如此構成一個境象，而此境象猶如視覺（形象思維）的跳移。

境象有景物，也有事件。事件指人在某環境中所發生的事，這個環境可以含有景物、人物。

因此表述事件的境象通常有詩人的觀點或思想在其中，情感也隨之寄寓在觀點或思想內。這一類共有二例：即第五例「上句古，下句以即事偶之」，如「昔聞汾水游，今見塵外鑣」。第六例「上句立意，下句以意成之」，如「假樂君子，顯顯令德。宜民宜人，受祿於天」。以第五例所舉謝靈運〈從遊京口北固應詔〉詩句來看，事件是別離，而以境象「塵外鑣」表之。對於事件，心的活動是認知、感懷兼而有之，亦即形象思維與抽象思維兼而有之。以第六例所舉詩經大雅假樂來說，事件是頌揚。對於頌揚，心的活動與第五例同。

如果事件不願直說，而史事又與當前事件相似者，則可以用史事代替當前事件，簡稱「用事」。這一類共有四例：即第一例「重疊用事」，如「淨宮連博望，香刹對承華」。第二例「上句用事，下句以事成之」，如「子玉之敗，屢增惟塵」。第九例「上句用事，下句以意成之」，如「雖無玄豹姿，終隱南山霧」。第十二例「覆意」，如「延州協心許，楚老惜蘭芳。解劍竟何及，撫墳徒自傷」。由於用事的目的在於隱言詩人的情境，而非重述事典的意義，因此皎然對此有所分別。他將重述事典意義者稱為「用事」，而將借事以明詩人之意者稱為「比」。(「比」在皎然詩論中隱含形象思維的意思，見前文。)《詩式》「用事」條說：

> 時人皆以徵古為用事，不必盡然也。今且於六義之中，略論比興。取象曰比。取義曰興。義即象下之意。凡金魚草木，人物名數，萬象之中，義類同者，盡入比興，關雎即其義也。如陶公以孤雲比貧士，鮑照以直比朱絃，以清比冰壺。時人呼比為用事，呼用事為

比。如陸機詩：「鄙哉牛山歎，未及至人情。爽鳩苟已徂，吾子安得停。」此規諫之忠，是用事，非比也。如康樂公詩：「偶與張邴合，久欲歸東山。」此敍志之忠，是比，非用事也。詳味可知。

皎然為了糾正時人混淆比和用事，因此有此說明。所引陸機〈齊謳行〉，據李善注，係結合《晏子傳》和《左氏傳》所載晏嬰諷齊景公事。陸機詩句重敍史事，所以皎然認為是用事。至於謝靈運〈還舊園作見顏范二中書〉則不然。上句引漢書張良、邴漢故事，下句則為謝靈運胸中之志。這是借事典隱含詩人處境，因此皎然認為是「比」。根據「取象曰比」，事典就是屬於事件的境象，只是詩人不便顯言此事件，才以事典比況。

最後一類是先敍景物的境象，而繼之以感懷和觀點、思想。這一類有二例：即第三例「立興以意成之」，如「營營青蠅，止於樊，愷悌君子，無信讒言」，又如「明月照高樓，流光正徘徊。上有愁思婦，悲嘆有餘哀」。第四例「雙立興之意成之」，如「鼓鐘鏘鏘，淮水湯湯，憂心且傷」，又如「青青陵上柏，磊磊澗中石，人生天地間，忽如遠行客」。這兩種詩例只是所選的境象多寡不同而已。若據皎然「取象曰比，取義曰興，興即象下之意」的說法，這兩種詩例都是比在前，興在後，境象在前，感懷在後。而境象和感懷有相互襯映的關係，因此境象非任意選擇，感懷也不是徒然無謂。

除了四類十二例之外，寫心之所見者還有對句。對句的傳統可以遠溯經籍，有自覺的發展則始於南朝，從此對句分析益趨精密。皎然在此風習之下，也不免有所討論。但是他並非為了當時習尚而論對句，而是從寫心之所見而論對句。《詩式》「對句不對句」條說：

上句偶然孤發，其意未全，更資下句引之方了。……夫對者，如天尊地卑，君臣父子，蓋天地自然之數，若斤斧跡存，不合自然，則非作者之意。又詩家對語，二句相須，如鳥之展翅。若惟擅工一句，雖麗且奇，何異乎鴛鴦五色，隻翼而飛者哉！

足見對句是為了全其詩意，由此生勢。

格、例、對句既是使詩歌生勢（即作用）的方法，要使作用的效果為人所知，就必須在詩語下工夫。人對於語言每因過度熟習而失去敏感，從而漠視語言之所指。對於詩話，則因過度熟習而索然無味，自然無由領受境象之勢。況且熟習的詩語也確實無法呈現境象。因為境象是自身體驗，熟習的語言已成定式，缺乏呈現精微體驗的力量。為此，皎然對於俗對、下對、熟字、熟名、俗名、俗字、鄙俚俗、古今相傳俗等有所鍼砭，而推許創語。他以屈原為例，認為楚辭「文譎氣貞，本於六經，而製體創詞，自我獨致，故歷代作者師之。此所謂勢不同，而無模擬之能（疑「態」字之訛）也」⑬。固然，詩語脫略一代風習，每因時代鉅變、文物改易而偶然逢遇，如戰國秦漢之變春秋，魏晉之變兩漢，唐代之變南朝，民國之變明清。處詩語定型的時期，縱才高八斗也無能為力。然而獨創詩語仍有其蹊徑。這條蹊徑不在詩語本身求，而在卓然的詩意中求，於是又回到皎然「意先於語」之說。皎然詩式中越俗、駭俗、淡俗、戲俗諸條所述就是變創詩語的蹊徑。

皎然對越俗的說明是：「其道如黃鶴臨風，邈逸神王，杳不可羈。」駭俗則「其道如楚有接輿，魯有原壤，外示驚俗之貌，內處達人之度」。淡俗「其通如夏姬當爐，似蕩而貞，采吳楚之風，雖俗而正」。至於戲俗，皎然稍貶之，認為「此一品非雅作，足以為談笑之資」。皎然以情操譬況詩意，正因有此卓然的詩意，詩語才能夠不落入熟俗。

皎然作用之說是為了把握詩意中的勢。勢生於境象中諸物象的特點和關係，因此，作用即安排、採擇境象中諸物象的特點和關係。為了勢能被人所領受，皎然求之於詩語的經營，避免熟俗，唯取新創。新創之道除了偶遇時代鉅變而因緣際會之外，仍然仰賴「意先於語」，以卓然樹立的詩意引出新創的詩語。當作用完成之時，境象之勢躍然而出，姿態各異，皎然就將這些姿態各異的境象之勢歸為十九體。

四、德體

皎然對境象之勢的分類見於《詩式》〈辨體有一十九字〉條：

> 夫詩人之銳思初發，取境偏高，則一首舉體便高；取境偏逸，則一首舉體便逸。情性等字亦然。體有所長，故各功歸一字。偏高偏遠之例，直於詩體。篇目風貌，不妨一字之下，風律外彰，體德內蘊，如車之有轂，衆輻歸焉。其一十九字，括文章德體，風味盡矣！如易之有彖辭焉。今但注於前卷中，後卷不復備舉。其比興等六義，本乎情思，亦蘊乎十九字中，無復別出矣！

這段說明值得探討之處有二：皎然從那一個層面區分境象之勢？為何如此？此其一。十九體之間是否有條理可尋？此其二。這兩個問題的解釋都必須求之於詩意的形成。為此，不憚詞費將前文詩意的形成簡述於後，俾便說明。

「心」是詩意形成的動源，是思維之體。其性為「志」，即動性和向性。心以動性和向性而必指向物，物即境象。心指向境象必含有所思，所思即「意」。心有兩種思維方式：形象思維與抽象思維（以皎然用語名之，即比與興）。思維能力與生而俱，稱為「才」。思維在時間之流中進行。其中，形象思維激起情感，抽象思維形成知識。情感簡稱為「情」，知識簡稱為「識」。「識」在創作中永遠對事件而發，所以又稱為「事」。「情」與「事」即詩意，具有互涵的關係。詩意的產生固然需要「才」，也需要「識」。此「識」是「才」在社會化過程中形成的，泛指觀念、思想、哲學、人生觀、或意識形態等。此「識」與抽象思維所形成的知識（亦稱識）有別。抽象思維所形成的知識是為了孤立分析之便而說的，實際上，它含蘊了社會化過程中所形成的識。要說明皎然從那個層面區別詩體就必須藉助此社會化所形成的識。

社會化所形成的識是個人在生活中認知、情感和行為的指針。這個指針固然會因新的生活處境而調整或改變，但是它也有相當的穩定性，而且隨年歲而增強。穩定性使識在認知、情感和行為上表現出相當當固定的傾向，而成為個人的特質。由於識兼含認知和情感的內涵，而且因穩定而幾乎成為個人本性，因此，可以將前述個人特質稱為情性或情操。於是詩人在選擇境象以鎔鑄詩意時，就受到情性或情操的影響，並且透過詩語而呈現詩人獨特的情操或情性。皎然就是從詩人的情性或情操來區分詩體。「取境偏高，一首舉體便高，取境偏逸，一首舉體便逸」中的高、逸都是情操或情性的描述語。而皎然所以從這個層面來區分詩體，可說是「意先於語」之見使然。既然「意先於語」，則詩語的創新和特色都已決定於詩意之中，而詩意正是詩人情性或情操薈萃之處。觀皎然十九體各字，不乏道德描述語。而情性或情操發乎本真，對行為有所堅持，雖然不屬於善惡的範疇，也可視之為素養而稱之為道德。因此，詩體又稱「德體」。如此從詩歌來看詩人的行為素養，非但不落僵化的善惡道德觀念，反而更能曲盡道德行為的深微，而「風味」也就在這深微的情操之中。

區分詩體的準則既明，十九體之間的條理自然迎刃而解。十九體可分為四類：意為一類。情、思、氣、怨、悲、力為一類。德、貞、志、節、誠、忠為一類。高、逸、達、閑、靜、遠為一類。

皎然說：「立言曰意。」根據「意先於語」之說，言之能立必須以「意」為先。有卓然之意，而後有新創之詞。皎然又主張「詩貴創心」，因此「意」能成為一體，端賴新創。然而新創的詩意或詩語如何，皎然又沒有說明。可見「意」雖為一體，其實無體，只要能創，就稱為「意」。所創各有所長，則歸為其餘十八體。

詩意有偏於情感者，也有偏於識見者。偏於情感者非無識見，只是情多。偏於識見者非無情感，只是識深。皎然所謂情、思、氣、怨、悲、力就是偏於情感者，此六體說明了情的各種樣態。其中，以「緣景不盡」的情體為總綱。因為不論何種樣態的情感，總以境象中的景物來誘發。如果把情感的樣態從含蓄到奔迸排列，則以氣多含蓄的思為首，其次是詞調凄切的怨，其次是傷甚的悲，其次是風情耿耿的氣，最後則是體裁勁健的力。

詩意偏於識見者，表現出對境象（世事）所持的情操。這些姿態各異的情操大略有兩種類型。一類是德、貞、志、節、誡、忠，另一類是高、逸、達、閑、靜、遠。這兩類情操儼然受儒家和道家思想浸潤所致。儒家思想的浸潤偏於剛健，道家思想的薰染偏重於超越。當然，詩人情操有稟諸本性者，但是傳統人格理想的潛移默化也深具影響力。如果把情操的樣態從剛健到超越排列，則臨危不變的忠居首，其次是立性不改的志，其次是持操不改的節，其次是放詞正直的貞，其次是檢束防閑的誡，其次是詞溫而正的德，其次是心跡曠誕的達，其次是風韻朗暢的高，其次是情性疎野的閑，其次是體格閒放的逸，其次是意中之静，最後則是超越至極的意中之遠。

從情感和情操區分詩體固然可以不必拘於皎然所列的十八體，情感的含蓄、奔迸，情操的剛健、超越，也不必盡如前文的排列，然而以德為體已顯出皎然對詩體的細膩領會。此實自詩意入手的詩論有以致之。

伍、結　語

《文鏡秘府論》雜引唐人論文章語，以詩為多。大凡引皎然《詩式》都放在他家論詩語的後面。如《地卷》先錄十七勢，再錄皎然十五例，〈南卷〉論文意的前四十九條以「或曰」冠之，五十條以下才是皎然《詩式》，〈東卷〉論對也是先引元兢腦髓。如果比較《詩式》和他家論詩語，觀點大致相通，僅〈南卷〉論文意中他家論詩以「司馬遷傳賈誼」之說為粗疏，以司馬遷為北宗、賈誼為南宗，擬於不倫。則皎然《詩式》本多因襲。唯有十九體迥出唐人。不過以德為體並非始於皎然，而是萌芽於鍾嶸。鍾嶸將五言詩體溯源國風、楚辭、小雅，已是藉情感的溫婉、奔迸、蘊藉來區分詩體⓮。皎然則對詩意的形成有深切的認識，因此，推闡益為精密。至於敘述作詩法要的四不、四深、二要、二廢、四離、四不入、六迷、七至、七德等，都可以從詩意形成、取境、作用得到解釋，不復煩敘。

附註：

❶ 陳振孫《直齋書錄解題》卷二十二文史類著錄《詩式》五卷、《詩議》一卷說：「唐僧皎然撰。以十九字括詩之體。」

❷ 見許清雲撰《皎然詩式研究》，（臺北：文史哲出版社，民國七十七年一月），第二章資料考辨。此章分成書、版本、原樣，現存資料真偽，詩議、詩評、詩式的關係三方面考論皎然書的文獻問題。

❸ 仝注2，頁五十九。

❹ 仝注2，頁五十九－六十七。

❺ 以下凡引皎然《詩式》語悉據許清雲編《皎然詩式輯校新編》，（臺北：文史哲出版社，民國七十三年三月）。

❼ 見安海姆(Rudolf Arnheim)著，李長俊譯《藝術與視覺心理學》，（臺北，雄獅圖書公司，一九八二年九月，再版修訂），頁四七～四九。

❽ 仝注7，頁四四一。

❾ 《詩式》〈李少卿幷古詩十九首〉條說：「其五言，周時已見濫觴，及乎成篇，則始於李陵、蘇武二子。天與真性，發言自高，未有作用。十九首辭義精炳，始見作用之功。」又「文章宗旨」條說：「曩者嘗與諸公論康樂為文，真於情性，尚於作用，不顧詞采，而風流自然。」

❿ 詳細討論作用的論文有徐復觀〈皎然詩式作用試釋〉。文見中外文學九卷七期，頁廿八－卅二。徐先生從體勢和體用兩條思路入手。從體勢入手的理由是皎然詩式「明作用」前一條為「明勢」，而「勢」在六朝文學理論中常與「體」並稱。徐先生認為從靜態把握藝術形相時稱為「體」，從動態把握則稱為「勢」，並認為唐

代受古文運動影響，所以「勢」觀念比「體」的觀念顯著。至於從體用入手的理由，則受中國哲學論題的影響，並且在詩人玉屑卷十所引「不可」、「言用勿言體」、「言其用而不言其名」、「不名其物」諸條中尋得佐證。因此徐先生對作用的解釋是和體並列的，認為體指某事或某物自身，作用是某事或某物所發生的意味、情態、精神、效能。如果和體勢並觀，作用即勢。最後，徐先生評論皎然言用不言體、鍾嶸言體不言用似非論詩圓義，而應以體用不二為指歸。

徐先生之說從存有論入手，也能點出詩歌創作原理的精微處。但是皎然在行文中把作用當動詞用，係指使詩意生勢的方法。而詩意要能生勢實應上溯詩意如何形成。則從存有論探討作用實不如從認識論來得相應。因此，徐先生評鍾嶸和皎然也就偏了準頭。如果要從體用評皎然，皎然的詩論是即用言體。

⑪ 仝注10，頁卅一。

⑫ 關於皎然之前的詩格研究，詳見羅根澤《中國文學批評史》（隋唐），（臺北：鳴宇出版社，民國六十八年五月），第二章。又「格」的意義，據《文鏡秘府論》南卷論文意引或曰（羅根澤考證為王昌齡）說：「凡作詩之體，意是格，聲是律。意高則格高，聲辨則律清。格律全然後始有調。」則格即詩的語意組織。

⑬ 皎然對熟、俗的鍼砭和推許屈原製體創詞見許清雲編《皎然詩式輯校新編》，頁五與十五。

⑭ 鍾嶸區分詩體以情感（風力）為準，詳見拙著《中國文學理論史》（六朝篇），（臺北，華正書局，民國七十七年四月），頁二八六—二九〇。

中國文學批評中意義詮釋的途徑

游喚

一、由朱自清的詩多義說談起

朱自清的創作文名似乎掩蓋過他的理論學術識見。雖然一個人的創作與理論未必有直接必然關係，但朱自清的文學研究意見、之健康、之通徹、之新創，(就算前人已經提示過，但也是經他刻意提倡強調)，則不得不讓情隨事遷的後代人，讚嘆係之了。縱觀整部《朱自清古典文學論文集》全書，可知朱先生心力多半集中古典文學中的詩詞兩方面，及其相關的詩文評。其中我以為是堪做為朱自清詩學看法的基礎論點，就是他的詩多義說。在一篇題為〈詩多義舉例〉的文章中。(朱自清七十一，六〇至七七)他指出詩的瞭解要先從分析入手，他強調分析，原是有意反抗中國傳統古典文評家含糊其詞以為評論的弊病。所以他力主分析的重要。但分析之後，卻不可拘泥於每首詩的字句篇旨，只能容許有一個正解。所以，他主張詩有多義，分析的不妨廣博盡搜，再據上下文或通篇旨意，求得「切合」的標準。接著他以實例示範，分舉古詩十九首，淵明詩杜詩，山谷詩，彙集各家說法，末附以個人對人每一說法的理由解釋，最後，正反辯證，取得正解，有時竟因諸義並可通，竟認為皆可並存，並不專主一說。這是典型的中國古典詩詞集箋集評式那手法，與個人閱讀反應綜合的運用，允為一合理的解詩途徑。的確，自《清四家詩鈔》《宋五家詩鈔》《詩名著箋》以及《古詩十九首釋》，朱自清幾乎都不忘這個集評手法。顯然，這就是因他早已先建立詩有多義的理論基礎，才會順此基點而演生出肯定並襲用這種集評式的傳統評賞門徑。所以，他在一篇談詩的講詞中，就說過詩雖不如一般人所說那難懂，但詩的發達，因借助比喻或用典，往往傳達是不完全的。這也就類似近人所爭辯的詩的語言與一般語言不同的癥結所在。因為詩不是直說，詩要借助意象，而意象沒有所謂客觀投射，總是詩人一己主觀的感情所鍾，才選擇這意象，然而，意象終究是替代物，僅有的功能只在於跟要表達的意思有〝類似〞因素罷了。（福洛，七十六，頁一六五）再從讀者的欣賞閱讀而言，因為讀者讀詩時的心情或情景不同，朱自清以為了解也不同（朱自清，七十一，頁八八）。這種作品與瞭解都具有多義傾向的看法，就是朱自清古典文學理論的主要見解之一。

然而，吾人當注意的，就是朱自清在批評或解釋的過程中，臚列各家說法加以討論，表面上看來似乎在遵守多義的原則，但是隱約之中，也有一則鐵律在支撐，那就是當討論辯證結束後，或者其過程進行中，判定各家正誤時，朱自清的援據判準，仍然回歸到作品本身，而全以切合作品上下文或全篇的才算數（朱自清，七十一，頁六一）。因之最後決定作品時，也仍以作品為客體的依據，而忽略了藝術作品做為主體性意義宰制的形成之經過與結果。以及意義形成牽涉一時代風尚，乃至一文學傳統、一批評公司、一詮釋團體等因素在內，意義很難只是客體物般的中性存在，自成一封閉系統而已。其實，朱自清之所以會有專以作品為導向的意義決定論，乃是因為他所據以參考的安普森「曖昧七型式」的說法，正是西方現代批評上所謂的新批評流行時期，專以客觀分析，建立共同術語原則為主的作品分析，認為作品的客體本質，勝於一切，作品自成一圓滿自足的系統，不必考慮作品對於主體性效用如何。藍森的《批評公司》正是這種尖銳的作品客觀論主張。他以為批評的首要法則就是訴諸客觀，只有客觀，才是可信的權威。（藍森《批評公司》，引自佛業恩德，七十六，頁四十）當然，這種以作品為主的批評立場，無可厚非，名正言順，尤其講到分析的精密，除了作品本身，其餘還有可談的嗎？問題是一旦分析完成，進一步介入意義的瞭解，就不可能完全客觀了，而文學除了技巧本身的分析，其最終目的，還是要問作品意義在那裡？一字一句一描述一比喻的影射是什麼？想要對這些問題求得較完善的回答，便不能不多考慮些其它的因素了。譬如語言敘述的自身特性便有曖昧不明的現象，讀者閱讀過程的反應狀況，時間，情境，與意識型態等都關係著意義的形成。朱自清既已揭示吾人多義性的方法，度人以金針，於文學批評與文學教育的雙重示範，有目共睹，但是進一步的意義形成過程及其它相關問題，可惜並沒有深論，本文希望站在朱先生已有的基礎上，再細探多義性的其它層面，盼能稍補其闕。

二、意義的形成結構

關於意義的形成，不外是客觀與主觀的辯證。就認識感知而言，是觀念論與經驗論的分殊，就表達型態而言，則是語言觀的不同。但因為吾人之認知已很難不借助語言，因此，語言幾乎被當成是一種認知，一種感知的學習。這就引發語言的有限與無限之爭，語言的穩定與非穩定之辨。就中國古代的語言理論來看，至少是莊子的否定論與荀子的正名論兩大分殊，以後到了魏晉玄學的言意之辨與唐末以下妙悟神韻派的詩學綰合，卻成為中國文學鑑賞的主流之一，是中國藝術主體精神的泉源❶。所以，要問中國文學理論中的意象觀如何？實在是主體性優於客觀論，且中國道家哲學中的「道樞」「環中」觀念的發展，接合天人合一的生命體觀，使得國人的智識心靈，有反支離破碎分析的傾向，而達致智的直覺，所以現象與物自身的分隔因著「良心」與「順心」的瞭解而冲淡，甚至消失，這是早期西方哲學形上邏輯為主黑格爾思想難以企及的，直到二十世紀海德格的回歸大地，企求人之存在與世界存在處於中性和諧的境域，才比較有中西同情對話的可能機緣了(陳榮灼，七十五，一至五，又一六六至一六七)。可知，如果在本體論的瞭解上，堅守主客二元的相對主義，那麼以此為認識感知的基礎，人對意義的把握必然有其偏失，掛一漏萬，透不出活絡的生機。在文學的意義探討上，也會因此而顯露不同的方法途徑。延伸那種主客交溶的本體觀，在文學的解讀上，就不會孤立作品，或專宗讀者，而是要作品與讀者的對話，作者與讀者的交流。晚近讀者反應理論的興趣，正是西方二十世紀開始哲學典範的更替，現象學的趨來，才使得文學家得以大量借助像胡塞爾、海德格，或者伊佳頓的說法以建立其通觀的美感接受理論，貫時與並時的兼涉，宏觀與微觀並參，於是而逐漸走向所謂的〞主體性批評〃路數。至此，意義便不止如朱自清所借用的多義七式了，或者更早的瑞查茲所揭的意義四層次。把意義限定在1感覺、2作家的態度、3作品的語調、4作家的企圖等。(佛萊，七十四，頁二七六)而忽略了讀者主體性詮釋的地位，以及作品傳釋交流模式那相關因子。吾人只要比較伊佳頓的作品四層面，已考慮文學描述對象的圖式非即真實具體的客體界，而處處有其匱缺，須要讀者的介入，以補足那未定點，就可知意義的領受非作品或作者的專利權了(伊佳頓，六二，另參韋勒克，六十五，頁二四二至二四三及劉昌元，七十五，頁六七至七六的討論)。順此突破主客對立的現象學思考之運用，而有伍福崗•伊瑟的接受美學，終於把意義的境界拉大加深，讀者的地位終被肯定。以至此後相關的意識批評，或文學詮釋學，都離不開讀者做為意義形成過程中主體性地位的重視。我以為，西方的文學批評走到此路。才真正有可能與中國文學的賞鑑方式對觀❷，使到魏晉以降，在繪畫上宗炳的暢神美學，玄學上的言意之辨，文學上的才性鑑識，批評手法上的形象比喻描述，以及風格流派，妙悟，神韻一路的文學理論得以再次應驗其實際功能。並且也多少提供吾人重新思考自明代八股文評點而延伸的文學評點派價值，賦予評點手法的新看法，使評點中濃厚的閱讀經驗痕跡(如眉批夾批)，以及讀者主體性詮釋的評價，得以從整體綜合的眼光肯定它，知道不可把金聖嘆的小說評點僅僅類比於新批評的強調技巧認識，何況其它還有的史記評點，文選評點，詩詞曲評點呢❸？較可靠的途徑，乃是意義形成的結構至少須就三方面考慮，其一作者，其二作品的語言及技巧，其三讀者的瞭解等。作者牽涉的包括歷史背景，社會因素，文化傳統與文學成規(如典故)，換言之，即作品的外在現實(伊瑟，六十七，頁六九)。這些都是決定在先的。作者下筆之初，已有所選擇，或不自覺地受制其中，及至下筆，又須考慮文類的約制，以便藉著一種普遍公共可循的網路，而作品的意義與訊息得深藏其中，最後被組織成形(同前，頁八一)。接下來就是讀者的參與解讀，解讀之際，最大關鍵，就是時間的律動，閱讀其實就是時間進行中的事件。其次是讀者的想像，因為想像足以添滿作品中隨處可見的不足，並且補充那未完性的意義空缺。文學作品須要讀者的想像，因為想像，使到句子的連續所預置的集中印象結構，因著讀者的交互激盪，而慢慢成形(伊瑟，六十一，頁二二七)。讀者與作品之間最活潑的原動力，就是作品中的未完性，一種時刻存在的未完性，所以，意義的組成並無完點，而是充滿游移不完的可能，有關作品，時間與流動性視點，關係到意義的層面，是這樣的：

> 意義自身，有一種時序的等質，這種奇異的特質藉由作品的溶合過去、現在與未來的記憶和期望而呈現出來，作品的這種特質事實說明了意義是游移不定的，但那並未因此而減記憶和期望，反而因此把片斷的時序不必打斷地綜合起來。時序的總和形成許多不同敘述的綜合意義，那意義企求完美的呈現，是作品自身產生的。(伊瑟，六十七，頁一四八至一四九)

可知作品與讀者之間那關係是游移不定的視域，有許多可能，二者互相離合引生，所以，伊瑟用「互為主體性」來說明它。直到最後，讀者會組構一種普遍的綜合的意義。當然，伊瑟的重點在閱讀的過程，而不在最後的結果。過程中，讀者的任務是尋找作品的空隙，以及不斷自發的否定。空隙是導引讀者進入作品實際掌握閱讀的基本行為。而否定，是激發讀者另尋恰當的視點，以與作品重新建立關係(同前，頁一六九)。空隙是入，否定是出，出入之間，乃形成繁複的意義網路。伊瑟特別標示讀者閱讀的否定功能，不因否定而背離作品意義，反而因否定而引生新義，這是明顯地提昇讀者的地位，強調閱讀想像的作用。他在一篇訪問稿中說明否定有助文學作品意義，他說：

> 空隙，否定，相反的看法，都是用來讓未定性有種種不同的差異，組構成一種特殊的形式以便描述讀者與作品互動的過程，空隙使讀者進入閱讀過程的處境與結構中，否定逼使讀者選擇一種對待作品的特殊不同態度，而相反的駁斥，使到意義的瞭解，可能自當下作品事件中有所轉變。(轉引自單德興，七十六，頁五二)

綜上可知伊瑟的接受美學理論，承自現象學的觀物方式，以對待藝術作品，乃特重其中的時序，與意識流動過程，讀者藉著與作品的互動而生發意義。作品中提供意義的可能，則是閱讀中的空隙，否定與駁斥，所以，讀者的游移不定視點乃得以在時序與理想期望中，不斷交織成意義的網絡。我們認為伊瑟確實透徹地把握到閱讀美學的真實現象，也為文學意義拓展了無限空間。然而伊瑟用心指明閱讀現象，卻沒有告訴我們讀者到底憑什麼而具有對作品的否定、駁斥能力？

讀者又為什麼去添補作品中的空隙呢?伊瑟在作者這一項中,已指出社會、歷史、文化的影響,但讀者這一項,難道就沒有同樣的包袱嗎?也許伊瑟也默認讀者背後跟作者一樣的受制很多,但因他側重在閱讀經驗的過程本身,以致顧此失彼,亦未可料。無論如何,讀者重新獲取的作品意義實在跟閱讀所處時空的個人知識能力、信念、時代風潮、權力結構、意識型態等息息相關。類似晚近新歷史主義所關心的課題,在意義上的決定作用,委實不可漠視。知人論世,除了論作者作品之「世」更要注意讀者所處之「世」❹。再者,因著語言的種種不足(如前註❶所析),作品文字敘述的未定性,作品中的空隙,意義不可能只有一種,加上讀者的地位、介入,如新歷史觀的詮釋基準,建立在現世當下的情境聯想,可知意義已不再只限定在本文以內了。這樣看來,從前歷朝發生的文字獄,如著名的蘇東坡的烏台詩案,解釋者的曲解就不能只當作曲解,應當看成也是意義的一種,之所以不被多數人認可,乃是這多數人已無形中比附於某一注釋家的最先箋注意見,盲目地以意逆志,遂形成一種詮釋傳統上的正典,再不容異說旁解的攻訐、顛覆,謹守著一己的意識型態,不願跟別種的意識型態對話。何況,反對的人,還可搬出另一種附加的目的論,說曲解者在望文生義,陷害忠良,小人之行,隱而晦,無所不用其極,然後判完那是小人之道長的時代。先不論曲解者的對錯(其實對錯如今已是相對性,而非絕對性),首先得承認,曲解者的致之之由,還是因為已讀了作品本身,是曲解者與作品對話,互為主體性的瞭解之後,所引生的另一種意義,那還是意義之一,怎能一概視為異端邪說呢?其實苦心孤詣求那作品的唯一的解釋者自認為真實的意義,已經如墮五里(意義網絡之)霧中,必欲勉力為之，已然迷途而不返。所以，就在蘇東坡應台獄偵訊時，即令他一再自我寬解、否認，也已是作品成形以後的事了，其成形前的原始意念，自覺的，或不自覺的潛意識一面投射的，都已然在臨文之際，嗟悼悽愴之餘，溜入筆端，寄寓在文字脈絡中，成為作品潛藏的形上結構模式，充滿無限開示的可能，萬般輻射，只等讀者介入，歷經時空交織，而組構成意義的意義。就算東坡自己重新再讀那一組一組的文字，也很難一本初衷，毫釐無差的道出所以然來，何況，此刻的東坡正在面對眼前一座鞏固的，強有力的溢結構中心，他自己變為弱勢的詮釋者，難道不多少折於狐假虎威的暴力之下，閃爍其詞，甚或為了大全之計，虛與委蛇一番嗎？所以，東坡的自供也照樣不可視作烏臺詩案的唯一意義正典。如今試從新歷史觀的詮釋路數，或可明其所以然。吾人由是知道意義始於作品的未定性，經過讀者（詮釋者）的中介，而置於文化的環境中，不斷有對話、辯證，正反歧出的交遞嬗變。

三、意義的單向與多元

在中國文學批評手法上，理論的有宗經崇左，實際批評則有遵典與宗始。這與文學作品上的保守與創新兩大傳統同時進行，互為消長的情形極類似。不過，作品的閱讀會產生保守與創新的判斷，當然也還是在理論上已有質文代變的時序觀（如劉勰《文心雕龍》的時序與通變的觀念)❺，才能據以析別所以。反過來，創新與保守也是從作品的比較歸納，演繹而出的總概念，漸漸立為一法則。結果是，創新與保守仍然須由閱讀過程的欣賞、瞭解、詮釋，進而湧生意義的判斷。關鍵還是在讀者的主體性領悟上。下面請看文選學上的幾個例子：

《文選》卷二十九雜詩類有曹子建〈情詩〉一首，其中兩句「遊子歎黍離、處者歌式微」，意思粗看很明顯，細究之下，則有許多空隙，有待閱讀的添補。首先，就作者的策略選擇而言，他先已有崇典溯始的預設，用了黍離、式微兩個語典，做為溝通傳達的共同語碼，因為要表達遊子流落異地，長久以後，頗思歸鄉的詞彙或敘述，太多了，作者如今因著個人的選擇，主觀地用上黍離、式微，這是源生《詩經．邶風》與〈王風〉的兩首詩題，就意義來說，兩首詩的字句與全首本身的意義，就已不止一種，到底作者最初原始的意圖是截取其中那一種，恐怕當初自己也記憶模糊，況且能以意傳的，只是可見的精粗之一面，作者潛意識的底層另一面，即令當局者也是迷啊？然而幸好，這兩辭彙已被納入整個文學傳統中正典或非正典的詮釋資料，讀者閱讀的第一義來自這些資料，於是而有李善的探源式注解，把整首詩的可能辭彙探源，一一尋其出典何處，這就是李善注《文選》有名的「釋事而忘義」，也是典型的中國詮釋手法代表之一。這樣的手法已隱然成為中國文學實際批評的詮釋系統，各時代都有符合這系統的詮釋團體，在賦予意義的客觀解釋。卻完全失去了情境，與現世主體性存有的考慮。我以為這種注重詞與意的超時空穩定體，頗與西方的「作品互為指涉性」相類。由哈德曼提示的所謂正文觀念，乃是打破視作品所指為客觀存在，與人保有距離的身外之物。讀者惟藉語言以通彼岸，語言乃為中介之具，吾人靠它而斡旋調停於作品之間。現在，語言被看成非僅中介之物，語言成為現在的樣子，有許多實在非作家個人內在自我意識的真相，作家內在的視點經驗可能要用非調停性的媒介表達出（克萊傑，五八，頁一二三）。所以，正文，唯一的就是作家的身體姿態全部，自然，與人類的意識界。這樣子簡直太廣太抽象了。而每一位讀者又都是一種正文，小正文與大正文之間有形的交集是詞彙資料，無形的交集是想像力本身。也因此凡是走主體性詮釋理路的批評家，無不強調〝想像〞的功能。因為正文如此複雜，深層意義更難捉摸❻。而西方所謂的正文互指涉實在不止在有形的詞句典故之相承接上，還包括正文特殊處境擺置而由讀者不同時空的視點所領會的文外之意。這一層面，像李善注是少看到的。五臣注如翰曰：「黍離詩閔宗周之衰也，式微詩刺不歸也」（二九／二五）仍然根據詩序的意思，直到民國黃季剛的評點照樣遵之，並且批評「妄傳禪代之際發服悲哭之事」，說這種猜想作者曹子建是悲傷改朝換代，時不我予的意思不對（黃季剛，頁一三八）。其實這意見在于光華輯錄明人方廷珪的《文選評點》就已表達過，說這兩句可斷定當是，孟德在時作，若子桓篡位後，斷不取爾（于光華，頁五六〇）。如果真在弟弟篡位後，也敢寫這樣的憂時憫亂之情的詩，就「言之者無心，聞之者有罪」的刺意系統而言，曹子建必犯大謬，這裏，我們看到評注家的詮釋進路，要不宗於語典，做歷史探源，要不宗於作者，想逆回最初的意圖。顯然都有崇左宗經一元化的傾向。所以互為指涉的作品現象，在中國文學詮釋手法而言，便特別專指典故的詞彙承接與其系統旨意的遵守，不容做太多與前人箋注不合的臆想。譬如說一首的頭兩句「微陰翳陽景，清風飄我衣」，李善只是注出陽景一詞的出處在《春秋說題辭》這本緯書內，五臣注就全部擺落歷史的探源，直接說出兩句的比喻，以為微陰翳日，比喻「佞臣蔽君明而教令偪促於下以多征役也」，因為風比作教令，而衣服近體，所以有教令逼人之意（二九／二四）。如果順此意而下，縱觀全詩：

微陰翳陽景，清風飄我衣，游魚潛綠水，翔鳥薄天飛，眇眇客行士，遙役不得歸，始出嚴霜結，今來白露晞，游子歎黍離，處者歌式微，慷慨對嘉賓，悽愴內傷悲。（二九／二四）

可知全詩用的形象比喻語，近乎比興的傳統手法。詩中設為一敘述者，彷彿內在獨白之語，又必須曖昧其詞，援用自然時序物色，以資反襯，詩人的意識非直說方式，而是跟自然有著內在的綰聯，全詩因此見不到敘述者的影子，只有靠「直尋」去介入領會。若問意義，像五臣注的諷刺比興，也不能說沒有，因此，妄傳禪代之際發服悲哭之事，也不是不可能。不必定如黃季剛標榜的要遵守「斷章賦詩」的傳統詮釋手法，斷取黍離，只取行邁之義，斷取式微只取望歸之意。換言之，兩句只在寫旅人走了很久，很想回家罷了，毫無諷刺改朝換代，乃至憂時憫亂的意義。同樣，五臣注首二句，隱約帶有諫君諷主的意識型態色彩，也不是不可能了，誰知五臣注常常存心反李善的歷史探源，要把李善忘的義找回來，便有許多新的閱讀臆想，卻被李匡義評為「大誤」，丘光庭譏為乖疏，認為有太多主張，洪邁也說五臣注強解事。蘇東坡甚至說是「真俚儒之荒陋者也」❼。像首二句這裏五臣注的衣服聯想、清風聯想，就是一例。假如五臣注要冒「感動謬誤」的危險，那麼，李善注或其它評點家要直追作者的原始本意，也可能落入「意圖謬誤」的危機。做為一首文學的藝術作品，只要它的藝術本質夠了，作品本身會直接散播各種可能，因著上下文，緣乎正文的互相指涉，作品隨時有匱缺，須要添補，讀者閱讀判斷領悟的複雜意義網絡，委實非作者始料可及，像這首全詩讀完的綜合印象，評點家孫月峰竟然會有這樣的感覺說：「調清逸且近今，不類子建，大似安仁」，純從風格流派的領受，藉正文互為指涉的功能，而有如此懷疑原作者身分的閱讀經驗，擺在歷史考證派，原詮釋團體面前，豈不更荒陋大謬呢？孫月峰的批點未必是，但果真要如探源法一直問到作者到底什麼意思，可能嗎？即對而言，也可能情隨時遷，感慨係之，而內心有不能已於言者了。

再看《文選》卷四十錄的一篇阮籍寫的〈為鄭沖勸晉王牋〉，據李善注引史傳說是阮嗣宗奉鄭沖之命而寫的，評點家也引用世說言本書，說鄭沖「遣信就阮籍求文」，當時阮籍在朋友家正喝個大醉，於是「扶起書札為之」，竟然無所點定，寫成這篇神來之筆的妙文（于光華，頁七六三）。現在問題來了，從兩項史書資料，先知道這篇文章的第一義，是寫鄭沖等一批公卿大夫看到魏帝既已封司馬昭為晉公，賜太原等十郡為邑，表面上裝著謙虛，不好接受，鄭沖等人才上書勸進，表明忠誠擁護的決心。這是文章的始義，已成為一切解釋的正典，然而這層始義要轉達給阮籍，已經有阮籍做為讀者身份的介入了，現在再由阮籍複述，正文本身早已歷經交流互動的過程，而阮籍的書寫，因著語言文字本身的特性，有著歧義衍義的可能。所以，阮籍寫出來的，是否合乎始義，已非阮籍可左右了，雖然阮籍未嘗不亦步亦趨，依樣葫蘆，但就算未改初衷，叫其它的讀者再介入閱讀，也很難「蕭規曹隨」，譬如評點家就擇取文中一段說：「雖為勸進，末卻諷以小讓，頌而不失其正，是阮公本懷。」（同前，頁七六四）這層新意義是直接從正文得出的，在勸進的始義之外，又看出諷義，顯然，評點家是認為阮籍寫此文不完全是勸進，還埋了伏筆，隱約帶有諷刺的意思。這算是這二義了。評點家至此不但跟阮籍鄭沖交流，更與作品對話，而溶入整個正文閱讀意之中，正文有「隱秀」的技巧，使到「情在詞外」與「狀溢目前」一一浮現。讀者與句子相互叩問，所以，評點家讀到「明公盛勳，超於桓文」這句時，頓感話有玄機，意在言外，乃下批語說：「句有斟酌」（同前），此時，正文是一種活動體，讀者的流動視點不斷在游走，與作品商量，經過：懷疑、否定、再認、新出，而引生意義。到了何義門的評點，已經幾乎破解了自史傳立之下的正典意義了，他說：

阮公亦為此耶？抑避禍耶？許以桓文，諷以支許，是其巧于立言處！（同前，頁七六五）

這段評語又拈出避禍的意思，對照史傳勸進說法，簡直南轅北轍，照何先生的解讀，阮公不十分樂意寫，勉強寫，也不主張司馬昭功高震主的明目張膽，要司馬昭謹守封建制度的君臣之規，說穿了，真是司馬昭之心不可法也。這是何義門就文句語義，溶合他對魏晉歷史政治的瞭解，參考注釋的正典意見，所作的辯證質疑解讀。也就是作者之義、正文之義、語境、上下文絡，綜集研判所得。至此才達到所謂的詮釋情境，而出現主體性批評的地位，一種無可避免的「詮釋循環」之必要。也就是在方法論上，從整體與部份的通體考慮，在本論上，從傳統訊息到特殊領悟的一種瞭解情境，以便接合最後本義使成為普遍認識，達致理論的終極（布萊秀，頁二六七）。這種經過如伊瑟所說那閱讀現象而獲取的意義，就類似當代詮釋學大師里柯爾的詮釋之道，是由第一義第二義溶合而入的悟解（里柯爾，六十五，頁一四）。剛剛說到何義門的個別領悟來自他的歷史知識，主要是他能從歷史資料中有所選擇，作通觀的辯證，不像李善，定要謹守合乎作者意圖的歷史資料，而忘了自己與正文的交流。顧彼（作者）而失此（作品正文），終究是停留在第一義罷了。所以，歷史主義也講究，往往意義先從這裡來，但歷史主義不要成為正典的護身符，應當吸納以資閱讀策略的運用。像方伯海的評點，順著何義門的提示，做了歷史事件的比較，說取意義的源由，他說：

> 操以相國加九錫，受十郡。封魏公於漢，司馬氏亦尤而效之於魏。所謂君以此始。亦以此終也。嗣宗非逐羶附臭者，此牋定有所迫而成。然一路只據晉之現在功績，而以陣馬風檣之勢行之，到末直自吐露心胸。而以直讓與假讓當面一照。莊中寓諷，仍是加以美名。故言者無罪也。公殊不似醉人。（于光華，頁七六五）

這是一方面從歷史事件印證阮籍文章所舉的勸進史實，結果都不免篡位之嫌，來給前人所提的「諷」義做進一步解釋。把伊尹呂尚周公的封爵放一邊，專門在意阮籍所引魏公受漢封九錫的事，類比今天晉祖的進位。真是阮籍之用心也良苦。方伯海再從這一點，引出直讓假讓的意義。至此，方氏可謂合歷史主義與正文詮釋於一爐，而完成了類似當代詮釋學所謂的貫時並時的雙重悟解（葉嘉瑩，七十八，頁六十四至六十六）。也正是常州派詞論家譚獻說的：「甚且作者之用心未必然，而讀者之用心何必不然。」而這種經過讀者用心過的衍義，葉嘉瑩說是「似而非是」，巴爾特說是「第三義」，陳世驤說是「其為物也多姿」的「姿態」。要之，評點家本著中國文學理論，與中國哲學本體觀的基礎，落實為實際批評時，在在顯露主體性詮釋的進路，而主多義詮解的策略，現在歸納評點家的意義詮解途徑如下：

其一：正文的意義不一，首先途徑，當從作者開始，但正文本身已有表面意義，進而求之，更有隱而未顯的歧義，猶如投影一段，照之得其形，棄之一片空白。

其二：那個屬於正文的投影，是一端而多狀，好像月印萬川，待讀者介入，興起閱讀意識，於是與作品交通，句斟字酌，乃下批評。所以說，任何批點，都是閱讀意識的行為。

其三：繼閱讀意識而起的，是辯證正、反、合都有可能。這時評點是做添補空隙的功夫。

其四：一旦評點完成，就可算一趟詮釋情境的完成，這時作者、作品、讀者已溶為一體，而由主體性的瞭解去把握。

其五：評點家辯證過程中，特別重視歷史觀，包括知人論世，作品的互為指涉（如事典語典），但也不並不十分持歷史定論，更多的時候，也表示懷疑。所以，評點總是朝多義說那傾向發展。

這裡所謂評點家的五種途徑，包括對技巧、文類的體認，對身世時序的瞭解，還有傳統詮釋系統的參考。最後的目的就是完成作品意義的領受。其中有關作品客觀的分析與歷史資料的分辨，歷來前輩批評已說過用過幾乎變中國正統的詮釋手法。要看出評點家有什麼特別處，恐怕就是做為讀者身分的直接介入，大膽指出正文隱而未顯的「默義」，有時設身處地，有時也不忌諱越俎代庖，反而通常評點家的獨到處就在這裡。而這正是中國文學實際批評主體性意義詮釋的可貴處。晚近西人頗強調的主體批評主義，注意客體物有其想像面紗的成分，不盡能寂然靜定立在人身之外，所謂的真實也就是想像的真實。像十八世紀布雷克的創作觀，還有渥滋華斯與科律烈姿談到人的心靈與自然的企合，可算是英國文學中觀物方式那一種新風潮（普萊敏捷，七十五，頁二七一至二七二）。所引起的文學相關討論便有客觀與主觀的對立，相應於文學批評，也就有像新批評接近極端客觀主義的分析立場。才要勞駕布萊秀先生憤慨而起，竭力抵抗，寫了一本大書叫《主體批評》，從各種文學批評手法比較後，提出意義須要讀者主體介入的主張。他以為只要一種語言涉及比喻象徵的形式，那麼，便有被「再象徵」的可能。所以，凡是企圖對那被象徵物的解釋時，必然決定在那解釋者對彼物的整個經驗認識與瞭解，然後再重新組構。想要去組構文學意象，就是讀者一種內在自發的觀念，而其所資藉以憑瞭解的方法，也同樣是自發的行為（布萊秀七十頁二三七）。布萊秀最後的結論，是說例謂真實的客體乃指字句與作品，另外還有象徵的客體是屬於語言系統與文學傳統，而這一切的主宰是在讀者、在人，因為每一位讀者（或人）都隨時在說話、閱讀寫作（同前，頁二九八）。這看法是自新批評以後的一大反動了。從極端的客觀再轉向幾乎也是極端的主觀。的確，哲學上價值的肯定也早已有主客的對立辯證，而佛朗蒂茲用人在喝酒，滋味自在心中比喻主觀領受的最後決定論，而提出一種價值判斷的完形性質，認為價值乃是一種特定存在的情境（佛朗蒂茲，七十五，頁一二五至一三一）。可見得主體性對意義與價值的決定，影響很大，乃是人文學科內在律則的一項。所謂主體性，簡單說，凡是一種理論把個人經驗當作實際認知的唯一基點者，甚至認為一切客觀知識都來自人的主體，這就叫主體性（布勒克，七十，頁六〇九至六一〇）。這麼說簡直就沒所謂的客觀了。把客觀當成幫助瞭解溝通的方法，從這樣看來，評點家在評點時，也儘量擷取時人與前人的意見，並就作品論作品，其實也不過是暫時的權宜，最後關頭，評點家會一語道破，直探本心。以當下的存在情境所感受到的為意義的主旨。像《文選》卷六十取的任昉一篇〈齊竟陵文宣王行狀〉說文宣王這人頗能諮諏善道，察納雅言，很有慕賢高義，因此請畫工把前賢的像畫出來掛看，天天朝夕相對，可收提醒之功。另外旁邊也畫上匹婦淑女，於是有客人來諫，指出這樣不算好德之義，反而有好色之譏。任昉的文章寫到「未見好德，愚竊惑焉，即命刑削，投杖不暇」（六〇至一六六），是說竟陵王聽了，趕忙取下匹婦淑女畫，投杖謝過，如子夏之舉。李善的注，看到文中有投杖謝過二詞，就引《論語》、《禮記》說取二詞出典。至於何義就沒注。五臣注不引原書，只用自己的話復述一遍，其中說到：「言竟陵王知過，投杖不暇，言急而忘投也。」（六〇至一六六）就已涉入讀者想像的詮釋了。好一個急字，道出投杖不暇這一詞的生機，至於當時竟陵王到底急不急，實在很難追究。但是，五臣注之所以敢如此想，一定也先參考「投杖謝過」的傳統詞義，且集中在正文字句，並未溢出。到了于光華的評點則說：「二句言其從善之勇，曾子怒，子夏投其杖而拜之，謂謝過也。」（于光華，頁一一二九）這裡再就投杖一事，想像當時竟陵王的「從善之勇」，一個急字，一個勇字。都立刻把語詞透過主體想像而作形象化的詮釋，這正是評點的趣味所在。可知意義固然有其客觀的先前存在，但真正的實踐尤在讀者自身。而一切傳統的訊息（出典，注疏），都要當做一種意義的正文。其中蘊植默義，無比潛藏，因為傳統做為一種詮解途徑，不過是為了在每一種言說達中適切主體關係的引導罷了（杜安豪爾，六十九，頁五〇）。

四、結　語

經過以上的討論，得知多義說在中國文學理論與批評兩方的例子，早已有之。理論上從儒家的詩學方法主連類比喻，博引安詩到孟子的以意逆志，不拘辭面。都再再提示意義的多重可能。以至道家從語言與觀物方式那徹底反思，衝破相對性的辯證，而達致道樞環中的本體觀，更是容受著多義傾向的最大原動力。所以，從六朝開始的文學自然主象傾向與繪畫暢神美學的勃興，多少已開展了內在領悟美感的一面，意義因此更活絡了。簡單說，六朝的形象比喻批評語彙已屬於主體性詮釋的層次。陸機〈文賦〉與劉勰《文心雕龍》都在理論本質之討論過，以後從司空圖《二十四詩品》一路以下到妙悟、神韻、性靈的詩學，論者以為與禪學方法有關，固無疑義，但先前中國儒道的思想也是它可能開展的泉源。中國文學理論與批評的主體性傾向本來如此，實際的手法，最可以從評點之看出來，本文只取《文選》評點學為例可見一斑。評點的夾批眉批，是一種集評式詮釋手法。所以我認為多義說那功能要充分發揮，務必要承繼集評式的注釋態度，整個文學的賞鑑，最基本的功夫，也就是集評（可惜，台灣學術界很懶得做集評）。第二步就是在集評後的案語，不過案語要注意的，在討論辯證集評所引各家意見時儘量少作不必要的正誤判斷，尤其不要再落入一元化中心的詮釋體系，少一點歷史探溯的盲目崇尚，多一點像五臣注與評點家的望文生義，或臆測文外之義，即力守多義說原則，最後，不能僅止於為集評而集評，忽略了當下詮釋者的存在感，給自己留一片天地，大膽地提昇做為閱讀者的想像權利，堅持意義主體性的位置，不要讓集評到了吾人手中就結束了。後之視今，亦猶今之視昔，今天的讀者不留下意義的紀錄，後世的再集評者那裏找得到這一代詮釋行為的痕跡呢？

附註：

❶ 關於中國古代的語言理論，有二種意見值得注意，一是王力《中國語言學史》提出荀子認為語言具有民族特點、穩固性及社會性（參王力，七六年，七月，頁九至十二）。的確荀子的語言觀，承襲自儒家的正名主義而稍加變化引伸，提示大共名、大別名的觀念，已漸漸導向語言邏輯的思考。這種語言求真的看法，與道家的語言觀旨趣大異。張亨〈先秦思想中兩種對語言的省察〉一文有詳細的討論（張亨，頁二八四）。張先生以為先秦所謂的兩種語言即是莊子與荀子的不同。莊子勸人無貴書，蓋意之所隨，不可以言傳也，怎麼能寫書呢？張先生指出莊子批評語言的不可信，因為莊子最終承認者乃一絕對的實在。此實在內存於生命中，是自我的主體，這一主體不屬於科學，無關乎宗教道德，而是藝術的。此後魏晉玄學興趣，有言意之辨，張先生以為王弼郭象忘言忘象的方法，始於莊子對語言的意見。於是這種把握主體性的藝術精神，乃成為中國藝術文學的淵泉。這是以主體性詮釋莊子的新看法。其它有關言意之辨與古代文藝的關係，可參袁行霈〈魏晉玄學中的言意之辨與中國古代文藝理論〉一文（賀昌羣等七三頁至九至十八）。袁先生在討論言意之辨在文學上的應用時，也上溯到莊子的語言觀，最後提出：「言外之意，絃外之音，象外之趣，都是以有盡寓無盡。但是這有盡的言所包含的意味，它們所給予讀者的啟發卻應當是無盡的。當然，任何一首詩都有它基本的主題與內容，可是不同時的讀者，或同一時代的不同讀者，聯繫各自的生活經驗，對它的內容可以有不同的體會。即使是同一個人，不同的時候讀同一首詩，也會有不同的感受。中國古代的詩論特別重視詩歌語言的這種啟發性。」（袁行霈七三頁十九）此段話已注重閱讀過程與讀者反應，實在與伍福崗、伊瑟的接受美學理論有幾分相似。另外關於道家美學討論，引出離合引生，空納空成的辨證方式，也可以對觀伊瑟的讀者與作品

的交流過程。參葉維廉〈無言獨化：道家美學論要〉一文，收在葉維廉，六九頁二三五至二六一。

❷ 有關援用讀者反應理論與接受美學討論中國文學的論文，當以單德興，七十六，為最周延。又張漢良的〈匿名的自傳作者羅朗巴特／沈復〉也是，見張漢良七十四頁四至十七，又葉嘉瑩〈說秦觀踏莎行〉一文亦援用讀者反應理論以解古典詩詞，晚近葉氏許多詮釋宋詞與王國維的苕華詞之論文，皆多少援用此法。見葉嘉瑩七十八年頁六十四至七十三。其它單篇介紹論述讀者反應理論的，可參周國良，七十八年八月頁四十七至五十一，又七十八年十月頁二八至三十一，新近讀到葉氏出版〈中國詞學的現代觀〉，乃收集在大陸講學與專欄的文章，可算是運用現象學、接受美學、讀者反應理論於中國文學較有系統之賞評策略。

❸ 有關小說評點的重新詮釋，可參康來新七十五、六月，頁三十五至五十九，在第二章裡，討論金聖嘆、毛宗崗、張竹坡的評點方法。又鄭明娳七十六、十二頁二七七至二九六，也類比金聖嘆的小說評點與西方小說家係羅勃史密斯與佛斯特，認為與金氏不謀而合。其它有關小說評點者，有朱鳳玉六十八、單德興七十五頁一三十五至一五六、盧慶濱七十七頁三九五、韓南六十八。

❹ 吾國先秦時代語言觀分為儒道兩途，儒講正名，語言求其穩定，道講未完，語言有其不足。道的一路，有這樣彈性的語言觀，理當在文學的讀之有大用，可惜並不曾多用心於此。譬如《莊子》一書於郢書燕說後的一段評論，認為近世儒者多類此之臆說，言下之意，似有鄙薄。可見莊子並不贊成文章之外的連想。儒家於此則不然，在實際解讀詩，孔子之提示興觀羣怨，舉一反三的推想，所謂興，就是引已譬連類（孔安國註），照郭紹虞的解釋，就是本文外的體會。孟子更有實際的解詩方法，即習稱的以意逆志，知人論世，問題在孟子所逆的志，所論的世，仍以作者的志，作者的世為主，可能嗎？假使作者與讀者同處一世，乃至毗鄰而居，甚至作者夫子自道，都不可能對作品只有一種解釋，何況意義的生成，還有其它因素呢？照郭紹虞的看法，認為孟子這種以意逆志，全憑主觀的體會，終究不是客觀研究的方法，所謂以意的意，本是漫無標準（郭紹虞六十三，頁二十三）。對，正是這一個漫無標準，才提醒吾人對於意義的多元，要考慮其餘的因素。這就是吾人不得不參酌晚近興起的新歷史觀的看法，按廖炳惠在一篇〈新歷史觀與莎士比亞研究〉一文中引介馬

肯力的說明，認為新歷史觀不擬追尋歷史原意，挖掘事情之本來面貌，將現在的歷史性，歷史處境抹煞，彷彿我們仍是古人的同仁。那只是沒查覺到：詮釋活動本身已意味著古今在時空上的差距，且研究成果勢必為臆測、重整的產物。詮釋者只求解釋及瞭解語言底下的論述意義，遂讓現在隸屬過去，把我歸給他人，盡力壓抑非作者，作品之外的因素，臣服於作者意圖的權威底下，無法發揮批判意識型態的作用（廖炳惠七十六頁二十五）。對，這就是貫時並時，宏觀微觀兼具的詮釋活動，吾國自知人論世以下，很多文學的研究發在作者身世背景，作品繫年的方法，正是新歷史觀所要批判的，至於講技巧的批評，又僅止於作品本身，也沒有觸及作品以外的因素（參劉若愚七十頁一八五至二〇六）。有關晚近文學研究的西文著作，真可說是汗牛充棟，在傅柯·里柯爾，詹明信伊果利頓，哈山·德希達等的研究專書中，以及希爾頓《當代文學批評導論》一書附錄中，均可見到，中文單篇論文除前揭廖文之外，探討意義與權力架構關係的論文，請參葉維廉七十六，頁四至三十六。另外，由蘇則蘭·約翰綿輯《歷史研究與文學批評》一書，收集十二篇論文，分別從歷史學、意識型態、傳記與女性思潮等幾方面探討文學意義，可視為近年的研究成績，書末並附有詳細的有關作品之外的引用其它學科的研究座談題綱，可參考（蘇則蘭七十四）。

❺ 有關中國文字保守與創新的說明，可參傅庚生〈中國文字批評通論〉（傅庚生六十五，頁一八七至一九七）其中討論變革與作家才性及時代、地理的關係。又葉慶炳〈中國文字家的保守觀念與創新作風〉，則特別就文學史上的事例討論。（葉慶炳六十四頁二十六至三十三）

❻ 晚近所謂「正文」的觀念已近乎歧義乃至模糊，甚或相反相成的怪現象，此處依哈德曼首次提示此術語的界說為主（見哈德曼四十三頁一五五）。而其相關解釋則仍以克萊傑的演繹為宗（見克萊傑，五十八）。由此正文引生的正文互為指涉性，則更是眾說紛紜了。惟類似中國文學典故的這種互相指涉也是其中一題（參賴伊，七十三，頁一一七，一三二至一三三）。中文詳述目前以于治中〈正文，性別，意識型態〉一文為最詳（于治中，七十八，頁一四八至一五八）。因為克萊傑已指出哈德曼的正文觀念其實來自歐洲思想的影響。于文就是直接從歐洲思想，尤其法國的正文理論探討其始末。

❼ 有關李善注與五臣注《文選》的優劣，真乃文選學的一宗懸案，至今未有詳細全面的評估，筆者撰博士論文《文選學新探索》，已立專節略示其一，可惜不全，當另文專論。據個人觀察，初步意見是五臣注頗符合晚近接受美學強調讀者個人經驗與想像功能的手法，因此常有文外之意。但因抵不過李善注書所用的歷史探源法，遂不被宗李注所形成的詮釋系統所接納。以上所舉評五臣注者，不過其中之一，諸家意見，已見引於駱鴻凱文選學（駱鴻凱，頁六十六至七十）。

引用參考書目及期刊

朱自清，七十一年五月，《朱自清古典文學論文集》。台北：源流文化事業有限公司。
福洛・羅傑，七十六年，《現代批評語彙詞典》。倫敦：路特萊茲有限公司。
佛萊恩德・伊利 莎白，七十六年，《讀者的循環》。倫敦：曼遜有限公司。
王力，七十六年七月，《中國語言學史》。台北：駱駝出版社。
張亨，七十二年七月，先秦思想中兩種對語言的省察，刊於《思與言》雜誌，第八卷第六期。
袁行霈，七十三年一月，魏晉玄學中的言意之辨與中國古代文藝理論。收在《魏晉思想》一書中。台北：里仁書局。
葉維廉，六十九年一月，《飲之太和》。台北：時報文化出版事業有限公司。
陳榮灼，七十五年，《海德格與中國哲學》。台北：雙葉書廊。
佛萊，諾斯洛普，七十四年，《文學手冊》。紐約：哈普出版有限公司。
伊佳頓・羅曼・格萊勃維茲（英譯），六十二年，《文學藝術品》。伊凡斯頓：西北大學出版社。
劉昌元，七十五年一月，殷佳頓的文學理論，刊於《中外文學》，十四卷八期。台北：中外文學月刊社。
單德興，七十五年十月，脂硯齋評點紅樓夢研究，刊於《文學與語言研究》，二期。台北：台灣大學外文系出版。
朱鳳玉，六十八年，《紅樓夢脂硯齋評語新探》。台北：文化大學出版社。

盧慶濱，七十七年六月，八股文與金聖嘆之小說戲曲批評，刊於《漢學研究》六卷一期。台北：國立中央圖書館。

康來新，七十五年，六月，《晚清小說理論研究》。台北：大安出版社。

鄭明娳，七十六年，十二月，《古典小說藝術新探》。台北：時報文化企業有限公司。

韓南（編）六十八年，《中國小說批評與理論專集》。紐約：普林斯頓大學出版社。

伊瑟，伍福崗，六十七年，《閱讀行動：美學反應理論》。巴爾的摩：約翰霍普金斯大學出版社。

伊瑟．伍福崗，六十二年，《內含讀者》。巴爾的摩：約翰霍普金斯大學出版社。

伊瑟．伍福崗，六十一年，閱讀過程：現象學的考察。刊於《新文學史》六十一年三期頁二七九至二九九。

伊瑟•伍福崗，六十年，未定性與小說閱讀反應，收在《敘述學面面觀》一書，頁一至四十五。米勒．希利斯（編），六十年。紐約：哥倫比亞大學出版社。

單德興，七十六年五月，小說評點的新詮釋：小說評點與接受美學，刊於《國立政治大學學報》第五十五期。台北：國立政治大學。

張漢良，七十四年九月，匿名的自傳作者羅朗巴特／沈復，刊於《中外文學》，十四卷，四期頁四至十七。台北：中外文學月刊社。

葉嘉瑩，七十八年二月，說秦觀踏莎行一首，刊於《女性人雜誌》創刊號，頁六十四至七十三。台北：女性人雜誌社。

周國良，七十八年八月，讀者心目中的文本，刊於《鵝湖月刊》一五卷二期，頁四十七至五十一。台北：鵝湖月刊雜誌社。
周國良，七十八年十月，從效用到意義—讀者反應批評試論，刊於《鵝湖月刊》一五卷四期，頁二十八至三十一。台北：鵝湖月刊雜誌社。
劉若愚，七十年九月，杜國清（譯），《中國文學理論》。台北：聯經出版事業公司。
郭紹虞，六十三年九月，《中國文學批評史》。台北：平平出版社。
廖炳惠，七十六年四月，新歷史觀與莎士比亞研究，刊於《中外文學》雜誌十五卷十一期頁二十二至四十八。台北：中外文學月刊社。
葉維廉，七十六年十月，意義組構與權力架構，刊於《中外文學》十六卷第五期頁四至三十六。台北：中外文學月刊社。
蘇則蘭•約翰，七十四年，《歷史研究與文學批評》。麥迪遜：威斯康斯大學出版社。
葉慶炳，六十四年九月，中國文學家的保守觀念與創新作風，刊於《中外文學》四卷四期。台北：中外文學月刊社。
傅庚生，六十五年，二月，《中國文學批評通論》。台北：經氏出版社。
哈德曼•傑佛利，四十三年，《不能調和的視點》。紐海芬：耶魯大學出版社。
克萊傑•謬利，五十八年，文學閱讀中的語言，視點及其相互配合，收入辛格利頓•查爾斯（編）《詮釋：理論與實際》一書。巴爾的摩：霍普金斯大學出版社。

賴伊·威廉，七十五年，《文學意義》。牛津：巴斯利·布萊克威爾出版社。
于治中，七十八年六月，正文、性別、意識型態，刊於《中外文學》十八卷一期。台北：中外文學月刊社。
黃季剛，六十六年一月，《文選黃氏學》。台北：文史哲出版社。
于光華，六十六年九月，《評注昭明文選》。台北：學海出版社。
駱鴻凱，七十八年九月，《文選學》。台北：漢京文化事業有限公司。
葉嘉瑩，七十八年九月，《中國詞學的現代觀》。台北：大安出版社。
布萊秀·喬治，六十九年，《當代詮釋學》。倫敦：路德利茲出版社。
里柯爾·保爾，六十五年，《詮釋理論》。德克薩斯：德克薩斯基督教大學出版社。
佛朗蒂茲·瑞色萊·黃霍（譯），七十五年，《價値是什麼》。台北：聯經出版事業公司。
布勒克·艾蘭，（編），七十年，《現代思潮大辭典》。倫敦：喬叟出版社。
杜安豪爾·伯納，六十九年，《沈默：現象學及其本訊息》。伯明頓：印第安納大學出版社。

再評蔡英俊《比興物色與情景交融》

——「比興、物色」與「形似」：由文心雕龍看「情景交融」論的芻形

鄭毓瑜

書　　名：比興物色與情景交融
著　　者：蔡英俊
出 版 處：大安出版社
出版時間：民國七十五年五月初版

現今文學理論的研究，漸漸已擺脫專家分論的方式，而趨向針對一系列的觀念、主題進行探察。每一個觀念、一項主題，由萌芽、成形乃至於正式提出，可以說都有其悠久的演變過程；這其中不必然是運用相同的字、詞來指稱，也許是屬於同一範疇的論點、概念，卻有個別的名目。所以，文學理論的研究者，必須有理亂治繁、抽絲剝繭的工夫，才能使歷史上紛異的文學論點統歸於貫時的重大主題，而呈顯出整全的意義與價值。蔡英俊先生所著《比興物色與情景交融》一書，正是近來文論研究方面之佳構。由題目來看，「比興」、「物色」與「情景交融」是可以並列的，再由目次言之，「比興」、「物色」（與「形似」）的解析，分屬二、三兩章，並標為

〈情景交融的理論基礎〉，則「比興」、「物色」(與「形似」) 顯然是涵括於「情景交融」的理論體系中，為此一理論之建構因素。而在「比興」、「物色」(與「形似」) 之前是〈情景交融理論探源〉一章，最後一章〈王夫之詩學體系析論〉又是「情景交融」理論之「實踐與完成」；則全書即是對於「情景交融」理論之源變作一完整性的研究。

針對此一閎闊淵深的主題，蔡先生進行了極為齊全的資料檢索工作。從各種總集、選集、別集，及詩話、詞話等原始素材，到近人相關的編著，尤其是許多英、日語的資料，與基本素材所透示的觀點相互映發，使其闡述過程更加深刻有力。而在討論方式上，是以縱貫性的歷史考察法為主，為我們描繪出「情」、「景」問題發展的主線——也就包含「比興」、「物色」、「形似」及「情景交融」等術語的演變發展及理論意義。同時，與此主線息息相關的部分，亦有詳細周密的探討，盡量避免為遷就主線之發展而產生孤立性、片面性的論斷。例如：「比興」觀念的發展中，漢儒及唐陳子昂、元白等人的諷喻興寄說與現實政治的因緣相依；宋代「詩史」觀念對於後來常州派「比興」觀點的影響；「情景交融」的美學論題之所以於南宋中期正式標舉出來，未嘗不是整個宋代詩學創作觀念——物我俱化、超以象外——所引導的結果。如此，使得所謂「情景交融」的體系由簡而繁、由疏趨密，不但是莖幹挺立，甚且是傍枝錯葉，連生接引，蔚然大觀矣。

面對這樣一篇力作，不但能引出讀者閱讀、瞭解的意圖，更重要的是也能激發讀者對本身舊有的體認進行審查的工作，而在新知與舊識的折衝之間，或許將有助於更圓融自足的理論體系之建構。因此，底下即提出個人對於劉勰的「比興」、「物色」、「形似」等觀念的了解，來與蔡先生的說法加以比較討論。

據蔡先生的看法，「情景交融的美學觀念既然在於闡明詩歌創作中情意與景物之間的關係，而且這項觀念早就在詩經一書中有根源上不言而喻的具體實踐，因此，如果要探尋情景交融的美學觀念，我們一定要先把研究的方向放在詩經所呈顯的情、景的表現模式的理論」（頁一〇九），也就是所謂「比興」的觀念上。但是，由於兩漢經學家對於「比」、「興」的詮釋，並「無意於揭示情、景交互作用所顯現的純粹屬於美學的旨趣與意義」（頁一〇九），而是著眼於實用性批評論據之建立；同時這種實用性的批評判準又為六朝批評家如劉勰所承襲，因而「比興」觀念中，尤其是「興」字所預示出的情感與景物間相互激盪、交融的現象，其實是透過所謂「物色」與「形似」來描述的（參見頁一四一），所以此二觀念即成為「比興」之外，建構「情景交融」論的另二項基素。不過就《文心雕龍》而言，這兩者是對立性的批評要準，「形似」代表對晉、宋以後詩風的否定性批判觀點，而「物色」則是相對提出的理想標的（參見頁一七八、一九三）。針對以上蔡先生對劉勰所謂「比興」、「物色」與「形似」的詮解，我們想透過下列三個問題，重新加以檢討：

一、「比興」觀念是否如蔡先生所言，完全不脫漢之時義，以致必須另外提出「物色」與「形似」的觀念？

二、劉勰所言之「物色」，是否真為一具裁斷性的文學批評術語，而與宋齊以後萌生「形似」

一語是有著意義上的對立性？

三、「比興」、「物色」與「形似」可不可能是分別代表「情」、「景」關係的美學論題中，次第相生之種種層面，而不必視為各自分立、甚至是對立的批評判準？

文獻記載上，最早為「比興」立說者，是漢代鄭玄：「比，見今之失，不敢斥言，取比類以言之；興，見今之美，嫌於媚諛，取善事以喻勸之。」（《周禮・春官・大師》「六詩」注）謂刺，詩之比也；……謂美，詩之興也。」（《詩》「六義」孔疏所引）這種反映政治得失，達成美刺諷勸的說法，正是漢代「比興」說的表徵，同時也成為後人把握「比興」觀念的焦點。但是僅僅因為「比興」篇中也談到「比興」具有諷諭作用，即謂劉勰的「比興」說不出漢人習套，似未允當。因為劉勰於篇首是如此釋名彰義的：

> 比者，附也；興者，起也。附理者切類以指事，起情者依微以擬議。

可以發現劉勰並不如同漢儒揭舉「美」、「刺」功能作為「比興」全然、唯一的指歸，而是將其效用展拓於最廣泛、普遍的「起情」、「附理」。尤其以為「興」乃是將隱微的志意托擬於物類，來啟引讀者豐沛的情思，更明顯是由純文學的角度考慮寓情於物的「比興」技法所可能提供的豐富多樣之美感趣味。而漢儒彰示的委婉託諷不過是「起情」之一端而已。於是，劉勰註釋「比興」，不僅不與漢儒同聲一氣，反倒能破除囿限，開創新局了。

而這種觸物起情的「比興」觀，不但呈示品鑒上的美感興味，更重要的是也返溯、照會到外在物象與內在情思相互融凝的創作論題，如〈比興篇〉贊云：

> 詩人比興，觸物圓覽。物雖胡越，合則肝胆。擬容取心，斷辭必敢。

所謂「擬容取心」，即是以模寫物象與情思蘊涵兼包並提，作為「比興」技法的理想準的。而不論是摹寫或興寓的對象，皆是自然萬物，因此作者與物類之間的交會投射，即成為「比興」技法運作的前奏，這在〈物色篇〉有極為生動的描述：

> 春秋代序，陰陽慘舒，物色之動，心亦搖焉，蓋陽氣萌而玄駒步，陰律凝而丹鳥羞，微虫猶或入感，四時之動物深矣。若夫珪璋挺其惠心，英華秀其清氣，物色相召，人誰獲安！是以献歲發春，悅豫之情暢；滔滔孟夏，鬱陶之心凝；天高氣清，陰沈之志遠；霰雪無垠，矜肅之慮深；歲有其物，物有其容；情以物遷，辭以情發。一葉且或迎意，蟲聲有足引心。況清風與明月同夜，白日與春林共朝哉！

此段文字一頭開即標示「物色之動，心亦搖焉」的主題，然後以貼切入微的筆法，將創作者感物與情的心靈活動具體表現出來。所謂「物色」一詞，既與「心」相對，明顯是指感盪作家情性、為情性所託寓的自然景物。換言之,「物色」是創作活動共通的素材,本身並不因為創作者情志類型或描摹技法的差異,而有質性上的個別變化、甚至優劣分判。因此,蔡先生認為劉勰「自覺的想把『物色』看成是批評的標準,藉以辨明詩騷當代(宋、齊)詩歌作品之間的高下」,它「不只是客觀的描述語詞,更是具有價值裁斷的內容」(頁一七八),顯然並不符合〈物色篇〉的本旨。

那麼,「物色」一詞既然不是具有裁斷性的批評斷語,當然也就不可能與所謂「形似」有着意義上的對立性;這因而使得蔡先生所經營的理論架構出現了缺憾。原來,根據〈明詩篇〉及〈物色篇〉中論及宋、齊山水詩的文字,所謂:

> 宋初文詠,體有因革,莊老告退,而山水方滋,儷采百字之偶,爭價一句之奇,情必極貌以寫物,辭必窮力而追新,此近世之所競也。(〈明詩篇〉)
>
> 自近代以來,文貴形似,窺情風景之上,鑽貌草木之中。吟詠所愛,志惟深遠;體物為妙,功在密附。故巧言切狀,如印之印泥,不加雕削,而曲寫毫芥。故能瞻而見貌,即字而知時也。(〈物色篇〉)

蔡先生認為劉勰已透露出對於當時一味追求逼肖物象,而致纖細穠麗的「形似」文風的非難與否定：因此另立「物色」一詞來代表取景表情、寫物寓情的正面理想。然而，「物色」一詞如前所辨析，並非一具有價值判斷的觀念，則劉勰於批判「形式」之餘，又是從什麼角度來規範寫物圖貌必含攝情思志意呢？這是值得我們探索的問題。雖然，前文曾藉由「物色」這共通素材，約略言及創作中感物興情的活動，但是，如何將此感興活動貞定為修辭摹寫之必然前提，成為形式技法的實質內涵，換言之，如何保證情、物交感的進行不輟，而致有情物融浹的成果，則必須求諸作者的「神思」了。〈神思篇〉曰：

> 故思理為妙，神與物遊。神居胸臆，而志氣統其關鍵；物沿耳目，而辭令管其樞機。樞機方通，則物無隱貌；關鍵將塞，則神有遯心。

這段文字中，有關辭令外現的部分，容後討論。而在此劉勰對於「神思」活動中，與「物」交遊之「神」，明確地提出以「志氣」為樞紐關鍵；唯有主體秉持志氣，方得與外物交會投射，而這種志氣的活動就是所謂「神」。既然神思感物是扣緊了情志以為導向，因而萬象縱然繁複多端，終是以能與創作者之心志自然妙會者為極至。於是，「神與物遊」的結果，就是構顯「意象」以具現情志，如劉勰云：

> 使玄解之宰，尋聲律而定墨，獨照之匠，窺意象而運斤；此蓋馭文之首術，謀篇之大端。

簡言之，創作既緣發於個體情志，而情志在劉勰看來，又並非固定靜止，而是悠遊無礙的，也就是主體會不停地進行「神與物遊」的活動；因此神、物的適然相遭、自然相契—「意象」的窺照，即成為定墨運斤的必然關鍵、根本前提。換句話說，裁慮文辭就不能單純地以描摹客觀物象為目的，而是必須將物象所蘊寄之情意逗引出來，如〈明詩篇〉曰：

> 宛轉附物，怊悵切情。

〈神思篇〉云：

> 物以貌求、心以理應。

皆是提揭此一寫物、興情並存為一的創作準則。至於究竟如何寫物，才能「情貌無遺」，劉勰於〈物色篇〉實際舉引詩經以為例證：

> 是以詩人感物，聯類不窮。流連萬象之際，沈吟視聽之區；寫氣圖貌，既隨物以宛轉，屬采附聲，亦與心而徘徊。故灼灼狀桃花之鮮，依依盡楊柳之貌，杲杲為日出之容，瀌

> 態擬雨雪之狀，啊啊逐黃鳥之聲，啊啊學草蟲之韻。皎日啊星，一言窮理；參差沃若，兩字窮形。並以少總多，情貌無遺矣。

所謂「以少總多」，是指對於物象作「點睛」式的摹顯，來點逗幽遠無窮的情味，避免「麗淫繁句」（〈物色篇〉）而「蔑棄其本」（〈詮賦篇〉）。於是，理想的寫作物品，其整體形成的過程及效果就是：

> 是以四序紛迴，而入興貴閑；物色雖繁，而析辭尚簡；使味飄飄而輕舉，情曄曄而更新。

「四序紛迴，而入興貴閑」，是強調「情」、「物」的自然遭逢，也就是由「神與物遊」至「窺照意象」的創作階段；「物色雖繁，而析辭尚簡」，則是「窺照意象」之後，屬於修辭造形的階段；而既具備融情、寫物兩過程，其最終成果必然為「物色盡而情有餘」了。

經過以上對劉勰「比興」、「物色」、「形似」等觀念的重新檢討，則本文先前提出的三個問題，可以獲得如下的解答：

一、劉勰的「比興」觀並不全然承襲漢儒美刺諷勸的看法，而是以「觸物起情」開拓了「比興」更廣濶、普遍的視野，奠立其純文學性的地位。

二、「比興」觀念由觸物起情的賞鑒層面，更進一步觀照「擬容取心」的創作層面。而由於模擬、蘊寄皆以自然景物為對象，因此劉勰標揭「物色」以為創作之共通素材。同時，為貞定「取心」為「擬容」之前提，避免專摹物貌而流於纖細淫麗「形似」之弊病，劉勰更積極地由「神思」的角度，提揭「意象」為創作的中介關鍵，前承緣情感物，終至寫物起情，至是情物融浹的要準得以統貫整個創作過程。

三、總結前面兩點，則「比興」、「物色」與「形似」並非皆為批評判準，同時也不是各自分立，而是緊密相關連。首先，「物色」是指稱自然萬物，毫無價值裁斷成分；「比興」、「形似」雖透露判斷質性，但前者除去以觸物起情為賞鑑準的，一方面也指稱擬容取心的技法，而後者於消極地批判之餘，更進一步引出「神思」觀念，以規範寫氣圖貌的技法表現，而企求情味無窮的效果。如此，若是我們不執著於「情」、「景」二字的正式定名，而就概念模式來看，「物色」可以說是「情景交融」論中素材層面的觀念，「神思」是「情景交融」之創作層面的「心生」階段，「比興」、「形似」則指涉創作中「言立」、「文明」之外現階段及效果。顯然，劉勰所謂「比興」、「物色」與「形似」三者，並非個別孤立的術語，而是衍涵「神思」，共同觀照「情景交融」這一主題的種種必要層面—包括素材、創作及成果評賞等，而完成「情景交融」理論的根本芻形。或許這樣的結論，才能確實符合蔡先生所標「情景交融的理論基礎」這一名目，而真正為「情景交融」建立起堅固、全面的架構。

評陳國球《胡應麟詩論研究》

黃景進

書　名：胡應麟詩論研究
著　者：陳國球
出版處：（香港）華風書局有限公司
出版時間：民國七十五年（一九八六）九月初版

一、引言

陳國球先生是目前執教於香港浸會學院的年輕學者[1]，其著作有《胡應麟詩論研究》、《鏡花水月》（文學理論批評論文集），及部分在港台兩地學術會議發表之論文[2]。由陳先生的著作看來，他的研究是以中國傳統文學理論為主，這在香港的年輕學者中似是比較少見的。但是如果我們細讀陳先生的著作，便可看出他對歐美的文學理論同樣有深厚的造詣，同時對於中國大陸與台灣的相關性學術著作，亦有廣泛涉獵，可說兼取各方面的成果，就這點而言，他又是相當典型的香港學者。

《胡應麟詩論研究》原是陳先生就讀香港中文大學時之碩士論文，陳先生曾改寫其中主要章節分別發表於國際比較文學會議及學術刊物上[3]，在當時已經引起回響[4]，至此書正式出版，更引起同行的矚目[5]。

胡應麟的詩論是屬於明代提倡復古的前後七子的系統，由於近人對明代復古派文學理論頗持貶抑態度，且胡應麟還未列入前後七子之中，故其詩論乃隨之受到忽視。其實胡應麟的主要詩學著作—《詩藪》共有二十卷之多，乃集明代復古派詩學之大成，無論質與量均甚可觀。陳先生之論文雖非研究胡應麟詩論之第一本著作，卻可確定是目前最深入而詳細的研究，是研究明代詩學者不可不看的。

二、本書內容

本書共分六章：第一章是〈明代復古詩論與胡應麟〉，第二章是〈變的認識—胡應麟的詩史觀（上）〉，第三章是〈變中求不變—胡應麟的詩史觀（下）〉，第四章是〈本色的探求與應用—胡應麟的詩體論〉，第五章是〈由法至悟與興象風神〉，第六章是〈餘論〉。本文部分有一八九頁，註釋有六七頁；註釋與本文之比率為三分之一，顯示作者的自我要求非常嚴謹。另外，本書徵引書目達三百二十五種之多，亦可見作者搜集資料之能力及其閱讀面之廣。

本書第一章說明明代文學的復古思潮及復古詩論，並介紹胡應麟的生平、著述及近人關於胡應麟詩論的研究，提供了相當完整的「背景知識」。不過本書之精彩部分是由第二章開始。

本書用了兩章分析胡應麟的詩史觀。第二章主要討論詩為何變與詩如何變的問題。作者指出，胡應麟以「氣運」的推移與「政事俗習」說明文學樣貌的變化，不是太虛玄就是過分簡單化。不過作者也承認，在追求外緣因素方面，胡應麟的成就雖然不大，但是在討論其內在因素時，卻表現出深刻的觀察和體會。那就是他提出一種波浪式的演化觀。一般的批評家論文學的演化，不是持退化論，就是持進化論，其實都不是正確的說法。作者特別指出，很多學者將胡應麟列為退化論者，是錯誤的。

除波浪式演化觀外，胡應麟還注意到詩史上為人所忽略的時代(如五代和元朝)，更注意到詩風轉變的關鍵—如曹植是變漢本色為六朝本色的過渡。同時，胡應麟在作詩史分期時，雖以政治朝代為基礎，但亦從文學內在要素去尋找各期的規範系統，故可以作合理調整。依照作者的看法，胡應麟的《詩藪》是成功地建立了一個有系統而全面的詩史。

在第三章，作者繼續探討胡應麟的詩史觀。作者指出，胡應麟論詩有兩個基準：漢詩與唐詩。胡應麟即以接近或遠離此二基準來評價各時代詩風的高下。如漢詩的本色為「古質」，而自魏以後，歷兩晉、宋、齊、梁、陳、隋各朝逐漸遠離這個基準，可謂一代不如一代。唐詩則各體俱備，且最完美均衡，故可用來準衡後世詩歌的成就。胡應麟認為宋人有意識地取捨、調整唐詩的規範系統，形成宋詩的本色，而亦因此逐漸遠離正確的基準。元詩則矯正宋詩偏離唐詩的傾向，返回正軌，為後來明代盛世舖路。明詩由於李夢陽、何景明、李攀龍、王世貞等之努力，又返回漢魏及盛唐的基準，成為詩史第三盛世。但明詩並沒有創立新的基準，只是苞綜集成而已。

胡應麟非常重視各種詩體的本色，本書第四章即探討詩體與本色的關係。作者首先澄清文體的觀念，指出中國傳統所謂文體比較接近西方的Genre，而非Style。接著舉出「本色」此觀念由《文心雕龍》以至明代的幾種用法。作者認為，《詩藪》所云「本色」，乃指各種文體的原來特色或基本特徵而言。在《詩藪》中，本色是詩體分別的重要因素。胡應麟的詩體論乃以時期及體裁兩個範疇為座標的兩軸，去建立其詩論系統。《詩藪》的主要工作就是要尋找每一時期及每種體裁的本色。

明代復古派深受嚴羽詩論影響，皆主張熟讀古代典範以求悟，但是對於「悟」與「法」的關係卻有不同的看法：李夢陽與何景明曾為此發生激辯，胡應麟對此重要問題的看法是值得注意的。本書第五章指出，胡應麟的看法是：真正的悟必先經過「法」的熟習和掌握這個階段；亦即要熟讀典範作品，體會其創作法則，進而操縱自如有如無法。

胡應麟《詩藪》有謂：「蓋作詩大法，不過興象風神，格律音調。格律卑陬，音調乖舛，風神興象，無一可觀，乃詩家大病。」作者認為，所謂格律、音調是屬於詩的語言層面，是詩的媒介，而對於「法」的熟習，即是要掌握詩語言的格律、音聲以至語言的深藏潛能。因此通過對法之悟，最後才能成功地傳達「興象風神」—即詩的美感經驗。

在末（第六）章〈餘論〉中，作者先討論胡應麟未成系統的次要觀念。如他鄙視戲曲和小說；主張品第詩人不應以一篇半章立論；反對以道德標準品評文學等。其次則指出胡應麟詩論中的矛盾與謬誤的論點。最後為「總結」十點，說明胡應麟詩論之體系並進而評價其文學批評史上之地位。作者駁斥了錢謙益對胡應麟的指摘；指出胡應麟是有原則的吸取採納前人論見，然後溶合成一整體，而不是近人所謂的「巧為調和」。作者肯定胡應麟的貢獻，認為其詩論是全面而周密的，是歷代正統詩論的代表。作者推崇胡應麟的詩論，認為絕對有被列為「大家」的資格，但在過去是被低估了，因此作者呼籲應重新加以估價。

三、本書的特色與貢獻

本書是相當有特色的學術論文，陳炳良先生在〈序〉中評本書云：

> 陳國球君在研究方法方面，就能突破這種學術界的惰性（案指陳陳相因，未能脫出前人窠臼），不

> 但通讀胡應麟的著作，還旁涉其他有關著述。此外還參考外國文學理論，使他的分析和結論都有著一個嚴謹的架構。
>
> 陳君博學深思，每一小問題都不輕易放過。……書中見解精闢，實可補明代文學批評研究的缺漏。最重要的還在他的方法論的成就。

這些話據我看來並無溢美之辭。陳先生指出本書的特色除了見解精闢外，更重要的是「方法論」上的成就，確實為一針見血之論。所謂「方法論」上的成就，據我的理解，除了陳先生已經指出的「分析和結論都有著一個嚴謹的架構」、「每一小問題都不輕易放過」之外，可能還有別的意思。試就本書主要章節來看，先論詩史觀，次論詩體與本色，繼論法悟與興象風神，這種安排明顯與同類著作不同[6]。作者不用「原理論、創作論、批評論」這種通俗的名稱與模式，正顯示作者針對研究對象的態度。本書的主要章節全是針對胡應麟的《詩藪》而設計，這種設計是獨一無二，不可能套用在別的詩論著作之上的。

更值得注意的是，本書的研究方法基本上是屬於「結構主義」式的，也就是說，作者常能發現胡應麟詩論中的「深層結構」，顯示其敏銳的洞察力。例如作者指出胡應麟的詩史觀原屬於波浪式，而非直線式的前進或退化。又如作者指出，胡應麟之詩史乃是基於兩個基準：漢詩與盛唐詩，而各代詩風之盛衰皆以接近或偏離此二基準而定。作者在探討胡應麟對詩體本色的看法時，也指出，胡應麟是以時期及體裁兩個範疇為座標的兩軸，去建立其詩論系統。（作者在第三章用了許多圖表說明胡應麟之詩史觀）另外，作者指出，胡應麟對由法至悟的重視，乃是基於對語言媒介的重視，而整個傳遞過程為：

法		**悟**		**興象風神的超邁**
學習運用正確的傳達方法	⇨	傳達方法的完全掌握	⇨	成功傳達美感經驗
應用媒介		與媒介融合		理想的效果

由上述例子可見作者很努力在尋找胡應麟詩論中的「深層結構」。陳炳良先生除指出作者「參考外國文學理論」外，更具體說明：

> 陳君指出胡氏以漢詩和唐詩作為基準(norm)來看中國的詩史，這是一種歷時的(diachronic)研究；為了要說明基準，陳君又從各體的本色來作一個共時的(synchronic)討論，這又近似於文類研究(generic study)。

所謂「歷時的」研究和「共時的」研究皆是結構主義的重要術語，陳先生似已暗示了本書採取了結構分析法。當然，本書所採用的外國文學理論很多，結構主義不過是其中之一，但是本書所以顯現出特異的色彩，「結構分析」法應居於關鍵地位。雖然十多年前即有人用結構主義的方法來分析中國文學作品，但是用結構主義的方法來分析中國文學理論，本書可能是首創。令人驚訝的是，作者在運用外國文學理論時並無牽強附會、勉強套用的毛病。這主要是由於作者對於中國傳統文學理論與西方現代理論皆有真正了解的緣故❼。

本書的最大貢獻就是整理出胡應麟之詩論體系，並深入探討其深層結構，從而提高胡應麟在我國文學批評史上的地位。本書第二、三章探討胡應麟對詩歌流變的看法，這是屬於詩歌傳統的縱的認識；第四章探討胡應麟對各體本色的看法，這是屬於詩歌傳統的橫的認識。這縱橫兩路就構成胡應麟的詩歌認識理論。（參見末章「總結」第四、五點，頁一八四）又本書第五章論學詩需熟習各體典範作品，經歷一番由法而悟的過程，則在寫作時才能成功地傳達美感經驗，達到興象風神的超邁之境，這是胡應麟的詩歌實踐理論。實踐論基於認識論之上，構成一個完整體系。

本書深刻處不僅在整理出胡應麟的詩論體系，更重要的是發現了此體系背後的深層結構，已如上述。尤其是對於胡應麟詩史觀之深層結構的探討，我覺得特別值得重視。在我看過本書之後，曾重閱《詩藪》，確實有如網在綱，豁然貫通之感，可見作者的分析相當實在。

正如作者所指出，胡應麟詩論實集明代復古派大成，亦為歷代正統詩論的代表，於是由本書不僅可以了解胡應麟詩論的體系，更可藉此系統了解明復古派的理論。在此觀照之下，胡應麟的地位亦可獲得重新估價。這是本書的一大貢獻。

本書的另一個貢獻，就是對於傳統詩論中一些重要而又引起爭論的概念作了較正確的解釋。例如「本色」、「文體」、「鏡花水月」、「興象風神」等，作者皆採取歷史研究法給予正確而又容易了解的詮釋，對於中國古典文學批評研究者頗有幫助。

作者對於古人以及當代中外學者的一些偏見或錯誤論點頗多辯正，亦為貢獻之一。如指出錢謙益「捏造事實」以攻擊胡應麟；又指出美國學者林理彰(Richard John Lynn)對鏡花水月之錯誤解釋，及日本學者橫田輝俊之未分辨明代兩個陸時雍等，李順娟小姐已在其書評中詳細介紹過了[8]，茲不贅言。

除上述幾點之外，本書可能還有一項貢獻，就是提供學術著作的良好榜樣。本書著作之嚴謹、細膩、結實，在目前同類著作中是相當突出的，其中值得學習處不少。

四、幾點建議

本書的論證大都嚴謹而客觀，我個人並未發現什麼大的失誤，但是任何論文都不可能面面俱到，我個人認為本書如能略作補充，也許更為完美。

㈠對於《詩藪》一書之宗旨與體例結構似可先作說明。作者研究胡應麟的詩論，主要的根據是《詩藪》一書，而《詩藪》是一部極有條理的書，橫田輝俊曾譽為明代最有體系之著作❾，究竟是如何的有體系？這體系又有何特點？是有必要先作說明的。因為，唯有先說明此書的體例結構，才能充分說明為何要研究胡應麟之詩史觀，並且要以詩史觀為研究胡應麟詩論的起點。本書論胡應麟的詩論一開始就討論「詩為何變」的問題，作者提出的理由如下：

> 文學在不同時代就有不同的風貌。將流傳下來的文學作品加以整理分析，尋本溯源，就可以見到其中演化之跡。《詩藪》中的各條詩話，大部份以時代為次，而且，在全書編制上，外編六卷自周至元，續編二卷自明初至嘉靖，都是按照時代先後論述，由此可知胡應麟很重視文學演變的問題。(頁一九)

這段話僅從《詩藪》「按照時代先後論述」來證明胡應麟很重視文學演變的問題，似乎過於簡單。尤其《詩藪》的「內編」是以詩體為主，只是在論述各詩體時，有依時代先後說明該詩體之起源及其發展，這是有必要作進一步說明的。

《詩藪》一書的體例（即章節安排、敘述方式）是一個有意義的結構，此一結構的意義，《詩藪》一開始就作了說明：

> 四言變而離騷，離騷變而五言，五言變而七言，七言變而律詩，律詩變而絕句，「詩之體以代變也」。三百篇降而騷，騷降而漢，魏降而六朝，六朝降而三唐，「詩之格以代降也」。上下千年，雖氣運推移，文質迭尚，而異曲同工，咸臻厥美。國風雅頌，溫厚和平；離騷九章，愴惻濃至；東西三京，神奇渾璞；建安諸子，雄贍高華；六朝俳偶，靡曼精工，唐人律調，清圓秀朗；此聲歌之各擅也。風雅之規，典則居要；離騷之致，深永為宗；古詩之妙，專求意象；歌行之暢，必由才氣；近體之攻，務先法律；絕句之構，獨立風神；此結撰之殊途也。兼裒總挈，集厥大成，詣絕窮微，超乎彼岸，軌筏具存，在人而已。

這段話開宗明義地指出，「變」是研究詩以及學習詩首先要注意的問題。詩之變要從兩方面來看：

詩之體（體製）與詩之格（風格）。詩之「體」是以代變的，如四言變而離騷，離騷變而五言，五言變而七言，七言變而律詩，律詩變而絕句。詩體既然不同，則「結撰殊途」——其各體寫作方式亦不一樣。另外，詩之「（風）格」亦隨時代而變化。如三百篇降而騷，騷降而漢，漢降而魏，魏降而三唐。風格雖有不同，但異曲同工，咸臻厥美；可謂聲歌各擅，皆有優點。由於詩有非常複雜的變化，要將詩學好以達到最高境界，那是極不容易的事，故云：「兼哀總挈，集厥大成。詣絕窮微，超乎彼岸。軌筏具存，在人而已。」所謂「兼哀總挈，集厥大成」雖是就學者去掌握各詩體之寫作方式及各種風格之優點而言，但亦未嘗不是《詩藪》之目標—《詩藪》之目標就是要詳細說明各詩體及各時代風格之變化，進而指出各詩體的正確寫作途徑及各種風格之優點所在。由此可見「文學演變」確實是《詩藪》的核心問題。

王世貞在《石羊生傳》中將《詩藪》與司馬遷之《史記》相提並論，甚至認為就「周密無漏」而言，《詩藪》尚勝過《史記》，可證《詩藪》確可當一部「詩史」來看。由於胡應麟要寫一部「兼哀總挈，集厥大成」的詩史，故《詩藪》之主要部分即分論詩體之變與詩格之變：內編談詩體之變，外編談詩格之變。談詩格之變以時代先後為次，體例上比較單純。而談詩體之變則須先分詩體，再依時代先後論其起源與發展。內編在論詩體時，常指出各體之正確寫作途徑以證明「結撰之殊途」，並提供初學參考。陳先生所引各條來證明胡應麟有指導初學的目標，即大抵不出內編之範圍。（見第四章第二節「為初學擬定學詩課程」部分）

本書雖也介紹了《詩藪》各篇內容，但卻是拆成兩部分置於第二章中間與第四章中間，同時並未根據《詩藪》開宗明義的第一條加以總的說明，比較難以構成對《詩藪》體例的完整認識。

(二) 對於文質與詩史的關係似可作補充說明。《詩藪》中不少地方用上文質的觀念。文質不僅用來說明詩風的特色、轉變，同時亦是評價的標準——據此可以判斷詩格之盛衰高下，所以文質與詩史的關係應是頗為重要的。除此之外，胡應麟對文質還有較特殊的看法，值得注意。例如在文質無法得兼的時候他比較推崇「質」，內編卷二云：

> 文質彬彬，周也。兩漢以質勝，六朝以文勝。魏稍文，所以遜兩漢也。唐稍質，所以過六朝也。

但是過度的質他並不欣賞，故批評明堂五章「太質無文」(內編卷一)。基於這種觀點，胡應麟一方面稱讚漢詩「以質勝」，認為漢詩的本色在於「古質」(見本書頁五一——二)，另一方面又謂漢人詩「質中有文，文中有質」(內編卷二)，可見文質只是相對的概念。因此同樣是「尚文」，但周朝之文與後世之文不同；而漢詩之質亦與後世之質不同。文質雖是相當傳統的觀念，但在胡應麟之詩史觀中確有相當重要的地位，本書只在論六朝詩部分指出「質中有文，文中有質」是指內容與表現形式的配合，(頁七六) 對此問題似未給予應有的重視。

(三) 二基準與明代復古派詩論之關係亦可略作說明。

本書指出胡應麟評詩有二基準：漢詩與唐詩，很顯然，這二基準必定各有其適用的體裁範圍，作者對此問題也必然非常清楚，但奇怪的是，本書對此二基準的適用範圍似乎一直沒有作清楚的界定。例如在談第一基準「漢詩」時，作者的重點在於說明胡應麟對漢詩的評價，以及漢詩的本色；作者認為漢詩所代表的均衡基準，可歸納為一「古」字(頁五二)。但是作者並未明白指出，此一「古」的漢詩基準是適用在何種詩體上。一直到論第二基準「唐詩」時，作者才指出：

> 漢詩已被高懸為基準，但通行的只有樂府、五古兩種體裁；此後，歷經曹魏、六代，到了唐代，情況就不同了…
>
> (引文略)
>
> 新的體裁如律、絕都相繼出現，歌行也創出新的風格，如果僅僅以漢詩的規範來評騭唐及以後的詩，無論於理論或實踐都有困難。於是以詩歌發展的另一個高峯——各種體裁都已臻成熟的唐詩——來作另一基準就有必要了…
>
> (中略)
>
> 唐詩與漢詩相異的地方是在於唐詩的蘊含比較全面，漢詩比較純粹；漢詩可以用一個「古」字歸納，但唐詩精粗利鈍、雄逸纖綺，各種俱備；而且也是最近完美均衡的，所以，用來準衡後世詩歌的成就非常有效。(頁五五)

這些說明固然頗能解釋為何還要有一個「唐詩」的基準，以及漢、唐兩基準的區別何在，但仍不能使人十分清楚地知道二基準的適用範圍，而只是使人模模糊糊地知道漢詩基準可能只適用於樂府和五古兩種體裁。這幾段話甚至可能給讀者這樣的印象：唐詩基準是適用於各種體裁的，因為唐詩是各體俱備且臻成熟之境。如此一來可能造成一種困惑，那就是只要唐詩基準就可，何必再有漢詩基準？一直到第四章論本色的探求與應用（即胡應麟的詩體論）時，作者才清楚地指出，五古應以漢詩基準來評價，而七言歌行（七古）則胡應麟傾向以唐詩為基準（頁九五—七）。又到了末章「總結」部分，才更進一步指出，「漢代是古詩發展到最成熟的階段，所以定作古詩的基準，來分析以後各時期古詩對這基準的依違。」（頁一八三）如此一來總算解決了漢詩基準的適用範圍，可是對於唐詩基準的適用範圍似乎一直未作明白表示。這個問題的答案其實很簡單（作者也一定知道），因為《詩藪》有不止一次說明，如：

> 曰風、曰雅、曰頌，三代之音也。曰歌、曰行、曰操、曰辭、曰曲、曰謠、曰諺，兩漢之音也。曰律、曰排律、曰絕句，唐人之音也。（內編卷一）

> 故觀古詩於六代李唐，而知古之無出漢也。觀律體于五季宋元，而知律之無出唐也。（外編卷五）

古風兩漢，近體三唐，能事畢矣。（雜編卷四）

可見古詩宗兩漢，近體宗三唐，為《詩藪》之基本觀點。而這觀點其實也正是明代復古派的出發點。清葉燮《原詩》云：「五十年前，詩家群宗嘉隆七子之學，其學五古必漢魏，七古及諸體必盛唐。」（外篇）胡應麟之詩史觀原是根據明復古派的理論，故有二基準的設定。作者頗重視胡應麟之「漢魏之辨」，以為修正了嚴羽之不別漢魏（頁五二—五四），而前七子之徐禎卿，其《談藝錄》已有魏詩漸衰之說。同時《談藝錄》亦從文質變化說明魏詩之漸離漢詩古樸之風，且推進為國運風移、世代推移之大問題，此皆與《詩藪》一致。汪道昆〈詩藪序〉將《詩藪》與《談藝》、《卮言》並列，似非偶然。

㈣法、悟與興象風神的問題

法、悟、興象風神皆是抽象而難以捉摸的概念，本書第五章對這些概念之性質與關係作了很嚴謹精細的論證，使這些概念露出平實的面貌，確實令人喝采。不過本書將《滄浪詩話》的悟入與妙悟連繫在一起，以為熟讀之後會入到妙悟之境即是所謂「悟入」（頁一二〇），這種解釋可能是受到郁沅《嚴羽詩禪說析辨》一文的影響，但這種解釋是有待商榷的。嚴羽在《滄浪詩話》中是分別談到「悟入」與「妙悟」，二者用法不同，似不必在二者之關係上去傷腦筋。所謂悟入就是悟入詩法之意，這已經足夠說明法與悟的關係，似不必再去尋找法與妙悟的關係，以免增加麻煩。另外，作者在解釋「法」時，以為只是指「格律聲調」而已（頁一四七—八），可能也是有待商榷的，因為《詩藪》明白的說：「作詩大法，不過興象風神、格律音調。格律卑陬、音調乖舛，風神興象，無一可觀，乃詩家大病。」據此則所謂「作詩大法」除了「格律聲調」外，似尚包括「興象風神」，這地方可能需要一些補充說明。

五、結語

本書既富創意，又具備嚴謹精細的論點，作者對胡應麟詩論的解釋，確實令人大開眼界。藉此可以認識到明代復古派文學理論的深度。據聞作者在香港中文大學的博士論文即將完成，而其主題即是關於明代前後七子文學理論的研究，此書很可能又是一個新的詮釋架構的出現，是值得學者們密切加以注意的。

附記：陳國球先生的博士論文《唐詩的傳承——明代復古詩論研究》已由台灣學生書局出版（民國七十九年九月）。此書仍保持陳先生嚴謹精細的作風，新見迭出，深值參考。陳先生曾於前年至加拿大專研西方文學理論一年，回港後即接任浸會學院中文系主任迄今。

附註：

❶ 關於陳先生的資料，請看東大圖書公司印行《鏡花水月》書葉中的介紹。

❷ 陳先生之著作，除專論《胡應麟詩論研究》及論文集《鏡花水月》外，據筆者所知，尚有《試論唐七律於明復古詩論中的「正典化過程」》（中華民國第五屆國際比較文學會議發表論文，收於《中外文學》第十六卷、第六期，民七六年十一月出版），《「宋人主理」—明復古詩論家眼中的「理」》（香港大學中文系主辦「國際儒學與中國文化研討會」發表論文，一九八七年一二月一六日至一九日舉行—根據《漢學研究通訊》第七卷第一期提供資料）。

❸ 見本書〈自序〉之說明。

❹ 如師大國文研究所金鍾吾之碩士論文題目為，〈胡應麟的史詩觀與詩論研究〉（民國七十四年四月完成）應是受到陳先生〈胡應麟詩史觀的詮釋〉（中外文學十二卷第八期）一文之影響。

❺ 如〈文訊〉三〇期（民國七十六年六月）刊有李順媚之書評：〈典範的沖擊—評陳國球著《胡應麟詩論研究》〉。

❻ 如鄭亞薇〈胡應麟詩論之研究〉（政大中研所碩士論文，民國六十七年六月）其主要章節為：原理論（第三章）、詩法論（第四章）、詩體論（第五章）、胡應麟評詩方法之研究（第六章），其研究方法比較一般化，沒有把握到《詩藪》的特點。

❼ 作者於《中外文學》第十五卷第八期（一九八一年一月）發表有〈文學結構的生長、演化與接受—伏廸契卡的文學史理論〉，據此文可窺作者對當代西洋文學理論素養之深厚。

❽ 見註❺書評。

❾ 見橫田輝俊〈胡應麟の詩論〉，《廣島大學文學部紀要》，第二八卷第一號。

評龔鵬程《文學批評的視野》

——以歷史文化為基的文學批評

張雙英

書名：文學批評的視野
著者：龔鵬程
出版處：大安出版社
出版時間：民國七十九年元月初版

說龔鵬程教授是近年來國內研究中國文學的學者中少數活躍於整個社會脈動裏的學者之一當不為過。龔氏有關中國文學與文化的論著之多，甚至已予人以一種超過其實際年齡應有的限度之感。然而，讀者若能仔細、耐心地閱讀其論文的話，卻也不難發現在其旁徵博引、雄辯滔滔的文詞中，在其令人印象深刻的強烈自我意識之外，都能提出一套新的看法。這一本《文學批評的視野》也具有同樣的特色：旺盛的企圖心，想「打破舊的框套、重畫文學史與批評史的地圖、建立歷史詮釋之深度。」（龔氏本書自序語）——雖然，它實際上是由龔教授近三年來有關文學研究的部分論文所彙編而成。

此書共分五章，每章各收論文一至若干篇。茲依其順序評述如下：第一章為〈緒論〉，所收論文只有一篇：〈說「文」解「字」——中國文學藝術發展的結構〉。龔氏從提出「詩」為藝術的最高發展開始，依時代先後論述「文」和「樂」兩者相互爭勝的關係，接著指出兩漢到六朝間為「文」重於「樂」，中唐時因詞體興而「樂」主「文」從，宋時，又因文人詞興而使「文」又重於「樂」；最後更藉著對書寫、繪畫等藝術和「文字」間關係的分析，而指出我國具有「主文」的傳統。

嚴格地說，這篇論文所討論的主題當屬我國的藝術史。在龔氏滔滔雄辯的文詞中，在我們同意其「文學，不只是文人專利包辦，而是彌漫貫串於一切社會之中的存在與活動」的說法時，卻對緊接其後的「文化、其實就是文學，就是文。」（皆見頁三九）感到突兀。龔氏此文之目的實想藉著論述「文學」和「諸藝術的分合關係」來探討「文學的發展內在規律。」（自序，頁五）而我們從此文中也確實看到龔氏成功的依歷史年代的先後描述出這種互動的情形。不過，值得一問的是：這種推展的過程能視為文學發展的「內在」規律嗎？依筆者淺見，倒認為將其看做文學的「外在」因素或許要更恰當些。同時，「文學」是不是一種「藝術」歷來即有見仁見智的爭論，但若更進一步的把它等同為「文化」，則「文學」到底是什麼將令人無所適從了。這篇論文，從文學的「內在」、「外在」觀點來看的話，顯然是偏向「外在」的「史」的研究。

第二章題為：〈抒情傳統的辯證〉，共收有三篇和《文心雕龍》有關的論文。

第一篇是〈從《呂氏春秋》到《文心雕龍》——自然氣感與抒情自我〉。主要在批駁我們後人的普遍看法：我國文學批評觀念中的抒情傳統之所以起於魏晉，乃因當時追求玄學的風氣所致。龔氏認為，魏晉前之兩漢固然常以政教觀點說詩，但兩漢及其稍前的的《呂氏春秋》、《禮記》、《春秋繁露》、甚至於〈詩大序〉和《史記》等書中早就提出了「人」與「自然」相感應的說法，故漢代人性論所明言的「情」，應是到魏晉六朝時形成情、景交融觀點的淵源，此抒情傳統並非要等到六朝才因玄學之故而突生的。此篇論文著眼宏濶，採證精審，而所批評者可說是後人在從事文學批評(史)的工作時缺少洞察能力和周延的歷史觀了。但我們仍不妨有此一問：漢人所曾提出的「人」與「自然」、「外物」之關係是否必定會推衍出「情感」、「作品」與「自然」三者間含有緊密關係的結果？若否，則魏晉六朝文學批評中所強調的抒情傳統應仍不失為一項具有獨創性的貢獻。

第二篇是〈《文心雕龍》的價值與結構問題〉。龔氏針對後人在給《文心雕龍》評價時常談到的二方面：「文章冠冕」和「體大慮周」提出質疑，因前者乃從創作上著眼，而將《文心》一書視為文學作品。可是，《文心》的文學價值可算得上「文章冠冕」嗎？後者則顯然自「批評」上立論，但批評作為一種論著，必得包羅萬象地成為「體大慮周」嗎？事實上，文學批評常緊密地從一個特定出發點立論，因而是不可能無所不包的，否則必然會出現疏漏之處。此論甚有見地；但可惜的是只針對上兩種前人有關的《文心雕龍》之評價提出批判性的看法，而未能進一步提出個人對《文心》一書真正「評價」時宜注意、著手之處，因此有只破不立的弱點。至於《文心雕龍》的結構問題，龔氏亦反對一般以為該書乃沿自佛家經典影響的說法，而上溯自兩漢經學的注解傳統：重體例、明條貫上。這誠可為一家之言，然而若僅以此即說：認定《文心》受佛家影響之說「完全不能成立」，因其方法建立在兩者不一定相關的「類比」上。可是，龔氏之說《文心》受兩漢經學注解之影響不也是採「間接」的立論方法嗎？故其說固可成一家之言，但前人之說亦仍未被真正動搖。

第三篇是〈《文心雕龍》的文體論〉。因徐復觀先生反對歷來將《文心》一書視為上篇屬「文體論」、下篇屬「文術論」的說法，並大力主張《文心》全書皆是「文體論」，而其影響太大；故龔氏乃自《文心》本書中採證，並補以六朝人對於「文體」的普通看法，而證明徐氏說法有誤。然而根據筆者所知，徐氏〈論《文心雕龍》的「文體論」〉一文所收的徐氏《中國文學論集》乃出版於民國六十年，而此後國內論有關《文心雕龍》「文體論」者，如龔稜、沈謙等，似仍以舊說立論，故徐氏之說是否真有「大影響」似有疑問。或者，龔氏此文可視為專駁徐先生及賴麗蓉之文而作即可。

第三章《詮釋與方法》收有論李商隱的論文四篇、校記和彙錄各一篇。

第一篇是〈李商隱的人生抉擇〉。龔氏認為：李義山詩在後代之所以會引起多種不同解釋之故，乃因在「詮釋」詩時將「詩」和「詩人」拉得太緊密，尤其是固執一個觀點，如「政治」或「愛情」，去解釋一個詩人的所有詩作之故，於是因觀照不周延而產生了誤解詩意的現象。龔氏以為，義山詩之具有歧義性，實乃因其詩為其個人於尋求「人生」真義的過程裏徬徨無依的寫照。然而，細心的讀者不難發現，龔氏這種觀點在基本上也是以了解詩人的生平為前題，然後再據之綜觀其詩的方法，如此，「詩人」與其「詩」之間又豈是真無關係的？

第二篇是〈愛情與政治之間——李商隱的人格與評價〉。此篇沿續前篇之說，進一步推論：義山詩之所以在後代會造成如此紛紜的解說，乃因其婚姻（愛情）夾在兩個鬥爭激烈的政治黨派之間所致。這也是以詩人一生之遭遇來說明其詩之特性的方法。可是，這種方法除了使各種不同的說法均能尋得各個的立足點外（事實上，各種說法早已多有堅實、但卻不周延的依據），對於如何真正地來解釋義山之詩，也並未能提供正面的助益。

第三篇是〈無題詩論究〉。龔氏此文專論義山詩中於後代爭論最多的「無題詩」，先自文學歷史源流的推衍上說明：漢魏時，詩之製題較不措意，晉謝靈運後才較講究，而到唐代，尤因以詩取士之故，詩題上便更考究了。接著提出李義山正好在此時刻意創作「無題詩」，使「有題詩」因意旨清晰而寓意較難之束縛得以解放，讓詩人擁有較大的興感空間，享有讓詩包含意內言外的比興之特色。透過這種溯源的功夫，龔氏確實為義山在我國詩史的貢獻上添了一筆；唯於最後一節談到「怎樣解無題」時，卻指出因無題詩只「有泛寄之情」，而「無專指之事」。我們不知龔氏是否堅信這是所有「無題詩」的通解？「無題詩」的內涵真無專指之事嗎？

第四篇是〈論李商隱的櫻桃詩——假擬、代言、戲謔詩體與抒情傳統間的糾葛〉。龔氏指出詩、文等均有替代別人或他物說話之體，此類作品之作者須盡力想像說話者之情與境，然後用文字逼真地代為抒發心意或設為問答。因此，作品不必是詩人自己的情志表現，也不必是現實世界的反映。義山詩中，代言之作不少，此或因義山性格詼諧、慣於代筆，且又身處以代言虛構為特色的戲弄盛行之時代，而櫻桃詩或即屬此類，故並無深遠之寓義——這種說法並未將義山詩的價值貶低，相反的，倒可見出義山詩的多樣性和開創性。龔氏顯然以文學史的觀點替義山詩的特色爭取地位。然而龔氏於此文說櫻桃詩並非無解，而想試為尋答的設計（頁一九八）卻未能於文中真正實踐，倒令人不知何故？

另二篇〈《東澗寫校李商隱詩集》校記〉和〈清人論李義山詩話彙錄〉因不了解龔先生的批評觀點，故無法評述。

第四章〈批評的視野〉共收論文三篇及中國文評術語十條。

第一篇是〈擁護新法的北宋詞人周邦彥？〉因香港學者羅慷烈於其〈擁護新法的北詞人宋周邦彥〉一文中主張周邦彥是積極主張變法革新的人，其豔詞之外，皆別寓新政之思，指摘舊黨之惡，故王國維先生於〈清真先生遺事〉裏將周邦彥視作與政治無甚關係、無黨派色彩之說有八誤。於是龔先生乃自北宋黨爭的多變性和複雜性、周邦彥的生平和與其親朋之交往、南宋人如孫煥、樓鑰等誇讚周氏之文學……等，批駁羅氏之執，並進而推論其誤乃因囿於擁護中共的崇法反儒運動，透過「儒法兩條路線鬥爭」來解釋文學史所致。龔氏之說立論精嚴，足以破羅氏之執，然細讀羅氏之論，亦當屬我國「詩言志」之大傳統中，主張作品有香草美人之言外意——雖傾向於政治立場之解釋。不過，我們是否即可據以判定羅氏此文乃受中共「儒法鬥爭」之觀點所左右，筆者倒覺得有些推求太過。

第二篇是〈宋詩與宋文化——我對宋詩研究的基本看法〉。此文以評大陸學者錢鍾書《宋詩選注》中認為宋詩缺少「大判斷」為起，接著細部批駁徐復觀先生〈宋詩特徵試論〉的說法。龔先生以「文化」的觀點為基，故其論證宏闊，而以「知性的反省」界定宋詩的基本風貌，更顯特識。綜觀而言，宋代詩人寫詩，與唐人相較之下，不但有拿自己的詩和前人詩相比的自覺性傾向，更且本身也常論詩，因此，說宋代詩人對詩較具知性的反省實不為過。但筆者以為，想歸納時間長達二、三百年，詩人多至上千人，且作品更多至數十萬首的「宋詩」之基本（共同？）特色實是件不易做得周延之工作。換言之，當我們努力地在描繪此一大範圍的大略圖形時，是否會忽略了其內裏雖較細微，但卻具體的各個詩人之特殊風格、各類詩體的特殊性質、甚或各種主題的表達方法……等問題？此似值得考慮。

第三篇是〈細部批評導論〉。鑒於七〇年代後半西方重視專對作品本身析讀的「新批評」被引入國內，並用來分析我國古典文學作品的風氣盛為流行，於是有人便自我國文學批評史中去尋找類似的方法，因而「評點」乃被突顯出來。龔氏則採取較寬廣的角度，建議將我國歷來凡重視作品解讀的方式統名之為「細部批評」，然後上溯此類批評在我國的起源，並考述其流變，最後提出其個人對此種批評所主張的「法則」：「文為活物」、「法須活法」、「美在空虛」、「眼照古人」。此文與本書其他論文之側重探討文學批評的流變顯然有別，是屬對作品的實際批評方法，而龔氏也具體地提出了四項「法則」；不過在提出這四項頗有條貫的法則之時，龔氏並未運用它們來針對某一作品做舉例性的實際分析，而又轉入純理論的析辯，故讀來令人有意猶未盡之感。

第四篇是〈中國文評術語偶釋〉。龔氏此處共收其個人對我國文學批評史中十項術語的解釋:「本色」、「奪胎換骨」、「活法」、「家」、「句眼」、「正宗」、「文筆」、「正變」、「性靈」、「句法」等。而採取的方法,皆以解釋這些術語在我國文學批評史上的緣起、流變、以及其真正的含意為重心,此對入門者而言,確有導引之正面價值。惟筆者想特別指出:龔先生對文學批評的研究,似傾向於「文字」之外的內涵,如說「本色」要有「超然的心地與見識」、「奪胎、換骨」與「作者本人的觀念修養有關」、「活法」須讓「創作者心靈保持活潑、不僵化」、「句眼」須「修養自己的德行」、「句法」涉及「作者本人的內在修養」等,都在強調作者個人內在的心靈修養和外在的學能與態度。另說「本色」起於唐宋之「行業」、「奪胎換骨」之「點化」乃「禪宗」與「道教」語、「正宗」緣自「宗族體制」、「正變」基本上是探討「文學與時代的關係」等,都在強調「作品」和「文化」的關係。筆者以為,這裏所顯示的,正是龔先生從事文學批評研究的基本特色,在他看來,文學並非只限於作品本身,而是外涉到包括作者在內的大文化裏的一環。

第五章是〈餘論〉,共收論文四篇。

第一篇是《我看劉賓雁》。主要在為呂正惠先生的《「人的解放」與社會主義制度的矛盾:關於劉賓雁的報告文學》中對於何以劉氏能探索共產制度如何干擾「人的解放」的文學家,卻未能看出資本主義制度中人的異質化而對此制度讚不絕口之疑問進一解。龔氏認為,劉氏關懷的焦點並未能達到「人的解放」之高層次,而只是在作品中流露出一些「人道精神」而已,進而責怪劉氏只在替共產制度補弊,而未能全盤否定它。套句今日台灣甚為流行的話,龔先生以為劉賓雁只是共產制度的「體制內改革者」，而非革命論者。然而，若「人的解放」指的是使人人能在精神與物質生活上越來越好的話，則理論和實際之間得做最謹慎的思考應是必須的。

第二篇是〈我看大陸的文學研究〉，對大陸的古典文學、現代文學、和文學理論的研究做了輪廓性的描述，並分別指出其優缺點。大體而言，由於觀察細膩，且評述與介紹兼具，故頗值一讀。

第三篇是〈我看韓國李退溪詩〉，對韓國理學大師李退溪於一般了解的論學、言道之成就外，特別自其詩去論其個人的潛在特質：也是一位典型的詩人。且其詩中所表現的：重興感、詩藝和時常諧謔的語言，皆讓人體會出其人的真性情。若說詩是一個人內心真世界的寫照，則龔先生此文對李退溪的描述是成功的。

第四篇是〈我看法國高德曼的文學社會學〉，乃是龔氏讀了何金蘭氏〈文學社會學理論評析——兼論在中國文學上的實踐〉之後引發的疑問和檢討。筆者淺見倒以為，何氏文章較有興味的是運用高德曼的理論來分析東坡的詞，值得討論之處頗多。龔氏此文則重在對高氏〈文學的辯證社會學〉中「辯證」的本質和「科學」、「社會」間所產生的齟齬提出質疑，進而對高氏理論內涵的「發生論結構主義」中之結構主義和一般所認定的結構主義有別而提出疑問。其實，「辯證」性質之與「社會」相近而和「科學」較遠，因此得與文學結合齊論乃是社會主義文學批評者一向堅持的看法，而「發生論結構主義」和一般結構主義之差別正在「發生論」——以「文類」為基點的理論，不知龔先生以為然否？

評論文章本不易寫，以一篇短文去評論輯合了十數篇論文的集子更難，尤其想以此去評介文詞縱横捭闔、採證旁徵博引，且又時時透露著敏銳的洞察力、表達出新穎觀點如龔先生之論文，實在是件吃力不討好的工作。然而筆者仍勉力評介此書之故，乃因此書確實提供了一些文學批評上的新視野——以「文化」的宏觀來探討文學的深廣含蘊。本書所收論文雖多，題目亦各異，但貫串其間的此一觀點則甚明顯，這是一本值得細讀的論文集。

俄國形式主義

呂正惠譯

英美的新批評重視「實際批評」，強調作品的有機整體性。深受這一傳統薰陶的學者可能會覺得，他們可以輕易的接納俄國形式主義。兩種批評都想要探討，作品中特別屬於「文學性」的東西；都拒斥後期浪漫主義詩學那種無力的精神性，而以一種經驗的、精細的方式來閱讀作品。但是，雖然兩者有其共同性，我們仍然必須承認：俄國形式主義者更重視「方法」，更想為文學理論建立「科學的」基礎。而新批評家則着重於作品中文字的特殊安排，並強調作品的意義是「非概念性」的；也就是說，一首詩的複雜性蘊含了對於生活的敏銳的反應，這是不能化約為邏輯性的說明，也不能改寫為散文的。新批評的這種方法，雖然特別注意作品的精密閱讀，基本上仍然屬於人文主義的傳統。譬如，布魯克斯(Cleanth Brooks)在分析一首詩後，下結論說：這首詩像所有「偉大的詩」，表現了「正直、誠懇與見識」。但另一方面，早期的俄國形式主義者就認為，關於人的「內容」(情感、意念以及一般性的「現實」)本身並不具有文學意義，而只是作為文學「技藝」(device)的背景。我們馬上可以知道，把內容與形式截然分開的作法，後期的形式主義已加以修正；不過，形式主義者仍然和新批評家有所不同，他們不像新批評家那樣，把美學形式和道德、文化意義并在一起。形式主義者想要以科學精神找出一些模式和假設，來解釋：美學效果如何經由文學技藝產生出來，「文學的」和「文學之外的」（譯按，前者指形式，後者指內容）如何區分開來，彼此之間的關係又是如何。如果說，新批評家把文學看作是人類理解活動的一種形式，形式主義者則把文學看成是使用語言的一種特殊方式。

形式主義的歷史發展

形式主義的文學研究，透過莫斯科語言學圈（一九一五年成立）和詩的語言研究社（一九一六年創設，一般根據俄文字母簡稱為Opojaz）的工作，在一九一七年革命之前就已經完全確立。莫斯科語言學圈的領導人物是雅克愼(Roman Jakobson)，後來在一九二六年他還幫忙成立布拉格語言學圈。詩的語言研究社最主要的人物則是希柯洛夫斯基(Viktor Shklovsky)和艾肯鮑姆(Boris Eikenbaum)。最初的刺激是來自於一次大戰前未來主義的藝術活動。未來主義者反對「頹廢派」的資產階級文化，尤其反對詩和視覺藝術的象徵主義運動——這一運動表現了靈魂的自我追尋的苦惱。布留索夫(Briusov)一類的詩人以神秘主義的姿態裝腔作勢，並堅持說，詩人是「神秘世界的守護者」。這正是未來主義所要嘲弄的對象。未來主義最活躍的詩人馬雅可夫斯基(Mayakovsky)，反對象徵主義所謂的「絕對世界」，認為詩的題材應該是：機器時代那種喧鬧的物質世界。然而，必須注意的是，未來主義正如象徵主義一般，是反對寫實主義的。未來主義的口號「自足的語詞」強調語詞自足的聲音模式，並不重視其所指涉的外在事物。未來主義者後來投身於革命，並把藝術家看作是無產階級生產者，生產一些技術性的東西。狄米特里耶夫(Dmitriev)宣稱：「藝術家現在是建構者，是技術人員，是領班和工頭。」建構主義者把他們的論點推到最極端，真正到工廠去，想把他們的「生產藝術」的理論付之實現。

從這樣的背景，形式主義者開始建立一種文學理論：這種理論注重的是，作家巧妙的「技術」和熟練的「技巧」。他們並沒有採納詩人和藝術家那種無產階級修辭學的觀點，但他們保留了這樣的看法，即認為文學過程具有某種機械性。在態度上，希柯洛夫斯基正如馬雅可夫斯基，是強硬的唯物主義者。希柯洛夫斯基說，文學是「所有風格技藝的總和」，從這一著名的文學定義可以看出早期形式主義的樣貌。

最初，形式主義者的工作是完全可以自由發展的，那時候的蘇聯正忙於應付內戰、外國干預、和連續不斷的社會、經濟災難。然而，經過托洛斯基在《文學與革命》一書（一九二四）巧妙而深刻的批評之後，形式主義就進入到一個新的、自我辯護的階段，這一階段的高潮是雅克愼／丁尼安諾夫(Tynyanov)論綱的發表（一九二八）。有人認為，後期的發展標示着純粹形式主義的挫敗，是向共產主義的「社會控制」的屈服。但我認為，在一九三〇年官方的批判導致這一運動的結束之前，形式主義把文學的社會因素列入考慮，反而產生了這一階段最好的作品，特別是「巴克丁學派」(Bakhtin School)的著作：這些著作極有效的揉合了形式主義與馬克思主義，預示了後來的發展。但是，由雅克愼和丁尼安諾夫所引發的，那種較偏向結構主義的形式主義，卻由捷克的形式主義（以布拉格語言學圈為代表）所繼承，一直延續到納粹侵佔捷克之時。這一集團的某些人物，包括衛理克(René Wellek)和雅克愼，後來流亡到美國，在四、五十年代對新批評的發展有極深遠的影響。

藝術即技藝

形式主義把焦點集中在文學的技巧，認為文學是使用語言的一種特殊方式，文學語言是把日常的「實用」語言加以扭曲，和實用語言已經有所不同。實用語言是用來溝通，而文學語言則完全沒有實用功能，只是讓我們以不同的方式去「看待」事物。我們可以很輕易而適切的把這種理論應用到像霍浦金斯(Gerord Manley Hopkins)這樣的詩人身上，因為他的語言非常的「艱難」，會讓人特別去注意這種語言的「文學性」。可以說，早期的形式主義者是認為，「文學性」和詩的特性是二而一的東西。但是，我們很容易就可以指出來，並沒有本質上的所謂文學語言。隨意的翻開哈代的小說《在綠林樹下》(Under the Greenwood Tree)，我就讀到這樣的對話：「你要多少時間？」「不會太久。等我一下，我們談談。」並沒有絕對的語言學上的根據，來讓人覺得這些語詞是「文學的」。只是因為我們在一般人所認為的文學作品裏讀到這些句子，我們才會認為這是文學語言，而不是以溝通為其目的的日常語言。下面我們就會看到，丁尼安諾夫等人後來提出更具彈性、更有力的觀點，來說明何謂「文學性」，這一觀點就比較能解決我們所提到的問題。

文學和「實用」語言的區別在於它的「建構」性。形式主義者認為，詩是最純粹的文學語言，是「在整個語音構造裏組織起來的言說」。它的最重要的建構因素是韻律。試看鄧恩「聖露西節的夜晚」一詩第二節裏的一行：

For I am every dead thing

形式主義者在分析時，可能會注意到，抑揚格的節奏所隱含着的衝力（在第一節裏，類似的一行The Sanne is spent,and now his flasks已為這一效果奠定基礎。）在第二節的這一行，我們對這一抑揚模式的預期，會因為dead和thing兩個字之間少了一個輕音節而落空；我們會因thing這一名詞的出軌而有了特殊感受，美學意義也就由此而產生出來。形式主義者也會注意到，上面兩行在句構上的區別所引發的韻律上的微妙差異（譬如，第一節的那一行有一次非常明顯的休止，第二節的那一行則沒有）。詩把實用語言強烈的加以控制、驅策，使得實用語言喪失了本來面目，而讓我們注意到它的建構特質。

形式主義的早期階段是由希柯洛夫斯基的理論所主導的。深受未來主義影響的希柯洛夫斯基，在理論建構上充滿了活力與破壞性。象徵主義把詩看成是看不見的未知世界的表現，希柯洛夫斯基則力求返回人間，想要明確的界定作家用以產生特殊效果的技巧。

希柯洛夫斯基把他所設想的一個最值得注意的概念稱為「陌生化」(defamiliarisation, 俄文 ostranenie, 即「使之陌生」making strange)。他說，我們不能保持我們對外在事物的新鮮感受；我們對「正常」存在狀況的要求，會使得我們對外在事物的感受在相當程度上淪為「機械化」(這是較後起的術語)。華滋華斯希望透過「純真的靈視」來讓自然永遠成為「光耀與新鮮的夢」，事實上這樣的「靈視」根本不是人類意識的常態。藝術的特殊任務就在於恢復我們對事物的原始感受——在日常生活中這一感受已變成習慣性。必需強調的是，形式主義者並不像浪漫派詩人那樣重視感受本身，他們所注意的是：產生「陌生化」效果的那些技巧的特質。在「藝術即技巧」(Art as Technique, 1917)一文裏，希柯洛夫斯基把這一點說得很清楚：

> 藝術的目的是要傳達事物的知覺——按照事物被「感受」的方式，而不是按照事物被「知道」的方式。藝術的技巧是要使得外在事物「陌生」，使得文學形式難於接受，讓我們較艱困的、較長時間的去感受，因為感受的過程本身就是一個美學目的，必須加以延長。「藝術是體受事物的藝術性的方式」，至於體受的是那一種事物並不重要。

形式主義者特別喜歡引用十八世紀英國兩位作家，史特恩(Laurence Sterne)和史尉夫特(Jonathan Swift)作為例證。托馬謝夫斯基(Tomashevsky)是這樣說明《格列佛遊記》所使用的「陌生化」的技巧的：

為了替歐洲社會、政治體制描繪一幅諷刺性的圖像，格列佛……告訴他的主人（一匹馬），人類社會的統治階級的習俗。因為想要以最主動而具體的方式來說明一切事情，他摒棄了一切矯飾文字和虛偽傳統的外殼——這些都將諸如戰爭、階級鬥爭、議會陰謀的事情加以合理化了。剝去了合理化的文字因此而使之陌生以後，這些事物的恐怖性完全呈露出來。就這樣，對於政治體系的批評——這本來是非文學性的題材——就成為藝術的動機，而完全的包含在故事敘述之中：

從表面上看，這好像在強調新感受本身的內容（戰爭與階級鬥爭的恐怖），但實際上，托馬謝夫斯基真正感興趣的是：如何把「非文學性的題材」加以藝術地轉化。陌生化改變我們對世界的反應，但這只限於：使日常生活的習慣性感受降服於文學形式的呈現過程。

在討論史特恩的小說《崔斯川・山第》的論文裏，希柯洛夫斯基注意到，一般所熟悉的行動因被延緩、描繪、阻斷而顯得陌生。把行動加以推遲與延長之後，特別會引起我們的注目：熟悉的景色與動作不再被人們機械地感受到，也就是說，被「陌生化」了。山第先生聽到他兒子崔斯川衰弱的鼻息之後，無精打采的躺在床上。此情此景很可能以一般化的方式來描寫（如：他傷心的躺在床上），但史特恩卻把山第先生的心境加以陌生化了：

他跌落到床上，右手手掌放在額頭上，覆蓋着大半個雙眼，隨着他的頭輕輕的沈下去(手肘往後傾)，直到鼻子碰觸到了被單；——左手毫無感覺的懸在床邊，手指貼着便壺的把手。

令人感到興趣的是，從這個例子可以看得出來，陌生化常常並不影響到感受本身，而只是改變了感受的呈現方式。史特恩對於山第先生的心境那種非常遲緩的描寫，並沒有讓我們對於悲傷有新的透視，對於一向熟悉的心境有新的感受，而只是把文字的呈現增強。史特恩並不着意於非文學性的感受(譯按，指尋找新的感受來作為題材)，這一點正是最令希柯洛夫斯基讚賞的地方。這一對於文學呈現過程的強調，可以稱之為：「暴露」(laying bare)技巧。很多人認為，史特恩的小說最令人感到特異的是，他不斷的提到自己小說的結構。但按照希柯洛夫斯基的看法，把技巧「暴露」出來，正是一本小說最具有「文學的」本質的地方。

「陌生化」與「暴露」的概念直接的影響到布雷希特(Bertold Brecht)著名的「疏離效果」(alienation effect)。古典的藝術理念一向認為，藝術必須「隱藏」自己的呈現過程(ars celare arten)。這正是形式主義者和布雷希特所要直接挑戰的觀念。文學如果把自己呈現為一個毫無痕跡的言說「整體」，呈現為對於「現實」的非常自然的再現，那麼它就是在「欺騙」，對布雷希特來說，這也就是一種政治性的「倒退」。在布雷希特的戲劇演出裏，一個男性的角色可以由一個女演員來扮演，這樣就可以破壞角色的自然與熟悉，就可以把角色陌生化，使觀眾特別注意到他是「男」的。不過，形式主義還沒有像布雷希特那樣，把技巧拿來作為政治性的使用，他們所關心的，純粹僅限於技巧。

敘述文學

希臘悲劇作家從傳統故事擷取題材，而這些故事則由一系列的事件所構成。亞里斯多德在《詩學》的第六節把「情節」界定為「事件的安排」。因此，「情節」明顯的跟情節所根據的故事有所區別。情節是對故事中的事件所做的藝術性的配置。希臘悲劇通常採取「反射」式的開頭，即情節從故事中間的事件開始，並把原本在前的事件重作安排。味吉爾(Virgil)的《伊尼阿德》(Aeneid)和密爾頓的《失樂園》一開始就把讀者投入「故事中間」(in medias res)，然後再把故事前面的事件分別在情節的不同階段引進作品中，通常是以回顧的方式敘述出來：伊尼阿德在迦太基時向戴朵敘述特洛伊城被攻陷的事，拉斐爾在樂園裏跟亞當、夏娃述說發生在天堂上的戰爭。

「故事」與「情節」的區分，在俄國形式主義的敘述理論裏佔了非常重要的地位。形式主義者強調，只有「情節」才是嚴格屬於文學性的，「故事」只不過是等待作家之手重新加以安排材料。不過，從希柯洛夫斯基論史特恩那一篇文章可以看到，形式主義對於情節的觀念要比亞里斯多德更具革命性。希柯洛夫斯基認為，《崔斯川·山第》的情節，不只是指故事中事件的安排，還包括那些用來阻斷與延遲故事敘述的「技巧」。穿插枝節故事，在排版印刷上耍花招、把書中的某些部份（如序言、獻詞等）變換位置，以及長篇幅的描寫，這些技巧都是要促使我們注意到小說的形式。在這種情形下，「情節」就變成是，對於一般所預期的事件安排方式的破壞。史特恩是以擾亂情節的安排，來讓我們注意到，情節是文學性的事物。從這方面來看，希柯洛夫斯基對於情節的觀念和亞里斯多德並不一致。經過仔細安排的亞里斯多德式的情節，目的是要提供我們所熟悉的、基本的人類生活的真實，情節必須具有可信性，是一種必然如此的事件發展方式。但在形式主義這一方面，情節的理論卻常跟陌生化的概念連在一起：情節的安排是為了「不讓」我們對事件感到熟悉，「不讓」我們覺得這些事件是典型性的。

動機

托馬謝夫斯基把情節的最小單位稱為「動機」(motif)，這可以說是一個簡單的敘述或行動。托馬謝夫斯基又進一步把動機分成「必要」的與「自由」的。「必要」的動機是故事所需要的，而「自由」的動機，從故事的觀點來說，則不是根本性的。但是，從文學的觀點來看，「自由」的動機卻最可能是藝術所要注意的焦點。譬如，《失樂園》中由拉斐爾來敘述天堂上的戰爭，就是「自由」的動機，因為這不屬於故事中的部份。不過，在形式上這比戰爭的敘述本身「更重要」，因為這可以讓密爾頓更藝術地把這一敘述插入他的整個情節中。

按照傳統的觀念，形式上的技巧總是附屬於「內容」，托馬謝夫斯基的這種看法卻剛好相反。形式主義者似乎頑強的認為，一首詩的觀念、主題以及所指涉的「現實」只是外在的「口實」，作家藉此來光明正大的使用形式上的技巧。他們就把這種對外在的、非文學性的前提的依賴稱為「動機」。按照希柯洛夫斯基的說法，《崔斯川・山第》最特殊的地方就是，它完全沒有「動機」；整部小說完全由形式技巧所構成，而這些技巧又都「暴露」出來。

最通行的「動機」類型就是我們一般所謂的「現實主義」。按照現實主義的傳統，不論一部作品在形式上是如何建構起來的，我們仍然期望它提供「現實」的幻覺，我們期望文學「像生活一樣」；如果人物或描寫沒有按照我們的常識所認為的真實世界那樣來進行，我們很可能就會被激怒。「戀愛中的男人不可能有那種行為」、「那種階級的人不可能那樣說話」；當我們注意到現實主義的動機失敗時，我們就常常如此評論。但是，在另一方面，正如托馬謝夫斯基所指出的，假如我們接受了一種新的文學規則，我們又會習慣於種種的荒謬與不可能。我們常常沒有注意到，某些事件發展得有些離譜；譬如在冒險故事中，那些即將被壞蛋殺掉的英雄常常能脫出險境。

在後來的文學理論中，「動機」的問題變得非常重要。卡勒(Jonathan Culler)曾把這一問題清晰地加以總結，他說：「把某些事情加以吸納、加以闡釋，就是把它帶到文化所提供的秩序模式中；最通常的進行方式是：以這一文化視為當然的言說模式來談論這一事情。」人類不斷的發明各種方式，來把最散漫、最混亂的言辭或文字加以詮釋。對於奇異而超乎我們的思想架構的語言表達，我們拒絕加以接受；我們堅持要把它「自然化」，要消除那一特異的語言性格。當我們面對一整頁明顯的散漫意象，我們認為這是來自於一個喪失心智的人，或者認為這是對一個喪失秩序的世界的反映；我們以此來把它自然化，而並不把這種失序看成是一個陌生而複雜的世界。形式主義者預示了後來的結構主義與後結構主義，因為他們注意到那些堅決抗拒殘酷的自然化過程的作品。希柯洛夫斯基不肯把《崔斯川·山第》那種特異的失序加以簡化，認為這是山第那種怪癖的心智的表現。相反的，他注意到這本小說拒絕自然化所呈顯來的非常顯目的文學性——當然，到了最後自然化還是無可避免。

主導要素

隨著後來的發展，形式主義逐漸了解，文學的技巧並不是固定的東西，可以按自己的意思在文學遊戲中移來移去。技巧的價值與意義，可以隨著時代和作品的脈絡而改變。有了這種了解，「技巧」的概念就開始讓位給「功能」，「功能」成為最主要的概念。這一重點的轉移，影響非常深遠。形式主義者不再為不加解釋的排拒「內容」而苦惱，他們已能夠把「陌生化」這一中心原則加以內在化。這也就是說，他們不再認為，是文學把現實陌生化，他們開始提到，文學本身的陌生化。作品「裏面」的要素，可能變成「機械化」，也可能具有正面的美學功能。同樣的技巧在不同的作品中可以產生不同的美學功能，也可能完全變得機械化。例如，古文體和拉丁字詞在史詩裏可能有「提昇」風格的功能，在諷刺詩裏可能有諷刺的功能，但也可能完全流於機械化而成為最一般性的「詩歌辭彙」。在最後的情形中，技巧不再對讀者產生「感受」作用，不再是具有美學功能的要素，變成就像日常一般的感受，完全被認可而機械化了。按照這種觀點，文學作品是一種「動態的體系」，在其中各種要素在前景與背景裏被納入整體結構中。在作品體系中假如某一要素（如古文辭彙）的美學功能說「解消」了，其他的要素就會成為主導(如情節或韻律)。雅克愼在一九三五年說，「主導」(dominant)是後期形式主義的重要概念，其定義為：「藝術作品中的焦點因素：它可以統治、決定、轉化其餘的因素。」雅克愼把這一藝術結構的觀點所具有的靈活而不機械的特質，很正確的加以強調出來，主導要素可以為作品提供具體化的焦點，可以使作品的整體秩序(estalt)增強。在這種情形下，陌生化的概念裏就隱含了「變遷」與歷史發展。形式主義者不再尋求永恆的真理，想以此來把所有偉大的作品連繫在單一的規範下：他們開始把文學史看成是一個不斷革命的過程。每一次的新發展都是為了要擊退死氣沈沈的陳腔爛調與習慣性的固定反應。主導要素所具有的這種動態概念，也給形式主義者提供了極有用的方法，讓他們能夠解釋文學史。詩的形式的變遷與發展並不是隨意性的，而是「主導要素的移轉」的結果，詩歌體系的各種要素所構成的相互關係，會持續不斷的變化、移轉。雅克愼另外還有一個饒有興味的看法：統治著特定時代的詩學的主導要素可能來自於文學以外的體系。文藝復興時代，詩的主導要素來自造型藝術；浪漫時代取自音樂；現實主義則是口語藝術。但是，不論是那一種主導要素，它都可以把個別作品中的其他要素組織起來，並把前一時期居於「前景」的主導要素貶入美學焦點的背景中。改變的並不是體系中的要素（句構、韻律、情節、語彙等），而是某一要素或要素群的美學「功能」。當波普以下列詩句來諷刺擬古作家時，他利用散文的清晰性這一主導要素來達到他的目的：

But who is he, in closet close y-pent,
Of sober face, with learned dust besprent?
Right well mine eyes arede the myster Wight,
On parchment scraps y-fed, and Wormius hight.

（意譯：這是誰，在書櫃中深深禁閉，
嚴肅的面孔，灑滿了博學的灰塵？
我的眼中恰恰出現了這樣的先生，
吃著羊皮碎紙，人稱之為蠹蟲。）

在這裏，喬叟式的語彙與古文式的詞序，很容易為讀者辨認出來，並且知道，這種賣弄學問所具有的喜劇感。但是，在較早的時代，史賓塞就能夠模仿喬叟的文體而不會產生諷刺的意味。主導要素的移轉不僅可以在特殊的作品中運行，還可以在特殊的文學時代產生影響。

巴克丁學派

在形式主義的後期，一般所謂的巴克丁學派把形式主義與馬克思主義結合起來，獲得了良好的成果。這個學圈的幾部重要作品，作者問題到現在還爭論未決，因此我們只好以原書出版時的人名為準——包括巴克丁(Mikhail Bakhtin)、孟德烈夫(Pavel Medvedev)和優羅辛諾夫(Valentin Voloshinov)。巴克丁學派所關心的是文學作品的語言結構，在這方面他們仍然屬於形式主義；不過，他們相信語言無法和意識形態分開，這就深受馬克思主義影響了。把語言與意識形態密切連繫起來，當然就會把文學放在社會、經濟的範圍裏——這是意識形態的基礎。不過，巴克丁學派還是和正統馬克思主義意識形態的基本觀念有所區別，因為他們不認為，意識形態只是純粹反映社會、經濟的物質(現實)基層結構的精神現象。意識形態和它的媒介——即語言，是密不可分的。正如優羅辛諾夫所說的，「意識，只有在記號的物質具現下才能產生，才能生存下去。」語言，這一社會建構起來的記號體系，本身就是一種物質現實。

對於後來成為結構主義基礎的那種抽象語言學，巴克丁學派並不感興趣，他們所關心的是，作為一種社會現象的語言或言說(discourse)。優羅辛諾夫最重要的見解是：「語詞」是積極的、動態的社會記號，在不同的社會、歷史場合下，對不同的階級可以形成不同的意義與暗示。他所抨擊的是那些語言學家(包括索緒爾Saussure),他們把語言當作是無生命的、中性的、靜態的對象來加以研究。他反對這樣的觀念,即「言說是孤立的、完成的、獨自式的,可以從說話和行為的背景中抽離出來,只是被動的去了解,而不是行為中的種種反應。」俄文裏的slovo可以翻成「語詞」(word),但在巴克丁學派的用法裏卻具有強烈的社會性(近於「言說」,utterance或discourse)。他們相信,語言符號是連續不斷的階級鬥爭的戰場:統治階級一想要把語詞的意義狹窄化,使得社會記號具有一致性而沒有任何「土腔土調」。但是,在社會不穩定的時期,語言記號就充滿了活力,基本上是「多腔調」的——各種階級的興趣都在語言的土地上衝突著、交錯著。

巴克丁把這一動態的語言觀加以發展,應用到文學作品的研究上。不過,如我們可以想像的,他並沒有把文學看成是社會權力的直接反映:他仍然從形式主義的觀點出發,關心的是文學作品的結構:他要探究的是,語言的動態的、積極的本質如何在特定的文學傳統中表現出來。如果要描述巴克丁的研究方法,我們可以說,他所欣賞的是一種自由開放的語言:他最推崇這樣的作家:在他們的作品中,各種價值體系可以最自由地相互起作用,沒有任何一種價值以權威的姿態凌駕於其他價值之上。巴克丁根本就不可能是個史達林主義者!他最具經典性的著作是《杜斯妥也夫斯基詩學問題》(Problems of Dostoevsky's Poetics, 1929)。在這本著作裏,他把杜斯妥也夫斯和托爾斯泰的小說鮮明的加以對照。托爾斯泰的小說,我們所聽到的各種聲音,都嚴格的受制於作者所秉持的目的——在那裏只有一種真理,即作者的真理。跟這種「單音」(Monologic)的小說類型正好相反的，是杜斯妥也夫斯基的「多音」(polyphonic)或「對話」(dialogic)形式：在這種小說裏，各種不同人物所表達的不同觀點並沒有被交響化或單一化。各種人物的意識並沒有與作者的意識交融在一起，也沒有受制於作者的觀點，而仍然保持自己的完整與獨立。小說中的人物「不只是作者的語詞所描寫的客體，也是他們自己的有意義的語詞的主體。」在這本書，以及在後來論拉伯雷(Rabelais)的著作中，巴克丁都探討了古代、中古以及文藝復興文化中所使用過的，各種自由開放的、以及具有破壞性的的對話形式。

巴克丁對於「狂歡節」(carnival)的討論，不論是應用到特殊作品上、還是文類歷史上，都是非常重要的。跟狂歡有關的節慶是屬於集體性的、民眾性的；在這裏，社會階層次序完全顛倒過來(愚笨的變聰明、國王變成乞丐)；對立的因素交融在一起(事實與幻想，天堂與地獄)；神聖的被世俗化。這裏所宣揚的是，所有的事物都是相對的——這是「萬物相對的歡樂」(Jolly relativity)。凡是權威的、固定的、嚴肅的東西，無不受到破壞、鬆弛與嘲諷。這一本質上屬於民眾的、自由開放的社會現象，對於各個時代的文學的構成都有所影響；不過，在文藝復興時代，這一影響特別顯著。巴克丁以「狂歡化」(Carnivalisation)這一術語來描述，狂歡節對於文類的形成所產生的作用。早期的狂歡化的文學形式是蘇格拉底式的對話(Socratic dialogue)和梅尼坡式的諷刺(Menippean Satire)。蘇格拉底式的對話在起源上接近口語對話的真切，真理的發現是由不同觀點的交流中逐漸呈露出來，而不是權威式的單音的陳述。我們現在所能看到的蘇格拉底式對話，是柏拉圖所設計出來的較複雜的文學形式。在這些寫下來的作品裏，狂歡節所具有的那種「萬物相對的歡樂」仍然部份保留下來。不過，按照巴克丁的看法，原來那種集體性的探究精神則被沖淡了。原本互相撞激的各種觀點並沒有嚴格的層級序列；現在這種次序則被「作者」建立起來了。巴克丁說，在柏拉圖最後的一些對話錄裏，作為「導師」的後期蘇格拉底形象已經開始出現，取代了早期的蘇格拉底——一個狂歡節式的人物形象。怪異的、怕老婆的、常常挑起辯論的人物，是真理的助產婆，而不是撰述真理的人。

在梅尼坡式的諷刺裏，天堂(奧林匹斯)、地獄、和人間三個層面是以狂歡節的邏輯來處理的。譬如，在地獄裏，人間的不平等被解消了；皇帝喪失了皇冠，而跟乞丐平起平坐。杜斯妥也夫斯基把狂歡化文學的各種傳統都匯集到他的作品裏，「幻想故事」《波波克》(Bobok)幾乎是純粹的梅尼坡式諷刺。在死者還沒有完全喪失人間的意識之前，他們享受了幾個月的歡樂。他們從正常狀態的義務與法律中解脫出來，而表現出全然的、毫無限制的自由。克利湼維奇男爵，死者之「王」，宣告說：「我正是要每一個人說真話……在人間，活著就不可能不說謊，因為生活跟謊話是同義語；但是，在這裏，為了開玩笑我們要說真話。」這裏蘊含了「多音」小說的種子，各種人物的聲音以最自由的方式說一些破壞性與震撼性的話，作者並不介入人物與讀者之間。

巴克丁所提出的一些問題為後來的理論家加以發展。浪漫主義和形式主義都認為，作品是有機的整體，具有完整的結構，所有零散的目標最後都被讀者聚攏到一個美學整體上。巴克丁所強調的狂歡節打破了這種從未被質疑的有機性，促進了這樣的觀念，即，重要的文學作品可能是多層面的，抗拒完整性與統一性，這就使得作者對於作品的主導性變得不那麼重要。個性的觀念也開始出現了問題：人物變得變化多端，不可捉摸，不具有本質性。這就預示了最近心理分析批評所關懷的重點；不過對於這一點我們不可過份誇大，也不要忘了，巴克丁仍然相當重視作家技巧對於作品的控馭。他並沒有激進到對作者的角色都加以懷疑，如羅蘭・巴特(Roland Barthes)和其他結構主義者所作的那樣。但是，在強調多音小說的「優越性」上，巴克丁和巴特確有相通之處。兩人都選自由而棄權威，都喜愛愉悅而厭惡端莊。最近的批評家都傾向於把多音的、或其他種類的「多元」作品視為常態，而非特殊現象；也就是說，他們認為這類作品比那些具有統一性聲音（單音）的更具有真正的文學性。這也許可以歸因於，現代讀者受了喬伊斯(Joyce)和貝克特(Beckett)作品的影響。但是，我們必須承認，巴克丁和巴特所表現出來的「偏好」是從他們自己的社會的、意識形態的傾向上產生出來的。不論如何，在論定文學作品的開放性與不穩定性這方面，巴克丁確實啟導一個發展方向，這一方向在後來得到了豐碩的成果。

美學功能

希柯洛夫斯基把作品看成是技巧的累積，而丁尼安諾夫則認為是功能體系；這一理論上的變遷，我們在前面已經討論過了。丁尼安諾夫代表了形式主義開始重視「結構」的後期階段，而把這一階段的理論充分表現出來的，則是所謂雅克愼／丁尼安諾夫論綱（一九二八）那一系列綱要性的說明。這一論綱拋棄了機械的形式主義，企圖超越狹隘的文學視野，嘗試著去界定文學「系列」（體系）和其他「歷史系列」的關係。論綱認為，文學體系在歷史中發展的情形只有在下列情況下才能真正了解，即要了解其他體系對文學的衝擊，要知道其他體系對文學演進所發揮的部份決定力量。在另一方面，論綱又相信，只有注意到文學體系的「內在規律」，才能正確理解文學體系和其他體系的相應關係。雖然這些規條過份抽象，難以掌握，但卻是相當可觀的研究綱領，仍然有待人們去加以實現。

一九二六年創建的布拉格語言學圈，把這一重視「結構」的方向繼續加以發展。譬如，莫卡洛夫斯基(Mukarovsky)再度強調，把文學之外的因素排除在批評分析之外，是非常蠢笨的。他接受了丁尼安諾夫的美學結構的動態觀點，但更重視在藝術產品方面存在於文學與社會之間的動態與緊張性。莫卡洛夫斯基在「美學功能」這一方面提出了強而有力的論證，他所謂的「美學功能」可以說是變動的界限，而不是一成不變的範疇。同樣的事物可以具有好幾種功能：教堂是禮拜的場所，也是藝術品；石頭可以用來擋門，作砲彈、作建材，也可以是藝術欣賞的對象。流行的時髦是特別複雜的記號，可以同時擁有社會的、政治的、愛欲的、以及美學的功能。相同的功能變化也可以在文學產品上看到。政治演說、傳記、書信、宣傳文件在不同的社會或時代裏，有時具有美學功能，有時則沒有。「藝術」範圍的界限常常是變遷着的，而這又跟社會的結構有著動態的關聯。

莫卡洛夫斯基的見解最近被馬克思主義的批評家採用來劃定藝術與文學的社會關聯。可以說，我們在談論「文學」時，從來就沒有把它造成是一系列固定的作品，一組特殊的技巧，或一些永不變遷的形式與文類。賦予一件事物或人品產品以美學價值的尊嚴，這本來就是一種「社會」行為，跟佔優勢的意識形態基本上是分不開的。現代社會變遷使得我們把某些產品看成基本上是藝術對象，但在以前這些東西卻並沒有美學功能。在以前，聖像具有宗教功能，希臘瓶甕有家庭功能，胸鎧有軍事功能，但現在卻基本上附屬於美學功能。被民眾選來看作是「嚴肅」的藝術或「高級」文化的，也會受變動的價值觀念的支配。譬如爵士樂，本來只是妓院跟酒吧的音樂，後來卻變成是嚴肅的藝術（不過，它那「不良」的社會根源還是會引起不同的價值判斷。）從這種觀點來看，藝術和文學並不是永恒的真理，而是常要加以重新界定的。任何時代的統治階級對藝術的界定都有重要的影響，如果有新的傾向產生，他們也要把它匯入他們的意識形態的世界中。

巴克丁的理論，雅克愼／丁尼安諾夫的論綱，和莫卡洛夫斯基的著作，超越了希柯洛夫斯基、托馬謝夫斯基和艾肯鮑姆那種「純粹」的俄國形式主義，而成為我們下一章討論馬克思主義批評的最佳序曲——正是馬克思主義批評影響了巴克丁、雅克愼、丁尼安諾夫和莫卡洛夫斯基，引起他們社會學方面的興趣。形式主義把文學體系孤立起來，這明顯和馬克思主義把文學附屬於社會的看法互不相容。但是，我們就會發現，並不是所有馬克思主義的批評家都遵循蘇維埃的傳統，以最粗暴的方式來反對形式主義。

本文譯自R.Selden.A Reader's Guide to Contemporary Literary Theory (The Harvester Press,1985)第一章。

國立中央圖書館出版品預行編目資料

中國文學批評 第一集／呂正惠、蔡英俊主編.--初版.
--臺北市：臺灣學生，民81
面；　　公分.--(文學批評叢刊:5)
ISBN 957-15-0398-3 (精裝). ISBN 957-15-0399-1 (平裝)

1.中國文學-歷史與批評

829.07　　81003240

中國文學批評 第一集（全一冊）

主編者：呂正惠 蔡英俊
出版者：臺灣學生書局
發行人：丁文治
發行所：臺灣學生書局
台北市和平東路一段一九八號
郵政劃撥帳號〇〇〇二四六六八號
電話：三六三四一五六
FAX：三六三六三三四
本書局登記證字號：行政院新聞局局版臺業字第一一〇〇號
印刷所：淵明印刷廠
地址：永和市成功路一段43巷五號
電話：九二八七一四五
香港總經銷：藝文圖書公司
地址：九龍偉業街九十九號連順大厦五字樓及七字樓
電話：七九五九五九五
定價 精裝新臺幣三四〇元 平裝新臺幣二八〇元
中華民國八十一年八月初版

82909

ISBN 957-15-0398-3 (精裝)
ISBN 957-15-0399-1 (平裝)

臺灣學生書局出版

文學批評叢刊

①文心雕龍綜論	中國古典文學研究會主編
②政府遷臺以來文學研究理論及方法之探索	李正治主編
③明代文學批評研究	簡錦松著
④香港地區中國文學批評研究	陳國球編
⑤中國文學批評	呂正惠 蔡英俊 主編